**LILIANE SKALECKI /
BIGGI RIST**
Mordsgrimm

ABGESCHRIEBEN Während einer Märchenforschertagung in Bremen wird einer der teilnehmenden Wissenschaftler erschlagen aufgefunden. Wenige Tage später taucht die erdrosselte Leiche einer Journalistin auf, die über die Konferenz berichtet. Bei beiden Ermordeten finden sich Blechfiguren in Form des Bremer Wahrzeichens: der Esel und der Hund der Bremer Stadtmusikanten. Hölzles Ermittlungen gehen in alle Richtungen, dann geschieht ein weiterer Mord. Der Manager einer Castingshow liegt erstickt in seinem Hotelzimmer, jedoch ohne dass der Mörder ein vergleichbares Zeichen hinterlassen hat. Dann meldet eine Polizeibeamtin Hölzle einen Mord in Bremerhaven mit der Vermutung, dass dieser mit den Morden in Bremen zusammenhängt, obwohl auch hier kein Blechtier am Tatort lag. Hölzle weigert sich, an einen Serienmörder zu glauben. Dann wird ihm die Katze der Stadtmusikantentruppe zugeschickt. Es beginnt ein Wettlauf mit der Zeit, denn der Hahn fehlt noch …

Dr. Liliane Skalecki, 1958 in Saarlouis geboren, studierte nach einer Banklehre Kunstgeschichte, Klassische Archäologie und Vorderasiatische Archäologie an der Universität des Saarlandes. Seit 2001 lebt sie mit ihrer Familie in Bremen. Sie schreibt für die Zeitschrift »Pferdesport Bremen« und veröffentlichte bisher Fachartikel, Sachbücher sowie Chroniken und Unternehmerdarstellungen.

Biggi Rist, 1964 in Reutlingen geboren, arbeitete nach der Ausbildung an der Naturwissenschaftlich-technischen Akademie in Isny/Allgäu in der medizinischen Labordiagnostik und zwei Jahre in der Forschung. Als 7-jährige schrieb sie sich selbst Geschichten und ist Co-Autorin wissenschaftlicher Publikationen. Zwei Jahre lebte sie in Melbourne/Australien, bevor sie mit ihrem Mann nach Lilienthal zog.
www.krimi-bremen.de

Bisherige Veröffentlichungen im Gmeiner-Verlag:
Frostkalt (2017)
Ausgerottet (2017)
Rabenfraß (2016)
Mordsgrimm (2014)
Rotglut (2013)
Schwanensterben (2012)

LILIANE SKALECKI / BIGGI RIST
Mordsgrimm

Hölzles 3. Fall

*Zwei Personen, die als Randfiguren auftauchen, gibt es tatsächlich und ihr
Einverständnis, dass sie in diesem Roman vorkommen, liegt uns vor.
Alle übrigen Personen sowie die Handlung sind frei erfunden.
Dabei sind Ähnlichkeiten mit lebenden oder toten Personen rein zufällig
und nicht beabsichtigt.*

Immer informiert

Spannung pur – mit unserem Newsletter informieren wir Sie
regelmäßig über Wissenswertes aus unserer Bücherwelt.

Gefällt mir!

Facebook: @Gmeiner.Verlag
Instagram: @gmeinerverlag
Twitter: @GmeinerVerlag

Besuchen Sie uns im Internet:
www.gmeiner-verlag.de

© 2014 – Gmeiner-Verlag GmbH
Im Ehnried 5, 88605 Meßkirch
Telefon 07575 / 2095-0
info@gmeiner-verlag.de
Alle Rechte vorbehalten
4. Auflage 2018

Lektorat: Claudia Senghaas, Kirchardt
Herstellung: Mirjam Hecht
Umschlaggestaltung: U.O.R.G. Lutz Eberle, Stuttgart
unter Verwendung eines Fotos von: © DJI-FUNK – Fotolia.com
Druck: CPI books GmbH, Leck
Printed in Germany
ISBN 978-3-8392-1615-6

Für Ralf, danke, dass es dich gibt. Für meine Familie. Biggi

Für meine Familie. Liliane

»*Meine von mir verfasste Dissertation ist kein Plagiat (...)*«
Karl Theodor zu Guttenberg, 18. Februar 2011

»*Spieglein, Spieglein an der Wand, wer ist die Schönste im ganzen Land?*«
Aus *Schneewittchen*, Kinder- und Hausmärchen der Gebrüder Grimm

»*Größte Lieb' gebiert den größten Hass.*«
Ferdinand von Saar

PERSONENVERZEICHNIS

Das Team

Heiner Hölzle	Kriminalhauptkommissar mit schwäbischen Wurzeln
Harry Schipper	Kriminaloberkommissar
Peter Dahnken	Kriminaloberkommissar
Markus Rotenboom	Leiter der Kriminaltechnik
Dr. Sabine Adler-Petersen	Rechtsmedizinerin
Jean-Marie Muller	Leiter des Kriminaldauerdiensts

Freunde/Familie

Christiane Johannsmann	Hölzles Freundin
Carola Johannsmann	ihre Schwester
Marthe Johannsmann	Christianes Großtante
Alexander und Jerôme	Hölzles Neffen
Dr. Ole Petersen	Ehemann von Sabine Adler-Petersen

Weitere Personen
Bremen

Prof. Gunther Lehmann	Literaturwissenschaftler
Dr. Moritz Koch	Literaturwissenschaftler
Ulf Koch	sein Bruder
Silvia Koch	seine Schwägerin
Dennis Koch	sein Neffe

Kira Funke	Freundin von Dennis
Annette Funke	ihre Mutter
Anne Piltz	Kiras Freundin
Bruno Nies	Casting-Manager

Bremerhaven

Achim Bringmann	Tourist in Bremerhaven
Martina Stedinger	Polizeikommissarin

Presse

Hanna Wagner	Journalistin beim Weser-Kurier
Thorben Schmink	Journalist beim Weser-Blitz

PROLOG

Dr. Moritz Koch konnte sich an dieser Stadt einfach nicht sattsehen. Paris hatte bei eisiger Kälte nicht weniger Charme als an einem märchenhaft schönen Frühlingstag. Und ein großer Vorteil: Es waren erheblich weniger Touristen unterwegs. Er durchquerte den Jardin des Tuileries. Es war Ende Februar, und die Gärtner waren bereits dabei, diesen Prachtgarten, den Ludwig XIV. in dieser Form hatte anlegen lassen, auf den jährlich wiederkehrenden Ansturm, der im Frühling zu erwarten war, vorzubereiten. Die Sonne schien von einem blank geputzten, blitzenden blauen Himmel. Für den späten Nachmittag waren jedoch die nächsten Schneefälle angekündigt.

Moritz' Weg führte ihn heute zum vorletzten Mal in die Rue Richelieu, wo sich das altehrwürdige Gebäude der Bibliothèque Nationale de France befindet. Mittlerweile hatte diese Bibliothek sechs Dependancen. Aber in diesem ältesten Teil atmete man den Hauch der Geschichte. Im 19. Jahrhundert war der gesamte Gebäudekomplex als Bibliothek von Henri Labrouste neu errichtet worden.

Moritz Koch, Literaturwissenschaftler und Märchenforscher, hatte hier in den Wochen seines Forschungsaufenthaltes wahre Schätze ausgegraben, und was er bald seiner Universität und den Kollegen präsentieren würde, konnte sich sehen lassen.

Auf der einen Seite freute er sich, bald wieder seinen normalen Trott aufzunehmen, andererseits würde er Paris schmerzlich vermissen. Aber man konnte ja nie wissen. Vielleicht wären auch die Fachkollegen aus Frankreich von seinen Perrault-Forschungen so begeistert, dass eines der heiß begehrten Stipendien ihn wieder nach Paris zurückbringen würde. In ein paar Wochen fand eine internationale Fachtagung der Märchenforscher in Bremen statt, wo er sicherlich Kollegen aus ganz Europa treffen würde.

Moritz hatte bereits vor zwei Tagen seine letzte Bestellung in der Bibliothek abgegeben. Er erhoffte sich von den Unterlagen nicht wirklich tief greifende neue Erkenntnisse, aber man musste auf Nummer sicher gehen. Der Karton, er ging davon aus, dass es sich um einen solchen handeln würde, enthielt nach den Angaben des Findbuches ausschließlich unvollständig erhaltene, zum Teil sogar zerrissene Texte, Briefe, Notizen und Aufzeichnungen, sozusagen das, was bei Charles Perrault im Papierkorb hätte landen sollen, aber offensichtlich dann doch aufgehoben worden war.

Er war zufällig auf die Signatur des Kartons gestoßen und hatte die Bestellung immer wieder vor sich hergeschoben. Zuerst hatte er die eindeutig wichtigen archivierten Unterlagen studieren wollen, und wenn er dann noch Zeit hätte, würde er sich den Inhalt des Kartons vornehmen.

Und heute war es soweit. Moritz hatte noch zwei Tage, und die reichten aus, sich mit diesen Papieren vertraut zu machen. Sollte sich doch noch etwas Wertvolles für ihn darin befinden, so konnte er es abfotografieren lassen, und man würde es ihm nach Kassel schicken.

Ein vorletztes Mal zeigte er seinen Benutzerausweis vor. Moritz betrat die riesige Rotunde, die den Lesesaal beherbergte. Wie immer legte er den Kopf in den Nacken und genoss den Anblick über ihm. Hohe eiserne Stützen trugen die mächtige lichtdurchflutete Kuppel, der ganze Raum war ein wahres Meisterwerk der Ingenieurskunst.

Mittlerweile begrüßte ihn die Dame an der Ausgabe mit einem freundlichen *Bonjour, ça va Monsieur Koch?*, worauf er stets antwortete *Très bien, et vous, Madame Tricastin?* Eben diese Mme. Silvie Tricastin hatte ihm bereits den angeforderten Karton bereitgestellt. Sie deutete mit schlanker Hand auf den Karton und hustete demonstrativ, denn er war mit einer dünnen Staubschicht überzogen, in der die Abdrücke der Finger des Mitarbeiters, der ihn herbeigebracht hatte, deutlich zu erkennen waren. Moritz war dies gewohnt. Akten, Schuber und Schachteln, die seit Jahrzehnten nicht abgerufen wurden, lagerten in den Regalen, mit dem Staub des Vergessens und der Vergangenheit bedeckt.

Moritz trug den Karton an seinen Leseplatz. Er war vielleicht 40 Zentimeter lang und zehn Zentimeter hoch, in einer Ecke prangte der Bibliotheksstempel, handschriftlich war darunter die Signatur zum Auffinden des Kartons in seinem Archivlager säuberlich zu lesen. Der dicke Bindfaden, der die Schachtel verschloss, war genauso verknotet, wie es Moritz schon in zig Archiven und Bibliotheken vorgefunden hatte: kreuzweise um den Karton geschlungen, oben einfach mit einer einzelnen Schleife gebunden, sodass man nur einmal am Ende des Fadens ziehen musste, um die ganze dünne Schnur zu entfernen.

Nachdem er den Faden sorgfältig zusammengewickelt hatte, blies Moritz vorsichtig über den Deckel. Der Staub wirbelte wie ein feiner Nebel auf und tanzte im winterlichen Sonnenlicht, das direkt durch das riesige Glasdach der Kuppel und die runden Tambourfenster auf seinen

Platz schien. Moritz zog die weißen dünnen Baumwollhandschuhe über, mit denen er grundsätzlich bei allen archivierten Akten arbeitete. Auf den ersten Blick stellte er fest, dass vor allem lose Blätter im Karton lagen, einzelne Papiere steckten auch in Klarsichthüllen. Missmutig schüttelte er den Kopf. Er hielt nichts von diesen Hüllen. Die Dinger brachten es doch glatt fertig, den kostbaren Inhalt zu zerstören, denn die Weichmacher des Kunststoffs besaßen eine fatale Wirkung auf das alte Papier.

Moritz arbeitete sich systematisch vor. Jemand, der vor ihm den Karton gehabt hatte, musste ein Kenner Perraults gewesen sein, denn wie er feststellte, waren die einzelnen Zettel, oftmals nur mit kurzen Notizen bekritzelt, manche auch mit kleinen Zeichnungen versehen, andere wiederum mit nie fertiggestellten Korrespondenzen, offensichtlich chronologisch geordnet worden. Kein leichtes Unterfangen, da die meisten der Blätter ohne Datumsangaben waren. Moritz ging die Notizen noch einmal durch. Doch, genau so hätte auch er die Ordnung hergestellt.

Den größten Teil des Kartons nahm jedoch ein Buch ein, das am Boden schlummerte, eingebunden in einen grau-braun gesprenkelten Einband. Vorsichtig hob Moritz das Buch heraus. Ein vergilbter Zettel war auf den Buchdeckel aufgeklebt, beschrieben mit einer offensichtlich altertümlichen Schreibmaschine. Die Rundung des kleinen *e* war gefüllt, das kleine *v* kaum lesbar, der Rand des Zettels altmodisch ausgezackt, wie bei einer Briefmarke. Neugierig und gespannt entzifferte Moritz den mittlerweile fast verblassten Titel des Buches.

Was hatte er denn da entdeckt? Enttäuschung machte sich augenblicklich breit. Welcher Idiot hatte denn das in die vergessene Perrault-Kiste gesteckt? Das Buch musste er an der Rezeption abgeben, damit es an seinen angestammten Platz zurückkehren konnte. Wenn irgendwann ein Religionswissenschaftler das Werk aufspüren wollte, würde er es Moritz verdanken, dass Jean Grancolas *Traité de la messe et de l'office divin* von 1713, denn als solches entpuppte sich das Buch, wieder auffindbar war.

Kopfschüttelnd schob er den Schmöker an die Seite und widmete sich wieder den Perrault'schen Papieren. Zwei der kleinen Zeichnungen würde er sich ablichten lassen, den Rest exzerpierte er gleich in seinen Laptop. Viel war es nicht, was er entdeckte. Sorgfältig verstaute Moritz Koch seinen Fund im Karton und schnürte diesen wieder zu. Wahrscheinlich würde die Schachtel nun für die nächsten 100 Jahre auf einem der unzähligen Archivregale verschwinden und verstauben.

Der Himmel über dem Kuppeldach war finster geworden, und Moritz hatte den Eindruck, dass sich bereits eine dünne Schicht Schnee auf dem Glas ausgebreitet hatte. Morgen würde er ein letztes Mal die Bibliothek besuchen, noch einmal alles, was er in den ganzen Wochen erarbeitet hatte, stichprobenartig überprüfen und der netten Mme. Tricastin ein paar Blumen mitbringen.

Der Blick auf seine Armbanduhr sagte ihm, dass die Bibliothek in einer knappen Stunde schließen würde. Er wollte sich im Anschluss noch ein kleines, etwas kostspieligeres Abendessen gönnen. Um die Zeit zu überbrücken, zog er sich das Buch mit dem religiösen Inhalt von Grancolas herbei. Moritz wusste so gut wie nichts über diesen Theologen. Nur so viel, dass er irgendwann im 17./18. Jahrhundert gewirkt haben musste und Professor an der Sorbonne gewesen war. Mehr aus Langeweile denn aus echtem Interesse öffnete er das Buch. Was war das denn? Statt eingebundener Buchseiten lagen durch eine dünne Schnur zusammengebundene Blätter zwischen den beiden Deckeln, und diese nicht, wie er erwartet hatte, gedruckt, sondern handschriftlich. Und diese Schrift kannte Dr. Moritz Koch. Er begann zu lesen, und was er da las, verschlug ihm die Sprache. Das konnte nicht wahr sein! Der Märchenforscher konnte kaum glauben, auf was er da gestoßen war. Wenn dies publik würde … Und er, Dr. Moritz Koch, würde dafür sorgen, dass die Welt davon erfuhr. Er starrte auf die Blätter und hatte das Gefühl, eine scharfgemachte Bombe in seinen Händen zu halten. Zorn und Enttäuschung brachen sich Bahn, diese Bombe würde er in Bremen hochgehen lassen …

*

Hölzle saß an seinem Schreibtisch, die Akte eines Menschenhändlers vor sich, bald würde die Verhandlung sein. Delikte wie Menschenhandel und Prostitution gehörten zum Kommissariat 44 in Bremen und fielen eigentlich nicht in sein Ressort. Allerdings hatte es eine Tote gegeben, und für diese wiederum war Kriminalhauptkommissar Heiner Hölzle zuständig. Eine junge Bulgarin war in ihrer Wohnung leblos aufgefunden worden. Zu Tode geprügelt. Die Beweislage war allerdings dünn, es konnte durchaus sein, dass der Mann für den Tod der Frau nicht belangt werden würde. Doch es bestand wenigstens die Chance, dass man ihn wegen seiner anderen Straftaten hinter Schloss und Riegel bringen konnte.

Im Hintergrund dudelte seine geliebte Musikbox einen Hit der Flippers – was auch sonst? –, *Ein Herz aus Schokolade*. Vor ihm stand ein halb leerer Becher mit mittlerweile nur noch lauwarmem Kaffee, daneben häufte sich der Verpackungsmüll seiner nicht weniger geliebten Schokoriegel.

Demnächst würde die Hauptverhandlung sein. Hoffentlich schperred se den so lang weg, wie's geht, dachte Hölzle, wohl wissend, dass viele dieser Schweine zu oft zu billig davon kamen. Das Strafmaß von zehn Jahren Gefängnis wurde nur allzu selten ausgeschöpft. Meist scheiterte das Ganze an der Angst der Frauen, die gegen ihre Peiniger aussagen sollten.

Auch wenn die Mehrzahl der Gewaltdelikte tatsächlich gegenüber Männern ausgeübt wurde, so empfand Hölzle die Verbrechen gegen Frauen und Kinder immer als besonders grausam.

Sein Kollege Harry Schipper hatte sich eben zusammen mit einer neuen Kollegin, Britta Auermann, auf den Weg gemacht. Die Bahn hatte sie informiert, dass ein Mädchen von einem Zug überrollt worden war, und die beiden hatten die traurige Aufgabe, zu klären, ob es sich um einen Selbstmord handelte, ob vielleicht ein Unfall vorlag oder ob sie womöglich von einer anderen Person auf die Gleise gestoßen worden war.

Telefongebimmel riss ihn aus seinen Gedanken. Stirnrunzelnd starrte er auf das Display, die angezeigte Nummer begann mit 0033388. Ein Anruf aus Frankreich, Straßburger Vorwahl. Seine Schwester Babsi. Was konnte so wichtig sein, dass sie ihn im Büro anrief? Hoffentlich war alles in Ordnung, Mutter kam langsam in die Jahre.

»Hi, Schwesterherz, was kann ich für dich tun?«, begrüßte er sie gut gelaunt.

»Hallo, Heiner, prima, dass ich dich erwische. Ich habe einen Anschlag auf euch vor«, kam Babsi gleich zum Grund ihres Anrufes. »Die Jungs würden gerne für zwei Wochen zu dir, oder vielmehr zu euch, kommen.«

Hölzle holte tief Luft, doch bevor er irgendetwas sagen konnte, plapperte seine Schwester munter weiter. Die Worte sprudelten aus ihr heraus wie ein Wasserfall, und Heiner sah seine Schwester im Geiste schon blau anlaufen, da sie überhaupt keine Luft zu holen schien.

»Jerôme macht ein Praktikum am Zentrum für Luft- und Raumfahrttechnik und Alexander eines bei Mercedes. In Bremen versteht sich. Entschuldige, dass ich dich damit so überfalle, aber das hat sich jetzt ganz kurzfristig ergeben, und ich kann die beiden ja nicht im Hotel einquartieren. Also nimmst du deine Neffen bei dir auf?«

Mit jedem Wort wurden Hölzles Augen größer, gut, dass seine Schwester das Entsetzen in seinem Gesicht nicht sehen konnte.

»Heiner? Bist du noch dran?«

Hölzle fing sich wieder. »Wie stellst du dir das vor? Ich bin den ganzen Tag weg, oft auch nachts und am Wochenende. Und Christiane hat auch genug an den Hacken, also, ich weiß nicht ...«

»Jetzt sollst du mir *einmal* einen Gefallen tun. Es ist wichtig für die Jungs, dass sie diese Auslandspraktika machen. Außerdem sind sie nicht mehr drei Jahre alt, und man muss sie nicht permanent im Auge behalten. Die sind schon recht selbstständig, glaub' mir, ihr werdet kaum merken, dass sie da sind. Bitte, kleiner Bruder«, sie verlegte sich aufs Flehen.

Es blieb ihm wohl kaum etwas anderes übrig, als ja zu sagen.

»Okay, okay. Wann soll das sein?«, brummte er in den Hörer.

»Ähm, das kommt jetzt vielleicht ein bisschen plötzlich, aber sie fahren schon morgen mit dem Zug los. Ankunft in Bremen ist dann am Samstag sehr früh morgens um 1.40 Uhr.«

»Was, um die Uhrzeit und schon übermorgen? Sag mal, geht's noch? Seit wann weißt du das eigentlich?«, Hölzle wurde allmählich richtig sauer.

»Seit letzter Woche. Und, es tut mir leid, wir haben keine bessere Verbindung mehr bekommen. Ich weiß, ich weiß, ich hätte dir schon längst Bescheid geben müssen, aber bei uns war ständig irgendwas los. Am Gerichtshof steppt wie immer der Bär, und Alain ist vor drei Tagen für ein Forschungssemester in die USA geflogen. Und Mama ging's auch nicht so gut. Herzrhythmusstörungen, sagt der Kardiologe. Jetzt bekommt sie Medikamente und sie ist wieder auf dem Weg der Besserung. Sie hatte nachts immer so Herzrasen, richtige Attacken. Du siehst also …«

»Na toll, und das mit Mamas Gesundheitszustand erfahre ich so ganz nebenbei. Na ja, ist ja nun auch nicht mehr zu ändern. Ich hol' die Jungs ab. Wenn ich's nicht schaffe, dann kommt Christiane. Wir kriegen das schon hin. Ach, eins noch: Du kannst deinen Sprösslingen schon mal einbläuen, dass mein Wort Gesetz ist und sie sich an unsere Spielregeln zu halten haben, sonst setz' ich sie eigenhändig in den nächsten Zug nach Straßburg. Klar soweit?«

»Oh, oh, nur kein Stress. Wie gesagt, du wirst kaum merken, dass sie da sind. Ich finde, die sind mittlerweile ganz gut geraten. War ja manchmal nicht so einfach mit den Zwillingen, als sie klein waren.« Babsis Stimme klang etwas wehmütig. »Toll, dass das klappt«, fuhr sie dann fort, »ich danke dir ganz herzlich. Übrigens könnten du und Christiane uns endlich mal in Straßburg besuchen. Mama würde sich auch freuen, und das neue Haus kennst du ja noch gar nicht.«

Hölzle versprach, ihnen in absehbarer Zukunft einen Besuch abzustatten, ermahnte seine Schwester, ihn über den Gesundheitszustand ihrer Mutter auf dem Laufenden zu halten und legte dann auf.

Sekundenlang starrte er das Telefon an, fühlte sich wie von einem Lastwagen überfahren. Alexander und Jerôme, die eineiigen Zwillinge, die er nie unterscheiden konnte. Zwei Wochen lang mit den ungezogenen Bengeln – egal was seine Schwester behauptet hatte – unter einem Dach. Das konnte ja heiter werden.

KIRA 1

»Frau Funke, wir wissen, was Kira und Sie in den letzten Monaten durchgemacht haben. Unsere Schulpsychologin hat mehrfach versucht, mit Kira darüber zu sprechen. Doch vergeblich. Sie lässt niemanden an sich ran. Auch ihre beste Freundin Anne weiß sich keinen Rat mehr. Aber das wissen Sie ja, Frau Funke.«

Der Direktor des Schulzentrums Bördestraße hob hilflos die Hände. »Kira war eine unserer besten Schülerinnen, und jetzt, Frau Funke ...«

Annette Funke zuckte bei jedem Satz des Direktors wie von einer unsichtbaren Hand geschlagen zusammen.

»Herr Ehrhardt ...«, Annette rang nach den Worten, die der Direktor wahrscheinlich gerne von ihr hören wollte. Dass Kira sich wieder fangen würde, das Leben ihrer Tochter bald wieder in normalen Bahnen verlaufen würde, ihre Noten sich bald verbesserten, Kira wieder Freude am Geigenunterricht hätte und sie wieder das fröhliche Mädchen sein würde, das sie 16 Jahre lang gewesen war. Aber Annette Funke wusste, das alles war eine einzige große Lüge.

Kira hatte sich nach dem Tod ihres Vaters und ihres geliebten Bruders Ben in sich selbst zurückgezogen. Während sie, Annette, sich verstärkt in ihre Arbeit gestürzt hatte, hatte sie Kira allein gelassen. Erst vor drei Jahren war sie wieder in ihren alten Beruf als Hotelfachfrau zurückgekehrt, war glücklich gewesen, so schnell wieder Fuß fassen zu können. Sie war erfolgreich, hatte in der kurzen Zeit eine Vertrauensstellung inne und war für die Planung des gesamten Personaleinsatzes zuständig.

Natürlich war ihr nicht entgangen, dass Kiras schulische Leistungen immer dürftiger wurden, sie nur noch lustlos ihre Geige aus dem Koffer holte, bis sie eines Tages den Kasten überhaupt nicht mehr öffnete, und Annette sich gezwungen sah, den Unterricht bei Frau Stelljes aufzugeben. Es war ihr auch nicht verborgen geblieben, dass Kira nur noch wie ein Spatz aß.

In den ersten Wochen nach Bens Tod hatte sie das Essverhalten noch auf die tiefe Trauer geschoben, doch jetzt musste sie einsehen, dass Kira offenkundig unter Magersucht litt. Dreimal bereits hatte sie mit ihrer Tochter einen Termin im Gesprächskreis für essgestörte Jugendliche und deren Eltern vereinbart, dreimal hatte Kira sie alleine vor der Tür stehen lassen. Auch weigerte sich Kira standhaft, mit ihrer Mutter zur Kinder- und Jugendärztin zu gehen.

Wie zu Kinderzeiten hatte Annette Kira kleine Botschaften auf bunten Zetteln auf dem Küchentisch hinterlassen. Früher gab es die *Pass-auf-dich-auf-Zettel*, die *Denk-an-was-auch-immer-Zettel*, die *Sei-so-lieb-und-erledige-dies-und-das-Zettel* oder auch die *Mutmach-Zettel* vor einer schwierigen Klassenarbeit oder einfach nur dafür, aus ihrer Tochter ein selbstbewusstes und selbstbestimmtes Wesen zu machen. Heute gab es nur noch die *Mutmach-Zettel*. Doch sie blieben ungelesen, zumindest unbeantwortet.

Meist fand Annette die Zettel auf dem Küchentisch genauso vor, wie sie sie hingelegt hatte. Die Marzipanpraline, die sie immer auf die Ecke legte, damit der Zettel nicht davonflog, blieb unberührt.

Anfangs hatte sie versucht, Kira mit ihren Lieblingsgerichten zu ködern. Kira hatte immer einen deftigen

Geschmack gehabt. Eintöpfe jeder Art, Rouladen mit Klößen, panierte Koteletts mit Bratkartoffeln. Jetzt schob ihre Tochter das Essen angewidert zurück. Um Annette einen Gefallen zu tun, pickte sie ab und zu mit der Gabel ein Häppchen auf, schob es in den Mund, um es Minuten später wieder in die Kloschüssel zu befördern. Annette hatte ihr dann irgendwann eine Art Astronautennahrung besorgt, kalorienreich und mit einem hohen Eiweißanteil. Nur diesen Fläschchen war es zu verdanken, dass Kira noch nicht zusammengebrochen war.

Ihre wunderschöne, lebenslustige Tochter hatte sich in ein Gespenst verwandelt. Sie hatte Anne darauf angesprochen. Doch Anne hatte gemeint, sie solle sich nicht so sorgen, es gäbe Mädchen an der Schule, die seien noch dünner, Kira wäre doch noch ganz in Ordnung mit dieser Figur. Annette hatte die Tatsache, dass andere Mädchen noch gestörter waren als ihre eigene Tochter, nicht wirklich beruhigt, und sie hatte schon überlegt, ob sie mit Kira wegziehen und irgendwo ganz neu beginnen sollte. Doch alleine bei diesem Gedanken war Kiras frühere Aufmüpfigkeit wieder entfacht worden. Nie, niemals würde sie das Haus, in dem sie auch einmal glücklich gewesen war, verlassen.

»Frau Funke, daher bin ich wirklich der Auffassung, es wäre nur in Kiras Interesse, wenn Sie einen Jugendpsychologen hinzuziehen würden. Ich habe Ihnen bereits die Telefonnummer von Frau Strittmaker aufgeschrieben, sie gehört zu den Besten ihrer Zunft. Machen Sie bitte so bald wie möglich einen Termin mit ihr aus.«

Geistesabwesend nahm Annette Funke den gelben Notizzettel entgegen und steckte ihn in ihre Manteltasche.

Sie hatte Direktor Ehrhardt am Ende nicht mehr zugehört, wusste sie doch selbst am besten, wie es um ihre Tochter stand, und dass professionelle Hilfe dringend notwendig war. Aber sie konnte ihr Kind doch nicht an den Haaren zur Psychologin schleppen. Bis heute hatte sich Kira jedem Gespräch verweigert, und so wie sie ihre Tochter kannte, würde sie mit Druck überhaupt nichts erreichen.

Mit großen Augen starrte ein riesiger ausgestopfter Uhu auf sie herab. Er krönte den altehrwürdigen Bibliotheksschrank, der die gesamte Wand hinter dem Schreibtisch des Direktors einnahm. Irgendwie fühlte sich Annette in diesem Ambiente in die *Feuerzangenbowle* mit Heinz Rühmann versetzt. Sie starrte zurück, die weit aufgerissenen Augen des Uhus erinnerten an die Augen Kiras, die ihr in dem immer schmaler werdenden Gesicht mittlerweile riesig erschienen.

Ehrhardt war aufgestanden, nickte ihr aufmunternd zu, doch sie konnte auch die Besorgnis in seinem Gesicht erkennen. Annette musste sich auf beide Lehnen des Besuchersessels stützen, um überhaupt die Kraft zu finden, ebenfalls aufzustehen. Sie hielt dem Schuldirektor die Hand hin. Annette Funke war so erschöpft, dass selbst diese einfache Geste des sich Verabschiedens von ihr die größte Mühe und Konzentration erforderte.

Sie ging den Flur am Schwarzen Brett der Schule entlang. Der Hinweis auf das in 14 Tagen stattfindende Schulkonzert sprang ihr ins Auge. Seit Jahren war Kira ein unverzichtbarer Bestandteil dieses Konzerts gewesen, hatte vor zwei Jahren erstmals einen Soloauftritt mit ihrer Geige gehabt. Durch wen man sie wohl jetzt ersetzt hatte? Müde schlurfte sie den Flur entlang. Bildete sie es sich nur ein, weil man es immer wieder in Romanen las, oder roch der Gang tatsächlich intensiv nach Bohnerwachs und Schulmief? Aus einem der Klassenräume drang ein dumpfes Geräusch, als wäre ein Stuhl umgefallen. Es war Nachmittag, und nur in wenigen Räumen fand Unterricht statt. Vor allem die Klassen, die kurz vor dem Abitur standen, hielten sich jetzt noch in der Schule auf.

Annette hielt sich mit der linken Hand am Geländer fest, als sie die breite Treppe ins Erdgeschoss hinunterging. Ihr war schwindlig. Plötzlich stand sie vor den Fahrradständern der Schule. Hatte sie überhaupt etwas zum Abschied gesagt? Hatte sie sich für Ehrhardts Interesse am Wohlergehen ihrer Tochter bedankt? Sie konnte sich nicht erinnern. Ihre Finger fühlten sich taub an, als sie den Schlüssel ins Fahrradschloss steckte und drehte. Wie eine alte Frau bestieg sie den Sattel, trat mit wackeligen Beinen in die Pedale.

Sie würde versuchen, heute noch einmal vernünftig mit Kira zu sprechen. Vielleicht mit ihr für die Sommerferien eine Reise planen. Egal wohin, Hauptsache weg von zu Hause. Bei dem Gedanken an das abweisende Gesicht ihrer Tochter, an die abwehrende, fast feindselige Haltung ihr gegenüber, verließ Annette der letzte Mut. Kurz entschlossen stoppte sie, wechselte die Straßenseite und fuhr in die Gegenrichtung. Bloß nicht nach Hause, dort würde sie verrückt werden, sie musste unter Leute. Fast schämte sie sich bei dem Gedanken, wie sehr sie sich auf ihre Schicht im Hotel freute. Wenn Kira zu Hause war, dann in ihrem Zimmer, abgeschlossen in ihrer eigenen Welt. Sie, Annette, käme nicht hinein, nicht ins Zimmer und schon gar nicht in die Gedankenwelt ihrer Tochter.

Vor der erstbesten kleinen Kneipe hielt sie an, schloss gewissenhaft das Rad ab. Sie setzte sich an einen Tisch am Fenster, bestellte ein Glas Rotwein. Wann hatte sie zum letzten Mal am frühen Nachmittag Alkohol getrunken? Heute hatte sie das Gefühl, sie hätte ihn noch nie so dringend gebraucht wie jetzt. Wohl wissend, dass der Rotwein ihre Sorgen auch nicht von ihr nehmen würde. Der Bardolino war gut temperiert und rann angenehm die Kehle hinunter. Sie dachte an ihren Mann und an das vergangene Jahr.

Mit ihrem Mann Peer hatte sie zwei, drei Mal in der Woche einen guten Wein getrunken. Sie hatte den Roten bevorzugt, Peer war ein durch nichts zu erschütternder Rieslingfan gewesen. Gerne hätte Annette sich jetzt eine Zigarette angezündet. Aber sie hatte das Rauchen aufgegeben, als Kira unterwegs gewesen war. Vier Jahre später war Ben zur Welt gekommen, und sie hatte sich erstmals wieder ein Päckchen Zigaretten gegönnt. Warum auch immer. Wenigstens eine rauchen, auf der Terrasse, wenn die Kinder im Bett waren. Aber schon die erste Zigarette hatte ihr nicht geschmeckt. Damit war für sie das Thema erledigt gewesen.

Acht Jahre nach der Geburt ihres Sohnes diagnostizierten die Ärzte bei Ben Leukämie. Akute lymphatische Leukämie. Nach der erschütternden Erstdiagnose folgten Wochen auf der kinderonkologischen Station, wo Ben eine intensive chemotherapeutische Behandlung erhielt. Annette verbrachte fast mehr Zeit in der Klinik als zu Hause, das ganze Leben der Familie Funke hatte sich auf den Kopf gestellt. Zunächst schien die Therapie auch gut anzuschlagen, Ben kam nach Hause, musste aber weiterhin behandelt werden, um die Remission zu erhalten. Kira, die gesund und munter war und immer ein fröhliches Wesen hatte, ging, unbemerkt von ihren Eltern, nach und nach unter. Nicht umsonst wurden solche Kinder Schattenkinder genannt.

Nach knapp zwei Jahren meldete sich der Krebs bei Ben mit aller Vehemenz zurück, und die Torturen begannen erneut. Doch diesmal blieb trotz der Qualen, die Ben auszustehen hatte, der Erfolg aus. Ein halbes Jahr später war Ben dann gestorben.

Am Tag nach Bens Beerdigung begann Kira, sich einzuigeln. In ihrem grenzenlosen Schmerz bemerkten Annette und Peer zunächst nicht, wie Bens große Schwester sich nach und nach von ihren Eltern entfernte. Dann folgte dieser unsägliche Mittwoch im Juli.

Bens Beerdigung war fünf Monate her gewesen, und irgendwie hatte das Leben doch weitergehen müssen. Annette hatte sogar darüber nachgedacht, ob sie und Peer nicht ein drittes Kind lieben könnten. Ein Baby würde ihnen Ben nicht zurückbringen, es könnte auch nie diese klaffende Wunde schließen, aber es wäre eine wunderschöne Aufgabe, einen neuen Menschen auf das Leben vorzubereiten. So hatte Annette gedacht, hatte eine Flasche Weißwein in den Kühlschrank gestellt und auf Peer gewartet, freudig und doch etwas ängstlich, denn sie hatte keine Ahnung, wie ihr Mann auf ihre Idee reagieren würde. Sie sollte es auch nie erfahren.

Peer war mit dem Motorrad zur Arbeit gefahren und hatte beschlossen, anschließend das herrliche Wetter für eine kleine Spritztour nach Fischerhude zu nutzen. In den letzten Wochen war er beinahe täglich eine zusätzliche Tour auf seinem Nachhauseweg gefahren. Annette gönnte es ihm, lenkte das Motorradfahren ihn doch von seinem tiefen Schmerz ein wenig ab. Peer war ein sicherer Fahrer, konzentriert, hielt sich streng an die Geschwindigkeitsbegrenzungen, überholte nie in Kurven, tat nie etwas Unüberlegtes. Annette selbst hatte trotzdem immer ein mulmiges Gefühl, wenn sie auf dem Sozius saß. Ihr war ihr alter Drahtesel lieber.

Es klingelte an der Haustür, als sie gerade zwei Weingläser und einen Weinkühler auf die Terrasse tragen wollte. In dem Moment, als der melodische Gong ertönte, wusste Annette, dass etwas Furchtbares passiert war. Sie konnte später nie ergründen, warum sie so sicher gewesen war. Und auch Kira musste es gespürt haben, denn Annette hörte, wie die Zimmertür im oberen Stock geöffnet wurde.

Vor der Haustür standen zwei Polizisten, eine Frau und ein Mann sowie eine weitere Person, deren Jackenaufdruck an der linken Brust ihn als Seelsorger auswies, fast regungslos zwischen den beiden mächtigen Tontöpfen, in die Annette vor Jahren dunkelrot blühenden Oleander gepflanzt hatte.

»Frau Funke, es tut uns sehr leid. Leider müssen wir Ihnen mitteilen, dass Ihr Mann einen Unfall hatte, ein Trecker hat ihn übersehen. Er war sofort tot ...«

Im Obergeschoss schlug mit lautem Knall eine Tür zu. Kira.

Seufzend trank Annette den letzten Schluck Bardolino. Sie hatte das Gefühl, dass sich diese Tür seitdem nie wieder geöffnet hatte.

MORITZ 1

Moritz Koch räkelte sich noch einmal auf seinem Sitz. Die braune Baumwollhose, die er trug, war innen angeraut und kratzte an seinen Beinen, seitdem er in Kassel den Zug bestiegen hatte. Er stopfte sein Hemd zurück in die Hose und zog sich seinen blau-grün karierten Pullunder über seinen kleinen Bauchansatz.

Koch war zwar erst 35 Jahre alt, doch seit Geburt von eher rundlicher Statur, hatte er es bis heute nicht geschafft, seinem Körper eine sportliche Note zu verleihen.

Koch fuhr zweiter Klasse mit der Deutschen Bahn und hatte sich einen Platz mit Anschluss für seinen Laptop reserviert. Ein älteres Ehepaar, das ihm gegenübersaß, ließ ihn leider nicht zu seiner gewünschten Ruhe und Konzentration kommen. Gern hätte er die knapp drei Stunden Fahrt dazu genutzt, noch ein wenig an seinem Vortrag zu feilen, doch die beiden hatten offensichtlich ihre Hörgeräte, sofern vorhanden, in den Koffern verstaut, denn ihr hessisches Gebabbel tönte durch den halben Wagen. In Hannover klappte Koch seinen Laptop resigniert zu. Na ja, eigentlich fühlte er sich doch bestens auf die Konferenz, die anlässlich des 100. Todestages des Literaturprofessors und Märchenforschers Traugott Helfrich stattfand, vorbereitet. *Der Einfluss der orientalischen Märchenwelt auf das Schaffen von Charles Perrault* – seine Kollegen würden nicht schlecht staunen, wenn er ihnen die Ergebnisse der letzten sechs Monate Forschungsarbeit in Frankreich präsentierte.

Noch gehörte Dr. Moritz Koch, seines Zeichens Märchenforscher, nicht zu den ganz Großen seiner Zunft, doch die neuen Erkenntnisse seiner Studien würden ihn ein Stückchen weiter zum Gipfel des Olymps bringen. Unglückseligerweise hatten seine Forschungen auch bittere Begleiterscheinungen zutage gebracht, die ihm nun schwer im Magen lagen. Wie nur sollte er diese Situation am geschicktesten meistern?

Koch schaute aus dem Fenster und betrachtete die an ihm vorbeifliegende Landschaft. Als er in Kassel losgefahren war, hatte es in Strömen gegossen, und er musste den altersschwachen Knirps über seine Aktentasche halten, damit der Wind ihm nicht die Regentropfen in seine Unterlagen peitschte. Kurz vor Bremen hatte es aufgeklart, und nun, 15 Minuten, bevor der Zug den Hauptbahnhof erreichte, schien die Sonne von einem blauen Himmel, den lediglich der silbrig glänzende Kondensstreifen eines Flugzeuges verunzierte. Koch schloss seine braune Mappe, in die er Laptop und die *Mémoires de C. Perrault*, natürlich nicht das Original von 1755, sondern einen Nachdruck von 1993, verstaut hatte. Der Märchenforscher wuchtete den grünen Trolley aus dem Gepäcknetz und schlüpfte in seinen beigen Trenchcoat.

Verdammt, jetzt hatte er sich beim Zuknöpfen auch noch den mittleren Knopf abgerissen. Moritz Koch steckte ihn in die Manteltasche und wanderte, seinen Koffer hinter sich her zerrend, zum Ausstieg in Fahrtrichtung rechts. Quietschend hielt der Zug, die Tür glitt auf, und eine Meute Schüler versuchte sich bereits an ihm vorbei zu drängen, bis einer der Lehrer der ungestümen Bande Einhalt gebot.

Der Wissenschaftler betrat bremischen Boden. Suchend schaute er sich auf dem Bahnsteig um. Vielleicht war ja eine Kollegin oder ein Kollege im selben Zug gewesen, und man könnte gemeinsam zum Tagungsbüro in der *Glocke* gehen, um die Konferenzunterlagen abzuholen. Doch Koch erspähte kein bekanntes Gesicht. Eine quäkende Lautsprecherstimme ertönte und gab die neunminütige Verspätung eines Intercitys aus Hamburg bekannt. Gleichzeitig ertönte ein Pfeifkonzert, das Koch zusammenzucken ließ. Die Schülerbande, die eben noch den Zug stürmen wollte, pfiff sich die Seele aus dem Leib. Neugierig den Hals reckend, versuchte er zu erspähen, was die halbwüchsigen Jungs so aus der Fassung brachte – wahrscheinlich ein Werderspieler, dessen Leistung mittels Pfiffen quittiert wurde.

Doch was Koch dann sah, ließ auch ihn, verhalten und leise allerdings, durch die Zähne pfeifen. Fünf kurzberockte, langbeinige junge Schönheiten hatten soeben den Zug auf dem gegenüberliegenden Gleis verlassen, Beauty Case in der einen Hand, Rollkoffer in der anderen. Koch nickte anerkennend, diese Mädchen hatten eindeutig Modelqualitäten. Hatte er nicht irgendwo gelesen oder gehört, dass die Vorauswahl zur *Catwalk Princess* in Bremen fallen sollte? Der Veranstalter war mit seinen Juroren schon seit einigen Wochen zugange, um das hübscheste Mädchen aus Norddeutschland auszuwählen. Die endgültige Entscheidung würde dann später in München fallen. Eigentlich hielt er von solchen Veranstaltungen nicht viel, doch der Anblick der fünf Grazien war schon eine Augenweide.

Auf dem Bahnhofsvorplatz entledigte Koch sich seines Mantels. Es war zwar gerade mal halb elf, doch die

Frühlingssonne hatte bereits eine Kraft entwickelt, mit der Koch nicht gerechnet hatte. Das Tagungsbüro würde um elf Uhr öffnen, die erste Veranstaltung war dann für den späten Nachmittag geplant. Es sollte ein lockeres Zusammentreffen der Märchenforscher werden, ein erstes Kennenlernen, ein erster Gedankenaustausch. Ab morgen würden dann eine Woche lang Wissenschaftler aus ganz Europa ihre Fachvorträge halten und in anschließenden Diskussionen die Thesen der Kollegen entweder zerpflücken oder gutheißen. Und es gab ein tolles Rahmenprogramm, wie er der Internetpräsentation der Konferenz entnommen hatte. So wurde unter anderem eine Fahrt nach Bremerhaven mit Besuch des Auswandererhauses und des Klimahauses angeboten. Diese beiden Attraktionen der Seestadt hatte er sich schon immer einmal anschauen wollen.

Moritz Koch schaute auf die Uhr. Er würde die noch verbleibende Zeit bis zur Öffnung des Tagungsbüros nutzen, um bei seinen *Vier Freunden* vorbeizuschauen. Der Gedanke ließ ihn schmunzeln. Immer, und da gab es keine Ausnahme, immer wenn er nach Bremen kam, führte ihn sein erster Weg hinter das Rathaus zum Liebfrauenkirchhof, wo die berühmte Plastik der Bremer Stadtmusikanten von Gerhard Marcks stand. Die meisten Touristen, die die Skulptur bewunderten, waren zunächst erstaunt, wie klein die Stadtmusikanten waren, die auf ihrem hohen Podest standen.

Moritz Koch hielt kurz an, um seinen Trolley von der linken Seite auf die rechte zu befördern, als sein Handy klingelte. Er hielt nichts von dem ganzen Gedudel und Gebrumme, welches man sich heutzutage herunterladen konnte, sein Handy klingelte wie ein altes Bakelittelefon. Die Nummer auf dem Display war ihm nicht bekannt. Er zerrte seinen Koffer vor den Eingang zu einer dermatologischen Praxis und nahm den Anruf entgegen.

»Mensch, Hanna, das gibt's doch nicht. Was, auf der Teilnehmerliste hast du mich gefunden? Ach so, abkommandiert, um über uns Exoten zu berichten. Na, werd' mal nicht frech. Klar treffen wir uns, ich freu' mich auf dich. Nee, mit Ulf hab ich noch nicht gesprochen. Der kann mich mal. Nee, ich möchte jetzt nicht wirklich mit dir über meine Familie reden. Aber du kennst ja Ulfs Frau, Silvia ist so ein mieses Stück, ein echter Schleimbolzen. Ja, ich beruhige mich schon wieder. Bei einem Bier gibt's weitere Infos. Ja, tschüss Hanna. Ja, ja, doch, heute Abend beim Warm-up im Foyer, ja, ich mich auch.«

Moritz Koch freute sich wirklich. Hanna Wagner und er hatten zusammen die Schulbank gedrückt, Abitur gemacht und waren auch kurze Zeit, zwei Wochen in der neunten Klasse, um genau zu sein, ein Paar gewesen. Später kamen sie noch einmal zusammen, diesmal entstand eine ernsthafte Beziehung, die mit der alten Teenieschwärmerei nichts mehr gemein hatte. Mit Hanna konnte man Pferde stehlen. Doch die Liebe hatte der Entfernung zwischen Bremen und Kassel nicht auf Dauer standgehalten, und so hatten sie sich in aller Freundschaft getrennt.

Kaum hatte Moritz seinen Trolley wieder weiter in Richtung Innenstadt ziehen wollen, klingelte sein Handy erneut. Diese Nummer kannte er. Sein Bruder Ulf, sein großer Bruder Ulf, der absolut unter dem Pantoffel seiner Frau Silvia stand. Sein großer Bruder, der ihn doch tatsächlich um eine Menge Geld bringen wollte. Aber nicht mit ihm, das Testament von Onkel Hubertus würde er anfechten, koste es, was es wolle.

»Ja, Ulf, was willst du? Ach nee, sag nur. Wo du doch in Bremen wohnst, könnten wir uns treffen und alles gütlich besprechen?«, fauchte er mit beißendem Sarkasmus. »Du hast sie wohl nicht mehr alle! Mit gütlich besprechen ist bei mir nix mehr. Ich habe keine Zeit, und von meiner Seite aus ist alles gesagt. Ach, Silvia soll einfach mal ihre dämliche Fresse halten. Ja, du hast richtig gehört, ihre dääääämliche Fresse. Du weißt genau, dass Hubertus uns beiden zu gleichen Teilen sein Geld vermachen wollte. Aber das reichte deinem gierigen Weib ja nicht. Silvia musste sich an Hubertus ranwanzen, ihm Honig ums Maul schmieren, bis er sein Testament auch zu ihren Gunsten geändert hat. Nee Brüderchen, nicht mit mir. Dr. Stoll wird das Testament anfechten. Ja, das ist mir doch egal, wenn ihr euch dann mit der Doppelhaushälfte übernehmt. Das hättet ihr euch besser vorher überlegen sollen. Nein, nichts da, keine weitere Diskussion. In welchem Hotel ich abgestiegen bin? Wieso? Nein, wir sind alle im Hilton untergebracht. Ach, das heißt jetzt Radisson Blu, wusste ich noch gar nicht. Ja, gut, von mir aus, aber ohne Silvia. Eins noch vorweg Ulf, ich werde nicht nachgeben.«

Heftig atmend legte Moritz Koch auf. Der fast weinerliche Klang von Ulfs Stimme hatte ihn wieder etwas besänftigt. Aber er würde nicht freiwillig auf 90.000 Euro verzichten.

Jetzt musste er sich aber beeilen. Zügigen Schrittes führte ihn sein Weg Richtung Marktplatz, der Trolley hüpfte hinter ihm auf den Pflastersteinen auf und ab. Eine Traube von Menschen, Japaner, vermutete Koch, umringte

Esel, Hund, Katze und Hahn, einer nach dem anderen stellte sich neben der Skulptur auf, wollte abgelichtet werden. Der Stadtführer schien den Touristen erklärt zu haben, dass ein Wunsch in Erfüllung geht, wenn man die Beine des Esels umfasst, denn unzählige Hände griffen nach den goldglänzenden Beinen des Esels, umschlangen sie, rieben sie.

Irgendwann, so dachte Moritz Koch, sind die Beine des Esels durchgerubbelt, und er wird mit seinen Kumpeln auf dem Boden landen. Auch er wollte die Beine noch berühren, denn wenn er dies nicht tun würde, so bildete er sich zumindest ein, würde dies einen endlosen Schwanz von Unglück für ihn hinter sich herziehen. Die Zeit drängte, und Koch schob rücksichtslos einige der Asiaten zur Seite, umfasste die Beine des Esels, schloss die Augen, murmelte seinen Wunsch. Die Gäste vom anderen Ende der Welt hatten es lächelnd hingenommen, dass der Einheimische sich einfach vorgedrängt hatte.

Die Domuhr schlug elf Mal. Der junge Wissenschaftler und Märchenforscher Dr. Moritz Koch sputete sich, um als einer der Ersten im Tagungsbüro zu erscheinen. Am Dom vorbei in Richtung *Glocke* eilend, erspähte er eine ihm bekannte Gestalt, die soeben durch den Eingang in das Innere des Gebäudes verschwand. Diese Rückansicht war unverwechselbar: hochgewachsen, athletisch, eisengraues volles Haar, sich trotz seiner 60 Jahre bewegend, als wäre er gut und gerne 20 Jahre jünger – der alte Isegrim hatte sich soeben unter die Konferenzteilnehmer gemischt.

*

Christiane Johannsmann wartete fröstelnd am Gleis 9, denn es zog fürchterlich, und, obwohl der Frühling schon richtig Gas gegeben hatte, waren die Nächte noch recht kalt. Die Hände tief in den Taschen ihrer bordeauxroten Jacke vergraben, die Schultern hochgezogen, hatte sich Christiane mit dem Rücken gegen den Wind gestellt. Sie war erst fünf Minuten hier und hatte das Gefühl, als stünde sie schon eine kleine Ewigkeit auf dem Bahnsteig herum. Ihre Füße hatten sich bereits in Eisklötze verwandelt, und Heiner hatte sich bereit erklärt, einen heißen Kaffee zu besorgen.

Sie war gespannt auf die Zwillinge, die sie seit Jahren nicht gesehen hatte. Heiner hatte damit gerechnet, dass Christiane eher zurückhaltend reagieren würde, als er ihr von den beiden neuen Mitbewohnern berichtete. Christiane war noch nie eine Freundin von solchen *Überfällen* gewesen. Umso erstaunter war er, dass Christiane sich ehrlich über den Besuch seiner zwei Neffen zu freuen schien.

»Du wirst schon sehen, das wird nicht nur nett und lustig. Kannst du dich vielleicht noch an unseren letzten Besuch erinnern?«, hatte er sie mit skeptischem Gesicht gefragt.

»Ach komm schon, wie alt bist du eigentlich? Wir machen mit denen mal einen drauf, und alles ist gut. Außerdem sind die Zwei das Arbeiten nicht gewohnt, hängen wahrscheinlich abends in den Seilen und machen dann keinen Stress mehr«, hatte sie versucht, ihn zu beruhigen.

»Deinen Optimismus möchte ich mal haben«, war Heiners Antwort gewesen.

Christiane strengte sich an, die Lautsprecherstimme, die in diesem Moment irgendetwas verkündete, zu verstehen.

Sie schnappte nur die Worte »fährt ein auf Gleis 9« auf, doch das reichte als Information. Wenigstens schien der Zug ausnahmsweise mal den Fahrplan einzuhalten. Und tatsächlich, wenige Augenblicke später vibrierte leicht der Boden, und sie sah den ICE sich nähern.

Christiane blieb, wo sie war und versuchte, Alexander und Jerôme unter den herumwuselnden Reisenden, die hier ausstiegen, auszumachen. Allmählich leerte sich der Bahnsteig. Nur ein junges Paar stand eng umschlungen da, und ein Obdachloser war dabei, die Mülleimer nach weggeworfenen Pfandflaschen zu durchsuchen, von denen er bereits eine in einer Plastiktüte verstaut hatte.

Christiane fragte sich, ob sie die Zwillinge wohl verpasst hatte. Vielleicht hatten die beiden sie ja nicht erkannt, waren ausgestiegen und sofort zum Ausgang gelaufen, in der Meinung, ihr Onkel würde auf dem Parkplatz auf sie warten. Es würde auch zu den beiden passen, sich alleine auf den Weg zur Wohnung zu machen. Heiner hatte recht, so einfach waren die Zwillinge vielleicht doch nicht.

Christiane reckte noch einmal den Kopf in alle Richtungen, als ihr Handy klingelte.

»Hallo, Schatz«, flötete sie, als sie sah, wer anrief, »was gibt's, ist der Kaffee alle?«

»Hi, Süße. Die Jungs haben mich gerade angerufen. Sie haben den Anschluss in Hannover verpasst – warum überrascht mich das nicht –, und sie kommen jetzt erst um 10.44 Uhr an. Dank eigener Kreditkarten haben sie in einem Hotel in Bahnhofsnähe eingecheckt. Ich sag dir eines, das fängt ja schon gut an. Wenn das in dem Stil so weitergeht, bleiben die keine zwei Wochen bei uns.« Heiner war stinksauer, das konnte sie hören.

»Ist doch nicht so dramatisch, kann ja mal passieren. Wir fahren jetzt erst mal nach Hause, hauen uns eine Runde aufs Ohr und holen sie später ab«, besänftigte Christiane ihren Freund. Sie war erleichtert, dass die Jungs sich gemeldet hatten und offensichtlich doch bereits schon recht selbstständig waren.

»Ja, von mir aus. Heute ist ja Gott sei Dank Samstag. Ich komme dir entgegen, und wir treffen uns unten an der Treppe.«

HANNA 1

Hanna Wagner saß vor ihrem Laptop und widmete sich ihrer neuen Exklusivstory. Ihr Büro glich einem kleinen Dschungel, denn neben dem Schreibtisch, dem Stuhl und einigen Regalen beherrschten Pflanzen das große, helle Zimmer. Auf dem Fensterbrett tummelten sich knallrot blühende Dipladenien und Japanrosen, deren Blütenkelche wie gemalt aussahen. Neben den großen Fenstern reckten zwei riesige Philodendren und ein monströser Gummibaum ihre Zweige in die Höhe. Auf dem Boden standen weitere Topfpflanzen, ein Elefantenfuß, zwei Glücksfedern und eine Curcuma, die bereits Blütentriebe bildete. Ganz neu in Hannas Sammlung war eine Frangipani, die sie sich im Internet bestellt hatte. Sie liebte den intensiven süßen Duft der Blüten.

Diese Geschichte könnte ein echter Knaller werden. Welferding, ihr Chef, hatte keine Ahnung, was sie neben ihrer sonstigen Arbeit so trieb. Aber wenn sie ihm diese Story vorlegen würde, würde er Augen machen. Hanna Wagner hegte den Verdacht, dass ein Jurymitglied des Modelcastings *The Catwalk Princess* seine Stellung weidlich ausnutzte, um sich die Mädchen gefügig zu machen und sie zu missbrauchen, zumindest einige von ihnen. Nur eines der Mädchen, die Hanna versucht hatte, zu kontaktieren und mit ihr über den Verdacht zu reden, war bisher bereit gewesen, sich überhaupt mit ihr zu treffen. Es war frustrierend gewesen, in das ablehnende Gesicht zu blicken. Mit großen Augen und stumm reagierte sie auf Hannas vorsichtige Fragen. *Nein, wie sie denn auf eine so absurde Idee kommen würde. Niemand wollte ihr an die Wäsche. Alle seien nur nett und freundlich gewesen, so der Tenor.*

Die Mädchen schienen alles in Kauf zu nehmen, nur für den mehr als unwahrscheinlichen Fall, berühmt zu werden. Was war nur los mit den jungen Leuten heutzutage? Wollte denn keiner mehr einen Beruf erlernen oder studieren? Die meisten wollten ein Superstar werden. Fast auf jedem Fernsehkanal gab es irgendwelche Shows, für die sich junge Leute und teils sogar ältere Erwachsene bewarben, um zu singen und zu tanzen, sich zum Affen und im schlimmsten Fall auch zum Gespött der Zuschauer zu machen. Hanna hatte dafür null Verständnis, vor allem, nachdem eine neue Studie ergeben hatte, dass Teilnehmer an Castingshows zum Teil später noch jahrelang depressiv waren.

Die Journalistin war überzeugt, dass es genügend Menschen gab, die die Träume vom schnellen Geld und Berühmtheit schamlos für ihre eigenen Zwecke ausnutzten. Und einen von ihnen hatte Hanna Wagner jetzt im Visier. Vor drei Jahren war der Castingmanager Bruno Nies in Frankfurt der sexuellen Belästigung zweier Mädchen bezichtigt worden, doch es war nie zu einer Anklage gekommen. Die Beweislage war zu dünn gewesen und das Verfahren schließlich eingestellt worden. Hanna ging jede Wette ein, dass da eine Menge Geld geflossen war, nur damit die Mädchen den Mund hielten. Was waren das nur für Eltern, die lieber ein paar Tausend Euro nahmen und darauf verzichteten, dass ihren Kindern Gerechtigkeit widerfuhr?

Verkorkste Welt, dachte Hanna und spielte gedankenverloren mit einem Bleistift. Niemand hatte diese

Geschichte damals weiter verfolgt, doch Hanna hatte sie keine Ruhe gelassen. Seither hatte sie Bruno Nies nicht mehr aus den Augen verloren, hatte sich wie ein Jagdhund an seine Fersen geheftet. Doch der Mann war gerissen. Er ahnte allerdings nicht, wie hartnäckig eine Hanna Wagner sein konnte. Die Journalistin untersuchte jede noch so kleine Spur, die ihren Verdacht untermauern könnte. Und nun war Nies mit seinem ganzen Tross nach Bremen gekommen, um auch hier jede Menge junger hübscher Mädels zu begutachten, ob sie für die Laufstege und Hochglanzmagazine dieser Welt taugen könnten.

Hanna hatte in einer Mappe die Fotos der Mädchen gesammelt, von denen sie wusste oder zu wissen glaubte, dass sich Nies an ihnen vergangen hatte. Diese Mädchen hätten Schwestern sein können. Es hatte eine Zeit lang gedauert, dann hatte sie aus den Hunderten von Mädchen, die sich in Bremen bewarben, die herausgefischt, die ihren *Vorgängerinnen* am ähnlichsten sahen.

Zwei von ihnen waren in die engste Wahl gekommen, mit ihnen wollte sich Hanna unterhalten. Heute Nachmittag noch wollte sie sich mit Kira Funke treffen, sie passte am besten in Brunos Beuteschema. Gertenschlank, hellblondes langes Haar, ein ebenmäßiges Gesicht mit großen dunklen Augen. Natürlich machten groß gewachsene hübsche Blondinen einen großen Teil der Mädchen aus, die sich der Nachwuchsmodelkonkurrenz stellten. Aber diese hatten etwas ganz Besonderes an sich.

Hanna war auf Anhieb das altmodische Wort *liebreizend* eingefallen. Ja, diese jungen Dinger strahlten eine Art Liebreiz aus, der sie schon wieder verletzlich erscheinen ließ. So wie diese Prinzessin in dem Märchenfilm *Drei*

Nüsse für Aschenbrödel, den sich Hanna jedes Jahr in der Weihnachtszeit erneut anschaute. Und dieses strahlende Aussehen hatten die beiden Frankfurterinnen, ein Mädchen aus Mannheim, eins aus Bochum und eben Kira Funke. Allerdings traf das Wort gertenschlank bei ihr nicht ganz zu. Sie war viel zu dünn. Hanna wusste, dass das Mädchen unter Magersucht gelitten hatte oder vielleicht noch litt. Wie so oft im Leben eines Journalisten hatte Hanna dabei der Zufall in die Hände gespielt.

Kira war befreundet mit Dennis, dem Sohn von Hannas Liebhaber. Eigentlich war Dennis auf Hanna nicht gut zu sprechen gewesen, aber mittlerweile hatten die beiden eine Art Waffenstillstand geschlossen. Der Junge wusste, dass sie eine Reportage über Castings schrieb, allerdings konnte er natürlich nicht ahnen, um was es Hanna bei ihren Recherchen wirklich ging. Dennis vergötterte Kira Funke, folgte ihr beinahe wie ein treuer Hund, nur leider wurde seine Liebe nicht erwidert. Kira mochte Dennis sehr, aber sie hatte ihm zu verstehen gegeben, dass sie nicht mehr als eine reine Freundschaft wollte. Doch dem Jungen schien es nichts auszumachen, wo immer Kira auftauchte, war Dennis meist nicht weit. Er tat Hanna leid.

Hanna riss sich zusammen, Dennis war nun wirklich nicht ihr Problem. Sie streckte sich auf ihrem Schreibtischstuhl und begann, ihren Artikel zu schreiben. Die Arbeit ging ihr gut von der Hand, der Artikel nahm Formen an, und parallel dazu notierte sie sich Punkte und Fragen, die noch zu klären waren. Erst als sich ihr Magen mit einem lauten Grummeln meldete, bemerkte sie, dass sie heute außer ein paar Frühstücksflocken noch gar nichts gegessen hatte. Eine kleine Pause und etwas Herzhaftes auf dem Teller wären sicherlich nicht verkehrt für die Konzentration.

Hanna stand auf und ging in die winzige Küche, um den Backofen vorzuheizen. Viel mehr als eine Fertigpizza Quattro formaggi gab ihre Kühl-Gefrierkombination nicht her, aber das war besser als nichts. Im Gemüsefach lagen noch ein halber Salatkopf und zwei Tomaten, die als ein kleiner Salat enden sollten. Wenigstens etwas Frisches zur Pizza, dachte Hanna, die sich seit einer, allerdings unspektakulären Gallengeschichte etwas bewusster ernährte.

Das Radio spielte leise im Hintergrund einen Hit von Adele, während Hanna nochmals die Fragen an Kira, die sie sich auf ihrem großen Block notiert hatte, durchging. Hanna erschrak, als es plötzlich an ihrer Wohnungstür Sturm klingelte. Pizarro, Hannas kleiner Hund, der bis dahin schlafend in seinem Körbchen gelegen hatte, sprang kläffend heraus und raste zur Tür. Hanna schob den Stuhl zurück und warf einen Blick durch den Spion. Dennis. Was wollte er denn von ihr?

Sie klemmte sich den Hund unter den Arm und öffnete.

»Hi, Dennis, was ...« Weiter kam sie nicht, der junge Mann begann haltlos zu schluchzen. Sie fasste ihn an der Schulter, zog ihn herein und bugsierte ihn ins Wohnzimmer, wo sie ihn sanft auf das Sofa niederdrückte. Pizarro schien zu spüren, dass irgendetwas nicht stimmte. Er winselte und schlich bedrückt in sein Körbchen zurück, nachdem Hanna ihn wieder auf dem Fußboden abgesetzt hatte. Angst überfiel sie. War seinem Vater etwas zugestoßen? Nein, ganz sicher nicht. Damit wäre Dennis bestimmt nicht zu ihr gekommen. Doch was konnte Dennis so aus der Fassung bringen? Kira!

Oh je, Hanna war voller Mitgefühl, vielleicht hat Kira jetzt einen richtigen Freund und Dennis nun aus ihrem Dunstkreis verbannt. Der arme Junge.

Mit heftigem Schniefen und sich mit dem Jackenärmel die Nase abwischend, beruhigte sich Dennis allmählich.

»Was ist los, willst du was trinken?« Hanna setzte sich mit sorgenvoller Miene in den Sessel, der direkt neben dem Sofa stand.

Der Junge schüttelte den Kopf, dann holte er tief Luft.

»Kira ist tot«, brachte er dann mühsam hervor, bevor ihn ein erneuter Heulkrampf schüttelte.

Entsetzt schlug Hanna die Hand vor den Mund. »Um Gottes willen, Dennis, sag mir, was passiert ist!«

»Sie hat ..., sie hat sich ... vor einen Zug geworfen«, stammelte er und vergoss weitere bittere Tränen.

Fassungslos stand die Journalistin mit zitternden Beinen auf, um eine Packung Papiertaschentücher zu holen. Zurück kam sie mit einer Flasche Wasser, zwei Gläsern und den Tüchern, die sie dem jungen Mann wortlos hinhielt.

Dennis schnaubte ausgiebig in eines hinein, nahm ein weiteres Taschentuch und schnäuzte sich erneut. Dann holte er tief Luft und blickte die Freundin seines Vaters aus roten verquollenen Augen an.

»Warum hat sie das getan, Hanna? Es ging ihr doch wieder besser. Sie hat wieder gegessen, gelacht ... Ich versteh es einfach nicht.« Er raufte sich die Haare.

»Dennis, wann ist das passiert?« Hanna hielt ihm ein Wasserglas hin, das er nun dankbar entgegennahm.

»Heute früh.«

»Woher weißt du das denn überhaupt?«, wollte Hanna wissen.

»Ihre Mutter hat mich um ein Uhr heute Morgen angerufen, ob ich wüsste, wo Kira steckt. Aber ich hatte keine Ahnung. Sie wollte mit den anderen Mädchen noch etwas trinken gehen, das war alles, was ich wusste. Um halb zwei hat sie dann wieder angerufen und mir gesagt, Kira wäre jetzt nach Hause gekommen. Ich hatte sie darum gebeten, mir Bescheid zu geben.« Dennis trank das Glas in einem Zug leer und drehte es anschließend in seinen Händen. Starrte es an, als könne er darin eine Antwort auf die Frage finden, warum seine Traumfrau sich das Leben genommen hatte.

»Kiras Mutter hat mich dann noch einmal angerufen, heute früh um halb sieben oder so. Die war richtig panisch, weil Kira schon wieder verschwunden war. Sie hat wohl gar nicht mitbekommen, dass Kira das Haus verlassen hatte. Eine Stunde später hat sich die Polizei bei ihr gemeldet.« Es tat gut, mit jemandem darüber zu reden und seinen Tränen freien Lauf lassen zu können. Der Schmerz war zwar unendlich groß, aber Dennis war seltsamerweise froh, dass er nun seinen Kummer bei Hanna loswerden konnte. Seine Mutter hätte dafür nicht getaugt, die hatte seine Schwärmerei für den *Hungerhaken* noch nie richtig verstanden.

»Wo ist Kiras Mutter jetzt? Sollte nicht jemand bei ihr sein? Sie hat doch sonst niemanden mehr.« Hanna schenkte sich einen Schluck Wasser ein.

Dennis schüttelte den Kopf. »Kiras Patenonkel wohnt in Verden, den hat sie bestimmt informiert. Jetzt ist Frau

Funke bei der Polizei. Sie muss die Leiche identifizieren. Das ist der reinste Horror! Überleg doch mal, wie sie aussehen muss, nachdem sie sich vor den Zug geschmissen hat! Oh mein Gott!« Er jaulte auf wie ein geprügelter Hund, und die Tränen strömten erneut über sein Gesicht.

»Dennis, sie muss sich Kira nicht anschauen, wenn man sie anhand von Tattoos oder Muttermalen oder so was identifizieren kann. Da zeigt man den Angehörigen nur Fotos davon. Weißt du, ob Kira tätowiert war oder irgendeine Auffälligkeit hatte?«

Dennis zog den Rotz in seiner Nase hoch und nickte. »Ja«, presste er mit tränenerstickter Stimme hervor, »Kira hatte ein komisches Mal im Nacken. Von Geburt an, hat sie mir erzählt. Sie hat es mir auch mal gezeigt, man konnte es ja durch ihre langen Haare nicht sehen. *Storchenbiss* nennen es die Ärzte, hat sie gesagt.«

»Hast du Hunger? Ich wollte mir gerade 'ne Pizza warm machen?«, wechselte Hanna das Thema, bemüht, Dennis etwas abzulenken.

Dennis schüttelte den Kopf. Er fühlte sich, als könne er in seinem ganzen Leben nichts mehr essen.

»Dennis, ich bin gleich wieder da, ich schalte nur schnell den Backofen aus, sonst verbrennt mir noch die Pizza.« Hanna verschwand, gefolgt von ihrem winzigen Hund, in die Küche.

Dennis stand auf. Er brauchte noch ein Taschentuch, und Hanna hatte die Packung auf ihren Schreibtisch gelegt. Sein Blick fiel auf den schwarzen Bildschirm des aufgeklappten Laptops. Hanna hatte wohl, bevor er kam, an etwas gearbeitet. Der kleine Computer brummte vor sich hin. Dennis hatte keine Erklärung dafür, aber er fuhr mit dem Finger über das Touchpad, der Bildschirm wurde hell, und die Worte *Missbrauch und Modelshows* sprangen ihm förmlich ins Auge. Gebannt fing er an zu lesen.

Die Ofentür knallte zu, Dennis schreckte zusammen, setzte sich schnell wieder auf seinen Platz. Er hatte genug gesehen.

Hanna Wagner kam zurück mit der bereits in Achtel zerteilten Pizza und einer Schüssel Salat.

»Ich glaube, ich nehm' doch ein Stück«, sagte Dennis zaghaft.

»Bedien dich. Willst du auch Salat dazu?«, bot Hanna dem jungen Mann an.

»Nee, lass mal. Zu gesund.« Dennis schenkte ihr ein gequältes Grinsen. Sie unterhielten sich noch eine Zeit lang über Kira, über ihre Krankheit und ihre Träume, nachdem sie wieder Hoffnung geschöpft hatte. Nach etwa einer Stunde machte sich Dennis auf den Nachhauseweg.

Hanna Wagners journalistischer Instinkt sagte ihr, dass es zwischen Kiras Selbstmord und der Modelshow einen Zusammenhang geben musste, und diesen würde sie finden.

Derselbe Gedanke ging auch dem Jungen durch den Kopf und entfachte in ihm eine unbändige Wut.

*

Einträchtig saßen Christiane und Hölzle bei Kaffee und frischen Brötchen und lasen die letzten Neuigkeiten im Weser-Kurier, als Hölzles Handy sich mit einem dieser gruseligen Flippers-Hits meldete, die alle, ohne jede Ausnahme, Christianes Ohren beleidigten. Hölzle griff nach dem Mobiltelefon, das neben seiner Kaffeetasse lag, und verzog entschuldigend das Gesicht. Christiane hob fragend die Augenbrauen, zeigte auf Hölzles Tasse und ging, als sie keine Antwort bekam, in die Küche, um für sich eine weitere Tasse Kaffee zu holen.

»Hölzle. Ach du bist's Jean-Marie ...« Mehr war nicht zu verstehen, denn der Kaffeeautomat verursachte einen Höllenlärm, als die Bohnen frisch gemahlen wurden. Doch Christiane wusste auch so, dass, wenn Jean-Marie Muller, der Leiter des Kriminaldauerdienstes anrief, dies meist nichts Gutes bedeutete. Wenige Sekunden später bestätigte Hölzle, was sie eben noch befürchtet hatte.

»Du musst alleine zum Bahnhof, tut mir leid. Wir haben eine Leiche im Tiergehege des Bürgerparks. Ich muss los, bis irgendwann später.« Hölzle hauchte ihr einen Kuss auf die Wange, stürzte seinen letzten Schluck Kaffee hinunter und machte, dass er wegkam.

Der Himmel war wolkenverhangen, und obwohl es schon fast zehn Uhr war, ließ das Tageslicht zu wünschen übrig. Man konnte die Sonne mehr ahnen, als dass man etwas von ihr sah, und die Wärme, die bereits in den letzten Tagen geherrscht hatte, war nur noch eine Erinnerung. Kriminalhauptkommissar Hölzle starrte auf den Mann, der vor ihm inmitten des Eselgeheges lag. Der Kopf war nach links gedreht, die braunen Haare blutverklebt. Mehr war auf den ersten Blick nicht zu erkennen, worüber Hölzle nicht unglücklich war. Der Tote trug schwarze Jeans, schwarze Halbschuhe, schwarze Socken, und aus dem Kragen seiner schwarzen Jacke lugte ein anthrazitfarbenes Hemd hervor.

»Wer hat ihn gefunden?«, fragte Hölzle Jean-Marie Muller. Bei sich dachte er, dass die Kleidung des Toten aussah, als wäre dieser zu seiner eigenen Beerdigung unterwegs gewesen.

»Der Tierpfleger. Wollte die Esel füttern und ist praktisch über ihn gestolpert.«

Hölzle nickte und sah hinüber zu den Mitarbeitern der Kriminaltechnik, die im Licht der mitgebrachten Scheinwerfer akribisch Spuren sicherten. »Das fehlt mir jetzt grade noch«, maulte Heiner leise vor sich hin, »als ob die Zwillinge nicht schon reichen würden. Nein, jetzt habe ich auch noch Totschlag oder Mord an der Backe.«

»Was hast du gesagt?«, fragte Muller.

»Nix. Vergiss es, nicht so wichtig.« Er wandte sich ab und ging hinüber zu Markus Rotenboom, dem Leiter der Spurensicherung.

»Moin, Markus. Hast du irgendwelche Papiere bei dem Toten gefunden?«

Markus schüttelte den Kopf. »Nein. Die Leiche wurde so durch den Dreck geschleift, da müssen jede Menge Spuren dran sein. Wir packen sie so ein, wie sie ist, und nehmen sie mit in die Rechtsmedizin. Daher habe ich erstmal davon abgesehen, seine Kleidung zu durchsuchen. Das macht der Adlerblick dann vor der Obduktion.«, war die knappe Information. »Bist du schlecht drauf?« Fragend schaute er seinen Freund an.

»Hm, kann man wohl sagen. Wir waren mitten in der Nacht am Bahnhof, um die missratenen Söhne meiner Schwester abzuholen. Nicht nur, dass es sauspät und arschkalt war, nein, dann verpassen die Zwillinge auch noch ihren Anschluss in Hannover, sodass sie erst heute Vormittag ankommen«, brummte Hölzle. »Eigentlich sollte ich jetzt am Bahnhof sein und die beiden abholen. Und jetzt das!«

»Ist doch kein Problem. Harry kommt sicher gleich, er kann ja die Staatsanwaltschaft ins Bild setzen. Unser Adlerblick ist unterwegs hierher, lässt die Leiche einpacken und in die Gerichtsmedizin bringen. Den Rest erledigen wir. Fahr doch zum Bahnhof. So oft siehst du deine Neffen auch nicht, du freust dich doch sicher, dass sie zu Besuch kommen«, schlug Markus vor.

»Ja klar doch, und wie ich mich freue«, die Ironie in Hölzles Stimme war kaum zu überhören, »du hast keine Ahnung, was das für Rotzlöffel sind. Auch wenn meine Schwester behauptet, die zwei wären inzwischen gut geraten. Ich sag dir, das kann ich mir beim besten Willen nicht vorstellen. Sie waren ja erst einmal mit Babsi hier in Bremen und hatten nichts Besseres zu tun, als Marthes Hund eine leere Dose an den Schwanz zu binden. Marthe hätte fast der Schlag getroffen.« Er seufzte.

»Moin, die Herren«, begrüßte Dr. Sabine Adler-Petersen, die gerade angekommen war, die Männer, »da können wir ja von Glück sagen, dass er bei den Eseln gelandet ist«, fuhr sie mit einem Kopfnicken in Richtung Leiche fort, »drüben bei den Bentheimern würde das eine oder andere Stückchen vermutlich schon fehlen.«

Hölzles fragender Gesichtsausdruck ließ sie hinzufügen: »Ich meine die Bentheimer Schweine.«

»Also, das möchte ich mir lieber nicht vorstellen, ich komme gerade vom Frühstück.« Er schauderte.

Hölzle wandte sich an Markus. »Habt ihr schon irgendetwas gefunden, das von Bedeutung sein könnte?«

»Der Tote wurde ganz sicher nicht hier ermordet. Der Täter hat sein Opfer offenbar bis zum Zaun geschleift, eine Latte am Zaun eingetreten und die Leiche dann hindurch gezerrt. Die Latte nehmen wir mit, vielleicht finden wir ja noch einen brauchbaren Schuhabdruck. Und so ein bunter Blechesel lag neben der Leiche, halb in den Boden getreten von den Eseln. Die Viecher haben ganze Arbeit geleistet und viele Spuren vernichtet.«

»Was für einen Blechesel?«, fragte Hölzle den Freund.

»Ich glaube, ich weiß, was Sie meinen«, mischte sich Adlerblick ein, »diese bunten Bremer Stadtmusikanten, die man überall in den Touristenläden bekommt. Gibt's in allen Größen. Auch aus Holz oder Messing.«

»Ganz richtig, genau die meine ich. Keine Ahnung, ob der Esel wirklich eine Rolle spielt. Aber es wäre schon ein merkwürdiger Zufall, wenn dieses Blechteil im Eselgehege in der Nähe des Toten liegt, und nichts damit zu tun hätte. Wir nehmen es mit und untersuchen es, vielleicht sind ja wenigstens ein paar Fingerabdrücke drauf«, bestätigte Rotenboom die Rechtsmedizinerin.

»Tja, dann werde ich mich mal mit meiner Kundschaft bekannt machen«, verabschiedete sich Adler-Petersen. Trotz des unvorteilhaften weißen Schutzanzuges schaffte sie es irgendwie, elegant durch das matschige Gehege zu dem Toten zu stolzieren. Dabei schwenkte sie ihren schwarzen Lederkoffer, als hätte er kein Gewicht.

Anerkennend sahen ihr die Männer hinterher. »Manchmal frage ich mich, wie man sich einen solchen Beruf aussuchen kann.« Hölzle schüttelte den Kopf.

»Na, so viel attraktiver ist unsere Arbeit, was die Leichen anbetrifft, auch nicht«, entgegnete Rotenboom schulterzuckend.

Als Hölzle am späten Nachmittag nach Hause kam, fand er Christiane und seine Neffen gemütlich plaudernd im Wohnzimmer vor. Schon an der Wohnungstür hatte er das helle Lachen von Christiane gehört. Sie schien sich offenbar blendend mit den Halbwüchsigen zu verstehen.

»Hallo zusammen«, grüßte Hölzle in die ausgelassene Runde. Er ging zu Christiane und hauchte ihr einen Kuss auf die Wange. Die Zwillinge begrüßte er mit einem eher unbeholfenen Klaps auf die Schultern. Er wusste, dass man sich in Frankreich gern umarmte, aber so vertraut war er mit seinen Neffen nicht. »Wer ist wer? Ich schaffe es immer noch nicht, euch auseinanderzuhalten.«

Jerôme und Alexander Rozier sahen einander an. »Hallo, Onkel Heiner«, sagte der rechte der beiden, »ich bin Jerôme.«

»Gut, dann bist du nach dem Ausschlussverfahren Alexander. Und nennt mich nie wieder Onkel«, knurrte Heiner gespielt böse, »dafür bin ich zu jung.«

»D'accord«, antwortete Jerôme und grinste seinen Bruder an.

Hölzle ließ sich neben Christiane auf das Sofa fallen.

»Ich schätze, Christiane hat euch schon das Gästezimmer gezeigt. Es ist nicht groß, aber ihr zwei werdet schon Platz genug haben. Einer von euch muss leider mit dem Klappbett vorliebnehmen. Habt ihr schon ausgepackt? Na ja, ihr seid ja fast erwachsen, ihr werdet euch schon arrangieren. Wann gehen denn eure Praktika los?«, wollte er wissen.

»Am Montag, wir müssen um acht Uhr dort sein. Jerôme bei Daimler und ich beim Luft- und Raumfahrtzentrum«, ließ Alexander ihn wissen. »Sag mal, könntest du uns hinfahren?«

Hölzle war für einen Moment sprachlos. Das Wort *bitte* schien nach wie vor nicht im Wortschatz der Zwillinge vorzukommen. Das war schon immer so gewesen. Soviel zu *gut geraten*.

Hölzle schüttelte den Kopf. »Da müsst ihr schon selbst sehen, wie ihr hinkommt. Ich muss ins Präsidium.«

»Das ist auch kein Problem, Jungs«, mischte sich Christiane ein. Praktisch veranlagt, wie Christiane nun einmal war, hatte sie bereits die Fahrpläne der BSAG für die Jungs studiert. »Alexander, du steigst in die Linie 10 am Sielwall und wechselst am Hauptbahnhof in die Linie 6. Die bringt dich dann an die Uni. Von da aus ist es nicht weit zu gehen bis zum Zentrum für Luft- und Raumfahrttechnik. Und du«, wandte sie sich an Jerôme, »kannst entweder mit der 2 oder mit der 10 fahren. Das ist egal. Die fahren beide nach Sebaldsbrück. Ich habe euch Tickets besorgt.«

Der Unmut, sich mit öffentlichen Verkehrsmitteln begnügen zu müssen, war in den Gesichtern der Zwillinge deutlich abzulesen.

»Na toll. Und wie lange dauert das mit der ollen Straßenbahn?«, maulte Jerôme.

»Ach, so schlimm ist das nicht. 20 oder 25 Minuten, so um den Dreh. Bis vor Kurzem bin ich auch oft so bis zur Uni gefahren. Ist doch 'ne prima Sache. Da könnt ihr gleich ein paar Leute in eurem Alter kennenlernen, vielleicht ist ja auch ein nettes Mädchen dabei«, gab Christiane augenzwinkernd zurück.

»Was? Fast 'ne halbe Stunde? Das ist ja ewig! Ich dachte an, na ja, vielleicht höchstens zehn Minuten. Da müssen wir ja noch früher aufstehen«, beschwerte sich Alexander, »ich finde schon den Arbeitsbeginn um acht Uhr ganz schön heftig.«

Hölzle verdrehte die Augen. Auf was hatte er sich da nur eingelassen? Seitdem er auf dem Sofa saß, hatte er seine Neffen nur nörgelnd und maulend erlebt. Wenn er könnte, würde er die Zwillinge postwendend wieder zum Bahnhof bringen und ins Elsass zurückschicken.

»So, Jungs, jetzt hört mir mal genau zu. Erstens ist acht Uhr nicht wirklich früh und zweitens ganz normal. Ihr musstet bisher sicher genauso früh aufstehen, um in die Schule zu gehen. Also wo ist das Problem?«

Da er keine Antwort erhielt, und die Zwillinge nur missmutig an die Decke starrten, fuhr er fort. »Nach Arbeitsschluss könnt ihr machen, was ihr wollt. Erkundet die Stadt, geht bummeln, ins Kino oder sonst was. Nur seid bitte um sieben hier. Um diese Zeit wird bei uns normalerweise gegessen. Klar soweit?« Hölzle rieb sich die Augen, die Nacht war definitiv zu kurz gewesen, und den Rest des Wochenendes konnte er zum Ausspannen vergessen, nachdem er nun einen Mordfall zu untersuchen hatte.

»Nous nous soumettons, enchaînés, devant le bourreau«, kommentierte Jerôme theatralisch. Ihm entging nicht, dass sein Onkel offenbar immer noch kein Französisch verstand. Herrlich.

»Gibt es hier in der Nähe auch ein paar coole Kneipen oder Clubs?«, wechselte er das Thema.

Hölzle dachte nicht daran, nachzufragen, was sein Neffe soeben von sich gegeben hatte. Am besten, er ignorierte alles, was sie auf Französisch sagten. War bestimmt sowieso nur eine freche Bemerkung gewesen.

»Ja, das S1 an der Schlachte soll gut sein, habe ich jedenfalls gehört«, schlug Christiane vor. »Ansonsten findet ihr auch hier im Viertel jede Menge nette Lokale. Wenn ihr wollt, dann ziehe ich später mit euch los und zeige euch mal die nähere Umgebung«, bot sie an.

»Ja gern. Gute Idee«, heuchelte Alexander ohne eine Miene zu verziehen. Das Letzte, was sie beide wollten, war, mit der Freundin ihres Onkels um die Häuser ziehen. Christiane sah ja ganz gut aus, aber das richtige Kaliber für sie zwei war sie nun sicherlich nicht. Schließlich war sie ungefähr so alt wie sie beide zusammen. Da hätten sie ja auch mit ihrer Mutter losgehen können.

»Klasse. Ich war schon ewig nicht mehr richtig abtanzen«, freute sich Christiane mit einem Seitenblick auf Heiner, der ihren ungesagten Vorwurf zwar verstand, aber geflissentlich ignorierte.

»Also, ich muss später sowieso noch mal ins Präsidium. Tut euch also keinen Zwang an, die Gegend unsicher zu machen. Was gibt's denn zum Abendessen?«, erkundigte er sich dann. Wenn er sich auf etwas verlassen konnte, dann war es sein Hungergefühl am Abend. Da halfen ihm auch seine in Unmengen vertilgten Schokoriegel nicht wirklich.

»Elsässer Flammkuchen und dazu einen schönen bunten Salat«, trompetete Christiane und blickte Beifall heischend in die Runde. Hölzle registrierte die Blicke, die seine Neffen tauschten, und konnte sich vorstellen, was die beiden dachten. Was soll das denn? Erstens serviert uns das Mama fast jedes Wochenende und zweitens, eine Norddeutsche kann das sowieso nicht zubereiten.

Christiane tat Heiner leid. Sie wollte den beiden einfach nur einen Gefallen tun, weil sie glaubte, dass sich die Zwillinge gleich etwas heimischer fühlten.

»Prima, also ich freu mich drauf«, lobte er dann, »deine Flammkuchen sind unübertroffen.« Ein mahnender Seitenblick ging in Richtung seiner Neffen.

Jerôme räusperte sich. »Sag mal Onk... Heiner, was ist denn passiert, dass du nicht am Bahnhof warst, als wir ankamen? Christiane hat nur erzählt, du hättest arbeiten müssen.« Der Junge schien aufrichtig interessiert, stellte Hölzle erfreut fest.

»Ich bin zum Fundort einer Leiche gerufen worden. Ein Mann wurde im Bürgerpark tot aufgefunden.«

»Wurde er umgebracht?« Hölzle entging nicht, dass in Alexanders Augen unübersehbar eine gewisse Sensationslust flackerte. Und das gefiel Hölzle nun ganz und gar nicht.

»Sieht ganz danach aus«, war seine knappe Antwort.

»Und wie? Erschossen?« Alexander. »Erstochen?« Jerôme. »Oder auch gefoltert und langsam erwürgt?«

»Jungs, wir reden hier nicht über das Drehbuch zu einem Thriller, sondern ein echter Mensch ist ums Leben gekommen. Also bitte etwas mehr Respekt vor den Toten«, rügte er die beiden. »Wir müssen die Obduktion abwarten, dann wissen wir mehr«, fügte er erklärend hinzu.

»Und wann wird das sein?«, Alexander angelte sich einen Schokoladenkeks aus der flachen weißen Schale, die Christiane zwischenzeitlich auf den Couchtisch gestellt hatte. Auch sein Bruder griff herzhaft zu und nahm sich gleich zwei Stück.

»Adlerblick wird morgen Vormittag damit anfangen«, beantwortete Hölzle die Frage.

Weitere Kekse wanderten in die Mägen der Zwillinge. Die fresset ons en denne 14 Dag d' Hoor vom Kopf, dachte Heiner und sah zu, dass er noch einen Keks abbekam.

»Sag mal«, quetschte Jerôme, den Mund voller Kekskrümel, hervor, »dürfen wir da mit und zuschauen? Und wer, bitte, ist Adlerblick?«

Sein Onkel schüttelte mehrfach den Kopf. »Nee, das geht nicht.« Er hatte Alexanders Blick noch vor Augen. Er würde die Sensationslust seiner Neffen nicht noch unterstützen. »Adlerblick heißt eigentlich Sabine. Sie ist die zuständige Pathologin und ihr Nachname lautet Adler-Petersen, wir nennen sie Adlerblick. Ich könnte aber Markus bitten, euch verschiedene Methoden der Kriminaltechnik zu erklären. Er ist einer der Besten in diesem Geschäft.«

Christiane war zusammengezuckt, als ihr Freund den Namen Sabine erwähnt hatte. Die ewig währende, aber unbegründete Eifersucht auf die gut aussehende Ärztin flammte wieder einmal auf. Waren Heiner und die Rechtsmedizinerin nun zum *Du* übergegangen? Davon hatte er nichts erzählt! Doch sie beherrschte sich und unterdrückte ihre Frage. Sie durfte das Thema nicht überstrapazieren. Heiner hatte wirklich genug um die Ohren, und jetzt noch die Zwillinge.

»Schade«, bedauerte Alexander die Absage, »aber ich hätte schon Lust, mir das in der Kriminaltechnik mal anzusehen. Was meinst du?«, er blickte seinen Bruder an.

»Auf jeden Fall. Voll spannend. Wer hat dazu schon Gelegenheit?«, nickte Jerôme bekräftigend und sicherte sich zu Hölzles Bedauern den letzten Schokokeks.

MORITZ 2

Dr. Moritz Koch hatte sich eben noch einen letzten Espresso im L'Oliva gegönnt. Er hatte sich etwas frisch gemacht und sich in Jeans und eine dunkle Jacke geworfen. Als er das frisch bezogene Bett sah, hätte er sich am liebsten für eine halbe Stunde hingelegt. Doch er hatte noch ein paar Termine. Und so war er in der Hotelbar gelandet, um mit einem starken Kaffee seine Lebensgeister wieder zu wecken. Normalerweise wäre er nicht in einem Hotel wie dem Radisson Blu in der Böttcherstraße abgestiegen. Dies würde sein schmales Forschergehalt, das er von der Uni Kassel erhielt, nicht zulassen. Das Hotelmanagement hatte jedoch den zahlreichen Wissenschaftlern, die Bremen anlässlich der Märchentagung bevölkerten, Sonderkonditionen eingeräumt, und so war auch Moritz Koch in den Genuss eines Zimmers in außergewöhnlicher Lage und mit elegantem Interieur gekommen.

Zwei dänische Kolleginnen hatten ihm beim Kaffee Gesellschaft geleistet. Beide waren zum ersten Mal in Bremen und bereits so voll positiver Eindrücke, dass sie an ihren Tagungsaufenthalt noch ein paar Entspannungstage anhängen wollten. Maja, blond, groß, mit strahlend blauen Augen, typisch skandinavisch, hatte es Koch besonders angetan. In ihrem entzückenden Deutsch hatte sie ihm von ihrem Projekt berichtet, eine umfassende Arbeit über die unterschiedlichen Verfilmungen der *Kleinen Meerjungfrau* von Hans Christian Andersen zu erstellen.

Für den späten Abend hatte er sich noch mit ihr auf einen Absacker an der Hotelbar verabredet. Koch hatte

Maja auch versprochen, ihr den Himmelssaal im Haus Atlantis zu zeigen, ein Schmuckstück in der Böttcherstraße, das Maja sicherlich gefallen würde. Man kam sich beim Gang über die Treppe hinauf zum Saal fast vor wie in einem Aquarium, ein Gefühl, das durch die blau durchsetzten Glasbausteine hervorgerufen wurde und sich im Saal mit seiner Decke aus weiß-blauen Steinen fortsetzte – ein märchenhafter Raum für eine Märchenforscherin. Die beiden Frauen hatten sich dann verabschiedet, ein erster Stadtbummel war geplant.

Koch dachte bei seinem zweiten Espresso an seine Begegnung vor wenigen Stunden mit dem Alten. Als er am Vormittag in der *Glocke* eingetroffen war, wuselten Kolleginnen, Kollegen und Studenten bereits mit den Tagungsunterlagen in blauen Taschen herum. Koch ließ sich auf der Teilnehmerliste abhaken, empfing sein Namensschild und die blaue Jutetasche, die mit einem Stadtplan, einem Programmheft, Kugelschreiber und einer kleinen Magnettafel, die das Logo der Tourismuszentrale zeigte, bestückt war. Die Tasche selbst war bedruckt mit dem Motiv der Stadtmusikanten, dem Tagungsort und dem Datum.

Koch stopfte sie in seinen Koffer und schaute sich um. Isegrim hatte bereits eine Gruppe von Wissenschaftlern um sich geschart, und seine volle Bassstimme dröhnte durch das Foyer. Zwei Bremer Buchhandlungen boten auf einem großen Büchertisch in der Mitte des Raumes zahlreiche Fachpublikationen und Märchenbücher aus aller Welt an. Moritz hoffte, seinen Kollegen Herbert Nachtweih zu entdecken, stattdessen erspähte er seine Göttinger Kollegin Monika Zenner, die in einem dicken, bunt bebilderten Wälzer blätterte. Sich mit seinem Trolley durch die Menschenschlange zwängend – er hätte ihn doch besser vorher ins Hotel zur Aufbewahrung gebracht -, die sich mittlerweile vor der Anmeldung gebildet hatte, steuerte er auf Monika Zenner zu, ohne jedoch Isegrim aus den Augen zu lassen. Er hatte sich entschlossen, die Sache gleich zur Sprache zu bringen, dann hätte er es hinter sich. Allerdings musste das Gespräch unter vier Augen stattfinden, so viel war er dem Alten, dessen Arbeiten Koch immer geschätzt hatte, wenigstens schuldig.

»Moin, Monika, schön, dich hier zu treffen. Meinst du nicht, der Schmöker ist ein wenig zu schwer, um ihn nachher durch die Stadt zu schleppen?«

Die Angesprochene drehte sich um. Professor Dr. Zenner schob sich ihre Lesebrille auf den Kopf und grinste breit.

»Mensch, Moritz. Ich hatte gehofft, dass du auch dabei bist, schließlich bist du ja ursprünglich aus Bremen. Aber wie sollte es auch anders sein, wir Märchenfreaks sind ja wie eine große Familie, und man trifft immer wieder dieselben Leute. Wie war dein Aufenthalt in Frankreich? Du wirst doch in Paris nicht nur geforscht haben?« Sie zwinkerte ihm zu.

»Monika, Monika, was hältst du von mir? Natürlich habe ich rund um die Uhr geforscht!« Koch lachte und schloss seine Freundin und Kollegin in die Arme, hauchte ihr rechts und links ein Küsschen auf die Wangen. »Nein, ganz im Ernst, wenn ich schon mal in Paris bin, genieße ich auch, natürlich in Maßen, das Nachtleben, soweit es mein Budget zulässt. Ein, zwei Nachmittage in der Woche habe ich mir auch gegönnt, um ein paar Museen und Kirchen zu besuchen. Aber ansonsten war das Archivmaterial dermaßen reichhaltig, dass ich die restliche Zeit komplett mit der Nase zwischen Akten- und Buchdeckeln verbracht habe. Schau mal, ist sie nicht ganz platt gedrückt?«

Monika piekste ihm mit ihrem rechten Zeigefinger auf die Nasenspitze.

»Doch, ganz platt. Du solltest deine Nase tatsächlich etwas schonen und sie nicht in Dinge hineinstecken, die außer uns niemanden auf der Welt interessieren. Apropos Interesse. Stell dir vor, die Uni hat die Finanzierung des Drucks meiner *Elfen in der irischen Märchenwelt* auf Eis gelegt. Ich bin jetzt auf der Suche nach einem Verleger. Hast du eine Idee?«

Moritz Koch war innerlich zusammengezuckt, als Monika ihm geraten hatte, seine Nase rauszuhalten, auch wenn sich dies auf seine Forschungsarbeiten bezogen hatte. Sie konnte gar nicht wissen, was er herausgefunden hatte.

»Nein, tut mir leid, da fällt mir ad hoc niemand ein. Monika, du glaubst nicht, wie recht du hast, manchmal ist es wirklich klüger, die Nase nicht überall drinzuhaben.«

Monika zog die Augenbrauen fragend nach oben, doch Koch schüttelte nur den Kopf. »Frag mich bloß nicht.«

Er lenkte ab. »Wer ist denn sonst noch so angemeldet? Henni hab ich von Weitem gesehen, und dieser unsägliche Dr. Dr. Widekind ist mir auch schon über den Weg gelaufen. Ich bin nur froh, dass den keiner für den Ehrenpreis vorgeschlagen hat. Seit ich im letzten Sommer sein Buch so miserabel rezensiert habe, ist der Typ auch nicht mehr wirklich gut auf mich zu sprechen. Was hältst du von der Vergabe in diesem Jahr? Im Prinzip ist der Vereinigung ja gar nichts anderes übrig geblieben, als den alten Isegrim für den Preis vorzuschlagen. Der wartet doch bestimmt schon seit Jahren auf das *Silberne Ehrenkäppchen.*«

»Mich hätte es gefreut, wenn in diesem Jahr mal eine Frau die Auszeichnung erhalten würde. Hilde Trimmel ist jetzt fast 70 Jahre alt, und sie wäre sicherlich eine ebenso verdiente Preisträgerin. Ihre Übersetzungen der isländischen Märchen sind einfach nur grandios. Sag mal, wie ist der Alte eigentlich zu diesem Namen gekommen? Isegrim. Klar, der Wolf in der Fabel. Aber irgendjemand muss doch mal auf die Idee gekommen sein, den werten Herrn Professor so zu titulieren. Grau wie ein alter Wolf ist er ja, aber so war er doch nicht immer.« Monika blickte Moritz Koch auffordernd an, erwartete eine Erklärung.

Doch noch bevor Koch seiner Kollegin eine befriedigende Antwort geben konnte, hatte er aus dem Augenwinkel wahrgenommen, dass sich Isegrim von der Gruppe gelöst hatte und dem Ausgang zustrebte.

»Da, pass mal auf mein Köfferchen auf. Bin gleich wieder da. Ich muss nur kurz was mit Isegrim besprechen.«

Koch stellte Monika Zenner den Koffer vor die Füße und eilte dem Professor hinterher.

»Herr Professor …«, fast wäre ihm ein *Isegrim* herausgerutscht, er konnte sich eben noch zurückhalten. Er wusste, dass der Name seinem Kollegen zwar letztendlich schmeichelte, dass er aber nicht in der Öffentlichkeit lauthals so genannt werden wollte.

»Ah, mein junger Freund und Kollege. Schön, Sie hier zu sehen. Was liegt an? Gedeihen Ihre Forschungen? Wo waren Sie noch mal? In Reims, Paris? Nun berichten Sie mir doch!«

Isegrim ließ Koch nicht zu Wort kommen. Seine Fragen sprudelten nur so aus ihm hervor, begleitet durch permanentes Kreisen seines Zeigefingers vor Kochs Nase. Koch musste nach oben blicken, denn der Alte war fast einen Kopf größer als er. Der junge Wissenschaftler hatte das Gefühl, dass er bei jedem Wort des Professors zusammenschrumpfte und noch kleiner wurde, und sein Mut verließ ihn mit jedem salbungsvollen Satz aus dem Mund des renommierten Kollegen.

»Mein Freund, ich wusste vom ersten Moment an, dass Sie es zu etwas bringen würden. Nun wohlan, halten Sie doch nicht hinter dem Berg. Wie geht es dem alten Perrault? Was haben Sie entdeckt?«

Koch stöhnte innerlich auf. Von wegen hinter dem Berg halten. Erstens kam er überhaupt nicht zu Wort, und zweitens wollte Isegrim das, was er zu berichten hatte, sowieso lieber nicht hören, darüber war sich Koch mehr als im Klaren. Aber auch ein Professor musste einmal Atem schöpfen, und Moritz Koch nutzte die Sekunde des tiefen Luftholens seines Gegenübers.

»Ich würde mich gerne mit Ihnen in Ruhe unterhalten. Haben Sie einen Moment Zeit? Dann lassen Sie uns doch bitte nach draußen in den Domgarten gehen, da ist weniger los.« Schweiß bildete sich unter Kochs Achseln und auf seiner Stirn.

»Aber gern, ich bin gespannt, was Sie mir so Geheimes zu erzählen haben. Wenn Sie einen Rat brauchen, helfe ich Ihnen gern weiter. Sie wissen ja: In der Märchenforschung habe ich großen Einfluss.«

Koch ließ den Professor vorgehen, und sie gelangten durch einen Torbogen in den Domgarten. Niemand anderes hielt sich hier auf.

Um das Zittern seiner Hände zu verbergen, verschränkte Koch sie hinter dem Rücken. Dann fasste er all seinen Mut zusammen und krächzte: »Äähmm, ja, Herr Professor, mit meinen Forschungen bin ich sehr weit gekommen. Ich werde in den nächsten Tagen in der Zweiten Sektion darüber berichten. Allerdings, nun, äähmm, wie soll ich sagen, ich bin da über etwas gestolpert.« Koch richtete sich auf, hob den Brustkorb, straffte die Schultern, versuchte, sich größer zu machen und seine Stimme fest werden zu lassen.

»Gestolpert? Nur heraus mit der Sprache, junger Freund. Was verwirrt Sie so? Kann ich helfen? Sie wissen, meine Beziehungen nach Frankreich sind von höchstem Range, ebenso wie mein Ansehen.« Der arrogante Alte gab sich jovial. Eine Art, die Moritz Koch verdammt noch mal nicht leiden konnte.

»Genau darin liegt unser Problem, Herr Professor. In Ihren Beziehungen zu Frankreich. Sie kennen gewiss das unveröffentlichte Manuskript von Perrault aus dem Jahre 1697, knapp 200 Seiten stark? Zwischen zwei Buchdeckeln, die so gar nichts mit Perrault zu tun haben, zwei Buchdeckel, die einen glauben lassen, es sei eine Veröffentlichung von Jean Grancolas dazwischen?

Wie nur ist dieses unbekannte Manuskript von Perrault da hineingeraten? Niemand würde auf die Idee kommen, hinter dem Buchdeckel einer theologischen Veröffentlichung einen solchen Schatz zu finden. Stopp, lassen Sie mich ausreden!« Koch hob die Hand, als er merkte, dass der Professor ihn unterbrechen wollte. »Bevor Sie die Fragen beantworten, werde ich Ihnen diese Antworten geben. Ihre Doktorarbeit trägt den Titel *Die Geburt des Kleinen Däumlings – Feen und Zwerge in der Märchenwelt.* Und was glauben Sie, habe ich zwischen besagten Buchdeckeln gefunden? Na? *La naissance du Petit Pucet – Les fées et les gnomes dans le monde des contes des fées.* Ein unbekanntes Manuskript von Perrault.«

Moritz Koch legte eine kleine Pause ein. Endlich war es raus. Er fühlte sich erleichtert. Isegrims Gesicht war immer bleicher geworden, mit offenem Mund stand er vor Koch, eine kleine Speichelblase hatte sich in seinem Mundwinkel gebildet, zerplatzte und lief als dünner Faden zum Kinn. Der Alte wischte sich über den Mund, sog die Luft tief ein. Doch noch bevor er antworten konnte, ergriff Koch leise, aber bestimmt, wieder das Wort.

»Herr Professor, ich weiß, dass Sie das nicht gern hören. Aber ich beschuldige Sie schlichtweg des Plagiats. Ich habe Perraults Manuskript natürlich mit Ihrer Arbeit verglichen. Bis auf ein paar von Ihnen eingestreute Passagen und der, zugegebenermaßen, wunderbaren und modernen Übersetzung, beruht Ihr Doktortitel seit Jahrzehnten auf einer Veröffentlichung, die nicht aus Ihrer Hand stammt. Und so etwas nenne ich Betrug.« Wieder legte Koch eine Pause ein.

Isegrims Augen waren schmal geworden, sein Mund nur noch ein dünner Strich. Mit einer Stimme, der jeder Klang abhandengekommen war, erwiderte er: »Was gedenken Sie zu tun?« Kein Leugnen, kein Jammern, keine Aggression, keine Entschuldigung – nichts.

Koch räusperte sich. Was er nun verlangte, war in der Tat vergleichbar mit dem Gang Heinrichs IV. nach Canossa.

»Ich möchte, dass Sie sich öffentlich zu diesem Plagiat bekennen. Auf dieser Tagung. Vor allen Kollegen. Dass Sie sich entschuldigen und, dass Sie auf das *Silberne Ehrenkäppchen* verzichten. Es wird Ihnen ohnehin nicht mehr verliehen werden, aber wenigstens bleibt Ihnen die Möglichkeit, ehrlich zu Ihrem Fehlverhalten zu stehen. Das wäre ein sauberer Abgang. Ich bitte Sie, tun Sie es. Wenn Sie nicht selbst mit der Wahrheit herausrücken, werde ich die Fachwelt informieren. Und seien Sie versichert, ich werde es tun, so wahr ich hier vor Ihnen stehe.« Gespannt blickte Koch in das Gesicht des Professors. Er erwartete nun einen Wutausbruch oder wenigstens die Bitte des Alten, davon Abstand zu nehmen.

»Mein junger Freund.« Isegrim hatte zu seiner jovialen Art zurückgefunden. »Mein lieber junger Freund. Wie recht Sie doch haben. Nach dem ersten Schock macht sich bei mir nur noch Erleichterung breit, Erleichterung in meinem Herzen, in meiner Seele. Sie haben eine unsägliche Last von mir genommen. Ich danke Ihnen.« Mit diesen Worten umarmte er Moritz Koch, drückte ihn an sich. Koch war sprachlos. Dann schob Isegrim ihn wieder von sich, ließ seine großen Hände jedoch noch auf Kochs Schultern liegen.

»Ich möchte, dass Sie bei diesem schweren Gang an meiner Seite sind, ich kann eine Stütze gebrauchen. Mein Freund, Sie sind offen, ehrlich, unbestechlich. Es macht also gar keinen Sinn für mich, mein Jugendvergehen zu leugnen. Wollen wir uns heute Abend in meinem Haus treffen? Ich werde uns eine Flasche Bordeaux öffnen, und wir können gemeinsam beraten, wie ich diese Situation, zugegebenermaßen die schwierigste meines Lebens, gemeinsam mit Ihnen meistern kann. Inständig bitte ich Sie um Ihre Unterstützung.«

Isegrim nahm die Hände von Kochs Schultern und hielt sie wie flehend dem jungen Wissenschaftler hin.

Moritz Koch war erleichtert gewesen, wie gelassen letztendlich der Alte alles aufgenommen hatte. Und nur allzu gern war er in diesem Moment bereit gewesen, dem Alten zur Seite zu stehen. Koch wusste, wo sich die Wohnung des Professors befand – in der Emmastraße unweit des Bürgerparks. Man verabredete sich für 20 Uhr. Sein bevorstehendes, mit Sicherheit genauso unangenehmes Gespräch mit Ulf würde Koch dann schon hinter sich haben. Isegrim hatte ihn noch ein letztes Mal an sich gedrückt, und, wie es Koch erschien, theatralisch geseufzt.

»Danke, mein junger Freund.«

Als Koch zurück in die *Glocke* ging, um Monika Zenner von seinem Koffer zu erlösen, kreisten seine Gedanken um das Gespräch mit Isegrim. Es war ganz anders verlaufen als erwartet. Vielleicht war der Alte tatsächlich froh, dass jemand herausgefunden hatte, was über 30 Jahre lang verborgen geblieben war, und nun – so wie er sich ausgedrückt hatte – eine Last von seinen Schultern genommen wurde. Und schließlich hatte Isegrim in all den Jahrzehnten Außerordentliches für die Märchenforschung geleistet. Nach einem ersten Sturm der Entrüstung über das Plagiat würden sich die Wogen wieder glätten, und Isegrim würde wieder seinen oberen Platz auf dem geisteswissenschaftlichen Olymp einnehmen.

All dies ging Moritz Koch jetzt noch einmal durch den Kopf, als er sich einen dritten Espresso genehmigte. Er wollte wach sein für sein nächstes Treffen. Ursprünglich hatte er geplant, seinem Bruder im Hotel zu begegnen, nachdem dieser ihn überredet hatte, sich doch zu sehen und die Streitigkeiten zu beenden. Aber wenn er sich sowieso am Abend zum Bürgerpark bewegen musste, dann konnte er sich auch dort mit Ulf treffen. Koch wählte die Nummer seines Bruders, um ihm einen neuen Treffpunkt vorzuschlagen. Das Café am Emmasee schien beiden ein geeigneter Ort zu sein.

*

Hölzle war zum Institut für Rechtsmedizin gefahren, um der Obduktion beizuwohnen. Seine beiden Kollegen, Harry Schipper und Peter Dahnken, waren auch schon eingetroffen.

»Moin, Chef, hast du verschlafen?«, neckte Harry mit einem Augenzwinkern.

»Nie im Leben. Wollte nur in Ruhe mit meinen Neffen zu Ende frühstücken, und da die Bengel nicht rechtzeitig aus den Federn kamen, wurde es ein wenig später. Gibt's schon erste Erkenntnisse?« Hölzle zog sich einen der grünen Kittel über, damit er den Obduktionssaal betreten durfte. Harry und Peter waren bereits so weit und klemmten sich das Gummiband des Mundschutzes hinter die Ohren. Peter schüttelte als Antwort stumm den Kopf.

Gemeinsam betraten sie den Raum durch die Glastür und näherten sich dem Sektionstisch, an dem Dr. Adler-Petersen stand und den Leichnam inspizierte. Ihr Blick hob sich, und die bernsteinfarbenen Augen unter den dichten langen Wimpern schauten Hölzle direkt an.

»Guten Morgen, die Herren«, klang ihre Stimme leicht gedämpft durch den Mundschutz, »Fiete und ich drehen ihn gleich um, dann schaue ich mir die Kopfverletzung genauer an.« Mit einem Kopfnicken deutete sie auf einen Tisch, der an der Wand stand. »Dort in der Plastiktüte ist der Inhalt der Jackentasche.«

Nur zu gern wandte sich Peter Dahnken vom Obduktionstisch ab und nahm die Plastiktüte an sich.

Fiete Dierksen, Adlerblicks Assistent, der an einem metallenen Nebentisch stand und Probenröhrchen vorbereitete, hatte gehört, was seine Chefin gesagt hatte. Gemeinsam drehten sie die Leiche auf den Bauch.

»Rechts parietal findet sich eine ...«, Adlerblick nahm das Zentimetermaß, welches Fiete vorausschauend schon in der Hand hielt, entgegen, »... 7,4 cm lange, an den Rändern gezackte Wunde, die sich nach occipital verbreitert.«

Sie vermaß die Wunde an ihrer engsten und weitesten Stelle und verkündete laut die Zahlen. Der gesamte Obduktionsbericht wurde von einem über dem Tisch hängenden Mikrofon aufgenommen.

»Haben Sie eine Idee, mit welchem Gegenstand ihm der Schädel eingeschlagen wurde?«, wollte Hölzle wissen und starrte auf das klaffende Loch. Fiete Dierksen schoss mit einer digitalen Spiegelreflexkamera Bilder aus verschiedenen Winkeln, um die Schädelwunde zu dokumentieren.

»Nein«, war Adlerblicks Antwort, »aber Gegenstände wie einen Baseballschläger oder einen Hammer, die glatte Schlagflächen haben, schließe ich aus.« Mit Tupferstäbchen nahm die Rechtsmedizinerin Abstriche von der

Umgebung der Wunde, den Wundrändern und der Wunde selbst, um sie dann in Röhrchen zu überführen, in denen eine klare Flüssigkeit schwamm. Die Röhrchen wurden von Fiete Dierksen akribisch beschriftet und anschließend mit nummerierten Klebern versehen. Die Proben würden später im Labor untersucht werden.

»Als Todesursache ist jedenfalls diese Verletzung anzusehen, der Todeszeitpunkt liegt zwischen 23.00 Uhr Freitagnacht und 1.00 Uhr Samstagmorgen«, ließ Adler-Petersen die Männer wissen. Fiete half ihr, die Leiche wieder auf den Rücken zu drehen. Adlerblick griff nach dem Skalpell und begann, die typischen Schnitte zu setzen, die den Brustkorb des Mannes freilegten, um die üblichen Routineuntersuchungen zu erledigen. Hölzle hatte dies schon öfter gesehen, als ihm lieb war.

Im Anschluss an die Obduktion fuhren er und seine Kollegen ins Präsidium, um sich dem obligatorischen Papierkram zu widmen. Alles musste dokumentiert werden, auch Muller vom Kriminaldauerdienst, der zuerst am Tatort gewesen war, saß dabei und hielt seine ersten Eindrücke fest.

»Überprüfst du das Handy des Opfers, Peter? Ich will wissen, mit wem er zuletzt gesprochen hat.« Hölzle schenkte sich den Rest Kaffee aus der Thermoskanne in seine blaue Tasse.

»Ja klar. Ich kümmere mich darum.«

»Und du, Harry«, fuhr Hölzle fort, »du bringst in Erfahrung, was Koch nach Bremen geführt hat. War er nur Tagestourist, hatte er hier beruflich zu tun ... ich muss dir das ja wohl nicht erklären.«

»Und was machst du?«, wollte Harry wissen.

Hölzle grinste. »Ich fahre jetzt erst mal nach Hause. Wozu bin ich der Chef? Man muss nur delegieren können.«

Harry öffnete bereits den Mund, um sich zu beschweren, doch Hölzle fiel ihm ins Wort.

»Lass stecken. Ich werde mich natürlich darum kümmern, dass die Angehörigen verständigt werden. Irgendeiner muss diese ungeliebte Aufgabe wohl übernehmen. So, und jetzt raus aus meinem Büro, wir haben alle genug zu tun.«

Hölzle nahm sich den Personalausweis des Toten vor, der in der Plastiktüte, die Peter aus der Rechtsmedizin mitgenommen hatte, gewesen war.

Dr. Moritz Koch, Dornröschenpfad 66, 34134 Kassel. War der Tote ein Arzt gewesen? Nicht unbedingt. Dokdertiddel kriagt mr heit wahrscheinlich au bei ebay, dachte Hölzle, oder mr schreibt irgendwo was ab ond gibt's als sei oigenes Deng aus. Er erinnerte sich an die Skandale um mehrere Politiker in der letzten Zeit, die des Plagiats bezichtigt worden waren. Zu Recht, wie sich herausgestellt hatte.

Hölzle tippte den Namen in seinen PC und ließ die Suchmaschine ihre Arbeit tun. Einen Wimpernschlag später war er schon fündig geworden. Dr. Moritz Koch war Literaturwissenschaftler an der Universität Kassel am Institut für Germanistik gewesen. Der Kriminalhauptkommissar klickte auf die Sitemap der institutseigenen Homepage. Dort erfuhr er, dass Koch vor vier Jahren an die Uni gekommen war und der Schwerpunkt seiner Forschung im Bereich Märchen und Sagen lag. Was es net alles gibt, wunderte sich Hölzle. Doch natürlich hatte er nie im Leben darüber nachgedacht, welche Felder ein Literaturwissenschaftler so beackerte. Die Heimatadresse des Opfers passte jedenfalls hervorragend zu seinem Beruf. Dornröschenpfad im Stadtteil Niederzwehren, welches das sogenannte *Märchenviertel* beherbergte. Ob Koch da absichtlich hingezogen war, oder hatte es sich um einen Zufall gehandelt? Egal.

Sein Handy meldete sich.

»Ja, Hölzle ... Ach du bist's, Peter. Was gibt's?« Nebenbei öffnete er seine Schreibtischschublade und brach ein Stück der bereits angefangenen Tafel Vollmilchschokolade ab, das er dann genüsslich in den Mund schob.

»Sieht aus, als hätte Koch hier in Bremen einen Bruder. Ulf Koch. Mit dem hat er zuletzt gesprochen. Eine andere Nummer konnte ich der Universität Kassel zuordnen.«

»Gut. Das passt, Koch war dort als Wissenschaftler tätig. Dann machen wir uns mal auf die Socken und werden uns mit dem Bruder unterhalten.« Hölzle leckte einen kleinen Schokokrümel von seinem linken Mundwinkel.

*

Vom Auto aus informierte Hölzle Christiane, dass es später werden würde. Wie er befürchtet hatte, reagierte sie ungehalten. Er liebte Christiane wirklich. Aber zwei Dinge an ihr konnten schon ganz schön nerven: ihre Eifersucht und die Tatsache, dass sie ab und zu vergaß, dass er Polizist war und nicht immer so einfach über seine Zeit verfügen konnte. In ihrem Archiv hatte Christiane feste Arbeitszeiten. Er beneidete sie darum, hätte aber letztendlich nicht mit ihr tauschen wollen. Bis jetzt hatte er einmal dort wegen Ermittlungen in einem besonderen Fall zu tun gehabt. Das hatte ihm gereicht.

»Schaffst du es wenigstens zum Essen? Marthe hat die Jungs und uns zu sich eingeladen. Wir essen schon eine Stunde früher als sonst, das ist Marthe lieber.« Christiane hatte nun wieder einen versöhnlichen Ton angeschlagen.

»Ich kann nichts versprechen. Wir fahren jetzt zum Bruder des Opfers, ich kann dir nicht sagen, wie lang das dort dauert. Also wartet mal nicht auf mich.« Als er auflegte, atmete er mit einer gewissen Erleichterung aus. Wahrscheinlich kochte Marthe heute wieder irgendein norddeutsches Gericht, um den Zwillingen zu zeigen, was es hier Leckeres gab. Mit leichtem Schaudern erinnerte er sich an den Aal blau in Weißwein, den Großtante Marthe vor einigen Wochen gemacht hatte. Hölzle hatte den Aal mit zusätzlichem Weißwein hinuntergespült, was ihm nicht sonderlich gut bekommen war.

Kollege Peter Dahnken fuhr über die A27 in Richtung Bremerhaven und verließ die Autobahn an der Anschlussstelle Bremen-Nord, um weiter nach St. Magnus zu fahren. Kurze Zeit später erreichten die Beamten ihr Ziel in der Nähe von Knoops Park.

Dahnken parkte den Wagen direkt vor einem elegant gestalteten Doppelhaus. An der Straße stand ein weißer Sprinter mit dem Aufdruck *Elektrofachgeschäft und Aufzugwartung Koch*. Hölzle klingelte und sah sich um. Das Haus war neu, die Büsche, die den Vorgarten der Kochs säumten, waren noch klein, die Hofeinfahrt der anderen Haushälfte noch nicht ganz fertig gepflastert.

Eine dunkelhaarige hagere Frau öffnete den Beamten nach wenigen Augenblicken. Hölzle hatte selten ein Gesicht gesehen, dass so offenkundig Unmut demonstrierte. Die Mundwinkel zeigten nach unten, die Augenbrauen waren so dicht zusammengezogen, dass sich eine deutliche Zornesfalte bildete und sich die Brauen beinahe berührten.

»Ja?« Kurz angebunden war die Dame also auch noch.

»Frau Koch?«, weiter kam Hölzle nicht, denn die Frau unterbrach ihn sofort.

»Wer sonst? Steht ja schließlich auf dem Türschild. Wir kaufen nichts, und wir wollen auch nicht bekehrt werden.« Hölzle glaubte, einen sächsischen Akzent herauszuhören.

Puh, die hat nicht nur Haare auf den Zähnen, die wachsen ja schon durch den Kiefer, dachte Peter Dahnken, der nach dieser merkwürdigen Begrüßung vollkommen konsterniert neben Hölzle stand.

»Frau Koch, wir sind von der Kriminalpolizei«, und nicht von den Zeugen Jehovas, fügte er in Gedanken hinzu. »Dies ist mein Kollege Kriminaloberkommissar Dahnken«, Hölzle bemühte sich redlich um einen freundlichen Tonfall, »und mein Name ist Hölzle. Ist Ihr Mann zu Hause?« Die Kriminalbeamten zeigten ihre Dienstmarken.

»Kriminalpolizei?« Sie stutzte, dann gab sie die Tür frei und ließ die Männer ins Haus. »Was wollen Sie von meinem Mann?«, fragte sie barsch, doch eine unüberhörbare Unsicherheit schwang in ihrer Stimme mit, als sie die Tür hinter sich schloss.

»Ulf?«, rief sie dann, ohne eine Antwort der Polizisten abzuwarten. Sie stand auf dem unteren Treppenabsatz und blickte nach oben. Silvia Koch versuchte, gelassen zu wirken, doch ihre linke Hand umklammerte den Handlauf, als ob sie Halt daran finden müsste. »Ulf!« Der schon vorhin aggressive Klang ihrer Stimme hatte eine Nuance zugelegt.

»Was denn? Du weißt doch, dass ich an der Buchhaltung sitze!«, gab eine Stimme ungehalten zurück.

»Komm runter, hier sind zwei Herren von der Polizei«, ließ Silvia Koch ihren Gatten wissen.

Wenige Augenblicke später kam ein großer, kräftiger Mann die Treppe heruntergepoltert. Noch konnte man erkennen, dass er auf Frauen früher durchaus attraktiv gewirkt haben musste. Doch nun sprachen seine geröteten Wangen mit den winzigen blauen Äderchen und seine eher schwammige Figur für regelmäßigen Alkoholkonsum und zu wenig Bewegung. Die großen Hände glichen Pranken, die raue Haut ließ darauf schließen, dass Ulf Koch mit Sicherheit keinen Bürojob hatte. Typische Hände für einen körperlich hart arbeitenden Mann eben. Am Ende der Treppe blieb er stehen, musterte die beiden Kriminalbeamten, bot ihnen aber nicht die Hand.

»Polizei? Wieso? Ist was passiert? Hat Dennis schon wieder was ausgefressen?«, feuerte er seine Fragen ab.

»Was soll er denn angestellt haben?«, fauchte seine Frau dazwischen. »Denk mal lieber über dein eigenes Verhalten nach.«

»Herr Koch, wir sind hier wegen Ihres Bruders, Moritz Koch. Können wir uns irgendwo in Ruhe unterhalten?«, gab Dahnken zur Antwort, den Einwurf Silvia Kochs scheinbar ignorierend. Ihm war sehr wohl der Ton aufgefallen, den die Eheleute miteinander pflegten.

»Moritz? Was wollen Sie denn von meinem Bruder?« Misstrauisch blieb Ulf Koch vor den beiden Polizisten stehen.

»Herr Koch, bitte!« Peter Dahnken verlor allmählich die Geduld.

»Ja, dann kommen Sie, wir setzen uns ins Esszimmer.« Koch ging voraus, und sie gelangten in einen lichtdurchfluteten großen Wohn-Essbereich. Hölzle sah sich um.

An einer Seite des Raumes befand sich eine elegante Küchenzeile, davor eine Theke mit vier Barhockern. Ein grober, rechteckiger Holztisch war fast mittig platziert, an den Kopfenden und an einer Seite standen Stühle ordentlich im gleichen Abstand nebeneinander gereiht, die gegenüberliegende Seite nahm eine Bank ohne Rückenlehne ein. Nichts lag oder stand herum, keine Gläser, keine Teller, keine Zeitung, kein Buch, keine Lappen, einfach nichts. Der Herd war blitzeblank geputzt, das Schiffsbodenparkett glänzte, als wäre es frisch geölt worden. Die bodentiefen Fenster gaben den Blick auf die mit Holzplanken belegte Terrasse und einen frisch angelegten Garten frei.

»Sie wohnen noch nicht lange hier? Es war eher eine Feststellung Hölzles als eine Frage.

»Wir sind erst vor sechs Wochen eingezogen«, bestätigte Kochs Frau. »Endlich raus aus dieser engen Wohnung in Lesum. Hat auch lang genug gedauert«, schob sie mit einem verächtlichen Blick auf ihren Mann hinterher. Sie bedeutete den Männern, am Esstisch Platz zu nehmen.

Mein lieber Scholli, der Mann isch ächt geschtraft mit dem Besa, dachte Hölzle mitfühlend.

»Wer ist Dennis?«, fragte Peter Dahnken unvermittelt.

»Unser Sohn«, seufzte Silvia Koch. »Er ist 17, und ich sage nur dazu: schwierige Zeiten. Haben Sie Kinder?«

Die beiden Kriminalbeamten schüttelten den Kopf, doch Hölzle entschlüpfte ein: »Mir reichen meine Neffen, die sind im gleichen Alter«, was ihm ein zaghaftes Grinsen seitens Ulf Kochs einbrachte. Bei sich dachte Hölzle: Ond jetzt kriegat die au no an Nachziagler, viel Spaß. Er hatte sehr wohl den Mutterpass, der auf einem Schuhschränkchen in der Diele gelegen hatte, registriert. Allerdings war bei Silvia Koch die Schwangerschaft äußerlich noch nicht zu erkennen.

»Was ist denn nun mit meinem Bruder?«, wollte Koch wissen. Er trommelte mit den Fingern seiner rechten Hand ungeduldig auf der Tischplatte herum.

Hölzle holte tief Luft. »Es tut mir leid, Ihnen mitteilen zu müssen, dass er tot ist.«

Hölzle glaubte schon, die beiden hätten ihn nicht verstanden. Der Satz hing wie nie ausgesprochen in der Luft. Dann erreichte er das Ehepaar Koch, das wie erstarrt am Tisch saß. Peter Dahnken beobachtete die beiden genau. Jede Augenbewegung, jeden minimal zuckenden Gesichtsmuskel, nichts entging ihm.

»Tot?«, echote Ulf nach einer gefühlten Ewigkeit, doch es waren nur wenige Augenblicke vergangen. Er wirkte trotz der schockierenden Nachricht gefasst. Dahnken notierte den eigentümlichen Blick, den Silvia ihrem Mann zuwarf. War da so etwas wie Freude darin zu erkennen? Oder war es eher Unglauben gepaart mit einem Schuss Angst? Peter Dahnken war kein Psychologe, aber dass die Gefühlswelt von Frau Koch in Aufruhr geraten war, war eindeutig.

»Ein Unfall?«, fragte sie dann, als sich Ulf Koch nicht weiter äußerte.

»Nein. Er wurde ermordet.« Nun war es heraus. Hölzle hasste an seinem Job die Überbringung einer solchen Nachricht am meisten. Eigentlich war dies sogar das Einzige, auf was er in seinem Beruf hätte dankend verzichten können, ansonsten war er mit Leib und Seele Polizist. Na ja gut, der Bürokram gehörte auch nicht zu den Highlights seines Arbeitslebens.

»Aber das kann doch nicht sein!«, rief der Bruder aus, schlug die Hand vor den Mund. Nach einer kurzen Pause nahmen seine Finger das Trommeln auf die Tischplatte wieder auf. Auch wenn seine Stimme belegt wirkte, ehrlich erschüttert klang er nicht, registrierten Hölzle und Dahnken aufmerksam.

»Wann hatten Sie das letzte Mal Kontakt zu Ihrem Bruder? Können Sie uns etwas über den Inhalt der Gespräche sagen? Schien Ihr Bruder ängstlich oder angespannt?« Hölzle lehnte sich in seinem Stuhl nach vorne und verschränkte die Arme auf dem Tisch.

»Das ist schon einige Zeit her, ich weiß nicht mehr genau. Vielleicht vor drei Wochen oder so. Moritz wohnte ja nicht mehr in Bremen, seit einigen Jahren lebte er in Kassel. Mir ist nichts aufgefallen, ich meine, dass er Angst hatte, oder so.«

Schau mal an, der liegt wie druckt, stellte Hölzle fest und wechselte einen schnellen Blick mit seinem Kollegen.

Dahnken war nicht entgangen, dass Koch bereits in der Vergangenheit von seinem Bruder redete. Interessant. Die meisten Menschen sprachen über tote Verwandte oder Freunde zunächst immer in der Präsensform. Zu akzeptieren, dass jemand tot war, dauerte bei vielen oft Tage, wenn nicht sogar Wochen. Bei Ulf Koch schien es wohl etwas schneller zu gehen.

»Dann hat er Ihnen nicht erzählt, dass er nach Bremen kommen wollte?«, fragte Dahnken.

»Ich glaube nicht, ich erinnere mich auch nicht mehr. Wir haben hauptsächlich über meinen Sohn gesprochen. Moritz war Dennis' Pate.« Ulf Koch betrachtete seine kräftigen Hände, die nun ruhig auf der Tischplatte lagen.

Peter Dahnken, der bemerkt hatte, dass Silvia Koch bei den Worten ihres Mannes für den Bruchteil einer Sekunde erstarrt war, rieb sich mit einer kreisenden Bewegung die rechte Schläfe, als müsse er seine nächste Frage besonders abwägen. »Finden Sie das nicht seltsam, dass Ihr Bruder Ihnen nicht erzählt hat, dass er hierher kommt?«

Koch schüttelte den Kopf. »Nein, na ja, das heißt, vielleicht doch. Aber er kam oft auch ganz spontan nach Bremen, gab frühestens einen Tag vorher Bescheid.«

»Ich denke, das ist im Moment alles«, Hölzle stand auf und schob den Stuhl wieder ordentlich an den Tisch zurück, »wir melden uns dann später bei Ihnen, wenn die Leiche zur Beerdigung freigegeben wird.«

Dahnken folgte, und auch Silvia und Ulf Koch erhoben sich. Sie begleiteten die beiden Beamten bis zur Tür, wo man sich verabschiedete.

»Es tut mir leid«, wiederholte Hölzle noch einmal und reichte den Kochs die Hand. Peter Dahnken ging bereits voraus zum Auto.

Hölzle war schon einen Schritt von der Haustür entfernt, als er am Boden etwas glitzern sah. Er bückte sich, um die 20-Centmünze aufzuheben, dabei vernahm er laute

Stimmen, die aus dem Haus drangen. Das Ehepaar Koch schien sich zu streiten. Hölzle spitzte die Ohren. Aber vergeblich. Trotz der Lautstärke konnte er nichts verstehen. Doch die keifende Stimme von Silvia Koch hatte eindeutig das größere Volumen. Gleichgültig, ob er nun den genauen Wortlaut verstand, dies war ein Streit, eindeutig. Hölzle wurde das Gefühl nicht los, dass die Kochs ihm einiges verschwiegen hatten. Und zudem schien in dieser Familie der Haussegen mehr als schief zu hängen. Die eisigen Blicke, die die beiden gewechselt hatten, waren ihm nicht entgangen und sprachen Bände.

KIRA 2

Es war einmal ein junges Mädchen von graziler Gestalt und artigem Wesen. Und es war so wunderhübsch anzuschauen, dass Vater und Mutter ihr Glück kaum fassen konnten, eine solche Tochter zu haben ...

In ihrem Zimmer roch es nach Schweiß, alten Socken und Erbrochenem. Kira erwachte aus dem Albtraum, der sie in den letzten Wochen jeden Tag und jede Nacht begleitete. Sie lag am Rande eines Schwimmbeckens auf einem dunkelroten Badetuch, ihre rechte Hand planschte lässig im Wasser. Jemand umklammerte ihre Finger, zog an der Hand, und sie hatte plötzlich panische Angst, ins Becken gezogen zu werden. Wahrscheinlich würde sie ertrinken, sie war eine miserable Schwimmerin. Doch noch bevor sie laut protestieren konnte, tauchte über dem Beckenrand das strahlende Gesicht ihres Bruders Ben auf, das nasse Haar klebte ihm am Kopf, Wasserperlen vergrößerten wie eine Lupe die winzigen Sommersprossen auf seinem Gesicht.

»Stell dich nicht so an, Schnuppe!« Bens freches Grinsen reichte von einem Ohr zum anderen.

Sie mochte diesen Spitznamen nicht. Ihre Eltern hatten ihn ihr schon als Baby gegeben. Sie behaupteten stolz, dass, als sie gezeugt worden war, eine Sternschnuppe am Himmel entlang gerast sei. Es war Kira immer äußerst peinlich gewesen, wenn ihre Eltern diese Geschichte zum Besten gegeben hatten. Allein dieser gruselige Gedanke, als sie *gezeugt* worden war ... Peinlich, einfach nur peinlich.

Sie wollte Ben mit der Hand kurz unter Wasser drücken, er wusste doch genau, dass er diesen dämlichen Kosenamen nicht benutzen sollte. Aber Ben war nun mal Ben, der typische kleine Bruder, der nichts anderes im Sinn hatte, als seine große Schwester zu necken. Kira drückte ihm die flache Hand auf den Kopf, lachend und mit theatralisch hochgerissenen Armen tauchte Ben unter. Sie wartete, doch Ben tauchte nicht wieder auf. Er trieb nicht auf dem Wasser, lag nicht auf dem Boden des Schwimmbeckens, er war und blieb verschwunden.

Kira zwang sich, aufzuwachen. Mittlerweile hatte sie darin Routine. Ihre langen Haare waren feucht, feucht vom Schweiß, feucht von den Tränen, die sie nicht nur im Traum vergossen hatte.

Sie schaute auf den rosafarbenen *Hello-Kitty*-Wecker, auf dem Ziffernblatt die Katze mit einer rosa Schleife im Haar und einem kleinen Teddybären an der Seite. Bens Geschenk zu ihrem 13. Geburtstag, natürlich hatte Annette den Wecker für sie besorgt, aber Ben hatte ihn, so gut er konnte, hübsch verpackt.

Es war fast fünf Uhr nachmittags, ihre Mutter müsste eigentlich wieder zu Hause sein, um sechs begann sie ihre Arbeit im Hotel. Kira konnte sich vorstellen, welche Art von Gespräch ihre Mutter mit dem alten Ehrhardt, von den Schülern mit einem gewissen Respekt auch Meister Ehrhardt genannt, geführt hatte. Seit ein paar Tagen war sie nicht mehr zur Schule gegangen, hatte sich in ihrem Zimmer eingeschlossen. Ihrer Mutter zuliebe war sie wenigstens zu den Mahlzeiten in der Küche erschienen, doch die Düfte, die ihr früher verlockend erschienen, führten zum nächsten Brechreiz. Das Mädchen war sich darüber im Klaren, dass sie Raubbau an ihrem Körper betrieb. Sie hatte im Internet recherchiert. Eine Essstörung trat häufig nach dem Tod eines geliebten Menschen ein. Und sie hatte zwei Verluste zu verkraften. Eine tiefe seelische Störung gepaart mit einer Depression waren auf den Tod von Bruder und Vater gefolgt, es hatte mit einfacher Appetitlosigkeit begonnen und war dann immer massiver geworden.

Anne hatte es zuerst bemerkt. Beim Shoppen waren die Hosen in Größe 36 für sie in kurzer Zeit eine Nummer zu groß gewesen. Ihre Freundin hatte sie dann auf die verschiedenen Internetseiten und Foren aufmerksam gemacht.

Im Gegensatz jedoch zu vielen Mädchen mit einer Essstörung war Kira das Problem durchaus bewusst. Und es war ihr auch bewusst, dass die Magersucht mittlerweile zu ihrem Leben gehörte. Ihre Mutter hatte ihr mit drastischen Worten erklärt, wo diese Essstörung hinführen konnte, hatte sie gezwungen, sich Bilder anzuschauen, auf denen junge Frauen bis zum Skelett abgemagert waren. Es hatte sie erschreckt, doch es half nichts, sie konnte die Nahrung kaum bei sich behalten. Widerwillig hatte sie sich dann bereit erklärt, den Inhalt der kleinen weißen Flaschen voller Proteine, Vitamine und Mineralstoffe zu sich zu nehmen. Sie hatte es auch für Ben getan.

»Hey, Schnuppe, du Klappergestell, du willst wohl einem Wattwurm Konkurrenz machen«, hätte er gesagt und sie an ihrem langen blonden Pferdeschwanz gezogen.

Kira kamen erneut die Tränen. Sie wühlte sich aus der Decke, setzte sich im Bett auf. Draußen schien die Sonne, so viel konnte sie hinter der zugezogenen Gardine erkennen. Ihre Mutter hatte ihr letzte Woche vorgeschlagen, ihr Kinderzimmer aufzupeppen, es in ein schickes Zimmer für eine junge Frau zu verwandeln.

Tatsächlich war in ihrem Zimmer die Zeit stehen geblieben. Die gerahmten Bilder mit Szenen aus Walt Disney Filmen hatte sie allerdings vor zwei Jahren durch drei riesige Poster von Justin Bieber ersetzt. Lediglich Balou, der Bär aus dem Dschungelbuch, harrte noch neben ihrem Bücherregal aus. Was hatte sie vor zwei Jahren nur für einen merkwürdigen Geschmack gehabt. Wie konnte man nur für ein solches Bubi schwärmen? Doch fast alle Mädchen aus ihrer Klasse hatten Justin einen Platz in ihrem Zimmer geschenkt. Und was hätte sie sich jetzt anstelle der Poster an die Wand hängen sollen? Es war ihr schlicht und ergreifend egal, wer oder was da hing. Also blieb Justin, wo er war und schaute sie durch ins Gesicht gekämmte Haarfransen an.

Ben hatte den Biebertypen immer albern gefunden und nie locker gelassen, sie mit ihrer Schwärmerei aufzuziehen. Anders ihre Plüschtiere. Diese liebte Kira nach wie vor heiß und innig. In Reih und Glied saßen sie auf dem kleinen hellblauen Sofa in der Ecke, angeführt von einem riesigen Bären mit einer blauen Seemannsmütze, den sie auf dem Freimarkt gewonnen hatte. Das Ende der Truppe bildete eine winzige gestreifte Maus, die ehemals einen Schlüsselanhänger geziert hatte. Aufgereiht der Größe nach saßen sie da, so wie Kira sie vor ewigen Zeiten ordentlich auf dem Sofa platziert hatte. Auch ihre Bettwäsche war noch ein Relikt aus Kindertagen. Tiger und Bär von Janosch lagen gemeinsam träumend in einer Hängematte.

Lediglich der Schreibtisch und das Bücherregal zeugten von einer Kira, die sich langsam dem Erwachsensein näherte. Ihr Vater hatte darauf bestanden, ihr einen größeren Arbeitstisch ins Zimmer zu stellen. Er lag nun voll mit Schulbüchern, Notenblättern und losen Zetteln; sie hatte diese Dinge schon seit Wochen nicht mehr angerührt. Die bunten Bücher aus Kindertagen hatte sie aus dem Regal verbannt. Ein paar Dekogegenstände hatten dann auf den Brettern Einzug gehalten. Eine leere Flasche Beck's Green Lemon – ihre Mutter hatte nur den Kopf darüber geschüttelt – fristete ihr Dasein neben einem verstaubten Holzkästchen mit Intarsien, das Anne aus einem Urlaub in Griechenland für sie mitgebracht hatte. Sie selbst hatte daneben ein paar Muscheln gelegt, die sie bei einem der Ausflüge nach Duhnen am Strand aufgeklaubt hatte.

Regelmäßig war die Familie ins Watt gefahren. Den schwarzen Schlick, der sich zwischen ihren nackten Zehen hindurchquetschte, empfand sie gleichzeitig als eklig, aber auch angenehm erfrischend. Ben hatte sie permanent geärgert, indem er Wattwürmer ausgrub und versuchte, sie ihr in den Nacken zu werfen. Kira revanchierte sich und hatte ihrem kleinen Bruder einmal einen kleinen toten Krebs hinten in die Hose gesteckt.

Kira seufzte. Wie viele Erinnerungen allein in einer kleinen verstaubten Muschel steckten. Es klopfte an ihrer Tür.

»Kira, bitte mach auf. Wir müssen reden.«

Kira steckte sich einen Kaugummi in den Mund. Der schale Geschmack ließ nach. Sie zog sich das lange T-Shirt, das sie im Bett statt eines Schlafanzugs trug, über den kaum noch vorhandenen Po, schlurfte zur Tür und schloss auf. Durch einen Spalt blinzelte sie ihre Mutter an.

Noch bevor Annette Funke etwas sagen konnte, krächzte Kira monoton: »Ich weiß Mama, ich soll mit so einem Psychoheini sprechen, das hat mir Meister Ehrhardt bereits verkündet. Du hättest dir den Weg in die Schule sparen können. Außerdem hast du mir das selbst schon zig Mal vorgeschlagen. Also nichts Neues. Kann ich jetzt wieder ins Bett?«

Annette schluckte. Am liebsten hätte sie Kira an den Schultern gepackt und geschüttelt, so lange geschüttelt, bis man sich wieder normal mit ihr unterhalten konnte. Doch sie riss sich zusammen, konnte jedoch nicht vermeiden, dass ihr die Tränen in die Augen schossen.

»Kind, alle machen sich doch nur große Sorgen um dich. Du musst wieder vernünftig essen, du vernachlässigst alles, was dir früher einmal etwas bedeutet hat. Deine Geige, deine Freunde, die Schule ...«

Fast hätte Annette Funke hinzugefügt *und die Familie*. Sie konnte die Worte gerade noch hinunterschlucken. Haltlos begann sie zu schluchzen.

Kira wich zurück. Ihre Mutter roch nach Alkohol. Das kannte sie überhaupt nicht. Am helllichten Tag hatte ihre Mutter getrunken. Dumpf regte sich in ihr so etwas wie ein schlechtes Gewissen. Wenn ihre Mutter so eine Fahne hatte, dann nur deshalb, weil sie wohl die Sorgen um ihre Tochter und ihren Kummer um Papas und Bens Tod mit dem Inhalt einer Weinflasche ertränken wollte. Ihrer Mutter ging es offenbar auch nicht besser als ihr. Warum erkannte sie das erst jetzt? Mit einem Mal tat Mama ihr unsäglich leid. Kira öffnete ihre Zimmertür. Muffiger Geruch strömte in den Flur. Als sie ihre Mutter so hilflos und mit Tränen, die ihr unablässig die Wangen hinunterliefen, vor sich stehen sah, spürte sie, dass die Mauer, die sie um sich errichtet hatte, erstmals einen winzigen Sprung bekommen hatte. Unsicher trat sie auf Annette zu, zögerte einen Moment und nahm sie dann in die Arme.

»Mama, wein doch nicht, bitte, alles wird besser, ich versprech's dir, hör bitte auf. Du musst dir um mich keine Sorgen machen. Wir zwei packen das. Du und ich, Mama. Wir schaffen das, ganz bestimmt.«

Der Riss in der Mauer weitete sich mehr und mehr, bis der Panzer, den sie um sich errichtet hatte, schließlich brach, und sie selbst zu heulen begann.

Annette Funke weinte hemmungslos. Nur zu gern wollte sie glauben, was ihre Tochter ihr versprach. Kira zog ihre Mutter in ihr Zimmer, steuerte sie zum Bett, auf das sich Annette schwer fallen ließ und sich mit dem Unterarm die Tränen aus dem Gesicht wischte. Kira riss das Fenster auf, ließ kühle, frische Luft den üblen Geruch aus dem Raum vertreiben. Trotzig zog sie die Nase hoch und rieb sich die Augen. Genug geweint.

»Mama, wir fangen mit meinem Zimmer an. Du hast doch von der tollen Tapete gesprochen, die ihr im Hotel verarbeiten wollt. Wir gestalten das Zimmer um, suchen noch diese Woche ein neues Bett, noch besser eine Schlafcouch. Und neue Bettwäsche, irgendwas mit Rosen oder so. Mama, das machen wir.«

So aufgedreht hatte Annette ihre Tochter schon lange nicht mehr erlebt. Der plötzliche Umschwung grenzte fast an Hysterie, so wie sich Kira benahm. Doch das war Annette egal. Sie sprang auf, fasste ihre Tochter an den Händen und tanzte mit ihr durchs Zimmer. Der Schreibtischstuhl wurde umgerissen, ein Tritt an den Papierkorb beförderte Papiertaschentücher in Unmengen auf den Boden. Gleichzeitig lachend und weinend fielen die beiden, sich immer noch in den Armen haltend, aufs Bett. Annette hatte sich schon lange nicht mehr so glücklich und unbeschwert gefühlt. Eine zentnerschwere Last schien von ihr genommen. Kurz durchzuckte sie der Gedanke, dass Kira ihr etwas vormachte. Nein, weg mit einem solch unsäglichen Gedanken. Sie musste Kira vertrauen.

»Kira, ich werde die Schicht heute Abend mit Birgit tauschen. Wir machen es uns gemütlich, lassen uns deine Lieblingspizza mit ordentlich Peperoni kommen.«

»Nein, Mama, ich wünsche mir ab sofort mein altes, normales Leben zurück. Und dazu gehört, dass du deinem Job nachgehst und ich meinem Vergnügen. Ich werde sofort Anne anrufen und mir ihr etwas unternehmen.« Kira grinste spitzbübisch.

»Versprichst du, dass du vorher wenigstens eine Kleinigkeit isst?«

»Versprochen. Ehrlich. Und jetzt erst mal unter die Dusche, Haare waschen.« Sie schob Annette zurück in den Flur und hüpfte wie ein ausgelassenes Fohlen in Richtung Badezimmer.

Annette konnte es immer noch nicht glauben. Sollte sie wirklich ihre alte Kira wieder haben? Es war fast zu schön, um wahr zu sein. Annette war bewusst, dass noch ein langer Weg vor ihnen lag, aber das war zumindest mal ein Anfang.

Sie hörte, wie das Wasser in die Dusche strömte, und ihre wunderschöne, liebenswerte Tochter ein Lied nach dem anderen trällerte. Am liebsten wäre sie ins Bad gegangen, um Kira bei diesen alltäglichen Verrichtungen zu beobachten. Dann vernahm sie das Geräusch des Föns, den Kira mit lauter Stimme zu übertönen versuchte.

Als Annette nach ihrer Schicht nach Hause kam, waren die belegten Brote, die sie Kira hingestellt hatte, bevor sie zur Arbeit gegangen war, verschwunden.

Ja, alles würde gut werden.

MORITZ 3

Moritz Koch spazierte gemächlich durch die Böttcherstraße in Richtung Marktplatz. Er hatte es nicht eilig. An einem Geschäft für Maritimes blieb sein Blick an einem Buddelschiff hängen. Jemand hatte die Titanic zu neuem Leben erweckt, sie in ein Miniaturformat gepresst und ihr eine letzte Ruhestätte in einer mundgeblasenen Flasche gegönnt. Der Bastler hatte Humor: Vor dem Korken, der die Flasche verschloss, klebte ein winziger Eisberg. Fast auf den Tag genau waren 100 Jahre vergangen, als die Titanic gesunken war und seither auf dem Meeresgrund verrottete. Den Film mit Leonardo DiCaprio und Kate Winslet hatte er sich nie angeschaut. Seine damalige Freundin Katrin, in den folgenden Monaten Kate genannt, hatte sich die Meeresschmonzette fast zehnmal reingezogen und sich immer wieder die Augen aus dem Kopf geheult. Wozu? Man wusste doch schon im Vorfeld, dass dieser Film kein Happy End hatte. An seiner wenig ausgeprägten romantischen Ader war die Beziehung dann letztendlich auch gescheitert.

Die beiden Verabredungen, die er vor sich hatte, waren überhaupt nicht nach seinem Geschmack. Das Treffen mit Ulf hatte nun so gar nichts von einer entspannten Familienzusammenkunft. Und auch wenn der Professor signalisiert hatte, dass er sein Vergehen eingestehen wollte, war Moritz nicht wirklich wohl bei dem Gedanken, dem Alten bei seinem Geständnis unter die Arme greifen zu müssen. Ihn würde es nicht wundern, wenn vor allem die älteren Kollegen es ihm sehr übel nehmen würden, dass er das Plagiat überhaupt entdeckt hatte und offenbaren würde. Wahrscheinlich wäre er bei denen als Nestbeschmutzer unten durch.

Er hatte ja keine geplante Jagd auf seinen Kollegen gemacht, es war der pure Zufall gewesen, dass er an den alten Schmöker mit seinem brisanten Inhalt gekommen war. Je mehr er darüber nachdachte, desto sicherer war sich Moritz, dass auch für ihn diese Geschichte beruflich ein unschönes Ende nehmen könnte, um es mal vorsichtig auszudrücken.

Der milde Frühlingsnachmittag hatte dafür gesorgt, dass im Bereich der alten Ratsapotheke zahlreiche Touristen, Tagungsgäste und Einheimische die auf dem Marktplatz aufgestellten Stühle besetzten. Von einem der Tische, an dem fünf ältere Herrschaften saßen, winkte Moritz eine bekannte Gestalt zu: Isegrim. In seiner Gefolgschaft Dr. Wimmerlein nebst Gattin – er reiste nie ohne seine Frau – und zwei Herren, die Koch nicht kannte. Moritz stoppte, nickte kurz in ihre Richtung und wollte bereits weiter, als ihm von hinten jemand die Augen zuhielt.

»Huhu, erwischt, ich dachte, du arbeitest fleißig an deinem Vortrag. Aber die faule Socke vergnügt sich lieber in der Guten Stube*.«

Moritz gab den Händen vor seinen Augen einen Klaps, drehte sich um und umarmte seine Freundin Hanna so fest, dass ihr fast die Luft wegblieb.

»Gut schaust du aus, Hanna-Maus, blonder, schlanker, aber leider nicht größer, als ich dich in Erinnerung habe. Und wen hast du denn da an deiner Seite?«

---
* Bremer Bezeichnung des Marktplatzes

Hanna strahlte über das ganze Gesicht. Sie war wirklich nicht groß, knappe 155 wohlgeformte Zentimeter, und der Gefährte an ihrer Seite passte zu ihr – ein Yorkshireterrier, kaum größer als eine Pampelmuse. Moritz Koch beugte sich zu dem winzigen Fellknäuel, das vor Freude erzitterte, als ihm die Hand des Mannes vorsichtig über das Köpfchen streichelte.

»Das ist Pizarro, knapp sechs Monate alt und der treueste Mann, den ich jemals an meiner Seite hatte. Hast du noch Zeit, mit mir einen Kaffee zu trinken? Wir könnten schon mal die Planungen für das Abi-Treffen angehen. Ist zwar noch fast ein Jahr hin, aber bis wir alle angeschrieben und auch eine Antwort bekommen haben, das wird dauern. Hast du schon mal die Adressen notiert, die dir eingefallen sind? Du hast doch gemeint, von Claudi Michelsen und Harm Kolberg hättest du die aktuellen Wohnorte und auch den von Steffi, ich glaub, sie heißt jetzt Reiners. Könntest du die besorgen und mir per E-Mail zukommen lassen? Mein Gott, das Abi ist jetzt bald 15 Jahre her. Du warst ja wirklich ein Spätberufener. Abitur erst mit 21.«

Hanna schwatzte drauf los, ohne Luft zu holen. Tatsächlich hatte Moritz Koch ein gutes Jahr verloren, als seine Eltern sich durch einen Auslandsaufenthalt schon in der achten Klasse eine Verbesserung seiner Englischkenntnisse versprochen hatten, ohne zu ahnen, dass die mathematischen Fähigkeiten ihres Sohnes damit ins Nichts taumeln würden. So gönnte man Moritz Koch die achte Klasse ein zweites Mal, wo er dann auf Hanna getroffen war.

»Hanna, Hanna, du quatschst einem ja die Ohren vom Kopf. Kein Wunder, dass du Reporterin geworden bist.

Wer dir ausgeliefert ist, gibt freiwillig Auskunft vor lauter Angst, dass man ihm irgendwann Hörprothesen am Kopf anbringen muss. Aber nee, ich hab keine Zeit. Ich treff mich gleich noch mit Ulf, er hat mir keine Ruhe gelassen, später hab ich noch eine weitere Verabredung, die meine Laune auch nicht gerade bessert.«

Moritz blickte vage in Richtung Isegrim, der ihm erneut zuwinkte. Noch bevor Hanna ihrem Freund eine Frage stellen konnte, wechselte dieser das Thema.

»Hier, ich hab mir schon mal ein paar Adressen notiert.« In der kleinen Tasche, die er quer über die Schulter trug, waren immer Notizblock und Stifte verstaut, denn egal, wo er sich befand, wann immer ihm ein Gedanke durch den Kopf schoss, musste dieser sofort zu Papier gebracht werden. Koch zog den Reißverschluss auf und kramte einen von einem Spiralblock abgerissenen Zettel hervor, den er Hanna gefaltet überreichte.

»Leider hab ich noch nicht mehr beisammen.«

Hanna faltete den Zettel auseinander und runzelte die Stirn.

»Oh Mann, da bin ich ja schon weiter.« Sie studierte kurz die Namen und Adressen, die Koch notiert hatte.

»Die Adresse von Claudi hat sich seit deinem Kenntnisstand schon zweimal geändert. Wenn du so deine Märchenforschungen betreibst, müssen deine Ergebnisse aber dürftig sein«, spottete sie.

Hanna faltete den Zettel wieder zusammen und steckte ihn in ihre riesige Handtasche, deren vorderer Teil mit Küchenrolle ausgepolstert war und so einem schwächelnden Pizarro als Unterschlupf, Nest und Transportmöglichkeit diente.

»Von wegen dürftig, wenn du wüsstest. Hanna, mach dich auf was gefasst. Ich kann dir jetzt noch nichts verraten, aber Ende der Woche wirst du deinem Theodor-Wolff-Preis noch einen hinzufügen können, das verspreche ich dir.«

Plötzlich hatte Moritz das Bedürfnis, sich jemandem anzuvertrauen, aber bevor er nicht sicher war, wie sich die ganze Geschichte entwickeln würde, hielt er besser die Klappe. Er dachte an die E-Mail, die er vorhin im Hotel geschrieben hatte, sollte Isegrim doch nicht einlenken. Abgeschickt hatte er sie noch nicht, das würde das E-Mail-Programm am Tag der Preisverleihung automatisch machen.

»He, das gilt nicht, mich neugierig machen, mir ein paar Brocken Reporterfutter hinwerfen und mich dann hängen lassen. Los, raus mit der Sprache, hast du ein verschollenes Märchen der Grimms entdeckt, war Aschenputtel eine Lesbe oder was?«

»Hanna, wart's ab, ich muss jetzt los.«

Koch umarmte sie, wuschelte dem Hund noch einmal durch das seidige Fell und verschwand in Richtung Bahnhof, um von dort den Weg in den Bürgerpark zu seinem Treffen mit Ulf anzutreten. Hanna sah ihm mit gemischten Gefühlen nach. Sie hätte sich ihrem Exfreund gerne anvertraut. Ihm ebenso von ihrer neuen Story erzählt, wie auch von ihrer Affäre. Doch genau da lag das Problem. Moritz würde es nicht verstehen, mit wem sie nun mehr oder weniger zusammen war.

Moritz Koch hatte sich mit seinem Bruder für halb sechs verabredet und musste sich nun sputen, das Café am Emmasee noch pünktlich zu erreichen.

Die Lage des Cafés war traumhaft, direkt am Wasser. Moritz würde sich noch eine Kleinigkeit zu essen bestellen, denn für einen Bordeaux bei Isegrim musste er eine Grundlage schaffen. Er studierte die wöchentlich wechselnde Speisekarte in einem Glaskasten am Eingang, und seine Entscheidung fiel sofort: Knipp* mit Bratkartoffeln und saurer Gurke sollten es sein. Ihm lief schon jetzt das Wasser im Mund zusammen.

Im Café schaute sich Moritz suchend um. Am hintersten Tisch saß Ulf vor einer Flasche Bier, den Kopf an die Wand gelehnt, die Augen geschlossen, als würde er ein Nickerchen machen. Die Speisekarte lag aufgeschlagen vor ihm. Na, wenigstens war ihm die Aussicht, von seinem Bruder vor Gericht gezerrt zu werden, offensichtlich nicht auf den Magen geschlagen.

Ungleicher hätten zwei Brüder nicht sein können. Moritz, eher klein für einen Mann, untersetzt, nicht wirklich dick, aber mit Bäuchlein, blond und sommersprossig. Ulf dagegen war beinahe zwei Meter groß, mit mächtigen Schultern und einem nicht zu übersehenden Bauchansatz. Sein dunkles Haar hatte sich mit den Jahren gelichtet. Moritz bestellte bei der Bedienung ein Beck's Gold und steuerte den Tisch an, an dem sein Bruder saß.

»Moin, Ulf. Alles klar?« Natürlich war gar nichts klar, aber Moritz war nichts Besseres eingefallen.

Ulf wollte sich spontan erheben, um seinen Bruder zu umarmen, wie er es immer getan hatte, überlegte es sich dann aber doch anders und blieb sitzen. Er hob lediglich kurz den rechten Arm. Offensichtlich hatte ihm Silvia den

---

* Bremer Spezialität – Grützwurst aus Hafergrütze, Schweinefleisch und Rinderleber

Ablauf der Begegnung mit Moritz minutiös vorgegeben. *Vergiss, dass er dein Bruder ist. Er ist unser Feind, er will uns um unser Geld betrügen, uns unser Eigentum streitig machen, uns ruinieren.* Moritz konnte sich lebhaft vorstellen, wie Silvia seinem Bruder zugesetzt hatte.

Moritz setzte sich, und noch bevor er überhaupt etwas sagen konnte, legte Ulf bereits los.

»Du hast dich nicht die Bohne um Onkel Hubertus gekümmert. Ich war jede Woche bei ihm, Silvia täglich. Sie hat ihn bekocht, ihm vorgelesen, sich liebevoll um ihn gekümmert. Und dass Hubertus sie dann im Testament bedacht hat, hat sie mehr als verdient.«

»Jetzt mach aber mal 'nen Punkt. Gleich wirst du noch behaupten, sie hätte ihm den Hintern abgewischt. Hubertus hatte eine Putzfrau, eine Haushälterin, die für ihn gekocht hat, der Pflegedienst kam zweimal die Woche zur medizinischen Versorgung. Silvia hat also nichts anderes gemacht, als sich bei ihm einzuschleimen. Ich behaupte ja nicht, dass die Idee auf deinem Mist gewachsen ist. Meine Schwägerin kenne ich gut genug, dieses hinterlistige, geldgeile Luder.«

Mit einem Schlag seiner flachen Hand auf den Tisch verhinderte Moritz, dass Ulf aufsprang, um ihm womöglich noch ein paar zu scheuern, weil er seine Frau beleidigt hatte.

»Bleib sitzen, Ulf, du weißt genau, wie recht ich habe. Und dass du damit auch Nutznießer geworden bist, dürfte dir ja nicht entgangen sein. Auf diese Weise hat es also zu einer Doppelhaushälfte gereicht. Den Vertrag habt ihr aber leider vorschnell unterschrieben, und dass die restliche Finanzierung ebenfalls schon von euch angeleiert wurde, ist nicht mein Problem. Ich werde das Testament anfechten, basta.«

Ulf starrte Moritz fassungslos an. Eben noch hatte er seinem Bruder an den Kragen gehen wollen, jetzt fühlte er sich zu schwach, um auch nur den Mund aufzumachen. Gleichzeitig erwuchs in ihm eine unbändige Wut. Wenn er nicht wie festgeschraubt und gelähmt auf seinem Stuhl sitzen würde, wäre er in der Lage, Moritz in diesem Moment ein Messer in die Kehle zu rammen. Sein Herz schlug ihm bis zum Hals. Er ballte seine dicken Finger zusammen, öffnete sie wieder, in der Vorstellung, Moritz Hals befände sich zwischen ihnen.

Moritz erschrak, als er sah, welcher Hass sich nach seinen Worten auf Ulfs Gesicht widerspiegelte.

»Ulf, du musst mich auch verstehen«, erklärte er ruhig, »auch ich hatte das Geld verplant, auch ich habe meine Träume und Vorstellungen, was ich mit der Knete anfangen würde. Ich habe – Gott sei Dank – nicht wie du alles bereits so konkret angepackt, aber die 90.000 Euro sind für mich ebenfalls ein großer Batzen.«

Ulf saß ihm weiterhin stumm gegenüber. Seine Finger umschlangen die Bierflasche, führten sie zum Mund, und so leerte er sie in einem Zug. Als er die Flasche mit einem Knall auf dem Holztisch absetzte, hatte Ulf seine Sprache wieder gefunden. Einige Gäste drehten sich irritiert zu den Brüdern um.

»Moritz, ein letztes Mal. Wir kommen weder aus dem Vertrag mit der Immobiliengesellschaft noch aus dem mit der Bank jemals wieder raus. Und noch mehr Geld zur Hausfinanzierung bekommen wir von der Bank auch nicht. Ich glaube, du verstehst mich nicht, ich bin am Ende, wenn du auf das Erbe nicht verzichtest. Ich kann mich aufhängen, wenn Silvia mir nicht vorher den Hals umdreht.«

Die Ruhe und Monotonie in Ulfs Stimme erschreckte Moritz mehr, als wenn sein Bruder gejammert und getobt hätte. Ein paar Minuten saßen sich die Brüder stumm gegenüber. Die Bedienung hatte mittlerweile Moritz das Bier gebracht, hielt sich aber mit der Frage nach einem Speisewunsch zurück, als sie erkannte, dass an diesem Tisch im Moment wohl niemandem nach essen zumute war. Dann hatte Moritz einen Entschluss gefasst.

»Ulf, wir sind doch Brüder. Unsere Eltern würden uns einen solchen Streit, was sag ich, einen solchen Krieg niemals verzeihen. Ich verzichte auf 30.000 Euro, vielleicht ist dir damit ja geholfen. Und das muss ich nicht, aber ich würde es tun, weil du mein Bruder bist. 60.000 benötige ich aber selbst. Mit diesem Geld könnte ich mich ein Jahr von der Uni unabhängig machen. Du weißt, dass mein Vertrag in Kassel in drei Jahren ausläuft. Ich brauche ein Polster für den Notfall. Auch bei mir geht es letztendlich um meine Existenz.«

»Moritz, Silvia ist wieder schwanger, sie wird in fünf Monaten in Mutterschutz gehen. Weißt du, was es bedeutet, ein Maul mehr zur stopfen? Silvias Gehalt fällt weg, ein Haus, das ich mir nicht leisten kann, die Zahlungsmoral meiner Kunden lässt auch zu wünschen übrig. Wenn das so weiter geht, dann kann ich mein Elektrogeschäft dichtmachen. Das ist mein Ende.«

Das letzte Wort hallte wie ein Verzweiflungsschrei durch den Raum. Dann sackte Ulf in sich zusammen, wurde von einem Weinkrampf geschüttelt. Moritz bedeutete der Bedienung, ihnen zwei Kurze an den Tisch zu bringen. Er schob Ulf das Glas mit dem Korn hin. Eigentlich war es keine gute Idee, jetzt noch einen Korn zu trinken, wenn ihm später Isegrim auch noch Wein kredenzen würde.

Ulf wischte sich mit dem Ärmel seines Pullovers über die Augen, kippte den Schnaps hinunter. Der ganze Auftritt war Moritz unendlich peinlich. Sein großer Bruder saß ihm in einem öffentlichen Lokal heulend wie ein Schlosshund gegenüber. Erst jetzt wurde er sich der neugierigen Blicke bewusst, die die anderen Gäste auf sie gerichtet hatten.

»Ulf, wir sollten etwas essen und die Sache für einen Moment ruhen lassen. Wir schlafen beide darüber. Mein Angebot steht, ich werde auf einen Teil meines Geldes verzichten.« Doch dann konnte er es sich nicht verkneifen, noch hinzuzufügen: »Mein Gott, wieso wollt ihr denn noch einen Nachzügler? Dennis ist doch schon beinahe erwachsen.«

Ulf schwieg mit zusammengepressten Lippen, drehte das kleine Schnapsglas in seiner Hand. Moritz winkte die Bedienung herbei und bestellte zweimal Knipp mit Bratkartoffeln, für Ulf ohne Gurke, da er wusste, dass sein Bruder saure Gurken hasste. Bis das Essen kam, saßen sich die beiden Brüder stumm gegenüber. Lediglich ein Räuspern war von beiden Seiten ab und an zu vernehmen. Moritz betrachtete eingehend die historische Fotografie des Bürgerparks, die an der Wand hinter Ulf hing, Ulf fixierte einen Punkt im Nirgendwo. Nie in ihrem gemeinsamen Leben hatten sich die beiden Brüder unglücklicher, einander fremder gefühlt.

Mit Schwung und einem fröhlichen »Lassen Sie es sich schmecken«, stellte die Bedienung die gut gefüllten Teller auf den Tisch. Lustlos stocherte Ulf in seinen Bratkartoffeln herum, während Moritz, er konnte es selbst kaum glauben, mit Appetit sein Knipp genoss.

Ulfs Teller ging fast unberührt zurück. Noch immer hatte er kein Wort gesagt, und Moritz' sämtliche Bemühungen, eine vielleicht unverfängliche Konversation zu beginnen, hatte Ulf im Keim erstickt, indem er nicht einmal den Kopf hob, geschweige denn eine Antwort gab und weiterhin eisern schwieg.

Wie ein uralter Mann, mehr noch, wie ein geschlagener, tödlich verletzter Krieger erhob sich Ulf dann plötzlich von seinem Platz.

»Ich geh dann mal. Silvia wird sich schon fragen, wo ich bleibe. Wir telefonieren morgen noch mal miteinander.«

Ohne einen weiteren Gruß oder gar eine Umarmung ließ Ulf Moritz sitzen und verließ das Café, ohne zu bezahlen.

Natürlich können wir telefonieren, aber an meiner Entscheidung werde ich nichts mehr ändern. Ich habe ihm ein Angebot gemacht, das ich nicht hätte machen müssen, dachte Moritz und blickte seinem Bruder verdrossen hinterher.

Er bestellte sich einen weiteren Korn, an dem er jedoch nur nippte. Im Moment hatte er in jeglicher Hinsicht mehr als genug. Nach einer Viertelstunde zahlte er für beide und verließ das Café. Es war an der Zeit, seinen zweiten schweren Gang für heute anzutreten. Mittlerweile hatte die Dämmerung eingesetzt. Moritz hatte die Parkallee erreicht, als er den altersschwachen Ford Escort seines Bruders auf dem Parkstreifen entdeckte. Zusammengesunken saß Ulf auf dem Fahrersitz, den Kopf und die Arme auf das Lenkrad gelegt. Schon wollte Moritz an die

Scheibe klopfen, fragen, ob alles in Ordnung wäre. Doch was sollte das bringen? Bei seinem Bruder war nichts in Ordnung. Und schuld daran war Ulf selbst. Irgendwie würde sein Bruder allein damit klarkommen müssen.

*

»Koch kam aus beruflichen Gründen nach Bremen«, verkündete Harry und ließ sich in einen der Stühle fallen. »Hier findet ein Kongress der Märchenforscher statt, und Koch hätte einen Vortrag halten sollen. Tja, daraus wird jetzt wohl nix«, fügte er dann lapidar hinzu.

»Ja richtig! Warum ist mir das nicht gleich aufgefallen?«, dämmerte es Hölzle. »Ich habe vorhin im Internet nach Dr. Moritz Koch gesucht und bin dabei auf die Universität Kassel gestoßen, an der er geforscht hat. Märchenforschung. Im Weser-Kurier war die Konferenz der Forscher auch angekündigt, weil es ein spezielles Rahmenprogramm geben soll, an dem auch Otto Normalverbraucher teilnehmen kann. Christianes Großtante hat wohl Karten für eine Vorstellung im Puppentheater, soll angeblich nicht nur für Kinder sein. Rumpelstilzchen wird gespielt, glaub ich zumindest.«

Dahnken schaute auf die Uhr. »Jetzt ist es schon nach sechs, Leute, ich mach mich vom Acker, wenn's recht ist.«

Hölzle nickte. »Ja geh mal. Morgen früh um acht pünktlich in meinem Büro, klar?« Es war keine Frage, sondern eine Anweisung.

»Mit dieser Arbeitseinstellung wirst du nie befördert werden«, stichelte Harry und grinste den Kollegen frech an.

Peter hielt im Gehen inne, drehte sich um. »Du gehst doch nur nicht nach Hause, weil deine Esoterikmaus schon mit der neuesten Körnerkreation auf dich wartet«, konterte er mit einem schadenfrohen Lächeln auf dem Gesicht.

»Auf mich wartet wenigstens jemand«, war alles, was Harry dazu einfiel.

Als Peter Dahnken das Büro verlassen hatte, wandte sich Hölzle mit fragendem Blick an Harry, sagte aber nichts.

Sein Kollege Harry Schipper war seit gut eineinhalb Jahren mit Christianes Schwester Carola zusammen. Die Schwestern hatten bis auf ihre äußerliche Ähnlichkeit kaum etwas gemeinsam. Carola war in Hölzles Augen lebensuntüchtig, hatte sie doch bis vor Kurzem immer noch in der Einliegerwohnung ihrer Eltern gewohnt und verdiente sich ihre wenigen Kröten mit Yogastunden – da war ja nichts dagegen einzuwenden – und einer Mischung aus Heilpraktikertum und esoterischem Firlefanz. Hölzle hatte nichts gegen Homöopathie, doch wenn diese angewandt wurde, dann sollte der- oder diejenige doch bitte vorher Medizin studiert haben und die diversen Krankheitsbilder auch kennen. Carola hatte keinerlei medizinische Vorkenntnisse gehabt und sich per Fernkurs zur Heilpraktikerin ausbilden lassen, war aber dann kurz vor Ende des Fernstudiums ausgestiegen, um sich mehr und mehr der Esoterik zuzuwenden.

»Sag mal, hast du eigentlich den Bericht über diese junge Selbstmörderin fertig?«, fragte Hölzle.

Harry nickte. »Ja, hab ich. Armes Ding. Das Mädel muss wohl ziemliche Probleme gehabt haben, Adlerblick hat bei der Obduktion festgestellt, dass sie magersüchtig war und vermutlich wurde sie vor ihrem Tod missbraucht. Adlerblick hat kleine Verletzungen im Genitalbereich gefunden, aber die könnten auch von etwas gröberem einvernehmlichem Sex stammen. Die Mutter war völlig fertig, als ich sie gesehen habe. Kein Wunder. Sie hat nichts von einer sexuellen Beziehung gewusst, sagte, ihre Tochter hätte ihr bestimmt erzählt, wenn sie einen Freund gehabt hätte. Sie hat den Befund sogar vehement abgelehnt, wollte überhaupt nichts davon hören. Vermutlich Verdrängung. Ihr Mann ist vor einiger Zeit ums Leben gekommen. Ziemlich tragische Geschichte. Zuerst ist der Sohn an Leukämie gestorben, dann der Vater bei einem Motorradunfall … Wie diese Frau das alles wegstecken will, kann ich mir beim besten Willen nicht vorstellen.«

»Ja, manche trifft's echt gnadenlos.«

Die Männer schwiegen eine Weile, jeder in seine eigenen Gedanken versunken.

»Hör mal, hab ich was verpasst? Habt ihr Stress?«, wechselte Hölzle dann abrupt das Thema und spielte damit auf Harrys Beziehung zu Carola an. Harry zuckte mit den Achseln. »Stress? Nee, ach ich weiß auch nicht. Seitdem wir zusammenwohnen, ist alles anders geworden. Wahrscheinlich muss ich mich erst daran gewöhnen. Ist ja auch erst vier Wochen her, dass wir eingezogen sind.« Er seufzte. »Jetzt hat sie gesehen, dass der Laden, den damals Irene Stolze[*] gepachtet hatte, wieder zu vermieten ist. Und Carola hat sich in den Kopf gesetzt, dort wieder so einen Duftlampen-Schnickschnack-Laden zu eröffnen.«

---

[*] Rotglut – Hölzles 2. Fall

Hölzle runzelte die Stirn. »Und womit, wenn ich fragen darf?«, Daumen und Zeigefinger dabei vielsagend gegeneinander reibend.

»Da fragst du noch? Ihr Vater schießt ihr das Geld vor.« Harry schüttelte den Kopf. »Ich versteh's einfach nicht, dass er sie dabei noch unterstützt. Meine Güte, ihm muss doch auch klar sein, dass das schiefgehen wird.«

Hölzle war fassungslos. Das konnte ja wohl nicht wahr sein. Christiane hatte sich ihr Studium alleine finanziert, und ihre Schwester bekam alles mit dem Zuckerlöffel in den Hintern geblasen.

»Ohne Worte, Harry«, er klopfte seinem Freund und Kollegen tröstend auf die Schulter. »Komm, lass uns bei Vaskostas was essen gehen. Dann kommst du um die Körnerkost herum und ich um irgendeine norddeutsche Spezialität, die ich wahrscheinlich kaum durch den Hals kriege.«

Harrys Gesicht leuchtete auf. »Super Idee, also, let's go!«

Zwei Stunden später kam Hölzle nach Hause, den Magen wohl gefüllt mit Souvlaki, Salat und Pommes, aber auch mit einem schlechten Gewissen, das an ihm nagte. Als er die Haustür hinter sich schloss, klang Marthes Stimme schon von der Küche bis in den Flur.

»Heiner, gut, dass du endlich da bist.« Marthe Johannsmann bog um die Ecke und strahlte ihn an. »Ich habe mich total verschätzt mit den Mengen. Dachte, die jungen Männer essen mehr, und jetzt ist noch so viel übrig. Aber du hast bestimmt Hunger und lässt mich nicht im Stich.«

Hölzle zog Schuhe und Jacke aus und schüttelte bedauernd den Kopf. »Tut mir leid, ich habe keinen Hunger.«

»Och, das ist aber schade. Dann musst du den Rest morgen essen. Ich habe heute Königsberger Klopse gemacht, weil du die doch so gern magst.«

Sein schlechtes Gewissen stieg exponentiell an. Die Kurve endete an der Schwelle zum Schämen, als er nur an das leckere Gericht dachte und daran, dass sich Marthe extra seinetwegen so viel Mühe gemacht hatte. Trotz seines üppig gefüllten Magens entwickelte sich ein reger Appetit auf die Klopse, die tatsächlich zu den Top Ten seiner Leibgerichte gehörten. Bevor er jedoch etwas erwidern konnte, tauchte Christiane im Flur auf.

»Sag mal, wo steckst du denn so lang? Wir haben auf dich gewartet, dann aber beschlossen, ohne dich zu essen.« Sie drückte ihm einen Begrüßungskuss auf die Wange, dabei erkannten ihre Geruchsnerven eindeutig Knoblauch und meldeten *Heiner war beim Griechen*, an ihr Gehirn.

»Hm, ich …, ja weißt du …«, druckste er herum.

Marthe Johannsmann zog es vor, sich zu verziehen, denn sie ahnte, dass es gleich Ärger geben würde.

Christiane rümpfte die Nase. »Du sagst am besten gar nichts, denn es bleibt kein Geheimnis, wenn man bei Vaskostas war.« Sie wusste, dass Hölzle nur zu gern zu seinem Lieblingsgriechen ging, vor allem, wenn er argwöhnte, dass Marthe der norddeutschen Küche frönte.

Heiner schaute betreten zu Boden. »Ja, Asche auf mein Haupt. Es war eine Spontanidee, Harry ging's nicht so gut. Mea culpa.«

»Wenn's ihm nicht gut geht, wieso geht ihr dann griechisch essen? Ist ja auch nicht gerade leicht verdauliche Kost.« Christiane hatte seine Entschuldigung offenbar missverstanden.

»Nein, er ist doch nicht krank. Jedenfalls hat er nichts mit dem Magen«, klärte Hölzle sie auf. »Es ist wegen Carola. Es läuft grad nicht so gut zwischen den beiden.«

»Okaaay«, dehnte sie das Wort in die Länge, »willst du mich einweihen?«

»Nee, lass mal, ich glaube, Harry wäre das nicht recht. So, und nun Themenwechsel. Was haben die Jungs heute getrieben?«

»Komm rein, setz dich zu uns, dann kannst du sie selbst fragen.« Sie schlang ihren rechten Arm um seine Taille und bugsierte ihn in Richtung Esszimmer. »Ich finde die beiden echt nett«, flüsterte sie in sein Ohr, »und sie sind gar nicht so ungezogen, wie du immer noch glaubst. Kein Vergleich zu den Bengeln, die sie mit 13 waren. Also bleib locker.«

Der Rest des Abends verlief tatsächlich in gemütlicher Atmosphäre, und Hölzle vergaß zumindest für diese Zeit Kochs eingeschlagenen Schädel.

HANNA 2

Nervös stand die Journalistin vor Annette Funkes Haus. Ihren Wagen hatte sie in der Seitenstraße geparkt, in der nur Anliegerverkehr erlaubt war. So konnte sie sicher sein, dass Pizarro ruhig auf dem Rücksitz liegen blieb und nicht alle drei Sekunden neugierig den am Auto vorbeispazierenden Menschen hinterher kläffte. Sie hatte schon ein schlechtes Gewissen gegenüber dieser Frau. Das Schicksal hatte in dieser Familie so gnadenlos zugeschlagen, und Annette Funke konnte ihren Schmerz wahrscheinlich kaum ertragen. Und nun kam sie, Hanna, um ihr auch noch kurz nach der Beerdigung Fragen über ihre tote Tochter zu stellen.

Sie drückte den Klingelknopf und wartete; ihre Aktentasche mit dem breiten Gurtband, ohne die sie nur äußerst selten unterwegs war, trug sie schräg vor ihrem Körper. Hanna Wagner konnte hören, wie eine Tür zugeschlagen wurde, dann sah sie schemenhaft eine Person durch den Milchglaseinsatz der Haustür auf sich zu kommen. Die Tür wurde einen Spaltbreit geöffnet, und das verhärmte Gesicht von Annette Funke blickte sie fragend an.

»Guten Tag, Frau Funke, mein Name ist Hanna Wagner, ich arbeite für den Weser-Kurier.« Sie zeigte der Frau ihren Journalistenausweis.

Annette Funke runzelte die Stirn. »Und was wollen Sie von mir?« Ihre Stimme klang müde, abweisend.

»Ich schreibe an einer Exklusivstory über Castings, genau genommen über die *Catwalk Princess*.«

»Kein Interesse.« Annette Funke drückte die Tür zu, doch Hanna war schneller und klemmte ihren Fuß dazwischen. »Frau Funke, es tut mir leid. Ich weiß, was mit Kira passiert ist, und ich habe den Verdacht, dass dieser Nies von der Modelshow nicht ganz unschuldig am Schicksal ihrer Tochter ist.« Nun war es heraus.

Annette Funke sah sie mit entsetzten Augen an, öffnete die Tür wieder ein Stück weit. »Was sagen Sie da? Woher wissen Sie …?«, krächzte sie heiser, dann versagte ihre Stimme den Dienst, und sie musste sich am Türrahmen festhalten, als ihre Beine unter ihr nachzugeben drohten.

Die Journalistin machte einen Schritt nach vorne und stützte die kreidebleich gewordene Frau. »Kommen Sie, Sie müssen sich hinsetzen.« Sanft schob sie Annette Funke in den Flur, gab der Haustür mit dem linken Fuß einen Schubs, damit sie zufiel, und half der Frau in den nächstbesten Raum, der vom Flur nach rechts abging. Wie sich herausstellte, war es die Küche. Hanna drückte Kiras Mutter auf einen der Küchenstühle und setzte sich ihr gegenüber.

Schwer atmend stammelte Annette: »Wasser, bitte. Dort oben im Schrank sind Gläser.« Sie deutete auf einen der Küchenschränke, und Hanna nahm ein Glas heraus, um es mit Leitungswasser zu füllen. Dankbar nahm Annette das Glas entgegen, trank einen Schluck und stellte es dann auf dem Tisch ab.

Sie schien sich wieder gefangen zu haben, so Hannas Eindruck. Mein Gott, woher nimmt diese Frau nur so viel Kraft, nach all dem, was sie durchgemacht hat, wunderte sich die Journalistin. Dennis hatte ihr lang und breit die ganze Leidensgeschichte der Familie Funke erzählt.

»Wie kommen Sie darauf, dass dieser Manager etwas mit dem Selbstmord meiner Tochter zu tun hat?« Annette Funke wandte sich ihrem ungebetenen Gast zu und sah die blonde Frau mit durchdringenden Augen an.

»Wo fange ich am besten an? Nun gut, ich verfolge diese Shows, im Speziellen die *Catwalk Princess*, schon geraume Zeit, und Nies stand im Verdacht, dass er vor drei Jahren zwei Mädchen in Frankfurt sexuell missbraucht hat. Es kam aber zu keiner Anklage. Mir war das suspekt, aber es gab ja keine Beweise, um diesem Kerl etwas anzuhängen. Seither, wann immer meine Arbeit es erlaubt, bin ich Nies auf der Spur. Ich glaube, dass weitere Mädchen Opfer seiner Übergriffe wurden und, nach allem, was ich über diese potenziellen Opfer in Erfahrung bringen konnte, ist es nicht auszuschließen, dass …« Hanna brachte den Satz nicht zu Ende, ließ die Ungeheuerlichkeit dessen, was sie sagen wollte, in der Luft hängen.

Annette Funke starrte auf ihre Hände, tausend Gedanken wirbelten in ihrem Kopf durcheinander. Sie biss sich auf die Lippen, bis diese weiß wurden. Der nächste Satz kostete sie ungeheure Anstrengung.

»Wollen Sie damit andeuten, dass meine Tochter von diesem Schwein missbraucht worden ist?« Eine Weile schob sie ihr Glas hin und her. Hanna ließ sie gewähren, wartete, bis Annette Funke von alleine wieder auf das Thema kam. Annette zog sich den Ärmel ihres Pullovers über die Hand und wischte einen Wasserring auf dem Küchentisch weg. Dann fragte sie mit tonloser Stimme: »Woher wissen Sie überhaupt, dass Kira bei diesem Casting mitgemacht hat?«

»Von Dennis Koch.«

»Dennis. Ja. Ein netter Junge, obwohl er auch viele Probleme hat. Er war in den letzten Monaten eine große Stütze für Kira, fast so wie Anne. Kennen Sie Anne Piltz, Kiras beste Freundin? Anne hatte die Idee, dass Kira an diesem unsäglichen Casting teilnahm. Aber sie hat es ja nur gut gemeint.« Wieder fuhr Annette Funke mit dem Pullover über die Tischplatte.

»Nein. Ich habe bis jetzt nur mit Dennis darüber gesprochen.« Hanna Wagner schüttelte den Kopf. »Frau Funke, Dennis hat mir erzählt, dass Kira eine Essstörung hatte, sie aber wieder auf dem Weg der Besserung war, als sie sich für das Casting beworben hat. Doch dann hat sie sich wohl wieder verändert.«

»Sie hat wieder sehr, sehr wenig gegessen, wollte auf keinen Fall auch nur ein Milligramm zunehmen wegen des Castings. Kira hat mir versprochen, dass sie, sobald es vorbei wäre, wieder mehr essen würde. Sie war wieder so fröhlich, ich wollte ihr das nicht kaputtmachen. Ich hätte ihr nie erlauben sollen, dorthin zu gehen, zuerst war ich auch dagegen, aber sie schien wieder ein Ziel zu haben. Als ob die Teilnahme am Casting ihr ein neues Lebensgefühl geben würde. Deshalb habe ich sie mitmachen lassen und auch nichts gesagt, wenn sie mal später als sonst nach Hause kam. Anne und Dennis waren ja immer mit ihr unterwegs.«

Die kurze Erklärung hatte sie erschöpft und sie blickte Hanna abwartend an.

»Es ist nur so ein Bauchgefühl«, hob die Journalistin an, »aber könnten Sie sich im Nachhinein betrachtet ebenfalls vorstellen, dass Kira von diesem Mann missbraucht wurde, und dadurch ihr mühsam zusammengehaltenes Leben in tausend Stücke zersprang? Ist Ihnen irgendwas merkwürdig vorgekommen in der Zeit, als Kira zur Show ging?«

Annette Funkes Gefühle fuhren Karussell. Nein, ihr war nichts aufgefallen, außer den wieder veränderten Essgewohnheiten. Aber sie hatte so viel im Hotel zu tun gehabt und war kaum zu Hause gewesen. Sie hatte sich auf Anne und Dennis verlassen.

Wie erbärmlich von mir, als gute Mutter hätte ich mich viel intensiver um sie kümmern müssen, statt mich auf Teenager zu verlassen. Ich weiß noch nicht einmal mit Sicherheit, ob Kira wirklich immer mit den beiden unterwegs gewesen ist.

Dann dachte sie an den Obduktionsbefund. Verdacht auf sexuellen Missbrauch, hatte die Polizei gesagt, aufgrund der genitalen Verletzungen. Sie hatte nichts davon wissen wollen und es fertiggebracht, diese Information bis jetzt aus ihrem Gedächtnis zu verbannen. Doch jetzt, nach den Ausführungen und dem Verdacht dieser Journalistin, musste sie wieder an diesen schrecklichen Tag bei der Polizei denken.

Mein Gott, was, wenn diese Frau recht hat, und dieser widerliche Kerl Kira tatsächlich etwas angetan hat? Ja, es könnte möglich sein. Kira war noch so instabil gewesen nach Bens Tod und dem ihres Vaters. Und ihr, der schlechtesten Mutter aller Zeiten, war nichts aufgefallen. Doch nein, die Vorstellung war einfach zu grauenhaft.

Annette Funke bemerkte gar nicht, dass sie mit dem Kopf schüttelte, immer schneller, immer schneller. Tränen strömten über ihre Wangen.

»Frau Funke? Frau Funke, bitte beruhigen Sie sich doch.« Hanna Wagner fasste die Frau an beiden Oberarmen, hielt sie fest. Doch Annette Funkes Kopf flog weiter unkontrolliert hin und her. Hanna presste ihre Hände seitlich an den Kopf der Frau und zwang sie so, mit dem Kopfschütteln aufzuhören und sie anzuschauen.

»Frau Funke, es tut mir leid, dass ich Ihnen so zugesetzt habe. Soll ich einen Arzt rufen?«

Annette Funke erschlaffte, rieb sich kraftlos die Augen. »Nein, ich bin in Ordnung. Ich schaff das schon. Kira wurde nicht missbraucht. Wenn ihr jemand etwas angetan hätte, hätte sie es mir erzählt.« Sie straffte ihre Schultern. »Dürfte ich Sie bitten, jetzt zu gehen?«

Hanna Wagner stand auf und legte wortlos eine Visitenkarte, die sie aus ihrer Aktentasche gezogen hatte, auf den Tisch. Annette Funke blieb mit ausdruckslosem Gesicht sitzen, Hanna fand auch allein hinaus.

MORITZ 4

Auf seinem Weg durch die Parkallee überkam Moritz Koch ein plötzliches Magengrimmen. Und dies lag nicht nur an der üppigen, aber auch leider sehr fetthaltigen Portion Knipp, die er genossen hatte. Noch nie in seinem Leben hatte er eine solch schwere Bürde zu tragen wie an diesem Tag. War er soeben dabei, zwei Existenzen zu vernichten? Ein kühler Wind war aufgekommen, und ihn fröstelte. Mit hochgezogenen Schultern ging er weiter, versuchte, an etwas anderes zu denken. Doch wie Schatten folgten ihm seine Gedanken, ließen sich nicht abschütteln.

Plötzlich hatte er das Gefühl, beobachtet zu werden, doch als er sich umdrehte, konnte Moritz niemanden entdecken. Dann bog er in die Emmastraße ein und stand nach drei Minuten vor dem Zweifamilienhaus, in dem der Professor eine großzügige Vierzimmerwohnung besaß. Moritz war als Student mit ein paar Kommilitonen einige Male bei Isegrim zu Gast gewesen, und der Professor hatte sie mit unglaublichen Geschichten unterhalten. Der Alte war ein echter Tausendsassa, nicht nur ein anerkannter Wissenschaftler, sondern auch eine absolute Sportskanone. Bergsteiger, Tennisspieler, Segler, in allen Bereichen hatte er es zu Höchstleistungen gebracht. Seltsam, woher hatte er nur die Zeit dazu genommen?

Die jetzige Behausung des Professors hatte ursprünglich aus zwei Wohnungen mit jeweils zwei Zimmern bestanden. Isegrim hatte beide gekauft und sie zu einer großen Wohnung vereinigt, sodass er ein ganzes Geschoss sein eigen nennen konnte. Vor der eigentlichen Wohnungstür lag ein großer Vorraum, sein sogenanntes Entree, das der Alte mit zahlreichen Fotos seiner sportlichen Karriere und einigen seiner Trophäen geschmückt hatte.

Vor dem Zugang zur darunterliegenden Nachbarwohnung stand ein Fahrrad mit einem Lastenanhänger, es war nicht angekettet. Die Haustür war, wie er es in Erinnerung hatte, nie abgeschlossen, eine zweite Klingel befand sich an Isegrims Wohnungstür. Als Moritz sich im Vorraum umschaute, erkannte er ein paar der Exponate wieder. Das gute Stück links von der Tür hatten ihm seine Studenten vor ewigen Zeiten geschenkt. Angst, dass ihm seine Schätze gestohlen werden könnten, hatte Isegrim nicht. Von Studenten und Freunden darauf angesprochen, meinte er nur, den alten Plunder klaue doch keiner, die Sachen hätten ja nur einen Erinnerungswert. Ein einziges Mal war in all den Jahren ein Tennisschläger von der Wand verschwunden. Moritz musste über den Spleen des eitlen alten Pfaus schmunzeln.

Er holte tief Luft und klingelte. Isegrim öffnete ihm, bereits ein riesiges Ballonglas mit einem rubinroten Bordeaux in der Hand. Gekleidet war er in eine dunkelgrüne Cordhose, ein weißes Hemd und eine braune lange Strickjacke. Um seinen Hals war ein Tuch mit Paisleymuster, das gut zu den übrigen Farben passte, geschlungen.

»Lieber junger Freund, willkommen, willkommen. Ich habe bereits den Wein gekostet. Köstlich, köstlich. Nun treten Sie doch ein, seien Sie mein Gast.«

Obwohl der Tag wunderbar mild gewesen war, hatte der Professor im Kamin seiner Bibliothek ein Feuer entfacht. Zwei bequeme Ledersessel waren davor gerückt worden, auf einem Couchtisch stand ein gehämmertes

Messingtablett, darauf ein zweites Glas und eine Karaffe mit Rotwein. Allerdings vermittelte der niedrige Flüssigkeitspegel, dass Isegrim dem Wein schon gut zugesprochen hatte. Neben dem Tablett lag eine rotbraune Ledermappe.

Moritz sah sich um, es war lange her, dass er hier gewesen war. Die Bibliothek war ein Raum, wie Moritz ihn sich erträumte. An jeder Wand Regale aus dunklem Holz bis unter die Decke, Bücher, wohin das Auge blickte, und dort, wo sie keinen Platz mehr in den Regalen fanden, waren sie einfach davor aufgestapelt. Eine verschiebbare Leiter ermöglichte den Zugriff zu den obersten Buchreihen. Moritz wusste, dass so manche einzigartige Erstausgabe hier schlummerte.

»Nehmen Sie Platz. Zu essen habe ich nichts vorbereitet, aber das eine oder andere Fläschchen steht bereits für uns geöffnet in der Küche. Ich hoffe, der Wein mundet Ihnen.«

Er goss Moritz das Glas halb voll, drückte es ihm in die Hand. Verschmitzt zwinkerte der Alte Moritz zu, stieß mit ihm an, genehmigte sich selbst einen großzügigen Schluck.

»Auf eine gute Zusammenarbeit, mein lieber Freund und Kollege.«

Koch runzelte die Stirn. Zusammenarbeit? Das war ja wohl kaum der richtige Ausdruck dafür.

Einladend wies der Professor auf einen der Sessel. Moritz stellte sein Glas auf dem Tablett ab, ließ sich in den Sessel fallen. Der Schnaps und das Bier machten sich bemerkbar, er sollte besser darauf achten, dass er sich beim Rotwein zurückhielt. Der Alte war ja merkwürdig gut drauf, wenn er bedachte, weswegen sie beide sich heute Abend trafen.

»Nun denn, erzählen Sie, wie sind Sie hinter die ganze Geschichte gekommen? Ich bin davon ausgegangen, dass das Buch so gut in den Regalen des Archivs verschwunden war, dass es zu meinen Lebzeiten wohl niemand mehr herausziehen würde. Und wenn, wen würde eine langweilige theologische Abhandlung interessieren? Und falls doch, welcher Theologiestudent würde dem Umstand Bedeutung beimessen, dass sich zwischen den Buchdeckeln nicht das befindet, was er erwartet? Doch dass einer meiner Meisterschüler das Ganze entdecken würde, ehrt mich ja fast schon wieder. Ich denke, ich habe es verstanden, Ihren Spürsinn schon in jungen Jahren zu schärfen.«

Der Alte grinste selbstgefällig. Moritz musste sich eingestehen, dass er den Alten auf eine ganz besondere Weise bewunderte. Mit welcher Lässigkeit er die ganze Geschichte hinnahm, die ihn doch Kopf und Kragen kosten konnte! Ein Plagiat war schließlich kein läppisches Vergehen. Seine Titel würden ihm aberkannt werden, und er konnte seinen Hut nehmen. Das war's dann mit der universitären Karriere und den Pensionsansprüchen gewesen. Andererseits war es unfassbar, mit welcher Arroganz er mit seinem Betrug noch prahlte.

Aber trotz allem ein toller Hecht, der Alte. Keine Frage, er würde ihm zur Seite stehen, doch noch hatte Moritz keine Ahnung, wie und wann sich der Alte zu seinem Plagiat bekennen wollte.

»Danke für die Lorbeeren, in der Tat habe ich Ihnen viel zu verdanken. Und nun kann ich Ihnen etwas zurückgeben. Wie wollen wir vorgehen?«

»Ich werde Ihnen etwas geben!«

Der Alte setzte eine geheimnisvolle Miene auf und zog die Ledermappe heran. Zwei Blätter zog er daraus hervor, auf denen Moritz das Logo der Universität Bremen erkannte.

»Dies ist ein Stellenangebot, mein lieber Freund. Es handelt sich um einen auf fünf Jahre befristeten Arbeitsvertrag in meiner Arbeitsgruppe mit der Möglichkeit zur Habilitation, bei der ich Sie natürlich aus vollsten Kräften unterstützen werde. Es ist eine Stelle als Juniorprofessor, und ich habe genügend Geld für Reisemittel, sodass Sie durchaus auch im Ausland forschen könnten. Wie Sie wissen, habe ich sehr gute Kontakte zu anderen Universitäten. Sie werden natürlich verstehen, dass mir dies nur möglich sein wird, wenn nichts und niemand meine Arbeit negativ beeinflusst und auch nichts meine Ehre beschädigt.«

Es dauerte einen Moment, bis das Gesagte Eingang in Moritz' Gehirn fand. Das war nichts anderes als ein ordinärer Bestechungsversuch. Koch war fassungslos. Eine gut dotierte Stelle, die Möglichkeit sich zu habilitieren, keine finanziellen Sorgen mehr, er könnte die Sache mit Ulf aus der Welt schaffen. Ein großzügiges und interessantes Angebot. Eine weitere Sprosse nach oben auf seiner Karriereleiter.

Für den Bruchteil einer Sekunde war er bereit, kommentarlos den Vertrag zu nehmen, zu unterschreiben. Für den Bruchteil einer Sekunde war er bereit, Teil einer mehr als unehrenhaften Geschichte zu werden. Für den Bruchteil einer Sekunde war er bereit, seine Seele zu verkaufen und einen Pakt mit dem Teufel zu schließen. In wenigen Jahren wäre er Professor. Vor seinem geistigen

Auge erschienen ein großzügiges Büro, ein schmuckes Einfamilienhaus im Grünen, Reisen und Forschungsaufenthalte in anderen Ländern ... Warum nicht? Die Verlockung war groß, schließlich wusste bisher niemand außer ihnen beiden davon. Er bräuchte nur die E-Mail wieder zu löschen, die er schon vorgeschrieben hatte und dann ...

Mal ehrlich, schließlich war Isegrims Fauxpas – so sah es zumindest der Alte – doch schon Jahrzehnte her? Wen interessierte das denn? War es denn wirklich sooo zu verdammen, wenn man sich jetzt schon nahm, was einem später sowieso irgendwann gehören würde? Nein. Wie viele Menschen würden ein solches Angebot ausschlagen? Niemand. Kaum jemand. Oder vielleicht mehr, als er wahrscheinlich glaubte. Seine Entscheidung war gefallen, und der kleine böse Kobold, der ihm all diese Gedanken eingeflüstert hatte, verschwunden.

Moritz stemmte sich aus dem Sessel hoch.

»Es tut mir leid, ich lasse mich nicht bestechen. Schämen Sie sich nicht, mir ein solches Angebot zu machen, um mich zum Mitwisser Ihres schäbigen Plagiats zu machen? Stellen Sie sich der Öffentlichkeit.«

Moritz brauchte die Antwort des Alten erst gar nicht abzuwarten. Dessen Miene war undurchdringlich geworden, den Vertrag schob er ganz ruhig zurück in die Ledermappe.

»Nun, mein junger Freund«, in seiner Stimme lag Eiseskälte, »damit ist unsere Zusammenarbeit wohl beendet. Ich gehe davon aus, dass ich Sie nicht zu einer Umkehr bewegen kann und Sie die Tagung nutzen werden, mich vor den Kollegen bloßzustellen. Schade, schade. Ich hatte gehofft, wir beide würden noch so manches märchenhafte

Abenteuer erleben. Tun Sie, was Sie nicht lassen können. Ich frage mich allerdings, ob Sie sich der Konsequenzen bewusst sind. Auch Ihre bisher gut verlaufende Karriere könnte Schaden nehmen.«

Moritz schüttelte den Kopf. Isegrim drohte ihm. Was wollte er denn machen? Diese Selbstgefälligkeit, dieses Leugnen der Tatsachen waren ihm unbegreiflich. Er hatte sich richtig entschieden. Sein Leben lang hätte er damit leben müssen, letztendlich nicht besser zu sein als sein Gegenüber.

»Wollen Sie mich einschüchtern? Das schaffen Sie nicht. Es tut mir leid, dass alles so gekommen ist. Manchmal habe ich mir schon gewünscht, nie über diese Seiten gestolpert zu sein. Sie wissen, ich habe Sie immer sehr geschätzt, doch nun glaube ich, trennen sich unsere Wege.«

Moritz hielt dem Alten die Hand hin, die dieser jedoch ignorierte. Isegrim wandte sich ab und sah zum Fenster, würdigte ihn keines Blickes mehr.

Koch verließ ohne ein weiteres Wort die Wohnung. Im Dunkeln tastete er sich durch den Vorraum mit den Trophäen. Wo, verdammt noch mal, war denn hier ein Lichtschalter? Ein Rascheln war zu vernehmen. Wahrscheinlich war er mit seiner Jacke irgendwo vorbei gestreift. Aufgewühlt von all den Gedanken über das soeben Geschehene, ertastete er die Klinke der Haustür und drückte sie hinunter. Merkwürdig, hab ich die vorhin, als ich kam, nicht richtig zugedrückt?, schoss es ihm durch den Kopf, als er bemerkte, dass die Tür einen Spalt offen stand. Doch weiter kam er mit seinen Überlegungen nicht. Als er einen Fuß über die Schwelle setzte, nahm er ein Geräusch wahr. Ein Geräusch, das er in diesem Moment nicht zuordnen konnte, ein merkwürdiges Surren. Metallisch. So als würde ein Schwert durch die Luft sausen, sie zerschneiden. Ein gewaltiger Hieb traf seinen Schädel, ließ ihn augenblicklich zu Boden sacken. Binnen 15 Sekunden war Dr. Moritz Koch tot.

KIRA 3

Kaum hatte Kira das Haus verlassen, bereute sie schon ihren Entschluss, sich heute Abend mit Anne zu treffen. Viel lieber hätte sie sich wieder in ihrem Zimmer eingeigelt, den Tönen ihrer Lieblingsgruppe Qntal gelauscht und sich ihrem Schmerz hingegeben. Die traurigen Klänge von *Silver Swan* und die Gespräche zwischen dem Kleinen Prinzen und dem Fuchs hatten ihr auf der einen Seite ein Minimum an Trost gespendet, sie aber auf der anderen Seite noch tiefer in das schwarze Loch gezogen, das sie mit Haut und Haaren gefangen hielt. Den Satz *Wenn du bei Nacht den Himmel anschaust, wird es dir sein, als lachten alle Sterne, weil ich auf einem von ihnen wohne, weil ich auf einem von ihnen lache* hatte sie tausendmal gelesen und sich dabei vorgestellt, dass Ben auf einem dieser Sterne wohnte.

Das war genau das, was ihre Mutter ihr letztendlich immer vorgeworfen hatte. Sie würde sich dem Schmerz hingeben. Es klang theatralisch, war aber so. Kira vermisste ihren Papa und fast noch intensiver ihren kleinen Bruder. Aber sie hatte es ihrer Mutter, Annette, versprochen. Sie würde wieder auf die Beine kommen und an ihr altes Leben – wie sich das schon anhörte, sie war gerade mal 16 Jahre alt – anknüpfen. Und für diese Kur, wieder ins Leben zurückzufinden, gab es keine bessere Medizin als ihre Freundin Anne, die lebenslustige, überkandidelte Freundin seit Kindergartentagen.

Vier, fünf Mal am Tag hatte Anne angerufen, gefragt, wie es ihr gehe, hatte den neusten Klatsch aus der Schule berichtet, ihr die Hausaufgaben vorbeigebracht, ihr Kinokarten vor die Nase gehalten und ihr ständig vorgebetet, dass sie wieder essen müsse. Es gab keine treuere Freundin als Anne. Sie hatte am Telefon regelrecht geschrien und gejubelt.

»Mensch, Schnuppe, die Erde hat dich wieder. Was wollen wir heute Abend unternehmen? Kino, Disco? Was du willst. Die Hauptsache, du weilst wieder unter uns.« Und das alles, obwohl Anne mal wieder frisch verliebt war. Diesmal war es ein Student der Germanistik im ersten Semester. Kira konnte sich zwar kaum etwas Langweiligeres vorstellen, aber Anne war schon immer eine Theatergängerin gewesen, Kunst und Kultur standen bei ihr hoch im Kurs.

Entschlossen warf sich Kira ihren kleinen Rucksack über die Schulter und marschierte los. Disco war heute noch nichts für sie, zu voll. Kino auch nicht, hier hatte sie keine Gelegenheit, mit Anne zu quatschen. Die beiden Mädchen hatten sich dann im *Krummen Hund*, einer urigen Kneipe verabredet, wo es bis 20 Uhr alkoholfreie Cocktails für 3,50 Euro gab. Kira wollte ursprünglich den Bus nehmen, hatte sich dann aber entschlossen, zu Fuß zu gehen. Der Wind und der leichte Regen machten ihr nichts aus. Sie war ein Kind des Nordens und mieses Wetter gewohnt.

Kira steckte sich ihre Kopfhörer in die Ohren, setzte ihre Wollmütze auf und marschierte los. Ihre Mutter mochte es gar nicht, wenn sie nach Einbruch der Dämmerung alleine irgendwo hinging, aber die Straßen und Gehwege waren belebt, schließlich hatten die Geschäfte noch geöffnet, und je näher Kira ihrem Ziel kam, desto mehr war überall los.

Sich an Lautstärke übertrumpfen wollende Stimmen schlugen ihr entgegen, als sie die Tür zur Kneipe aufzog. Kira zuckte zusammen. Konnte sie überhaupt auch nur ein paar Minuten in einem Raum verbringen, in dem so laut und dröhnend gelacht wurde? Fast kam es ihr vor wie ein Sakrileg. Die Tische standen dicht an dicht und waren alle bis auf den letzten Platz besetzt. Einen Moment zögerte sie, hätte beinahe auf dem Absatz kehrt gemacht, als sie ein paar wild rudernde Arme sah, und Annes unverwechselbare Stimme schrie:

»Hier, Kira, hier in der Ecke. Mach schon, bestell mir bei Dede noch einen Cool Kiwi.«

Kira musste lachen, ob sie wollte oder nicht. Sie hatte schwarze Jeans angezogen, einen dunkelblauen Rolli und gefütterte Halbstiefel. Anne, typisch für sie, hatte sich in ein Outfit bestehend aus pinkfarbenen Strumpfhosen, einem dunkelroten Wollmini und einem fast genauso langen türkisfarbenen Pullover geworfen. Weiße Lackstiefel reichten bis weit über die Knie, schlossen fast nahtlos an den Minirock an. Ihre dunklen Locken steckten unter einer Art Turban. Kira hätte es nicht gewundert, wenn Anne sich eine Windel blau eingefärbt und sie dann um den Kopf geschlungen hätte. Sie war einfach ein durchgeknalltes, aber liebenswertes Huhn.

Anne strahlte, nachdem Kira sich zu dem winzigen Ecktisch durchgekämpft hatte, sprang auf und umschlang ihre Freundin so fest, dass Kira fast die Luft wegblieb. Annes Turban verrutschte, und lachend wickelte sie sich ihn als Schal um den Hals.

»Kiri, Süße, wie schön. Du kannst dir nicht vorstellen, wie froh ich bin, dich aus deiner Gruft endlich herausgelockt zu haben. Es wurde aber auch so langsam Zeit.« Sie schob Kira, soweit dies in dem Gedränge um sie herum möglich war, einen Stuhl zu, den sie für ihre Freundin frei gehalten hatte.

»Sag mal Kiri, bist du seit letzter Woche noch dünner geworden? Dede, bring mal 'ne fette Currywurst mit Pommes an den Tisch, mit extra viel Mayo«, schrie sie quer durch den ganzen Raum.

»Die isst du aber schön selber, ich werde schon wieder Gewicht zulegen, aber ich fange bestimmt nicht mit einer Currywurst und Pommes mit Mayo an.« Kiras Stimmer klang schärfer, als sie beabsichtigt hatte. Aber das war Anne, sie ließ sich durch nichts aus der Ruhe bringen und schon gar nicht von Kiras ungehaltenem Ton abschrecken.

Sanft drückte sie die Freundin noch einmal, pflanzte sich dann auf ihren Stuhl.

»Ich weiß, ich weiß, du hast ja recht. Du solltest mit allem wieder langsam anfangen. Ich bin ja froh, dass du überhaupt gekommen bist. Deine Mutter hat mich auf dem Laufenden gehalten. Wenn ich bei euch war, hat mich die gnädige Frau Kiri ja nicht immer empfangen wollen.« Sie schubste Kira über den Tisch hinweg an und grinste.

»Aber ab jetzt und sofort gibt es kein Zurück mehr. Schule ist wieder angesagt«, Anne blickte streng, »und feiern ist wieder erlaubt«, Annes Augen blitzten, »und flirten ist ein absolutes Muss.« Anne strahlte wie ein Honigkuchenpferd.

Ob sie nun wollte oder nicht, Annes Temperament war einfach ansteckend. Kira wischte die beiden Hälften eines Bierdeckels, den sie in der Mitte durchgerissen hatte, beiseite und legte ihre Hände in die von Anne.

»Anne, wenn ich dich nicht hätte. Also, mit was legen wir los? Kino? Nur nicht ins Theater, das kannst du dir gleich abschminken.«

Anne zog ein gespielt beleidigtes Gesicht und setzte im Anschluss eine geheimnisvolle Miene auf.

»Nix da Kino, Theater, Disco, Zoobesuch oder was sonst in deinem hübschen Köpfchen rumschwirrt. Apropos hübsches Köpfchen. Weißt du eigentlich, wie du auf Männer wirkst? Als du eben reingekommen bist und deine hässliche Wollmütze ausgezogen hast, hast du deine Silbermähne geschüttelt, dass den Jungs im Saal fast die Augen aus dem Kopf gefallen sind. Dazu Beine bis zum Himmel und obwohl du ordentlich Kilos verloren hast, hast du echt noch eine Wahnsinnsfigur. Nur weniger darf es nicht mehr werden. Eigentlich ist das schon zu wenig. Egal. Also, wenn ich ein Mann wäre, ich würde mich glatt in dich verlieben.« Anne klimperte mit den Wimpern, Kira riss die Augen auf. Was war denn in Anne gefahren? Hatte Dede in die Cool Kiwis versehentlich einen Schuss Wodka getan? Anne sah selbst hinreißend aus mit ihren dunklen Locken, so der Typ Katie Melua, zierlich und den Beschützerinstinkt eines jeden Mannes weckend. Doch bevor sie Anne unterbrechen konnte, schnatterte diese weiter.

»Nee, jetzt mal im Ernst. Du scheinst ja im Moment mit geschlossenen Augen durch die Welt zu latschen, sonst wären dir die Plakate doch längst aufgefallen. Nächste Woche macht die *Catwalk Princess* in Bremen Station. Die suchen jetzt Mädels aus Norddeutschland. Und bei deinem Gardemaß, deinen Haaren, einem Gesicht wie eine polierte Muschel …«

»Hey, jetzt ist aber mal gut. Was heißt hier *polierte Muschel*? Ich habe einen Teint wie eine Südseeperle.« Kira grinste und warf affektiert wie ein Supermodel ihre langen silberblonden Haare zurück. Ja, das Leben hatte sie wieder.

»Na also, hat da etwa jemand Blut geleckt? Und damit du gleich weißt, wie das Ganze läuft, hab ich dir schon mal die Bedingungen für die Teilnahme ausgedruckt. Ich wollte ja eigentlich selbst mitmachen, aber meine lächerlichen 161 cm sind sowieso zu wenig. Ich überlass das Feld dir. Managerin eines Supermodels ist auch keine schlechte Sache. Na, was sagst du, Püppilein?«

»Phh, ich weiß nicht so recht. Eigentlich sind diese Shows doch einfach nur doof. Und meine Mutter wird nicht begeistert sein.«

»Ach was. Das wird doch einfach nur ein großer Spaß werden. Du stolzierst ein wenig auf der Bühne herum, wackelst mit dem Hintern, schüttelst deine Mähne, und alle sind hin und weg. Und wenn nicht, haben wir beide einen Riesengaudi gehabt.«

»Du bist vielleicht 'ne schräge Nummer. Auf der einen Seite jede Woche ins Theater, Germanistikstudenten den Kopf verdrehen und sich gleichzeitig in die tiefsten Niederungen der Unterhaltungsbranche begeben. Wie passt denn das zusammen, Gnädigste?«

»Bier ist Bier, und Schnaps ist Schnaps. Wir zwei ziehen das jetzt durch. Du kommst auf andere Gedanken, wir haben jede Menge Spaß, deine Mutter wird froh sein, wenn du deine Gruft verlässt und wir wieder ordentlich einen draufmachen können. Du hast doch als Kind schon ein paar Werbeaufnahmen gemacht. Du hast einfach DAS Gesicht. Also zick hier nicht rum. Abgemacht?«

Anne schob Kira einen reichlich zerknitterten Zettel zu.

»Hier steht alles, was wir wissen müssen. Wann, wie, wo. Wir haben noch ein paar Tage, um dir das passende Outfit rauszusuchen und ein wenig den Modelwackelgang zu trainieren. Überlass alles deiner Managerin. Und ich bin mal gespannt auf diesen Nies. Ob der in Wirklichkeit auch so ein Kotzbrocken ist? Im Fernsehen kommt er auf jeden Fall ganz schön arrogant und von sich eingenommen rüber. Ich meine, der Typ sieht zwar nicht schlecht aus, aber ein Kotzbrocken bleibt ein Kotzbrocken. Ich hab mir vor Kurzem eine Folge reingezogen. Da waren sie in München, und ein Mädchen, drall wie ein Ballon, stand im Dirndl auf dem Laufsteg. Sie war fast am Ende angekommen, als sie umgeknickt ist und runterfiel. Alle sind aufgesprungen, um dem Tollpatsch wieder auf die Füße zu helfen, doch der Nies ist stumpf sitzen geblieben und hat sich halb tot gelacht. Und dann der Spruch *rollendes Fleischpflanzerl* war total gemein. Wenn der so was mit dir veranstaltet, kann er sein Testament machen.«

Anne hob die Hand und zielte mit dem Zeigefinger auf den nächstbesten jungen Mann am Nebentisch.

»So etwa, peng, zack, weg!« Kira war während dieser Vorstellung in lautes Lachen ausgebrochen. So wohl und lebendig hatte sie sich seit Monaten nicht mehr gefühlt.

»Okay, ich gebe mich geschlagen. Wir zieh'n das durch. Und vom Gewinn gehen 80% an mich, 20% an meine Managerin. Wie hoch ist das Preisgeld für die schönste Frau Deutschlands?«

Dann schrie sie übermütig durch den ganzen Laden: »Dede, zwei Cool Kiwis, aber mit Schuss, für mich und meine Managerin.«

Dede tippte sich an die Stirn. Das würde ihn seine Konzession kosten, scharfes Zeug an Minderjährige.

In dem Augenblick, als Kira über die Köpfe der anderen Gäste ihre Bestellung Richtung Theke brüllte, öffnete sich die Kneipentür, und vier junge Männer kämpften sich zu einem eben frei gewordenen Tisch durch. Grinsend schubsten drei von ihnen den Vierten an und nickten mit ihren Köpfen in Richtung Kira und Anne.

»Mensch, ihr Idioten, lasst das. Ich hab sie schon gesehen.« Der Vierte, ein großer, kräftiger Junge von 17 Jahren, bekam einen roten Kopf. Seitdem er Kira das erste Mal in der Schule gesehen hatte, war es um ihn geschehen gewesen. Kira war der Inbegriff all seiner Träume. Sie sah umwerfend aus und war einfach nur lieb und süß.

Vor zwei Jahren hatte er sich ein Herz gefasst und sie angesprochen, ob er sie zu einem Eis einladen dürfte, und seither waren sie eng befreundet. Er hätte nie geglaubt, dass ein Mädchen wie Kira sich überhaupt mit ihm verabreden würde. Auch seine Freunde hätten keinen Cent darauf gewettet, dass sich Kira mit Dennis anfreunden würde. Von ihm aus hätte ruhig mehr daraus werden können, aber Kira hatte ihm immer sanft, aber bestimmt klar gemacht, dass sie keinen festen Freund haben wolle. Noch nicht.

Aber die Freundschaft war in diesen zwei Jahren immer intensiver geworden, und es gab nichts, was sich die beiden nicht anvertrauen würden. Er hatte Kira sein Herz ausgeschüttet, was die Probleme in seiner Familie anging, Kira hatte sich stundenlang nach dem Tod ihres Vaters und ihres Bruders an seiner Brust ausgeheult. Er hatte sie gestreichelt, ihre silbernen Haare um seine Finger gewickelt und ihr tröstende Worte zugeflüstert. Neben Anne war er der

Einzige gewesen, der noch einigermaßen Zugang zu Kira gefunden hatte. Und trotzdem wurde er rot wie ein Puter, wenn er nur in ihre Nähe kam. Noch schlimmer wurde es, wenn seine Kumpel zugegen waren, die einfach keine Ruhe gaben und ihn permanent mit dieser platonischen Liebe aufzogen. So hatte Ricky es genannt. Rickys Vater war Universitätsprofessor. Dennis hatte dann gegoogelt, was dies bedeutete. Tatsächlich, platonische Liebe traf die Beziehung genau. Aber besser platonische Liebe als gar keine.

Dennis schob sich zwischen den Tischen zu Anne und Kira durch.

»Moin ihr zwei Hübschen, was brütet ihr denn gerade aus?« Er küsste die beiden Mädchen auf die Wangen und hielt Kira für einen Moment fest in seinen Armen. Da kein Stuhl mehr frei war, quetschte er sich zur Hälfte auf Kiras Stuhl, die gleich beiseite gerutscht war, um ihm Platz zu machen.

»Wir werden reich und berühmt.« Anne zog den Zettel mit den Daten des Castings zu sich, erhob sich halb und überreichte ihn Dennis mit einer kleinen Verbeugung.

»Dieser Nies sucht in Bremen die nächste *Catwalk Princess*. Du musst zugeben, mein lieber Dennis, es gibt niemanden, der in ganz Norddeutschland, ach was sag ich, in ganz Deutschland unserer kleinen Schneekönigin das Wasser reichen kann.«

Kira wurde verlegen. Sie wusste, was Dennis von solchen Shows hielt. Absoluter Schwachsinn, eine Verarsche ersten Ranges, Ausbeutung von dämlichen Tussen, die glaubten, sie könnten über Nacht zum Star werden. Und nun würde sie bald auch so eine Tussi sein.

»Sag mal, hast du sie noch alle? Das kommt überhaupt nicht infrage. Wenn andere so dämlich sind, bei so was mitzumachen, bitteschön. Aber du hast doch so was nicht nötig. Sich einem Riesenpublikum fast nackt zu präsentieren. Mit dem Arsch rumwackeln und sich von allen anglotzen lassen, um dann noch einen blöden Spruch zu kassieren. Das lässt du mal schön bleiben.« Dennis hatte sich richtig in Rage geredet.

»Sag mal, wie kommst du mir denn vor? Du bist nicht mein Vater.« Kira schossen die Tränen in die Augen. Nein, Dennis war nicht ihr Vater. Ihr Vater war tot und ihr kleiner Bruder Ben auch. Trotz machte sich in ihr breit. Sie wollte wieder leben und würde sich dieser Herausforderung stellen.

Dennis konnte alles ertragen, aber keine weinende Kira. Anne blickte ihn vernichtend an. Das hast du nun davon, toll, jetzt sind wir wieder am Anfang, schienen ihre Augen zu sagen. Er legte Kira den Arm um die Schultern und zog sie an sich.

»Kira, wein doch nicht.« Unbeholfen wischte er ihr mit einem zerknitterten Papiertaschentuch, das er aus seiner Lederjacke gezogen hatte, die Tränen aus dem Gesicht.

»Natürlich bin ich nicht dein Vater. Aber ich bin dein Freund. Und Freunde sind dafür da, auch mal Dinge zu sagen, die der andere vielleicht nicht hören will. Du weißt, dass ich von solchen Fleischbeschauen nichts halte. Aber wenn dein Herz dran hängt ...«, Dennis stieß einen gewaltigen Seufzer aus, »... dann mach halt mit bei dieser *Catwalk Princess*. Anne und ich werden schon auf dich aufpassen. Wenn Anne die Managerin gibt, mach ich den Bodyguard.«

HANNA 3

»Und so können wir diese These einfach ad absurdum führen. Eine sexuelle Komponente zwischen Schneewittchen und den Sieben Zwergen ist eindeutig in das Reich der Fantastereien zu verweisen. Ich danke Ihnen für Ihre Aufmerksamkeit.«

Hanna Wagner schreckte auf. *Sexuelle Komponente, Fantastereien, ich danke Ihnen.* So ein Mist, war sie doch tatsächlich bei dem einzigen Vortrag, den sie am heutigen Vormittag besuchen wollte, eingenickt. Verstohlen hielt sie sich die Hand vor den Mund und gähnte herzhaft. Gott sei Dank hatte sie sich in die letzte Reihe gesetzt und blieb dort auch die einzige Interessierte.

Als sie sich das Programm auf dem Flyer angeschaut hatte, versprachen die Betrachtungen von Dr. Kazimir Mazurek noch die größte Spannung. Vielleicht war da ja ein wenig Pfeffer drin. Insgeheim hatte sie sich schon immer gefragt, ob sich das holde Schneewittchen nicht mangels eines hochgewachsenen Prinzen zunächst mit einem der Zwerge vergnügt hatte. Vielleicht hatte Dr. Mazurek ja tiefschürfende Erkenntnisse gewonnen.

Sie war etwas spät gekommen, doch dank des akademischen Viertels hatte sie von den Ausführungen des polnischen Wissenschaftlers noch nichts verpasst. Der Vortragssaal war bereits gut besetzt gewesen. Suchend hatte sie den Blick schweifen lassen, ob sie vielleicht Moritz entdecken würde. Doch kein Moritz weit und breit.

Kaum hatte Hanna Platz genommen, trat mit federndem Schritt Kazimir Mazurek an das Stehpult, schaltete das Mikro ein und ordnete seine Papiere. Sie fragte sich, wozu, denn heutzutage nutzte jeder eine Powerpointpräsentation. Wenn sein Vortrag so attraktiv werden würde, wie der Redner selbst es war, würde Hanna jedoch voll auf ihre Kosten kommen. Doch schon nach den ersten Worten war ihr klar, dass es schwierig werden würde, dem gut aussehenden Polen zu folgen, denn sein Englisch war alles andere als perfekt, seine Sätze umständlich, seine Ausführungen langatmig. Und zum Punkt kam er auch nicht, nach 20 Minuten fiel erstmals das Wort Sex.

Hanna riss sich zusammen, betrachtete den Block, auf dem nichts anderes stand als *Mit welchem Zwerg hat sie wohl?*, dahinter und darunter Kringel der Langeweile. Als der schöne Kazimir nach weiteren zehn Minuten immer noch nicht zur Sache gekommen war, schaltete Hanna ab.

Ihre Gedanken wandten sich Moritz zu. Schön, dass sie sich wieder einmal treffen würden. Die Zeit mit Moritz war zwar nicht aufregend gewesen, aber er war zuverlässig, witzig und ein guter Zuhörer. Als er dann in Kassel die Stelle angenommen hatte, hatte sich ihr Liebesverhältnis peu à peu in eine reine Freundschaft verwandelt, und dabei war es bis heute geblieben. Ab und zu trauerte Hanna ihrer alten Liebe nach, zumal sich bis heute nichts Besseres gefunden hatte.

Auch sein Bruder war nichts für eine gemeinsame Zukunft. Eigentlich fragte sie sich immer öfter, warum sie sich überhaupt mit Ulf eingelassen hatte. Er hatte keine Ähnlichkeiten mit Moritz, dies konnte also nicht der Grund gewesen sein. Ulf war eher behäbig, sah bei Weitem nicht so gut aus wie Moritz, hatte auch dessen Witz nicht und schon gar nicht den Intellekt. Und dazu war er auch noch verheiratet, hatte einen erwachsenen Sohn. Dennis. Allein dieser Name war doch schon Programm. Ein Junge, der seinen Eltern nichts als Ärger bereitete. Schon etliche Male hatte Ulf versucht, sich wegen dieses ungezogenen Bengels an Hannas Schulter auszuweinen. Aber als Familientherapeutin war Hanna gänzlich ungeeignet, wie sie Ulf wissen ließ. Ein erstes Mal war sie auf Dennis getroffen, als sie mit Ulf eine Nachtvorstellung im Cinemaxx besucht hatte. Ein Abenteuer, das möglich war, weil Silvia Koch ihre Eltern in Sachsen besucht hatte.

Dennis war sprachlos gewesen, sein Vater ratlos, er versuchte stotternd zu erklären, warum er mit Hanna im Kino war. Dennis kenne sie doch, sie sei doch so was wie seine Tante, Onkel Moritz war doch früher mit ihr zu Besuch gewesen. Sie waren sich seither eigentlich nie auf freundschaftlicher Basis begegnet, aber Dennis hatte sich allmählich daran gewöhnt, dass sich sein Vater mit Hanna traf. Und nun hatte sie eine ganz andere Seite von Dennis kennengelernt. Dieses Mädchen, Kira, war offenbar etwas ganz Besonderes für ihn gewesen. Nun war sie tot, und Hanna befürchtete, dass Dennis erneut abstürzen würde, wie schon vor zwei Jahren.

Nein, auf eine Verbindung, die zusehends durch diverse persönliche Befindlichkeiten belastet war, hatte Hanna eigentlich keine Lust mehr gehabt. Spätestens als Ulf ihr gestanden hatte, dass Silvia nochmals ein Kind von ihm erwartete, hätte sie Schluss machen sollen. Doch letztendlich war sie dann doch zu bequem gewesen. Das Arrangement mit Ulf war vielleicht gar nicht so schlecht. Er forderte, nachdem sie ihm erklärt hatte, sein Seelenleben müsse er selbst in den Griff bekommen, nicht viel von ihr, und sie hätte auch kaum Zeit für mehr gehabt.

Hanna zuckte zusammen, als die gesamte Zuhörerschaft freundlich applaudierte. Professor Ewers, der Mazurek zu Beginn des Vortrags vorgestellt hatte, schaute in die Runde. »Nun, wenn es dann keine weiteren Fragen mehr gibt, möchte ich mich noch bei Dr. Mazurek für den interessanten Vortrag bedanken.«

Was, auch die Fragen des Auditoriums hatte sie verschlafen oder verträumt? Hanna packte ihre Notizen, beziehungsweise das, was ihre Notizen hätten werden sollen, in ihre Tasche. Pizarro hatte sie bei einer Freundin gelassen, die eine kleine Goldschmiedewerkstatt in der Süsterstraße betrieb. Sie rümpfte die Nase. Offensichtlich hatte der kleine Kerl vor Kurzem in das Handtuch gepinkelt, denn die Tasche müffelte ordentlich. Na toll.

Hanna verließ als Letzte den Vortragssaal. Eigentlich hatte sie überhaupt keine Lust mehr, hinter dem polnischen Märchenonkel herzurennen, doch da es der einzige Vortrag gewesen war, den sie heute überhaupt besuchen würde, und sie zudem noch einen Bericht für ihre Zeitung abliefern musste, täte sie besser daran, ihm auf den Fersen zu bleiben, bevor er zum Programmpunkt *Kaffeepause* entschwand. Sie rückte sich das Plastikschild, das sie mit großen rot gedruckten Lettern als Vertreterin der Presse auswies, am Revers ihres Blazers zurecht und lief die Treppe hinunter in das Foyer, wo sie die illustre Schar der Märchenforscher in angeregt plaudernden Grüppchen antraf.

Mazurek stand mit einem Glas Wasser bei einer älteren Frau mit zotteliger Mähne, die Hanna vage bekannt vorkam. War das nicht diese Literaturkritikerin, wie hieß sie noch mal? Hanna fiel der Name nicht ein. Wenn sie Glück hatte, würde die Dame ja ein Namensschild tragen. Ein kleiner korpulenter Mann mit Glatze war wild am Gestikulieren und hätte dem Polen fast das Wasserglas aus der Hand geschlagen. In dem Moment, als Hanna sich zu der Gruppe gesellen wollte, näherte sich Mazurek eine hochgewachsene Gestalt mit weit ausgebreiteten Armen.

»Kazimir, mein lieber polnischer Kollege. Ein schöner Vortrag, ein erhellender Vortrag. Doch eine Sache kam mir dann doch etwas zu kurz. Sollten Sie nicht vielleicht doch einmal das Verhältnis der Zwerge zum rettenden Prinzen betrachten? Besteht da nicht vielleicht doch ein Fünkchen Eifersucht?« Tief dröhnte die Stimme des Mannes durch das Foyer, so laut, dass Hanna für einen Moment erschrocken innehielt. Sonst eigentlich um kein Wort verlegen und nach eigener Einschätzung jeder Situation gewachsen, wollte sie sich wieder zurückziehen, denn der Ältere hatte den jüngeren Mann dermaßen in Beschlag genommen, dass das eben noch muntere Diskutieren mit einem Mal verstummt war. Die Frau mit Zottelmähne und der kleine Dicke verabschiedeten sich mit einem Winken und steuerten auf den Bücherstand zu.

Hanna verharrte kurz neben einem der mächtigen Pfeiler, unschlüssig, ob sie das Gespräch stören sollte oder nicht, als der Alte sie erblickte. Für einen kurzen Augenblick, so kam es Hanna vor, erstarrte der große Mann in seiner Bewegung, schien sich unsicher zu sein, in welche Kategorie er Hanna einordnen solle. Dann machte sich ein Lächeln auf seinem Gesicht breit, ein Lächeln, das, wie Hanna als Frau sofort erkannte, so manche Vertreterin ihres Geschlechts in früheren Jahren, vielleicht auch heute noch, schwach werden ließ.

»Ahhh, die Presse, die Presse. Mit dem schönsten Gesicht wartet sie hier auf. Ja, scheuen Sie sich nicht, beehren Sie uns, stellen Sie Ihre Fragen. Nicht wahr, mein lieber Kazimir, wir werden der jungen Dame Rede und Antwort stehen.«

Einladend breitete er die Arme aus und nickte Hanna wohlwollend zu. Errötend wie ein Schulmädchen kramte sie in ihrer Tasche nach dem Notizblock, der ihr Sicherheit und Professionalität zurückgeben sollte, in der Hoffnung, dass der Gestank aus ihrer Tasche von den Umstehenden nicht wahrgenommen werden würde. Was war denn mit ihr los? Die Omnipräsenz dieses Mannes hatte sie glatt in die Zeit der unsicheren Volontärin des Weser-Kuriers, die sie vor Jahren einmal gewesen war, zurück katapultiert.

Mit Block und Stift in der Hand setzte sie, so hoffte Hanna, ein selbstbewusstes Lächeln auf. Ihr Blick glitt vom schmunzelnden Gesicht des Mannes auf dessen Namensschild. Ihre Professionalität kehrte zurück. Hervorragend. Hier konnte sie zwei Fliegen mit einer Klappe schlagen. Sie könnte Dr. Mazurek noch ein paar Fakten entlocken und im Anschluss ein Interview führen mit Professor Gunter Lehmann, der grauen Eminenz der Märchenforscher und diesjähriger Preisträger des *Silbernen Ehrenkäppchens*. Sein Namensschild hing schief unter der Brusttasche, ein weißes Tüchlein lugte aus der Einstecktasche seines Sakkos hervor. Natürlich hatte sie bereits Fotos von ihm gesehen, als sie sich, allerdings etwas halbherzig, auf die Tagung vorbereitet hatte. Jedoch war Professor Lehmann in natura erheblich imposanter, als die Fotos es vermuten ließen.

»Vielen Dank, Herr Professor Lehmann, Dr. Mazurek«, sie nickte dem Polen zu, der etwas griesgrämig auf die Störung des intellektuellen Gesprächs zwischen ihm und Lehmann reagierte.

»Mein Name ist Hanna Wagner. Wie Sie schon richtig erkannt haben, bin ich die Vertreterin der hiesigen Presse, des Weser-Kuriers. Wenn Sie ein paar Minuten Zeit haben, würde ich gern einige Fragen stellen, Dr. Mazurek. Wir werden natürlich über den gesamten Kongress berichten, aber es ist für unsere Leser doch immer etwas Besonderes, einen der Teilnehmer vielleicht noch persönlicher kennenlernen zu dürfen. Dr. Mazurek, warum gerade das Thema *Schneewittchen und Sex*? Ich dachte immer, Märchen sind Geschichten für Kinder, wie passt das zusammen?«

Der Pole stöhnte auf, runzelte die Stirn.

»Gut Frau, ich nicht wissen, wo herkommt Ihre sehr, sehr merkwürdige Denken, aber wer sagt, dass Märchen für Kinder, na, wer sagt? Das ist dumm, nicht professionell, das ist Einstellung von Leute von Straße. Lerne Sie dazu, dann ich spreche mit Ihr.« Sein Deutsch war noch schlechter als sein Englisch, stellte Hanna fest. Mit diesen an Arroganz nicht zu überbietenden Worten drehte er sich um, ließ Hanna einfach stehen. Ihr fiel die Kinnlade herab, so etwas hatte sie noch nicht erlebt. Normalerweise waren die Leute froh, wenn sie ein Interview geben konnten. Ihr fehlten die Worte. Noch bevor sie mit hochrotem Kopf ihren Ärger herausstammeln konnte, lachte Professor Lehmann dröhnend auf.

»Frau Wagner, Frau Wagner, da sind Sie aber gehörig in ein Fettnäpfchen getreten. Eher ein Eimer als ein Näpfchen. Und das noch bei meinem Kollegen Kazimir Mazurek, tss, tss.« Lehmann schüttelte glucksend vor Lachen den Kopf. Dann schaute er auf die Uhr.

»Frau Wagner, oder darf ich Sie Hanna nennen? Ich mache Ihnen einen Vorschlag. Wir treffen uns heute zu einem kleinen Abendessen, und Sie bekommen ein Exklusivinterview. Leider muss ich nun zu einer fachinternen Besprechung, ansonsten hätte ich Ihnen gerne noch etwas Zeit gewidmet. Bei diesem Abendessen werde ich Sie bei einem guten Tropfen in die geheimnisvolle Welt der Märchenforscher entführen. Dann werden Sie vielleicht auch Dr. Mazurek verstehen. Na, wie finden Sie den Vorschlag? Und Sie erzählen mir, wie es in der Welt der Journalisten vor zugeht. Wir sind doch eigentlich eine große Forscherfamilie, oder?« Lehmann tätschelte ihr die Hand und schaute sie mit einem treuen Augenaufschlag fragend an.

Hanna musste unwillkürlich lachen. Der Augenaufschlag erinnerte sie doch tatsächlich an Moritz.

»Professor Lehmann, Sie retten meinen Tag. Wenn ich Ihre Geheimnisse dann noch unseren Lesern präsentieren dürfte, dann wäre der Abend für mich ein doppeltes Vergnügen. Nebenbei bemerkt standen Sie sowieso ganz oben auf meiner Interviewpartnerwunschliste.«

»Sehr schön. Ich schlage vor, wir treffen uns um 20 Uhr im Port am Speicher XI. Ich möchte mir vorher noch die Ausstellung der HfK* anschauen. Sollten Sie auch tun, ist bestimmt höchst bemerkenswert, was dort auf die Beine gestellt wurde. Die Studenten haben versucht,

---

* Hochschule für Künste

eine Auswahl von Grimms Märchen videokünstlerisch aufzubereiten. Ich bin zur Premiere dort geladen, was ist mit Ihnen?«

Hannas Ärger auf ihren Chefredakteur brandete erneut auf. Stefan Welferding schleppte eine der Volontärinnen mit zur Preview, das hatte sie gestern erst erfahren. Ihr blieb also nichts anderes übrig, als sich die Videokunst wie das gemeine Volk an einem normalen Ausstellungstag anzuschauen. Säuerlich erklärte sie Lehmann, dass diese Veranstaltung offensichtlich nur den höheren Kreisen vorbehalten sei.

»Na, wenn das Ihr einziges Problemchen ist, Hanna, dann kommen Sie eben mit mir. Ich schleuse Sie mit hinein. Leider kann ich mich dann nicht weiter um Sie kümmern, denn ich werde sicher zu einigen Statements aufgefordert werden. Aber wir können uns im Anschluss genügend Zeit für unser Gespräch nehmen.«

Hannas Begeisterung für den Märchenforscher wuchs. Nein, gegen einen Abend mit dem charmanten alten Haudegen war wirklich nichts einzuwenden. Und Welferding würde Augen machen, wenn sie lässig und wissend an den Installationen vorbeischlendern würde. Für den bislang misslungenen Vormittag würde sie sich Moritz schnappen, sofern dieser nicht auch in internen Kreisen fachsimpeln müsste, und ihn ein wenig über Kazimir Mazurek ausquetschen. Denn das würde sie sich nicht bieten lassen. Rauschte einfach beleidigt ab, diese polnische Mimose.

Suchend schaute sich Hanna im Foyer um. Moritz hatte sie noch nirgendwo gesichtet. Merkwürdig. Er war doch sicher hier und hatte sich parallel zu Mazureks Vortrag denjenigen, der sich mit den Prager Sagen um die Gestalt des Golem beschäftigte, angehört. Dann müsste er doch auch in der Pause irgendwo in der Gegend herumstehen.

»Suchen Sie jemanden, Hanna? Kann ich Ihnen noch weiterhelfen? Leider muss ich gleich los.« Lehmann tippte demonstrativ auf seine Uhr, eine Uhr in poppigen Farben, auf deren Armband, wie Hanna feststellte, die Bremer Stadtmusikanten prangten. Lehmann bemerkte Hannas amüsierten Blick. Er grinste.

»Ja, da schauen viele hin. Die meisten denken, es sei eine Kinderuhr. Nein, weit gefehlt. Es ist eine Spezialedition des Juweliers Grüttert hier in Bremen. Schauen Sie, die Anzeige, hier die Bremer Speckflagge, da das Kätzchen, sozusagen die Dritte im Bunde, wenn man die Reihenfolge beachtet. Nett, nicht wahr? Ein Geschenk von Freunden.«

»Niedlich, doch, muss ich schon zugeben. Die Uhr hat was. Aber wenn Sie mich schon fragen: Ich suche einen Ihrer Kollegen, Moritz Koch. Wir kennen uns schon seit Jahren, und ich hatte gehofft, ihn hier zu treffen. Wir haben noch einiges zu bereden. Besser gesagt, wir müssen noch gemeinsam auf den Spuren der Vergangenheit wandeln.«

»Ahh, haben wir also einen gemeinsamen Freund. Sehr schön. Aber nun, da Sie es aussprechen: Es ist merkwürdig, auch ich habe ihn heute noch nicht gesehen. Wir hatten vorgestern Abend noch auf ein Glas Wein bei mir gesessen. Es war ein sehr interessantes Gespräch. Leider sind wir in unguter Stimmung voneinander geschieden. Ich hoffe nur, Dr. Koch ist mein 2005er Spitzenbordeaux bekommen.«

Hanna Wagner schaute den Professor besorgt an. Was sollte das heißen, ungute Stimmung? Lehmann tätschelte ihr beruhigend die Hand.

»Machen Sie sich keine Sorgen. Ihr Moritz hat mich sehr zum Nachdenken gebracht, hat mir sozusagen eine schlaflose Nacht bereitet.«

Hanna öffnete den Mund, um weitere Fragen zu stellen, doch Lehmann winkte ab.

»Bis heute Abend, Hanna. Wir werden bei einem ausgezeichneten Mahl und einem schönen Roten einen netten Abend verbringen, werden uns gegenseitig geistig befruchten. Und noch etwas: Wenn Sie es nicht schon eingeplant haben, versuchen Sie doch bitte, bei der Verleihung des Ehrenkäppchens dabei zu sein. Es wird wie immer bei einer solchen Verleihung Interessantes, ja Hochspannendes zu berichten geben.«

Lehmann drehte sich um, verschwand zwischen den Pfeilern des Foyers und ließ eine verwirrte Hanna Wagner zurück. So etwas war ihr noch nicht passiert. In nur fünf Minuten, in denen sie nicht einmal richtig zu Wort gekommen war, hatte sie einen Wissenschaftler verprellt, von einem zweiten dafür eine Einladung zu einer Ausstellungseröffnung und zu einem Abendessen erhalten. Die Tatsache, dass sie nun ein Exklusivinterview mit Lehmann bekam, hatte die ermüdende Vorstellung Mazureks wieder wettgemacht. Sie schaute auf die Uhr, sie musste sich sputen, um pünktlich bei einem anderen Interviewpartner zu erscheinen. Aber glücklicherweise war es von der *Glocke* bis zum Hotel nicht weit.

*

Hölzle war bereits um Viertel nach sieben im Präsidium eingetroffen und studierte die Zeitungen, die jeden Morgen auf seinen Schreibtisch gelegt wurden. Hilke Maier, zuverlässige Sekretärin und absolute Frühaufsteherin, war echt ein Schatz. Oben auf dem Stapel lag der Weser-Blitz, das Bremer Revolverblatt.

Bestialischer Mord im Bürgerpark

In den frühen Morgenstunden wurde am Sonnabend die Leiche eines Mannes im Tiergehege des Bürgerparks aufgefunden. Die Leiche wies eine verheerende Kopfwunde auf, offenbar wurde der Mann, der aus Kassel stammt, brutal erschlagen und den Tieren zum Fraß vorgeworfen. Nähere Einzelheiten zu der grausamen Tat sind noch nicht bekannt.

(Thorben Schmink)

Hölzle verzog das Gesicht. Nur Schmink, der Schmierenreporter, wer auch sonst, würde so einen Schwachsinn schreiben. Den Tieren zum Fraß vorgeworfen, im Eselgehege – das war typisch für diesen Möchtegern-Pulitzerpreisträger. Erstaunlich war nur, dass die Zeilen erst heute, am Montag, erschienen.

Seine beiden Kollegen tauchten tatsächlich pünktlich auf die Minute in seinem Büro auf, was Hölzle mit frischem Kaffee und Schokoladenkeksen quittierte.

»Peter«, hob er an, Kekskrümel von seiner Brust wischend, »fahr noch mal zu den Kochs. Ich will mehr über Moritz Koch wissen und auch über das Verhältnis der Brüder zueinander. Wenn du heute Vormittag hinfährst, ist sicher nur die Frau zu Hause, was genau meine Absicht ist.«

Dahnken trank einen Schluck Kaffee. »Klar, wird erledigt. So ganz grün sind sich Koch und seine Frau nicht. Ich hab dir schon während der Rückfahrt von den Kochs gesagt, dass ich den Eindruck hatte, dass hinter dem Verhalten von Silvia Koch mehr steckt als nur ein vorübergehender Ärger über ihren Mann. Und wir wissen alle, Familienstreitigkeiten enden nicht selten mit Mord und Totschlag.«

»Und was machen wir, Chef?«, wollte Harry wissen.

»Du versuchst mal, herauszubekommen, ob es da jemand an der Uni Kassel gibt, der Probleme mit Koch hatte. Darüber hinaus kannst du noch was über sein Privatleben in Erfahrung bringen.« Hölzle angelte nach seiner Tasse. Leer. Schon wieder. Egal, er trank sowieso zu viel Kaffee.

»Ich fahre erst mal rüber zum Adlerblick und zu Markus, hören, was es Neues gibt. Später wollte ich dann noch bei dieser Märchentagung vorbeischauen, um mit Kochs Kollegen zu sprechen. Vielleicht wissen die, was er am Freitagabend vorhatte.«

Sein erster Weg führte Hölzle zu Markus Rotenboom. Der Kriminaltechniker saß konzentriert an seinem Mikroskop, als Hölzle das Labor betrat. Rotenboom sah auf und rieb sich die Augen. »Du kommst wie gerufen. Ich kann dir schon mal sagen, dass wir hier diverse Textilfasern haben, Baumwolle, Kunstfasern, auch Wolle ist dabei. Tierhaare habe ich selbstverständlich auch gefunden, schließlich lag das Opfer im Eselgehege. Die Bodenspuren dauern noch, sind einfach zu viele. Dadurch, dass Koch offenbar geschleift wurde, ist allerlei Zeug an ihm hängen geblieben. Wir gleichen die Spuren mit der Vegetation des Tatorts ab. Was übrig bleibt und nicht dorthin gehört, gibt uns vielleicht einen Hinweis auf den eigentlichen Tatort. So viel ist sicher, Fundort ist nicht gleich Tatort. An den Rändern der Schädelwunde befanden sich allerdings auch Pflanzenreste, mehr kann ich dir dazu auch noch nicht sagen. Außerdem haben wir einen halben Schuhabdruck an der durchgetretenen Latte gefunden.«

Ein Mitarbeiter Rotenbooms, Sebastian Dannecker, hatte gerade mit einer Pinzette Fasern in ein Röhrchen mit Flüssigkeit gesteckt und gesellte sich nun zu den Männern.

»Prima, dass ich euch gleich beide erwische. Koch hatte ganz schön getankt, bevor er umgebracht wurde. 1,02 Promille.«

»Danke, ihr beiden. Sonst noch irgendwas, was ich wissen sollte?« Hölzle schaute die Techniker fragend an.

»Nee, ich ruf dich an, wenn neue Ergebnisse vorliegen. Kann aber dauern. Wie gesagt, der Spurenabgleich ist aufwendig«, antwortete Rotenboom und klopfte seinem Freund auf die Schulter.

Hölzle verließ das Labor und steuerte Adlerblicks Büro an. Ein kurzes Anklopfen genügte ihm und ohne ein *Herein* abzuwarten, drückte er die Klinke und betrat das Arbeitszimmer der Rechtsmedizinerin.

»Moin«, sagte er zur Begrüßung, dann erst nahm er wahr, dass Sabine Adler-Petersen Besuch hatte. Eine bildhübsche junge Frau mit cappuccinofarbenem Teint und ein Mann – etwa mei Alder, schätzte Hölzle – tief gebräunt, Vollbart, Haare blond und sonnengebleicht.

»Oh, gut, dass du kommst«, strahlte Adlerblick den Kriminalhauptkommissar an. Sie stand auf, kam um ihren Schreibtisch herum, drückte ihn kurz und hauchte ihm ein kaum wahrnehmbares Küsschen auf die rechte Wange. Hölzle war so geschockt, dass ihm die Worte fehlten. Was goaht denn hier ab? Ihm wurde heiß und kalt gleichzeitig.

»Darf ich dir meinen Mann Ole Petersen und seine Begleitung Alice vorstellen, Heiner«, schnatterte Sabine weiter. Hölzle reichte artig die Hand. »Freut mich«, sagte er mechanisch.

»Aliya, nicht Alice«, lächelte der Tagtraum ihn an, Sabine berichtigend. Hölzle nickte nur.

»Oh, das tut mir leid, entschuldigen Sie, ich habe den Namen wohl nicht richtig verstanden.« Das aufgesetzte Lächeln konnte den Frost in Adler-Petersens Stimme nicht überdecken.

»So, mein Freund, ich darf Sie doch Heiner nennen, oder?« Ole Petersen fuhr, ohne eine Antwort abzuwarten, fort und ging gleich zum *Du* über. »Du bist also Sabines Neuer, den sie mir so lange vorenthalten hat. Bis vor ein paar Minuten wusste ich nicht mal, dass es dich gibt. Dabei ist es ja nicht so, dass man dich verstecken muss.« Er lachte dröhnend. Hölzle fand den Kommentar nicht witzig, zog aber anstandshalber den linken Mundwinkel nach oben.

Das war es also. Adler-Petersen wollte wohl nicht als Single dastehen, nachdem ihr Mann mit einer atemberaubenden Schönheit aufgetaucht war. Von wegen Begleitung. Das war mit Sicherheit Ole Petersens neueste Eroberung, und Adlerblick hatte wohl ad hoc beschlossen, sich Hölzles Anwesenheit zu bedienen und ihn als den Mann an ihrer Seite vorzustellen. Er musste zugeben, dass er sich tief in seinem Inneren geschmeichelt fühlte. Was hätte sie nur gemacht, wenn Thorben Schmink, dieser Ausbund an Hässlichkeit, sich heute wegen einer Story über die Gräuel in der Gerichtsmedizin in ihr Büro aufgemacht hätte? Hölzle musste bei dieser Vorstellung kurz schmunzeln. Aber nur sehr kurz. Eigentlich war er stinksauer. Was moint denn die, wer sie isch? Aber er wollte sie auch nicht vor den anderen bloßstellen und so spielte er mit.

»Sabine«, Hölzle räusperte sich, fiel es ihm doch schwer, die Rechtsmedizinerin plötzlich zu duzen, »ich muss dich dringend alleine sprechen.« Eindringlich sah er sie an und war sicher, dass Sabine den Zorn in seinen braunen Augen deutlich sehen konnte.

»Ach, es geht sicher um den aktuellen Fall. Wir waren hier sowieso gerade fertig, nicht wahr, Ole? Lasst uns doch die Tage mal zusammen essen gehen, in der Überseestadt hat ein neues Lokal aufgemacht. Direkt an der Weser, und die Küche soll sehr gut sein. Ich buche uns einen Tisch. Freitag, 20 Uhr, in Ordnung?«

Ole Petersen fuhr sich mit gespreizten Fingern durch seine ausgebleichte Mähne und sah seine Freundin aufmunternd an. »Gute Idee, was meinst du, mein Schatz?« Hölzle glaubte zu spüren, wie Sabine neben ihm zusammenzuckte, als Ole Aliya mit *Schatz* ansprach.

Aliya van Loveren senkte für einen Augenblick ihre langen dunklen Wimpern, um dann heuchlerisch zu flöten: »Das ist eine ganz wunderbare Idee, Sabine.«

Adlerblick holte tief Luft. »Also dann bis Freitag. Heiner und ich müssen euch jetzt bitten zu gehen, wir haben einiges zu besprechen.«

»Allerdings«, bekräftigte Hölzle. Sabine Adler-Petersen blieb der drohende Unterton nicht verborgen.

Kaum waren Ole Petersen und Aliya van Loveren aus der Tür, polterte Hölzle los. »Was war das denn für 'ne Nummer? Ich glaub's ja nicht ...«

Adlerblick unterbrach ihn und zischte: »Nicht so laut, sonst hören die beiden das noch.«

Hölzle schüttelte den Kopf und ließ sich in einen der Besucherstühle fallen. »Sie sind mir eine Erklärung schuldig. Wobei, ich bin ja nicht blöd, ich weiß schon, was hier gespielt wird. Aber glauben Sie mir: ohne mich!«

Adler-Petersen hatte sich hinter ihren Schreibtisch verzogen und saß da wie ein Häufchen Elend. »Es tut mir leid. Ich weiß auch nicht, was da in mich gefahren ist ...«

»Ich schon. Sie können es nicht aushalten, dass Ihr Ex mit einer halb so alten Puppe auftaucht und Sie alleine dastehen. Da haben Sie sich gedacht, der doofe Hölzle kommt mir grade recht. Sie gehen am Freitag da mal schön alleine hin und rücken das wieder gerade.«

Adler-Petersen senkte den Blick. »Ich sagte doch schon, dass es mir leidtut, aber könnten Sie nicht doch ...«

Hölzle traute seinen Ohren nicht. »Auf gar keinen Fall!«

»Hören Sie, es ist mir zwar unendlich peinlich, aber es ist doch nur für ein paar Tage. Sie spielen den Mann an meiner Seite, und ich versuche Ole davon zu überzeugen, dass er diese südafrikanische Maus wieder in die Wüste schickt und sich darauf besinnt, dass er zu mir gehört. Das geht doch auf Dauer nie gut.«

Hölzle hatte sich mittlerweile wieder einigermaßen beruhigt. »Ist er Ihnen denn noch so wichtig? Ich dachte, Sie sind längst geschiedene Leute.«

»Ja. Und nein. Ole ist der Mann meines Lebens, auch wenn wir uns in den letzten Jahren nur wenig gesehen haben. Er ist ja immer unterwegs. Aber ich liebe ihn, und jetzt ist er nur nach Bremen gekommen, um mit mir die Scheidung zu besprechen.« Ihre Stimme zitterte verdächtig. »Er will sie heiraten, Hölzle«, fügte sie kaum hörbar hinzu. Dann kullerte die erste Träne ihre Wange hinunter. Weitere folgten, und die Rechtsmedizinerin schniefte hörbar.

Ach du liaber Gott. Was mach i denn jetzt? So kenn i die Sabine jo iberhaupt net. Sonscht isch sie emmer so cool ond jetzt sieht se aus wie's Kätzle am Bauch.

»Glauben Sie wirklich, dass Sie ihn zurückbekommen? Es tut mir wirklich leid für Sie, es ist ja immer schlimm, wenn eine Trennung ansteht. Aber mal ehrlich, der sieht mir ziemlich verknallt aus.« Hölzle hatte sich nach vorne gebeugt, eine Hand ausgestreckt, um Sabine tröstend über den Arm zu streichen, doch dann zog er sie abrupt zurück.

Adlerblick hob den Kopf. Die Tränen waren wieder versiegt, und in ihren Augen glühte die Kampfeslust. »Einen Versuch ist es wert. Wenn ich ihn mal alleine für mich habe, dann denke ich, stehen die Chancen gut.« Sie seufzte. »Aber dafür brauche ich Sie, Hölzle.«

»Ist Ihnen eigentlich bewusst, dass Sie sich gerade wie eine 14-Jährige benehmen? Außerdem habe ich genug anderes um die Ohren. Meine Neffen sind zu Besuch, und einen Mordfall habe ich auch aufzuklären. Und ganz nebenbei bin ich mit Christiane zusammen, schon vergessen?«

Sabine schüttelte den Kopf. »Nein, natürlich nicht. Aber könnten Sie nicht doch …? Nur diesen einen Abend?

Ich schwöre Ihnen, nur dieses eine Mal, und Sie haben echt was gut bei mir.«

Hölzle blieb stur, doch Sabine bettelte weiter, ließ nicht locker. Gefühlte Stunden später hatte sie Hölzle weich gekocht.

»Also gut. Aber nur diesen einen Abend. Und wenn er dann bei seiner Aliya bleibt, müssen Sie ihn gehen lassen. Und ich sage Ihnen, ich habe bei Ihnen mehr als nur *etwas* gut. Das Guthaben muss bis ans Ende meiner Dienstzeit ausreichen.«

Sabine stand auf, kam auf Hölzle zu und reichte ihm die Hand. »Abgemacht. Ich verlasse mich auf Sie. Auf dich, meine ich.«

Hölzle verdrehte die Augen. »Ich weiß nicht, warum ich mich überhaupt darauf einlasse, aber nun gut. Ich hab's dir versprochen. So, und jetzt will ich wissen, was du mir zu der Leiche aus dem Eselgehege sagen kannst.«

Adlerblick wurde nun wieder ganz geschäftsmäßig.

»Moritz Koch war kerngesund, außer einer alten Blinddarmnarbe hatte er in seinem kurzen Leben keine Operation. Auch die Organe waren in tadellosem Zustand. Wie ich dir schon bei der Obduktion gesagt habe, ist Koch an der schweren Schädelverletzung gestorben. Zu der Waffe kann ich dir immer noch nichts Neues erzählen, jedenfalls handelte es sich nicht um einen Hammer, Baseballschläger oder dergleichen. Diese gezackte Wunde ist mir ein Rätsel. Allerdings hat Markus an den Wundabstrichen irgendwelche Pflanzenreste gefunden, die er aber erst bestimmen muss.«

»Das weiß ich schon. Na gut, dann mach ich mich wieder auf die Socken. Bis Freitagabend, und, wie gesagt, du bist mir 'ne Menge schuldig, wenn das vorbei ist.«

MORITZ 5

Es war nur ein ganz leises Geräusch, nur ein leises *Pling*. Doch es drang in seine Ohren, vervielfältigte sich, brauste durch seinen Kopf. Er schloss seine Augen, presste beide Fäuste an die Schläfen, bis der Sturm in seinem Kopf nachließ. Dann starrte er ungläubig auf den leblosen Körper vor seinen Füßen. War er das gewesen?

Moritz lag reglos auf dem Boden, der Eispickel, den er von der Wand in dem offen zugänglichen Vorraum genommen hatte – er wollte doch nicht wirklich auf Moritz losgehen, ihm den Schädel einschlagen? – lag neben dem Toten. Dass Moritz tot war, war offensichtlich. Das klaffende Loch in Kochs Kopf schien ihn diabolisch anzugrinsen, je länger er hinstarrte. Ein zahnloses Maul, das ihn zu verschlingen drohte. Blut sickerte hervor, blumenkohlartiges Gewebe glänzte im dämmrigen Schein der schwachen Beleuchtung, die von der in der Nähe des Hauses stehenden Straßenlaterne ausging.

Langsam beugte er sich über den Körper, wünschte sich für einen Moment, den Mann atmen zu hören. Mit zitternder Hand versuchte er, einen Puls zu ertasten. Nichts. Sein Brustkorb hob sich, und er atmete tief durch. Hätte Moritz doch nur einen Moment gezögert. Ihm doch nur signalisiert, dass er kompromissbereit sei, all das wäre nicht passiert.

KIRA 4

… Als sie 16 Jahre alt wurde, begab es sich, dass ein Prinz aus der Ferne anreiste, um die schönste Braut zu finden. In vielen Ländern und Städten hatte er bereits nach seiner Prinzessin gesucht. Immer wieder glaubte er, die Richtige entdeckt zu haben, doch nach einem Jahr machte er sich erneut auf den Weg, eine noch Schönere und Bezaubernere zu finden. So kam er auch in die Stadt, in der das wunderschöne, liebreizende Mädchen lebte …

Annette Funke schloss die Haustür auf. Lautes Gelächter erfüllte den Flur, es kam eindeutig aus Kiras Zimmer. Das silberhelle Lachen ihrer Tochter und das glucksende Gelächter von Anne. Annette glaubte, ihr Herz würde vor Glück zerspringen. Wann hatte sie zum letzten Mal ihre Tochter so ausgelassen lachen gehört?

Eigentlich war das Zimmer von Kira eine Tabuzone, wenn Kiras Freunde da waren. Doch wenn Dennis allein zu Besuch war, konnte Annette es sich meist nicht verkneifen, mit einem Teller voll Plätzchen oder einer Tüte Chips anzuklopfen. *Kinder, ihr seid doch bestimmt ausgehungert.* Nie hatte sie die beiden in einer, wie sie es ausdrückte, *verfänglichen Situation* angetroffen.

Mit Anne wurden Schularbeiten erledigt, Pläne für die Ferien geschmiedet oder Geheimnisse ausgetauscht, die Annette nichts angingen. Heute aber konnte sie nicht anders, sie wollte an der Fröhlichkeit ihres Kindes teilhaben. Nach einem stressigen Tag ein paar Minuten ausgelassen mit den beiden Teenagern herumzualbern, würde ihr mehr Entspannung geben als ein Glas Rotwein vor dem Fernseher. Heute waren die ersten selbst ernannten Supermodels im Hotel eingetroffen. Übermorgen würde dieses Casting zur *Catwalk Princess* beginnen. Annette hatte von diesen Shows noch nie etwas gehalten. Und wo blieben denn die Mädchen, nachdem ihnen die Krone der Schönheitskönigin auf den Kopf gedrückt worden war und sie sich, mit tränenüberströmtem Gesicht und Küsschen in die Gegend verteilend, bei ihrem Publikum bedankten?

Annette hatte nichts mehr von ihnen gesehen. Vielleicht das eine Gesicht mal in einer Werbung für Haarshampoo. Aber das war's doch dann auch. Und die Mädels gebärdeten sich wie die Irren. Woher hatten die nur das Geld, in dem nicht eben preiswerten Hotel abzusteigen? Sie mussten doch wochenlang ihr Taschengeld gespart haben, um nach Bremen zu kommen und dort zu übernachten. Oder sie besaßen betuchte Eltern, die nichts dagegen hatten, dass ihre Töchter sich zum Affen machten.

Die Mädchen waren mit Köfferchen und Beauty Case herein stolziert, als wären sie Naomi Campbell oder Heidi Klum persönlich. Der einen war das Bad zu klein, der anderen die Matratze zu hart, ganz wie bei dem Märchen von der Prinzessin auf der Erbse. Trafen die Mädels im Foyer aufeinander, wurden entweder pausenlos Küsschen ausgetauscht oder man führte einen Zickenkrieg, über den man nur noch den Kopf schütteln konnte.

Annettes Schicht war gerade zu Ende gewesen, als der Macher des Castings eingetroffen war. Ein durchdringendes Gekreische hallte durch das ganze Hotel, und die Mädchen umringten Bruno Nies wie verrückt gewordene Groupies. Annette hatte nur einen kurzen Blick auf ihn geworfen. Er sah wirklich nicht übel aus. Anfang 40, braun gebrannt, die Haare leicht gelockt – eine jüngere Ausgabe von Thomas Gottschalk. Wäre der Kerl nicht so unsäglich blasiert und arrogant, Annette hätte ihn attraktiv gefunden. Nies durchpflügte die Mädchenmenge, als wäre er Moses, der das Rote Meer vor sich teilte, drängte die kreischenden Teenies fast brutal zur Seite und flüchtete in Richtung Rezeption. Hinter ihm schloss sich die Meute wieder zusammen, verfolgte ihr Idol gnadenlos. Fast hätte sie Mitleid mit ihm haben können, doch sie konnte sich des Eindrucks nicht erwehren, dass Nies dieses Machtspiel um Aufmerksamkeit und Abhängigkeit genoss.

Annette stellte ihre Tasche unter dem kleinen halbmondförmigen Tisch im Flur ab, schlüpfte aus ihren Pumps, hängte ihren Mantel auf den Bügel und klopfte an Kiras Zimmertür. Die Mädchen hatten sie nicht gehört. Das Gelächter war so laut und ansteckend, dass Annette bereits auf dem Flur mit einfiel. Noch einmal klopfte sie, lauter nun, und drückte vorsichtig die Klinke herunter.

Sämtliche Lampen in Kiras Zimmer waren angeschaltet, der Fluter in ihrer Kuschelecke, die Schreibtischlampe, die Deckenleuchte und die Lichtleiste über ihrem kleinen Schminktisch. Auf dem Boden war der Läufer ausgelegt, der normalerweise zwischen dem Wohn- und dem Esszimmerbereich lag. Auf ihm stolzierte Kira in einem Bikini und in Annettes Abendschuhen mit den zwölf Zentimeter hohen Absätzen. In dem Moment, als Annette den Kopf ins Zimmer streckte, knickte sie um, und Anne kugelte sich vor Lachen auf dem Bett.

»Autsch, das musst du aber noch ein wenig üben, Kiri. So, und jetzt den grünen Mini mit meinen weißen Stiefeln. Ladies and Gentlemen, da kommt die gestiefelte Katze, bereit, den *Catwalk* für sich zu erobern, tatatataaa.«

Annette stand im Türrahmen und räusperte sich.

»Oh, hallo, Frau Funke«, Anne wirkte verlegen. Kira saß auf dem Teppich und starrte sie mit großen Augen an.

»Was wird das denn Kinder? Probiert ihr eure neue Frühjahrsgarderobe aus?«, fragte Annette in unverfänglichem Ton, doch sie beschlich bereits eine Ahnung, was sich hier wirklich abspielte. Noch hoffte sie, dass sie sich getäuscht hatte.

»Hmm, nein, eigentlich nicht, Frau Funke. Wissen Sie, übermorgen beginnt das Casting für die *Catwalk Princess*, und Kira hat doch schon als Kind ein wenig gemodelt, und da dachte ich, Kira ist doch wunderschön, na ja, wir dachten, sie macht da mit, da ist doch nix dabei«, schloss Anne stotternd ihre Erklärung.

Kira hatte bis dahin zu allem geschwiegen.

Annette setzte eine strenge Miene auf.

»Da dachtet ihr aber ein bisschen viel. Anne, ich weiß, dass das Casting hier stattfindet, die Zeitungen sind ja voll davon. Kira hat als Kind gemodelt, ja. Sie hat ein paar Fotoaufnahmen für eine Freundin von mir gemacht, die eine kleine Werbeagentur hat. Aber Kira, du weißt auch, was ich von diesen Castingshows halte. Wir haben uns oft genug darüber unterhalten«, wandte sie sich dann an ihre Tochter.

Mit jedem Wort war die Fröhlichkeit mehr aus Kiras Gesicht gewichen und hatte einer so großen Enttäuschung Platz gemacht, dass Annette ihre schroffen Worte sofort bitter bereute.

Endlich war ihre Tochter wieder fröhlich, hatte sich ein Ziel gesetzt, lachte und alberte mit Anne herum, so wie zuletzt vor mehr als einem Jahr. Und das wollte sie ihrer geliebten Tochter nicht gönnen? Was war denn dabei, bei dieser Modelshow mitzumachen. Sie selbst und Anne und wahrscheinlich auch Dennis würden darauf achtgeben, dass niemand ihre Tochter lächerlich machte oder womöglich ausnutzte.

Annette setzte sich zu Kira auf den Boden, streckte ihre Arme aus.

»Schatz, komm her. Ihr beiden habt ja recht, es ist wirklich nichts dabei. Wenn es euch Spaß macht, dann macht eben mit.«

Kira hatte die hohen Schuhe abgestreift, rückte näher an ihre Mutter, um ihren Kopf an deren Schulter zu lehnen.

Wie mager sie immer noch ist, dachte Annette, und für einen Augenblick wollte sie Kira es doch noch verbieten, sich bei dieser Show zu präsentieren. Sie war doch erst seit Kurzem wieder dabei, ein paar Happen zu essen und bei sich zu behalten. Doch Kira strahlte nun wieder über das ganze Gesicht, und Anne hüpfte aufgeregt auf dem Bett auf und ab.

»Danke, Mama, ich hab dich so lieb. Du wirst sehen. Du hast auch deinen Spaß dran. Wir nehmen das doch nicht so ernst. Aber ich bin wirklich gespannt, wo ich landen werde. Und ich verspreche dir, wenn das ganze Spektakel vorbei ist, bin ich wieder deine vernünftige große Tochter, die sich mit Rouladen und Knipp einige Pfunde auf die Hüften futtert.«

Sie schlang Annette die Arme um den Hals und küsste sie überschwänglich.

»So, Mama, jetzt aber raus. Wir müssen noch üben. Du hast ja gesehen, wie ich in deinen Schuhen herumstakse. Das muss professioneller werden.«

Mit einem tiefen Seufzer stand Annette auf.

»Okay, ihr zwei Nervensägen. Ich bring euch nachher was zu knabbern vorbei, damit ihr bei Kräften bleibt. Anne, bleib doch zum Essen. Heute Abend gibt es Nudelauflauf.«

Annette verließ das Zimmer mit aufgesetzter Fröhlichkeit, denn trotz allem hatte sie ein ungutes Gefühl beschlichen.

MORITZ 6

Du großer Gott, eine Leiche zu seinen Füßen! Aber, so furchtbar das auch war, sein Problem schien hiermit gelöst. Ein für alle Mal. Er musste sie so schnell wie möglich loswerden. Für einen Moment stand er ganz still, hielt die Luft an, lauschte, ob irgendjemand etwas mitbekommen hatte. Stille. Dann beugte er sich zu dem Toten hinunter. Vorsichtig hob er Moritz' Kopf und Oberkörper an, drehte ihn auf den Rücken, versuchte, nicht in die leblosen Augen zu sehen.

Und was war das? Halb von Moritz' Hüfte verdeckt, lag etwas aus Metall. Er hob es auf und betrachtete seinen Fund. Ein Esel. Nein, nicht *ein* Esel – *der* Esel! Der Esel der Bremer Stadtmusikanten musste beim Ausholen oder beim Schlag auf den Kopf vom Schaft abgebrochen sein. Wo vor zehn Minuten der Esel seine drei tierischen Gefährten oberhalb des Griffs angeführt hatte, war lediglich noch eine gezackte Lötnaht zu erkennen. An die Wand hängen konnte er das Ding nicht mehr, an der Spitze klebten Blut und Haare. Der Pickel musste verschwinden. Genau wie Moritz. Sein Blick fiel auf das Fahrrad mit Anhänger vor der Nachbarwohnung. Niemand würde bemerken, wenn er es sich für eine Stunde oder so ausleihen würde.

Eine unglaubliche Ruhe überfiel ihn. Sein Plan war gefasst. Moritz war kein großer Mann gewesen, halb sitzend mit angewinkelten Beinen würde er in den Anhänger passen. Der Fahrradanhänger glich einer schwarzen Wanne auf zwei Rädern, ideal, um Brennholz oder Grünschnitt zu transportieren. Er würde die Leiche vorher in die Plane einwickeln, die säuberlich zusammengefaltet in dem Anhänger lag. Nun zögerte er keine Sekunde mehr. Er faltete die Plane auf dem Boden aus und zerrte den Toten darauf. Doch ganz gleich, wie er den Körper von Moritz Koch zusammenkrümmen wollte, die Plane war zu kurz. Entweder baumelte Moritz' Kopf heraus oder seine Füße lugten aus der Verpackung hervor. Er musste die Leiche zuerst in den Anhänger hieven und dann die Plane über ihr ausbreiten.

Den Toten unter den Achseln packend, schleppte er ihn zum Anhänger. Kaum hatte er den Körper halbwegs hineinbugsiert – die Beine baumelten noch über den Rand des kleinen Wagens, kippte der zweirädrige Karren durch das Ungleichgewicht der Ladung nach hinten. So funktionierte das nicht. Nur jetzt nicht die Nerven verlieren. Er zerrte Moritz wieder aus dem Anhänger, packte ihn unter den Kniekehlen und Schultern, hievte ihn hoch, geriet dabei selbst ins Wanken, konnte sich eben noch mit dem Rücken an die Wand lehnen, bevor er selbst fast mit der Leiche auf dem Boden gelandet wäre. Schwer schnaufend, schweißgebadet und mit zitternden Beinen schaffte er es dann endlich, den leblosen Körper in den Anhänger zu wuchten.

Ursprünglich hatte er Moritz auf dem Rücken liegend mit angewinkelten Beinen transportieren wollen. Doch beim Hineinfallen war Moritz auf der Seite zum Liegen gekommen. Er presste der Leiche den Kopf auf die Brust und drückte ihre Beine so stark zusammen, dass diese fast das Kinn berührten. Nun noch die Plane über den Hänger spannen, und die Fahrt konnte beginnen. Den Eispickel hatte er neben Moritz in den Anhänger gelegt. Wo er den verschwinden lassen würde, darüber konnte er sich noch später Gedanken machen.

Die Straße war leer, als er das Fahrrad über den Gehsteig auf die Fahrbahn schob. Aber auch wenn ihm jemand begegnet wäre, ein Fahrradfahrer samt Anhänger war in Bremen beileibe nichts Ungewöhnliches, auch nicht um diese Uhrzeit.

In dem Moment, als er den Esel blitzend neben Moritz' Körper hatte liegen sehen, war ihm die Idee gekommen, wie und vor allem wo er die Leiche entsorgen wollte. Knapp 1,5 Kilometer musste er im Schutze der Dunkelheit mit seiner grausigen Last bewältigen, dann würde er das Tiergehege im Stadtwald erreichen. Vor vier Tagen war ein Bericht im Weser-Kurier gewesen, dem er seine Aufmerksamkeit gewidmet hatte. Ein Eselfohlen war zur Welt gekommen und mit viel Tamtam und Prominenz auf den Namen Hugo getauft worden. Auch Moritz war ein Esel gewesen, störrisch, unbelehrbar. Bei seinesgleichen würde er ihn abladen.

Trotz der milden Temperaturen am Tag war es in der Nacht unangenehm kühl geworden. Der Himmel war sternenklar, und er fand den Weg zum Tiergehege auf Anhieb. Außer einer alten Frau, die ihren Hund noch zum Pinkeln vor die Tür geführt hatte und ein paar jungen Leuten, die zu Fuß in Richtung Universität unterwegs waren, war ihm niemand begegnet. Der Park lag nun wie ausgestorben vor ihm. Er bog mit dem Fahrrad in einen für Autos unbefahrbaren Weg. Ihn fröstelte, als er das Tiergehege erreicht hatte, während der Fahrt war er ins Schwitzen gekommen, und nun machte sich die frische Nachtluft unangenehm bemerkbar. Die Schafe im Offenstall würdigten ihn keines Blickes, lediglich eines der Bentheimer Schweine kam neugierig an den Zaun. Es war streng verboten, den Tieren etwas zum Fressen in die Gehege zu werfen, trotzdem kamen immer wieder die Menschen auf die Idee, ihnen Brot und andere Essensreste anzubieten. Die Schweine nahmen es gerne an, doch nicht immer bekam es ihnen.

Das Eselgehege lag neben dem Schweinekoben, und der kleine Hugo war wohl mit seiner Mutter im Stall untergebracht. Als das Schwein feststellen musste, dass hier niemand mit Futter erschienen war, trollte es sich wieder zu seinen Artgenossen, grunzte kurz und legte sich in eine Kuhle.

Jetzt kam für ihn der nächste schwierige Teil seines Plans. Er musste Moritz auf irgendeine Art in das Eselgehege befördern. Die kleine Pforte am Gatter war geschlossen und zusätzlich mit einem Vorhängeschloss gesichert. Bevor er sich nicht Zugang verschafft hatte, würde die Leiche im Fahrradanhänger bleiben. Er strich am Zaun entlang, vielleicht war ja irgendwo ein loses Brett. Da! Kurz vor der Stelle, wo das Holzgatter an den Stall anstieß, war eine der Holzlatten gebrochen. Wahrscheinlich hatte einer der Esel mit einem ordentlichen Tritt die Latte eingetreten. Wie er die Arbeiter im Bürgerpark einschätzte, würde der Zaun spätestens morgen Mittag bereits wieder repariert sein. Doch das konnte ihm im Moment egal sein. Mit einem ordentlichen Fußtritt würde er die Holzlatte vollends zwischen den Pfosten herausschlagen und damit wäre Platz genug, hindurchzuschlüpfen. Moritz würde er vor dem Loch ablegen und dann in das Gehege zerren.

Doch so nachgiebig, wie er gedacht hatte, war die Latte nicht. Ein paar Mal trat er mit dem Fuß dagegen, die Latte splitterte zwar, doch blieb sie links und rechts durch Nägel verbunden in den Pfosten stecken. Die Anstrengung trieb ihm den Schweiß ins Gesicht, aber dann hatte er es geschafft, die Latten gaben ihren Widerstand auf. Er schob das Rad samt Hänger bis zur Öffnung. Die Tiere waren von seiner Aktion vollkommen unberührt geblieben. Er entfernte die Plane, hievte Moritz aus dem kleinen Wagen und legte ihn einen halben Meter vor der Öffnung mit dem Kopf zum Gehege auf den Erdboden. Dann kroch er so weit rückwärts durch das Loch, dass er Moritz noch unter den Armen fassen konnte. Keuchend und auf den Knien rutschend, schaffte er den Toten bis hinter den Zaun. Mit schmerzendem Kreuz richtete er sich auf, doch direkt hinter dem Gatter wollte er die Leiche nicht liegen lassen. Nochmals packte er Moritz unter den Achseln und zog ihn in die Mitte des Geheges. Neben der Heuraufe war ein guter Platz. Die Füße von Moritz hinterließen eine Schleifspur. Er würde sie mitsamt seinen eigenen Spuren mit einem Zweig verwischen.

Neben der Futterstelle legte er Moritz ab. Außer der blutverklebten Wunde deutete nichts auf das Verbrechen hin. Morgen früh würde ihn einer der Tierpfleger finden.

Flink durchsuchte er die Taschen des Sakkos und der Hose. Außer seinem Personalausweis im Portemonnaie, einem Handy und einem Schlüsselbund hatte Moritz nichts bei sich getragen. Mit dem Ärmel von Moritz' Jacke wischte er eventuelle Fingerabdrücke von der Geldbörse, dem Handy und dem Schlüsselmäppchen ab. Man konnte ja nicht vorsichtig genug sein. Ein letztes Mal überdachte er die Situation.

Zuerst hatte er so etwas wie Bedauern verspürt, als Moritz tot vor ihm lag. Aber nun war er doch das größte Problem in seinem Leben mit einem Mal losgeworden. Oder? Er hätte doch keine Nacht mehr ruhig schlafen können, wenn Moritz seine Drohung wahr gemacht hätte. Ruiniert wäre er gewesen. Ein letztes Mal beugte er sich über Moritz Kochs Leiche. Mit einer letzten mitleidigen Geste strich er ihm über die strubbeligen Haare, verabschiedete sich von ihm. Dann kroch er durch den Zaun zu dem Fahrrad und radelte im Schutz der Dunkelheit zurück.

Unterwegs entsorgte er die Plane in einem am Straßenrand stehenden Mülleimer. Das Fahrrad stellte er wieder vor der Wohnung ab, wo es sich zuvor befunden hatte. Noch ein letzter Blick, ob auch nichts, was Moritz gehört hatte, irgendwo liegen geblieben war. Da! Die Ledertasche, die Moritz bei sich gehabt hatte, lag am Hauseingang. Er hob sie auf. Darin war nichts von Belang: der Flyer der Märchentagung, ein altmodisches rotes Ringbuch mit unbeschriebenen Blättern, ein Kugelschreiber und ein loser Zettel mit ein paar Namen und Adressen.

Grunzend trottete das Bentheimer Schwein zum Zaun, die Geräusche im Gehege nebenan waren doch zu störend gewesen, als dass es hätte schlafen können, und betrachtete sich die Szenerie. Irgendwas stimmte hier nicht, was lag dort neben der Heuraufe von Hugos Familie? Und was schimmerte da Buntes im Mondlicht? Das Schwein grunzte erneut. Sein feiner Rüssel hatte den Geruch des Todes gewittert.

*

Peter Dahnken drückte den Klingelknopf neben dem Namensschild der Kochs. Kurz darauf hörte er Schritte, und Silvia Koch öffnete ihm.

»Oh, Sie schon wieder«, begrüßte sie den Kriminalbeamten unfreundlich.

»Guten Tag, Frau Koch. Ist Ihr Mann zu Hause? Ich hätte da noch einige Fragen an ihn.« Peter blieb unverbindlich freundlich.

»Nein«, antwortete Silvia Koch kurz angebunden.

»Aber vielleicht können Sie mir auch einige Fragen beantworten. Dürfte ich hereinkommen?«

Widerwillig trat die Frau einen Schritt zurück und ließ Dahnken ins Haus. Sie führte ihn zu der windgeschützten Terrasse und deutete stumm auf einen Stuhl. Dann setzte sie sich ihm gegenüber und sah ihn mürrisch mit zusammengezogenen Augenbrauen an.

»Frau Koch, können Sie mir etwas über das Verhältnis Ihres Mannes zu seinem Bruder sagen? Kamen die beiden gut miteinander aus?«

»Wollen Sie damit andeuten, dass mein Mann seinen Bruder umgebracht hat?«, fragte sie barsch zurück.

»Nein, natürlich nicht. Wir müssen uns einfach ein Bild von Moritz Koch machen, und dazu ist jede Information wichtig.«

Sie neigte leicht den Kopf zur Seite und zuckte mit den Schultern.

»Na ja, im Grunde kamen die beiden schon klar. Aber Moritz hielt sich immer für was Besseres, nur weil er studiert hat. Mein Mann hat es nur zum Handwerker gebracht. Er hat zwar seinen Meister gemacht und zwei Angestellte, doch die kleine Klitsche muss um jeden

Auftrag kämpfen.« Silvia Koch vermochte es nicht, die Geringschätzigkeit in ihrer Stimme zu unterdrücken. »Aber wir kommen über die Runden.«

Peter Dahnken meinte mit Blick auf den Garten: »Na ja, wenn ich mich hier so umschaue, kommen Sie nicht nur über die Runden‹. Dieses Haus hier war nicht gerade billig, denke ich.«

»Also erlauben Sie mal! Wir haben eisern gespart, und mein Mann hat viel in Eigenregie geleistet. Außerdem haben wir ein bisschen was geerbt. Onkel Hubertus hat uns in seinem Testament bedacht. Damit konnten wir einen Großteil der Finanzierung wuppen. Das wird uns ja wohl gegönnt sein.« Silvia Kochs Verärgerung und Erregung steigerten sich zusehends.

»Sie sagen *Onkel Hubertus*, ist das ein Onkel Ihrerseits oder ein Verwandter Ihres Mannes?«

Silvia Koch verschränkte die Hände in ihrem Schoß, bemüht, sie stillzuhalten. »Hubertus war Ulfs Lieblingsonkel. Er hat nie geheiratet, und wir haben uns immer um ihn gekümmert. Bis zum Schluss.«

Der Kriminalbeamte verlagerte sein Gewicht auf dem Stuhl nach vorne, die Arme vor sich auf dem Tisch übereinanderlegend.

»Frau Koch, dieser Onkel, hat er auch Ihrem Schwager etwas hinterlassen? Oder war Ihr Mann Alleinerbe des Vermögens?«

Silvia schnaubte leise durch die Nase. »Hubertus hat kurz vor seinem Tod sein Testament geändert. Das wollte Moritz aber nicht wahrhaben. Hat gedroht, es anzufechten, stellen Sie sich das vor! Er hat uns die Hölle heiß gemacht. Wir hätten Hubertus dazu gedrängt und so weiter. Das war wirklich das Allerletzte!« Sie begann, sich weiter in Rage zu reden. Dahnken sah sie auffordernd an, und sie fuhr fort: »Ulf hat versucht, mit ihm zu reden, ihm zu erklären, dass das Testament rechtsgültig ist. Aber Moritz wollte nicht hören. Immer wieder gab es deswegen Streit. Dabei hat er sich doch in den letzten Jahren bei Hubertus kaum sehen lassen. War lieber unterwegs und blätterte in irgendwelchen Märchenbüchern herum. Als ob das irgendjemanden interessieren würde. Märchenforschung! Phhh! Unglaublich, dass dafür Geld ausgegeben wird. Und das wird bestimmt noch aus Steuergeldern finanziert.«

Dahnken gab sich verständnisvoll. »Angenommen, er hätte das Testament angefochten und recht bekommen, wären Sie dann in finanzielle Schwierigkeiten geraten?«

Silvia Kochs Augenbrauen zogen sich so weit zusammen, dass sie beinahe einen schwarzen Balken über ihren Augen bildeten, die Zornesfalte in der Stirnmitte grub tiefe Furchen in ihr hageres Gesicht.

»Finanzielle Schwierigkeiten? Das ist ja wohl milde ausgedrückt. Die Finanzierung wäre dann den Bach runter gegangen, die Bank hätte uns das Haus unterm Arsch weggepfändet.« Ihre Gesichtszüge entspannten sich wieder ein wenig. »Entschuldigen Sie die drastische Ausdrucksweise, aber so ist es nun mal.«

Peter Dahnken kam der Religionsunterricht aus längst vergangenen Tagen in den Sinn. Kain und Abel. Da war es zwar nicht um Geld gegangen – ging es nicht um irgendeine Suppe? –, aber das Endergebnis war dasselbe gewesen, ein Bruder war zum Mörder des anderen geworden.

»Frau Koch, wo war Ihr Mann am Freitagabend?«, fragte er dann.

»Er hat sich mit Moritz getroffen.« Ihre zusammengepressten Lippen bildeten einen dünnen Strich.

»Davon hat er aber gar nichts erzählt, als ich mit meinem Kollegen da war. Warum?«, hakte der Kriminalbeamte nach.

Silvia Koch war blass geworden, als sie merkte, welchen Fehler sie begangen hatte.

»Er hatte Angst. Das hat er mir, als Sie wegfuhren, erzählt, Angst, dass die Polizei glauben würde, er hätte was mit Moritz' Tod zu tun«, stammelte sie, nach Worten suchend.

Dahnken hob vielsagend die Augenbrauen. »So schnell verurteilt die Polizei niemanden. Aber gut, viele Menschen verschweigen Dinge, wenn es um Mord geht, auch wenn sie unschuldig sind.« Er tätschelte ihr beruhigend die Hand.

»Wo hat er sich mit seinem Bruder getroffen, und wann kam er nach Hause?«

»Ich glaube am Emmasee. Ulf hat gesagt, dass er nur bis halb acht mit Moritz zusammen war. Dann können Sie es sich ausrechnen, wann er nach Hause kam. Von der Stadt bis hierher dauert es knapp 'ne halbe Stunde. Je nachdem, wie stark der Verkehr ist.«

»Sind Sie sicher, dass er dann nach Hause gekommen ist? Oder war es doch um einiges später geworden? Mir ist nicht entgangen, dass Sie regelrecht zusammengezuckt sind, als er angab, dass er seinen Bruder seit Wochen nicht gesprochen hatte.«

»Was unterstellen Sie mir hier eigentlich? *Zusammengezuckt*. So ein Quatsch. Natürlich war ich etwas verwundert, warum er nicht erzählt hat, dass er sich mit Moritz getroffen hat.« Wieder begann sie, nervös ihre Finger zu kneten.

»Frau Koch«, Dahnkens Stimme wurde eindringlich, »sagen Sie mir die Wahrheit. Ihr Mann ist nicht so früh nach Hause gekommen, nicht wahr? Und Sie machen sich jetzt Gedanken, ob er nicht doch etwas mit dem Tod seines Bruders zu tun hat.«

»Also bitte. Das stimmt nicht. Ulf würde nie …«

»Frau Koch, denken Sie nach. Die Wahrheit kommt so oder so ans Licht. Bringen Sie sich doch nicht in Schwierigkeiten. Denken Sie an ihr ungeborenes Kind.« Hölzle hatte ihn darauf aufmerksam gemacht, dass er bei ihrem ersten Besuch einen Mutterpass gesehen hatte.

Silvias Blick senkte sich auf ihren Bauch, ihre Schultern fielen nach vorne. »Woher wissen Sie, dass ich schwanger bin? Ja, Sie haben recht«, flüsterte sie dann. »Ulf kam erst nach Mitternacht nach Hause.«

Bingo!, schoss es Dahnken durch den Kopf.

»Ich vermute, er war bei seiner Geliebten«, sprach Silvia tonlos weiter. »Ich hab geglaubt, er hätte die Affäre beendet, nachdem ich nun wieder ein Kind bekomme. Aber jetzt bin ich mir nicht mehr so sicher.«

Das wurde ja immer interessanter. Dahnken lehnte sich aufmerksam nach vorne. »Ihr Mann hat ein Verhältnis?«

Sie nickte. »Ja, mit der Ex seines Bruders.« Sie nannte Peter den Namen.

*

Harry Schipper war nach Kassel gefahren. Er hatte Glück gehabt, denn auf der ganzen Strecke waren nur wenige

Baustellen gewesen, und trotz vieler Lastwagen, die die A7 befuhren, war der Verkehr gut geflossen. An der Ausfahrt Kassel Nord hatte er die Autobahn verlassen und dank Navigationsgerät den Weg zum Institut für Germanistik gut gefunden.

Nachdem er seinen Wagen geparkt hatte, folgte er der Beschilderung, die ihm den Weg zum Fachbereich 2 wies. Harry hatte sich nicht telefonisch angemeldet und stand nun vor einer Tafel, auf der die unterschiedlichen Fachgebiete aufgeführt waren. Sprachwissenschaften, Literaturwissenschaften, Fachdidaktik und Deutsch als Fremdsprache. Harry studierte die Namen der Professoren der verschiedenen Arbeitsgruppen. Er entschied sich für Prof. Dr. Till Bieler. Der Mann schien ihm der richtige Ansprechpartner zu sein, wies doch das ausgehängte Vorlesungsverzeichnis an einem Schwarzen Brett darauf hin, dass sich Bielers Forschung mit den Brüdern Grimm, Wilhelm Hauff und Ludwig Bechstein beschäftigte. Schipper ging die Gänge entlang und landete vor der Tür zum Raum 5001. Er klopfte und eine kräftige Stimme rief: »Ja bitte!«

Harry öffnete und trat ein. Ein Mann in mittleren Jahren saß hinter seinem Schreibtisch, der seitlich zum Fenster stand, und drehte sich zu ihm um. Das dunkelblonde, kinnlange Haar des Mannes hätte durchaus mal wieder einen Friseur vertragen. Auch das weitere Äußere schien für den Professor keine große Rolle zu spielen. Das dunkle Jackett, welches er über einem hellgelben T-Shirt trug, hatte auch schon bessere Tage gesehen.

Professor Bieler stand auf und ging auf Harry zu. »Guten Tag, was kann ich für Sie tun?« Er hielt dem Kriminalbeamten die Hand zur Begrüßung hin.

»Schipper. Kriminalpolizei Bremen, freut mich, Sie kennenzulernen. Ich hätte mich vorher ankündigen sollen, entschuldigen Sie bitte. Hätten Sie einige Minuten Zeit für mich?«

»Kriminalpolizei aus Bremen, sagen Sie?«, Bieler schien etwas erschrocken, doch das waren die Leute eigentlich immer, wenn die Kripo ins Haus geschneit kam. »Aber bitte, nehmen Sie doch Platz.« Er wies auf einen der Stühle, die um einen weiteren Tisch herumstanden. Bieler schob die Papierstapel beiseite, um Platz zu schaffen.

»Ich vermute, Sie kommen wegen Moritz, der ist ja gerade in Bremen«, schlussfolgerte der Professor, »und wenn Sie sagen, Sie sind von der Kripo, kann das nichts Gutes bedeuten.« In den dunkelblauen Augen spiegelte sich Anspannung gepaart mit Angst.

Harry hatte Platz genommen und lehnte sich in dem grün gepolsterten Stuhl nach vorne. »Ja, ganz recht. Ich komme wegen Dr. Koch. Sie kannten ihn offenbar gut, wenn Sie ihn *Moritz* nennen.«

»Ja, wir haben einige Publikationen zusammen geschrieben und waren auch privat öfter gemeinsam unterwegs. Sie sagen *kannten*. Ist ihm etwas zugestoßen?«

»Herr Professor Bieler …«

»Bieler reicht vollkommen«, unterbrach ihn der Literaturwissenschaftler.

Lockerer Typ, dachte Harry angenehm überrascht. »Tja, also Herr Bieler, ich muss Ihnen leider mitteilen, dass Ihr Kollege Freitagnacht in Bremen umgebracht worden ist.«

Bielers sonnengebräuntes Gesicht wechselte so schnell die Farbe wie ein Tintenfisch, der sich auf der Flucht vor seinen Feinden befindet. Von Weiß ins Grünliche, dann normalisierte sich die Hautfarbe wieder.

»Um Gottes willen! Das kann doch nicht wahr sein.« Till Bieler vergrub das Gesicht in seinen Händen.

Harry wartete ab. Es gab nie die passenden Worte, wenn solche Nachrichten überbracht wurden.

Bieler sammelte sich wieder, rieb sich die Augen, fuhr sich mit den Fingern durch die dunkelblonden Haare und betrachtete den Kriminalbeamten aufmerksam.

»Was ist passiert, und wie kann ich Ihnen helfen?« Er stand auf und ging zu seinem Schreibtisch, auf dem neben dem Computer eine Thermoskanne stand. Von einem über dem Schreibtisch angebrachten Regal nahm er zwei bunte Kaffeebecher und brachte alles zurück zum Besuchertisch.

»Möchten Sie?«

Harry nickte. »Gern, danke.«

»Ich trinke meinen Kaffee schwarz, und Sie?« Aus einer Schublade eines Rollcontainers, der unmittelbar neben dem Schreibtisch stand, förderte der Professor eine angebrochene Keksschachtel zutage und legte sie neben die Thermoskanne. Dann schenkte er die Tassen voll. Er schien diese Tätigkeit zu brauchen, um sich wieder zu fangen.

»Ich auch«, antwortete Harry. Er pustete kurz über die Tasse. Doch der Kaffee war nicht mehr ganz heiß, wie Harry feststellte, als er den ersten Schluck nahm. Doch das störte ihn nicht.

»Dr. Koch wurde erschlagen im Bürgerpark aufgefunden. Soweit wir bisher wissen, wurde er aber nicht dort umgebracht. Eine heiße Spur gibt es derzeit nicht«, informierte er Bieler.

»Herr Bieler, erzählen Sie mir ein bisschen etwas über Dr. Koch. Hatte er Feinde? Gab es Neider im Institut oder an anderen Universitäten? Gab es Probleme im privaten Umfeld? Wir ermitteln in alle Richtungen.« Harry zückte sein Notizbuch und einen Kugelschreiber.

Bieler fischte einen Keks aus der Schachtel und antwortete bedächtig: »Feinde? Nein, glaube ich nicht. Neider? Schon eher. Die gibt es immer, wenn Menschen erfolgreich sind. Moritz war sehr engagiert und erfolgreich in dem, was er tat, und er war ein heißer Kandidat für den Brüder-Grimm-Preis der Uni Marburg, der Ende des Jahres verliehen wird. Er hätte ihn verdient. Seine letzten Publikationen waren herausragend. Ich fahre selbst morgen nach Bremen und war so gespannt auf seinen Vortrag. Mein Gott, was wird nun aus seinen brillanten Forschungsergebnissen?« Er hielt für einen Moment inne, um einen Schluck Kaffee zu nehmen und nach einem weiteren Keks zu greifen. »Aber ehrlich gesagt könnte ich Ihnen nun keine Namen von Neidern nennen. Geschweige denn jemanden, den ich des Mordes verdächtigen würde.«

»Und privat?« Harry genehmigte sich ebenfalls einen Keks und schob ihn in den Mund.

»Moritz lebte alleine, die letzte feste Beziehung ist schon einige Jahre her. Bevor er nach Kassel kam, hatte er eine Freundin aus Bremen. Die Beziehung hat aber der Entfernung auf Dauer nicht standgehalten. Zudem war Moritz auch öfter wochenlang unterwegs. Zuletzt verbrachte er viel Zeit in Frankreich.«

»Aus Bremen? Erinnern Sie sich noch an einen Namen?«

Till Bieler dachte angestrengt nach, schüttelte dann aber bedauernd den Kopf. »Nein, tut mir leid.«

»Kennen Sie den Bruder, Ulf Koch?«, erkundigte sich Schipper, während er sich Notizen machte.

»Nicht persönlich. Moritz hat ihn einige Male erwähnt, als wir zusammen was trinken waren. Er erzählte von Erbstreitigkeiten und Schwierigkeiten mit seiner Schwägerin. Offenbar war sie die treibende Kraft hinter einer Testamentsänderung.«

Harry spitzte die Ohren. »Aha. Wissen Sie Näheres darüber?«

»Nur so viel, dass Moritz glaubte, sein Bruder und dessen Frau hätten einen alten Erbonkel nur deshalb gepflegt, um an dessen Vermögen heranzukommen. Er wollte das Testament anfechten, da es kurz vor dem Tod des Onkels wohl geändert worden ist. Moritz glaubte auch, dass der Onkel nicht mehr ganz 100-prozentig war.« Bieler vollführte eine kreisende Bewegung mit dem Zeigefinger neben seiner rechten Schläfe, um zu demonstrieren, was er damit meinte. »Glauben Sie etwa, sein Bruder hat ihn umgebracht?«

Harry schüttelte den Kopf. »Nein, das wäre im Moment reine Spekulation. Wie gesagt, wir ermitteln in alle Richtungen. Fällt Ihnen sonst noch irgendetwas ein, was uns weiterhelfen könnte?«

»Hm, nein. Moritz war eher ein ruhiger Zeitgenosse. Sein Freundeskreis beschränkte sich eigentlich nur auf die Leute von der Uni, wie das bei vielen hier so ist.« Er lächelte gequält. »Es bleibt oft zu wenig Zeit für andere Dinge oder andere Menschen, wenn man hier arbeitet. So ist das nun mal.«

»Tja, das ist bei der Polizei auch nicht viel anders.«

Harry erhob sich, steckte Notizen und Kuli ein und reichte Bieler die Hand.

»Vielen Dank, dass Sie sich Zeit genommen haben. Wenn Ihnen noch etwas einfällt, dann melden Sie sich bitte bei mir.« Er fummelte eine Visitenkarte aus seinem Portemonnaie, das in der rechten Hosentasche steckte, und ließ Till Bieler verstört zurück.

Harry Schipper wollte von der Universität weiter zu Kochs Wohnung. Dornröschenpfad 66 im Stadtteil Niederzwehren. Doch zunächst war Amtshilfe angesagt. Er musste zuerst die Kollegen in Kassel kontaktieren und fuhr zum nordhessischen Polizeipräsidium im Grünen Weg. Verdammt! Wo war Kochs Schlüsselmäppchen? Harry war sich sicher gewesen, dass er eingesteckt hatte. Noch einmal durchwühlte er das Handschuhfach und seine Jacken- und Hosentaschen. Nichts. Harry wählte fluchend Hölzles Nummer.

»Du rufst bestimmt wegen des Schlüssels an. Hab ich recht? Auf meinem Schreibtisch liegt er gut. Sieh zu, wie du klar kommst«, war Hölzles Antwort auf Harrys Frage nach dem Schlüsselbund.

Die hessischen Kollegen zeigten sich sofort kooperativ, man gab Schipper einen Kollegen an die Seite, und der Polizeibeamte Horst Glöckner begleitete ihn zu Kochs Wohnung.

Das wunderschöne Fachwerkhaus, im hölzernen Sturz der Eingangstür war die Jahreszahl 1859 eingeschnitzt, beherbergte drei Parteien, wie Schipper feststellte, nachdem er einen Blick auf die Namensschilder geworfen hatte: Koch, Temmen und Lamprecht. Schipper entschied sich für Lamprecht und klingelte. Offenbar war niemand zu Hause, und Harry drückte auf den Klingelknopf neben dem Namensschild Temmen. Wenige Augenblicke später wurde den Beamten die Haustür von einer jüngeren, untersetzten Frau geöffnet.

Sie sagte zunächst nichts, blickte die beiden Männer fragend an und blieb abwartend in der halb geöffneten Tür stehen. Glöckner übernahm die Begrüßung. »Guten Tag, Frau Temmen, wir sind von der Polizei.« Schipper und Glöckner zückten ihre Dienstmarken. »Es geht um einen der Bewohner dieses Hauses, um Herrn Dr. Koch, um genau zu sein.«

Sie schüttelte den Kopf. »Der ist nicht hier, ist für eine Woche weggefahren. Er wollte, dass ich mich um seine Katze kümmere. Ist irgendwas passiert?«

Harry Schipper nickte. »Das kann man wohl sagen. Dr. Koch ist tot.« Die junge Frau schlug eine Hand vor den Mund und stützte sich mit der Schulter an den Türrahmen.

»Ach du großer Gott. Hatte er einen Unfall? Aber er ist doch mit dem Zug gefahren und hat mich noch von unterwegs angerufen, weil er vergessen hatte, genügend Katzenfutter zu besorgen, und er wollte, dass ich das Geld dafür auslege, was ich ja gerne mache, ich mag doch die kleinen Pfanni so gerne. Er hat sie Pfanni genannt, weil sie wie ein kleiner Knödel aussah, als er sie vom Tierheim geholt hat.« Es sprudelte nur so aus ihr hervor. Kompensation schlechter Nachrichten, indem man einfach nur redet, was auch immer einem in den Kopf kommt, dachte Harry. Das hatte er schon oft erlebt.

»Frau Temmen, es gab keinen Unfall«, sagte Harry ruhig, als sie endlich Luft holte.

»Aber wie …«, dann dämmerte die Erkenntnis im blassen Gesicht der Frau. Sie begann zu zittern, und Glöckner sprang ihr zu Hilfe, um sie zu stützen, besorgt, sie würde auf der Türschwelle zusammenklappen.

»Kommen Sie, setzen Sie sich hin.« Er drängte sie sanft, aber bestimmt zurück ins Haus. Harry folgte den beiden und schloss die Tür hinter sich. Im Flur führte eine Holztreppe mit geschnitzten Balustern in das obere Geschoss. Glöckner ließ die junge Frau behutsam auf die zweitunterste Stufe gleiten. Sie atmete schwer, doch das Zittern ließ nach einer Weile nach.

»Und was kann ich nun tun?«, fragte sie zögernd.

»Wenn Sie so nett wären, uns in die Wohnung von Dr. Koch zu lassen, würde uns das schon weiterhelfen.«

»Ja sicher.« Dann überlegte sie kurz. »Darf ich das denn überhaupt?«

»Das geht schon in Ordnung«, beruhigte sie Glöckner.

Frau Temmen stemmte sich hoch. »Warten Sie einen Augenblick, ich hole den Wohnungsschlüssel.«

Wenige Minuten später war sie zurück und händigte Schipper den Schlüssel aus. »Die Treppe hoch und dann die linke Tür. Meinen Sie, ich kann Pfanni behalten?«

Glöckner zuckte mit den Achseln. »Ich schätze, das sollte kein Problem sein.« Er wandte sich zu Harry um. »Oder, was meinen Sie, Herr Kollege?«

»Wenn von Kochs Familie niemand die Katze haben will, schätze ich, sind alle froh, wenn das Tier gut untergebracht ist.«

Diese Aussicht entlockte der jungen Frau ein kleines Lächeln, bevor sie dann ihre vollen Lippen zusammenpresste, um gegen die aufsteigenden Tränen anzukämpfen.

»Danke, Frau Temmen, wir gehen dann mal nach oben.«

Die Wohnung war großzügig geschnitten, da man offenbar Wände entfernt hatte, und dadurch ein großer Wohn-Essbereich entstanden war. Die frei stehenden Balken des Fachwerks verliehen dem Raum eine rustikale und zugleich heimelige Atmosphäre.

Harry ging in das angrenzende Zimmer, offenbar Kochs Büro, und entdeckte einen Computer. »Den würde ich gern mitnehmen, vielleicht finden ja unsere Spezialisten irgendeinen Hinweis auf der Festplatte, dem wir nachgehen können.«

Glöckner nickte. »Klar, kein Problem. Ich regle das mit den Formalitäten. Kommen Sie, ich helfe Ihnen.«

Sie entwirrten die Kabel und sahen sich nach einer geeigneten Transportkiste um. Ein großer Karton stand in einer Ecke, in dem sich jede Menge Bücher befanden. Die Beamten stapelten die Bücher sorgfältig auf dem Schreibtisch und packten den Computer in den Karton. Anschließend sah sich Harry noch genauer um, doch er entdeckte nichts, was von weiterem Interesse hätte sein können. Die beiden klopften bei Julia Temmen – ihr Name stand auf einem offensichtlich selbst bemalten Keramikschild, das links von der Wohnungstür angebracht war.

»Frau Temmen, hier ist der Wohnungsschlüssel. Bitte informieren Sie uns, wenn jemand sich Zutritt zu der Wohnung verschaffen möchte.«

Die Frau nahm die Schlüssel entgegen und seufzte: »Pfanni ist noch unterwegs. Um diese Zeit ist sie immer auf ihrem Streifzug durch die Gärten.«

Schipper fuhr Glöckner zurück zum Präsidium, verabschiedete sich von ihm und bedankte sich für dessen Hilfestellung.

Auf der Rückfahrt nach Bremen, er war gerade an der Ausfahrt Göttingen vorbeigefahren, klingelte sein Handy. Harry meldete sich über die Freisprechanlage. »Schipper, guten Tag.«

»Herr Schipper, hier ist Till Bieler. Mir ist doch noch etwas eingefallen. Als Moritz aus Frankreich zurückkam, wirkte er irgendwie aufgeregt und auch bedrückt. Ich hatte ihn einmal kurz darauf angesprochen, aber er druckste nur herum. Ich bin nun auch nicht der Typ, der weiter nachbohrt. Ich hatte mir dann gesagt, wenn Moritz was erzählen will, wird er das schon tun. Vielleicht hätte ich etwas hartnäckiger sein sollen. Na ja, ich weiß zwar nicht, ob Ihnen das weiterhelfen kann, vielleicht hatte es auch nichts zu bedeuten, aber ich dachte, ich rufe Sie trotzdem an.«

»Vielen Dank. Wo war denn Dr. Koch eigentlich genau?«

»Vor allem in der Bibliothèque Nationale in Paris. Moritz war insgesamt sechs Monate dort. Und mir ist der Name seiner damaligen Bremer Freundin eingefallen. Hanna Wagner.«

HANNA 4

Hanna Wagner ließ sich von einem Hotelangestellten im Aufzug nach oben bringen. Im Swissôtel herrschte noch Hochbetrieb. Heerscharen von Familien gönnten sich am Sonntag gerne das Brunchangebot. In der obersten Etage befand sich die Suite von Bruno Nies, und nicht jeder hatte Zutritt.

Die Journalistin hatte Nies ein Exklusivinterview vorgeschlagen, und dieser hatte natürlich, eingenommen, wie er von sich war, zugestimmt. Die Leserwelt musste ja schließlich auch im hohen Norden erfahren, wie alles mit der *Catwalk Princess* begonnen hatte, und warum Nies der erfolgreichste *Modelmacher* aller Zeiten war.

Die junge Dame an der Rezeption hatte Nies bereits informiert, dass Frau Wagner eingetroffen wäre, und ein Angestellter sie nun nach oben begleiten würde. Sein Angebot, sie zur Suite von Bruno Nies zu begleiten, lehnte sie ab. Schließlich wurde sie ja erwartet. Als Hanna aus dem Aufzug stieg, ging sie die wenigen Schritte zur Tür der Suite und klopfte. Nies öffnete einen Augenblick später und schaute sie fragend an. Er sah gut aus mit seiner blonden Mähne, wie Hanna sich eingestehen musste. In Nies' Gesicht machte sich Erkennen breit.

»Oh, da sind Sie ja schon, Frau …, sorry, habe Ihren Namen schon wieder vergessen. Das müssen Sie mir nachsehen. Aber schließlich kann ich mir nicht alle Namen der Journalisten merken, die mit mir reden möchten. Sie wissen ja, ich bin ein begehrter Mann.« Er schenkte ihr ein zweideutiges Lächeln.

Drecksack, dachte Hanna und sagte: »Nein, das nehme ich Ihnen natürlich nicht übel, Bruno. Ich darf Sie doch Bruno nennen? Mein Name ist Hanna. Hanna Wagner.« Sie reichte dem großen Mann die Hand und bedachte ihn mit einem anzüglichen Blick. Sollte er ruhig glauben, sie würde genau wie so viele ihrer Geschlechtsgenossinnen seinem Charme eventuell erliegen.

»Nehmen Sie Platz, Hanna.« Einladend wies der Manager auf die bequem aussehenden Sessel, als er ihre Hand freigab, die er für den Bruchteil einer Sekunde zu lange festgehalten hatte. »Darf ich Ihnen etwas zu trinken anbieten?«

Hanna winkte ab und nahm Platz. »Nein danke.«

»Na gut, wenn Sie nichts möchten, ich für meinen Teil genehmige mir nun einen kleinen Bourbon auf Eis.«

Eiswürfel klackerten in ein Glas, und die goldbraune Flüssigkeit legte sich beim Einschenken wie ein schillernder Schleier darüber.

Warum hab ich das Gefühl, dass das nicht dein erster Drink heute ist?, schoss es Hanna durch den Kopf.

Nies ließ das Glas in seiner rechten Hand kreisen und nahm Hanna gegenüber Platz, die Beine locker übereinandergeschlagen. Sein Blick fiel auf Hannas schlanke Waden und langsam wanderten seine Augen nach oben. Als sich ihre Blicke trafen, grinste er unverschämt. »Hübsch, was ich hier sehe. Nicht alle Pressevertreterinnen verfügen über solche Beine.«

»Danke, aber ich bin nicht hier, um mir Komplimente machen zu lassen. Können wir mit dem Interview anfangen?« Hanna gab sich nun kühl und zurückhaltend, Nies schien deswegen etwas verschnupft zu sein und setzte eine arrogante Miene auf.

»Legen Sie los, ich hab nicht viel Zeit«, forderte er kurz angebunden.

»Bruno, erzählen Sie doch einfach, warum gerade die *Catwalk Princess* so einen Riesenerfolg feiert. Andere Shows dieser Art sind nicht von langer Dauer, die meisten verschwinden sehr schnell wieder von der Bildfläche.«

Nies stellte seinen Whiskey neben sich auf einen kleinen Glasbeistelltisch und lehnte sich weit im Sessel zurück, die Arme hinter dem Kopf verschränkt.

»Tja, warum ist das so. Zum einen glauben die anderen Sender, sie hätten die richtigen Leute für den Job, zum anderen suchen sie immer nach dem gleichen Typ Mädchen. Tatsächlich ist es jedoch so, dass die besten Leute natürlich für uns arbeiten, Shows aus England und Frankreich heuern gelegentlich unsere Mitarbeiter an. Und wir suchen ja auch nicht nur Girls, sondern auch reifere Frauen und knackige Boys.« Er angelte nach seinem Glas und nahm einen großen Schluck. »Und dann gibt es ja schließlich noch Bruno Nies. Und der ist eben einmalig«, fügte er süffisant hinzu.

Au Mann, ich könnte kotzen. Hanna machte sich nebenbei Notizen, um Nies glauben zu lassen, dass sie an all dem, was er von sich gab, interessiert war. Die Kritzeleien würde sie nicht brauchen, da ihr Artikel keine Hymne auf Nies und seine Show werden würde. Ganz im Gegenteil.

Nies erzählte und erzählte, stand zwischendurch auf, um sich einen weiteren Drink einzuschenken, und quatschte Hanna die Ohren voll. Offensichtlich hörte er sich gerne selbst reden. Er machte auch keine Anstalten,

Hanna noch einmal etwas zu trinken anzubieten, obwohl sie mittlerweile doch einen trockenen Mund hatte.

Als Nies sich ein drittes Mal zum Kühlschrank begab, fragte Hanna ganz beiläufig: »Jetzt mal unter uns, Bruno, wenn man den ganzen lieben langen Tag mit so hübschen jungen Mädels zu tun hat, gibt es da nicht Momente, so als Mann meine ich, in denen man schwach wird?«

Bruno Nies musterte sie argwöhnisch und lehnte sich an die Armlehne ihres Sessels, sodass sie gezwungen war, zu ihm aufzuschauen. »Was meinen Sie damit, Hanna?«

»Bruno«, sie senkte verschwörerisch ihre Stimme, »Sie wissen genau, was ich meine. Die Mädels fahren auf Sie ab, das geht über das bloße Anhimmeln doch hinaus. Da gibt es doch sicher die eine oder andere Gelegenheit um ...« Das Ende des Satzes ließ sie offen.

»Das ist gänzlich unprofessionell. Das mag vielleicht bei anderen Konzepten so vorkommen, aber nicht bei der *Catwalk Princess*.« Seine Stimme hatte einen aggressiven Unterton bekommen. Den dritten Whiskey stürzte er auf einen Zug hinunter und beugte sich hinüber zu dem Tischchen, um das leere Glas abzustellen.

Hanna Wagner nahm ihren ganzen Mut zusammen. »Und was war damals in Frankfurt? War das *professionell*, wie Sie sich ausdrücken? Was haben Sie den Eltern der Mädels gezahlt, um ihr Stillschweigen zu erkaufen?«

Nies' Augen wurden zu schmalen Schlitzen, der Mund verhärtete sich zu einem Strich, und Hanna nahm wahr, wie sich für einen winzigen Augenblick die Finger des Mannes in den Stoff des Sessels krallten.

»Und was ist mit der kleinen Bremerin, die Sie sich bestimmt auch vorgenommen haben, und die sich vor

Kurzem deswegen das Leben genommen hat?«, setzte sie nach. Natürlich war das reine Spekulation, aber Hanna wollte den Mann noch mehr provozieren.

»Ich glaube, Sie gehen jetzt besser.« Er trat nun vor ihren Sessel und stand drohend über ihr.

Hanna erhob sich, langsam und gelassen ihren Notizblock in ihrer Aktentasche verstauend. »Ich werde Sie drankriegen, Nies, egal, wie lange es dauert. Sie armseliger, kranker Wicht.«

Nies folgte ihr dicht auf den Fersen zur Tür, seine Stimme kalt wie Eis. »Gar nichts wirst du, du kleine Presseschlampe. Du kannst mir nichts beweisen. Und die Mädels werden nichts sagen, darauf kannst du wetten.« Er fasste Hanna am Ellbogen und drehte sie zu sich um. Dann beugte er sich zu ihr hinunter, sein whiskeygeschwängerter Atem schlug ihr entgegen. »Die wollten doch gevögelt werden, dann auf einmal wollten sie doch nicht. Ihr Pech, wenn man einmal angefangen hat. Zu spät, um dann ums Aufhören zu betteln. Aber so schlimm kann's ja nicht gewesen sein, wenn man für 100.000 Euro die Klappe hält. Praktisch, wenn die Eltern Schulden haben. Die sind doch nicht besser als ich, meinst du nicht auch, du Dreckstück? Und jetzt mach, dass du hier raus kommst.«

Er stieß die Journalistin von sich, griff an ihr vorbei und öffnete die Tür. Dann drängte er sie vor sich her, folgte ihr leicht schwankend bis zum Aufzug, wartete, bis sich die Türen öffneten. »Ich warne dich, du bekommst nie wieder einen Fuß auf den Boden, wenn du es wagst, auch nur ein Wort über mich zu schreiben«, drohte er, als sie einstieg.

Hab ich dich, du widerliche Drecksau, dachte Hanna

und grinste Nies triumphierend an. Kurz bevor die Aufzugtüren sich endgültig schlossen, winkte sie Nies mit ihrem Diktiergerät zu. Das Letzte, was Hanna sah, waren seine aufgerissenen Augen, in denen sich Entsetzen gepaart mit mörderischer Wut spiegelte.

*

Hölzle parkte seinen Wagen im Parkhaus Violenstraße, von da aus waren es nicht einmal fünf Minuten zu Fuß zur *Glocke* an der Domsheide. Er schritt unter dem Figurenfries, der einen Glocken schwingenden Jüngling zeigt, hindurch und betrat das beeindruckende, unter Denkmalschutz stehende Gebäude. Hölzle sah sich suchend um. Menschen schwirrten durcheinander, liefen treppauf und treppab, verschwanden hinter diversen Türen. Das ganze Szenario hatte etwas von einem Ameisenhaufen. Jetzt musste er nur noch die dazugehörige Königin finden. Oder hatten Ameisen einen König? Nee, natürlich waren es Königinnen, sonst würde das mit der Versorgung des Nachwuchses nicht so klappen.

Hinter den Türen fanden offenbar die Vorträge statt. Er entschloss sich, eine der Damen, die offenbar für das Wohlergehen der Referenten und ihrer Zuhörer sorgten, nach dem Tagungschef zu fragen, und steuerte eine dunkelhaarige, schlanke Frau an.

»Entschuldigen Sie bitte. Können Sie mir sagen, wer hier für die Veranstaltung zuständig ist?«

Sie lächelte ihn an. »Aber sicher. Sehen Sie da hinten die letzte Tür rechts? Dort befindet sich das Konferenzkomitee.«

Hölzle bedankte sich und ging den Gang entlang. Er klopfte kurz an der Holztür und drückte fest die Türklinke hinunter. Zwei Frauen und drei Männer saßen an einem runden Tisch und unterhielten sich angeregt. Sie schienen ihn nicht bemerkt zu haben, und Hölzle räusperte sich. Fünf Augenpaare wandten sich zur Tür und sahen ihn fragend an. Einer der Männer, dessen Namensschild ihn als Professor Ewers auswies, ergriff das Wort.

»Können wir Ihnen helfen?«

»Guten Tag«, Hölzle nickte in die Runde, »mein Name ist Hölzle, Kriminalpolizei. Es geht um einen Ihrer Teilnehmer, Dr. Moritz Koch.«

»Bitte nehmen Sie doch Platz.« Eine der beiden Frauen wies auf einen freien Stuhl am Tisch. Die Übrigen musterten Hölzle mit unverhohlener Neugier.

»Danke.« Hölzle rückte den Stuhl etwas vom Tisch weg und setzte sich. »Um es gleich vorwegzunehmen, Dr. Moritz Koch wurde in der Nacht von Freitag auf Samstag im Bürgerpark ermordet.«

Alle Anwesenden schnappten hörbar nach Luft, die Frau, die ihm den Platz angeboten hatte, machte dabei ein kieksendes Geräusch. Dann redeten alle durcheinander. »Was, das war Moritz? Von dem Mord habe ich in der Zeitung gelesen!«

»Bitte beruhigen Sie sich, ich weiß, dies ist eine furchtbare Nachricht. Kann mir jemand von Ihnen vielleicht sagen, wo sich Dr. Koch am Freitagabend aufgehalten oder mit wem er sich getroffen hat?«

Hölzle erntete nur ein kollektives schockiertes Kopfschütteln. Ewers schenkte sich aus einer kleinen Flasche Mineralwasser in sein Glas ein und trank einen Schluck.

»Herr … Hölzle, was genau ist unserem Kollegen zugestoßen?«

»Er wurde erschlagen. Ein Tierpfleger, der für die Gehege des Bürgerparks zuständig ist, hat ihn Samstag früh gefunden. Es ist für uns von großem Interesse, herauszufinden, wo sich Ihr Kollege am Abend zuvor aufgehalten hat.«

Ewers schaute in die Runde. »Hat jemand von Ihnen Koch überhaupt schon seit Tagungsbeginn gesehen?« Erneutes Kopfschütteln.

»Wissen Sie«, fuhr er fort und wandte sich an Hölzle, »hier sind etwa 500 Wissenschaftler, Doktoranden und Masterstudenten angemeldet, daher haben wir nicht den genauen Überblick, wer sich wann und wo und überhaupt mit wem trifft. Was nach den Vorträgen gemacht wird, ist sowieso Privatsache. Wir bieten zwar zusätzliche Veranstaltungen an, die über das offizielle Programm hinausgehen, und da müssten wir schauen, ob Dr. Koch sich zu irgendwas angemeldet hat. Gestern war beispielsweise ein Jazzkonzert auf dem Theaterschiff im Angebot. Ich lasse mir aber sofort die Liste kommen, in die sich die Teilnehmer bei der Anmeldung eintragen müssen, und die Listen der Teilnehmer der Zusatzangebote. Es kommen nicht immer alle am Eröffnungstag, manche Kollegen erscheinen auch oft erst am Tag ihres Vortrags«, fügte er erklärend hinzu. »Zumindest wissen wir dann, ob Dr. Koch überhaupt schon hier in der *Glocke* war. Sein Vortrag sollte erst am Dienstag stattfinden. Möglicherweise hatte er sich ja noch gar nicht hier blicken lassen.«

Die Frau neben Hölzle schob ihren Stuhl zurück und stand auf. »Ich geh die Listen holen, Karl.« Ewers nickte dankend.

Wenige Minuten später kam die Literaturwissenschaftlerin zurück und reichte einige Seiten Papier über den Tisch, die Ewers durchblätterte.

»Ah, hier haben wir ihn ja. Dr. Koch hat sich in die Liste eingetragen, also ist er zumindest am Freitag hier gewesen. Ich denke, es wird schwierig werden, alle Konferenzteilnehmer zu befragen. Die bereits Anwesenden sind ja nicht den ganzen Tag hier in der *Glocke*. Wie gesagt, wir haben diverse Veranstaltungen, Workshops und so weiter, und natürlich gibt es zwischen den Vorträgen immer auch Freizeit. Lassen Sie mich mal schauen, ob er sonst noch für etwas angemeldet war. Nein, tut mir leid, gestern war er weder beim Jazzkonzert noch bei der Führung durch den Ratskeller.«

Hölzle nickte. »Ich verstehe. Dann werden wir wohl die Befragung so nach und nach durchführen müssen. Könnte ich wohl eine Kopie der Teilnehmerliste haben? Ich gehe davon aus, dass sich alle vorab anmelden mussten, und so lässt sich doch sicher herausfinden, in welchem Hotel jeder untergekommen ist, nicht wahr? So könnten wir zumindest alle diejenigen erreichen, die sich schon seit Freitag hier befinden.«

Ewers schnalzte mit der Zunge. »Richtig, darauf bin ich noch gar nicht gekommen. Meine Sekretärin wird Ihnen die Listen zukommen lassen, nach Abgleich der Namen, versteht sich. Allerdings kann ich Ihnen jetzt schon sagen, dass die meisten im Radisson Blu abgestiegen sind.«

Hölzle bedankte sich und fragte dann weiter: »Kannte jemand von Ihnen Dr. Koch näher?«

»Die meisten von uns kennen ihn natürlich. Wir treffen uns alle immer auf denselben Konferenzen, jeder kennt jeden in unserem Kreis«, informierte Hölzle ein vollbärtiger Mann mit einer altmodischen Brille auf der Nase. »Koch ist ein aufstrebender junger Literaturwissenschaftler, der gute Chancen hat, der nächste Brüder-Grimm-Preisträger in Marburg zu werden, und …« Der Vollbart unterbrach sich selbst, als ihm bewusst wurde, dass Moritz Koch nicht mehr am Leben war.

»Kannten Sie ihn auch privat?« Hölzle hatte den Eindruck, dass der Mann nicht nur die übliche Betroffenheit an den Tag legte. Der Bärtige räusperte sich, bevor er weiter sprach. »Privat wäre vielleicht übertrieben. Wir haben uns im letzten Jahr in Prag bei einer Tagung getroffen und uns auf Anhieb verstanden. Die drei Abende haben wir gemeinsam verbracht, Sie wissen schon, was essen gehen, ein Bier trinken und natürlich über die Szene der Märchenwissenschaften diskutieren. Ich komme aus Marburg, und wir haben uns nach der Konferenz in Tschechien noch zwei-, dreimal getroffen, das letzte Mal vor etwa acht Wochen. Moritz war gerade aus Frankreich zurückgekommen. Wir wollten uns hier auch einen Abend auf ein Bier treffen, Moritz ist übrigens auch im Radisson Blu abgestiegen.«

»Ist Ihnen etwas an ihm aufgefallen? Wirkte er auf Sie verändert. Hatte er vor irgendetwas Angst?«, hakte Hölzle nach. Die anderen hörten gespannt zu.

Der Mann mit dem Namensschild, Dr. Herbert Nachtweih, kratzte sich seinen Bart.

»Ich weiß nicht. Er wirkte manchmal irgendwie abwesend, als ob ihn etwas sehr beschäftigen würde. Aber auf Nachfrage hatte er nur gemeint, er wäre ein wenig überarbeitet. Das war alles. Wir hatten uns schon sehr auf Bremen gefreut.« Bedrückt senkte er den Kopf und starrte auf die Tischplatte.

Hölzle merkte, dass ihm hier niemand etwas liefern würde, was die Ermittlungen vorantreiben könnte.

»Meine Damen, meine Herren, wenn Sie oder auch die anderen Kollegen noch etwas zur Aufklärung beitragen können, melden Sie sich bitte bei mir.« Er legte eine Visitenkarte auf den Tisch und verabschiedete sich. Zurück blieben ratlose und bleiche Gesichter.

*

Hölzle fuhr direkt nach Hause. Von unterwegs bat er Britta Auermann, zum Radisson Blu zu fahren und sich im Zimmer des Ermordeten umzusehen. Zuhause fand er Christiane im Schlafzimmer vor. »Was machst du denn da?«, fragte er, als er sah, dass sie ihren kleinen Reisekoffer packte.

»Oh, da bist du ja«, strahlte sie. »Es kommt echt ein bisschen plötzlich, ich hab auch nicht mehr damit gerechnet, aber wir fahren morgen nun doch für ein paar Tage in die Lüneburger Heide. Eine Reitergruppe hat wohl abgesagt, und jetzt haben sie wieder Zimmer und Boxen frei.«

Heiner Hölzle starrte seine vor Vorfreude über das ganze Gesicht strahlende Freundin an.

»Äh, ja, aber, also, ich weiß ja auch nicht«, stotterte er herum.

»Wie jetzt, soll ich etwa hierbleiben? Du weißt doch, wie sehr wir uns immer darauf freuen, ein paar Tage durch die Heide zu reiten.«

Christiane war perplex. Heiner freute sich immer für sie mit, und er würde nie von ihr verlangen, auf diesen Kurzurlaub, der ihr so viel bedeutete, zu verzichten.

»Nein, Unsinn, natürlich fährst du. Ich weiß nur nicht, wie ich das mit den Jungs hinkriegen soll. Bisher hast du dich ja viel mehr um sie gekümmert als ich, und das weiß ich auch zu schätzen. Ich hab doch diesen Mordfall am Hals, und du kennst das ja, dass es dann auch öfter mal spät wird, bis ich nach Hause komme. Kannst du überhaupt so ad hoc ein paar Tage freimachen?«

Sie kam auf ihn zu und schlang die Arme um ihn. »Kein Problem. Der Archivleiter hat mir freigegeben. Und ich hab noch jede Menge Überstunden, die müssen ja auch mal abgefeiert werden. Und im Übrigen klappt das doch ganz gut mit Jerôme und Alexander, und Marthe ist auch noch da. Die ist ja selig, wenn sie die Zwillinge bekochen kann. Die Sache mit Theo hat sie den beiden schon längst verziehen.«

Heiner küsste sie aufs Haar und atmete ihren Duft ein. »Da hast du wohl recht. Fahr nur und mach dir ein paar schöne Tage. Wer fährt alles mit?«

Sie drückte ihm einen dicken Kuss auf die Wange. »Die üblichen Verdächtigen, weißt du doch.«

»Na, dann übertreibt's mal nicht mit dem Prosecco«, stichelte er. »Wann kommst du zurück?«

»Samstagnachmittag, schätze ich. So, und jetzt lass mich meinen Rest zusammenpacken.« Sie schubste ihn sanft von sich.

Hölzle ging in die Küche, nahm sich eine Flasche Beck's aus dem Kühlschrank und verzog sich ins Wohnzimmer. Samstagnachmittag. Das war perfekt. So würde

Christiane überhaupt nichts davon mitbekommen, dass er Freitagabend Adlerblicks Lover spielen sollte. Bestens. Sie hätte es nie verstanden, dass er der Rechtsmedizinerin diesen Gefallen tat. Christianes Eifersucht gegenüber Sabine war einfach maßlos. Dabei gab es überhaupt keinen Grund dafür. Hölzle konnte sich vorstellen, wie seine Freundin die Krallen ausfahren würde, bekäme sie Wind von diesem Arrangement. Er verstand sich selbst, ehrlich gesagt, aber auch nicht. Sabine hatte ihn einfach überrumpelt. Jeder Widerstand war zwecklos gewesen.

Polternd platzten die Zwillinge herein und rissen ihn aus seinen Gedanken. »Tag, was gibt's zu essen?«

Heiner Hölzle fuhr herum. »Sagt mal, geht's noch ein bisschen lauter?«

»Ach, schau mal an, der Kriminalhauptkommissar lässt sich auch mal wieder blicken«, frotzelte Alexander.

»Mann, stimmt. Wie sieht's eigentlich aus mit dem versprochenen Besuch bei deinen Kriminaltechnikern?«, erinnerte Jerôme seinen Onkel an dessen Versprechen.

Das Angebot hatte Hölzle schon längst wieder verdrängt. Nun blieb ihm wohl nichts anderes übrig.

»Ja, von mir aus, kommt die Tage mal vorbei. Wenn ihr mit eurer Arbeit fertig seid, versteht sich. Aber ruft mich vorher an, ich bin ja nicht ständig im Präsidium.« Hölzle rieb sich mit der flachen Hand die Stirn, als könnte er dadurch die Müdigkeit, die ihn nach der kleinen Flasche Bier urplötzlich befallen hatte, verscheuchen. »Wie läuft's denn so mit euren Praktika?« Garantiert rief Babsi in den nächsten Tagen an, um sich nach dem Wohlergehen ihrer Söhne zu erkundigen. Und wenn Christiane schon nicht da war, sollte wenigstens er wissen, was die beiden zurzeit so trieben.

Alexander zuckte die Schultern. »Och, geht so. Die Leute sind ganz nett, ich find's doch ganz schön anstrengend. Aber einer der Männer hat gesagt, er nimmt mich mal mit auf die Teststrecke *The Rock*.« Er grinste.

»Was ist das genau?« Hölzle hatte davon noch nie etwas gehört.

»Da kannst du auf einer knapp einen Kilometer langen Strecke Geländewagen fahren. Bergauf, bergab, Schräglage, Buckelpiste, voll geil eben. Wir haben ja unseren Führerschein schon mit 16 gemacht. In Frankreich geht das. Ich darf zwar da nur mit Mama fahren, aber ich hoffe, ihr seid hier so liberal und macht 'ne Ausnahme. Der Abteilungsleiter wollte es aber vorher noch mit der Versicherung abklären.«

Hölzle war begeistert und mit einem Schlag wieder hellwach. »Jetzt lebe ich schon seit Jahren in Bremen und erfahre erst durch meinen Neffen aus Frankreich, dass es so was hier gibt. Das macht sicherlich eine Menge Spaß. Können das tatsächlich auch Leute machen, die nichts mit dem Werk zu tun haben?«

»Ja, kannst du buchen. Hat mit der Typ erzählt. Ist wohl auch gar nicht so teuer.«

»Und wie läuft's bei dir?«, wandte sich Heiner an Jerôme.

»Echt gut. Die machen dort im Luft- und Raumfahrtzentrum auch viel für Schüler und Studenten. Nennt sich School Labs. Man kann Experimente mitmachen oder eine Mars-Mission von A bis Z durchführen. Coole Sache. Ich hätte schon Lust, so was später zu studieren. Es wird ein duales Studium angeboten, so kann man die Theorie gleich in die Praxis umsetzen.«

Hölzle war zufrieden, es machte den Eindruck, als wären die Zwillinge doch vernünftiger, als er gedacht hatte. Babsi würde sich freuen, wenn sie das hörte.

»So, und nun zu eurer Eingangsfrage: Ich weiß nicht, was, beziehungsweise, ob es heute überhaupt etwas zu essen gibt. Schätze, wir bestellen wahrscheinlich 'ne Pizza, denn Christiane packt gerade ihre Koffer. Sie fährt morgen für ein paar Tage mit ihren Freundinnen und den Pferden weg. Da müssen wir wohl alleine klarkommen.«

»Mädchen und Pferde«, Alexander nickte verständnisvoll. »Das ist bei uns nicht anders. Ich hab da ein Mädchen in der Klasse, Marie-Claire, voll die Zuckerpuppe, aber nur Pferde im Kopf. Na ja. Aber Pizza ist voll okay. Ich nehm 'ne Hawaii. Wie sieht's aus, Onkelchen, kriegen wir ein Bier?«

Hölzle schmunzelte. Alexander setzte eindeutig Prioritäten.

»Im Kühlschrank. Bedingung: Ihr besorgt die Pizza und füllt den Kühlschrank wieder auf. Bierkiste steht unten im Souterrain.«

Widerspruchslos akzeptierten die Zwillinge Hölzles Konditionen, und eine knappe Stunde später standen vier bunte Hefeteigvariationen auf dem Tisch. Christiane hatte die Männer nur mit Mühe davon abhalten können, die Pizza direkt aus dem Karton vor dem Fernseher zu vertilgen und das Bier aus der Flasche zu trinken. Teller und Gläser, soviel Benehmen musste sein. Den Aufstand, den sie geprobt hatte, fanden die Herren völlig übertrieben, und Onkel und Neffen grinsten sich hinter Christianes

Rücken verschwörerisch an. Hölzle fand allmählich richtig Gefallen an den Zwillingen.

*

»Ich glaube, dass dieser Ulf Koch ein echtes Problem mit seinem Bruder hatte«, berichtete Peter Dahnken seinen beiden Kollegen vom Besuch bei Silvia Koch.

»Wir sollten diesen Ulf noch mal genauer unter die Lupe nehmen, ebenso wie seine finanzielle Situation«, beendete Peter seinen Bericht.

Harry schenkte sich Kaffee nach. »Professor Bieler von der Uni Kassel hat auch erwähnt, dass Moritz Koch Schwierigkeiten mit seinem Bruder hatte. Und wie wir jetzt von Kochs Schwägerin wissen, ist ihr Mann erst spät nach Hause gekommen. Ergo: Der Mann hatte ein Motiv und die Kraft, die Leiche zu den Eseln zu karren. Und er hat kein Alibi. Fall gelöst.«

»Brrr, Brauner«, stoppte Hölzle seinen Kollegen. »Du kombinierst zwar durchaus gekonnt, aber wir haben noch keinerlei Beweise, dass Ulf seinen Bruder erschlagen hat. Keine Tatwaffe, keine Spuren, nur reine Vermutungen. Aber natürlich lassen wir den Mann hierherkommen, schließlich ist er im Moment unser Hauptverdächtiger, und er hat gelogen.«

Hölzle beugte sich leicht in seinem Stuhl zur Seite und zog eine der Schubladen seines Schreibtischs auf.

Viel isch do au nemme dren, dachte er bedauernd, als er lediglich noch zwei Tafeln Schokolade und eine Schachtel mit einer Keksmischung fand. Er musste dringend seinen Vorrat auffüllen. Er nahm die Keksschachtel und platzierte sie zwischen sich und seinen Kollegen. Dabei achtete er allerdings sorgsam darauf, dass die Seite mit den Keksen, die der Familie der Schokoladenkekse angehörten, näher bei ihm lag. Allerdings hatte er nicht mit der Reaktionsschnelligkeit seiner Kollegen gerechnet.

Peter und Harry griffen gleichzeitig zu den Schokowaffeln, Harry war ein klein wenig schneller und hatte die Finger schon an der Schokoladenhülle.

»Meins. Nimm deine Finger von meiner Waffel«, blaffte er seinen Kollegen scherzhaft an. Dahnken zog seine Hand zurück und angelte sich einen anderen Keks. »Glaubst du etwa, ich wollte die noch haben, nachdem du deine Griffel da schon dran hast? Uaah, ich kann mich grade noch beherrschen.«

Hölzle bedachte die beiden mit einem Kopfschütteln und zog die Schachtel näher zu sich heran. »Wie lange ist das her, dass ihr aus dem Kindergarten raus seid? Manchmal frag ich mich, was ich verbrochen habe, dass das Schicksal mich mit euch beiden geschlagen hat.« Genüsslich schob er sich eine Kreation aus Mürbteig, Mandeln und Schokolade in den Mund.

»So, und jetzt weiter im Text. Was hast du in Kassel noch in Erfahrung bringen können, Harry?«

»Nichts weiter. Koch hatte offenbar nur wenige Kontakte außerhalb der Uni. Seine Beziehung mit einer Bremerin ging wohl, nachdem er nach Kassel gezogen ist, in die Brüche. Der Entfernung wegen, meinte sein Kollege. Bis vor Kurzem hat er sich offenbar längere Zeit in Paris aufgehalten. Nach seiner Rückkehr hatte Bieler den Eindruck, dass mit Koch irgendwas nicht stimmte, aber der hatte nie ein Wort darüber verloren, was ihn so beschäftigte. Ich habe Kochs Computer mitgebracht, die Kollegen durchforsten ihn, in der Hoffnung, dass sich vielleicht irgendetwas auf der Festplatte findet, was uns weiterhilft.«

Hölzle nickte. »Hm, gut. Das mit dem Parisaufenthalt und seinem merkwürdigen Benehmen hinterher deckt sich mit dem, was mir ein Kollege Kochs in der *Glocke* erzählt hat. Wie lange ist es denn her, dass Koch die Beziehung zu der Frau aus Bremen beendete? Oder ist das Ende des Verhältnisses von ihr ausgegangen? Hast du schon herausgefunden, wer diese Frau war?«

»Bieler meinte, die beiden seien schon seit einigen Jahren nicht mehr zusammen. Seither hatte Koch aber keine feste Beziehung mehr. Und die Frau heißt Hanna Wagner.«

Peter Dahnken hatte die Kekse schon längst wieder in seine Reichweite gebracht und mümmelte einen nach dem anderen in sich hinein, während er Harry und Heiner aufmerksam zuhörte. Als sein Kollege den Namen erwähnte, verschluckte er sich und bekam einen Hustenanfall.

»Sag mal, ich glaube, du hast jetzt aber genug. Schon mal was von Teilen gehört?«, tadelte Hölzle ihn, als er die fast leere Schachtel registrierte.

Seufzend schob Peter die Schachtel von sich. »Was? Die hat doch eine Affäre mit Ulf!«

Hölzle und Schipper sahen ihn ungläubig an.

»Na sieh mal einer an«, ein boshaftes Lächeln huschte über Hölzles Gesicht, »das ist ja interessant. Auermännchen soll sich doch mal mit dieser Wagner unterhalten.«

*

Ulf Koch saß mit gebeugtem Kopf schweigend Peter Dahnken im Vernehmungszimmer gegenüber. Dahnken wartete auf Hölzle. Je länger es dauerte, bis der Kriminalhauptkommissar auftauchen würde und Peter sich weiter in Schweigen hüllte, desto nervöser schien der Bruder des Opfers zu werden. Immer wieder sog er hörbar die Luft ein, um sie dann mit einem heftigen Schnauben durch die Nase wieder herauszulassen. Er hob den Kopf, die Augen irrten ziellos umher, seine ineinander verschränkten Finger knackten, als er sie unablässig bewegte.

Schließlich betrat Dahnkens Chef den Raum.

»Moin«, diese Begrüßung hatte sich der Schwabe in den Jahren, die er nun in Bremen lebte, angewöhnt.

Er setzte sich neben seinen Kollegen, der als Erstes dem Mann gegenüber seine Rechte verlas. Dann schob Peter Ulf Koch das Blatt hin, reichte ihm einen Kugelschreiber und ließ ihn unterschreiben, dass er das soeben Verlesene auch verstanden hatte. Kraftlos nahm der so kräftig wirkende Mann den Stift und unterschrieb.

»So Herr Koch, erzählen Sie doch bitte noch einmal, wann Sie das letzte Mal zu Ihrem Bruder Kontakt hatten?«, begann Hölzle.

Ulf Koch straffte die Schultern. »Da gibt es nicht mehr, als ich Ihnen bereits gesagt habe. Wir haben vor einiger Zeit telefoniert und uns über Dennis unterhalten.«

Hölzle schlug mit der flachen Hand auf den Tisch.

»Lügen Sie mich nicht an! Wir wissen, dass Sie sich am Freitag mit Moritz getroffen haben. Da gibt es eine nette Kellnerin im Café am Emmasee, die das jederzeit bestätigen kann. Also Koch, nun raus mit der Sprache!«

Koch erstarrte und blickte mit aufgerissenen Augen von Hölzle zu Dahnken und wieder zurück. Dann seufzte er tief und gab zu: »Ja, es stimmt, wir haben uns im Café am Emmasee zum Essen getroffen. Ich bin früher gegangen, weil wir uns wegen Onkel Hubertus' Erbe gestritten haben. Das ist kein Geheimnis und geschah auch nicht zum ersten Mal. Moritz blieb stur, er wollte eigentlich gar nicht wirklich mit mir reden. Er beharrte auf seiner vorgefassten Meinung, meine Frau sei eine Erbschleicherin, und ich würde mich von ihr manipulieren lassen.«

»Und wieso haben Sie uns das nicht gleich erzählt?«

Koch vergrub das Gesicht in seinen großen Händen. »Ich weiß es nicht, ich hatte einfach Angst, dass Sie glauben würden, ich hätte ...«

Hölzle schnalzte mit der Zunge. »Und was glauben Sie, denken wir jetzt? Menschenskind, ist Ihnen klar, dass Sie sich nun wirklich verdächtig machen?«

Er erhielt keine Antwort.

»Ist das denn so, hatte Ihr Bruder damit recht, dass Ihre Frau geldgierig ist?«, wollte Dahnken wissen.

Ulf Koch hob den Kopf und runzelte die Stirn, die dichten Augenbrauen schienen sich beinahe zu berühren. »Ach was, natürlich nicht. Moritz konnte meine Frau noch nie ausstehen. Silvia hat sich rührend um Hubertus gekümmert. Und mein Herr Bruder hat nichts Besseres zu tun, als permanent auf Silvia herumzuhacken und ihr Bösartigkeiten zu unterstellen.«

»Was geschah dann, Herr Koch, als Ihr Bruder Ihre Frau beleidigte? Wurden Sie wütend? Wäre ja nur allzu menschlich«, Hölzle lehnte sich Verständnis heuchelnd nach vorne.

Koch entspannte sich. »Klar war ich sauer auf Moritz. Wieder und wieder habe ich versucht, ihn umzustimmen. Aber da war nix zu machen. Dann bin ich gegangen.«

Peter hob zweifelnd die Augenbrauen. »Einfach so? Ihr Bruder beleidigt Ihre Frau, beharrt auf seinem Anteil, will das Testament anfechten, und Sie gehen einfach weg? Mal ehrlich, das klingt nicht überzeugend.«

Ulf Koch ballte die Fäuste. »Aber genau so war es«, in seiner Stimme klang Verzweiflung.

»Herr Koch«, Hölzles Stimme klang sanft, doch die Spannung in seinem Körper war die einer Raubkatze, kurz bevor sie ihr Opfer schlägt, »kommen Sie schon, Ihre finanzielle Situation hätte Sie an den Rand des Ruins gebracht, hätte Ihr Bruder das Testament angefochten und recht bekommen. Sie haben Schulden, Ihre Frau bekommt ein Kind, Ihr Sohn ist noch in Ausbildung, die Geschäfte laufen nicht gut laut Aussage Ihrer Frau. Das würde jeden von uns echt umhauen, seien wir ehrlich. Ausgerechnet der eigene Bruder! Wo waren Sie, nachdem Sie das Café verließen?« Hölzle war mit jedem Satz lauter geworden, die Sanftheit war aus seiner Stimme verschwunden, hatte Eiseskälte Platz gemacht.

»Ich bin ziemlich lange ziellos durch die Gegend gefahren, ich musste alleine sein und wollte nicht gleich nach Hause«, antwortete Koch mit fester Stimme.

»Und Sie haben nicht noch irgendwo haltgemacht, um beispielsweise was zu trinken? Damit jemand bestätigen kann, dass Sie unterwegs waren?«

»Nein, und ich gehe jetzt. Sie können mich hier nicht festhalten. Schönen Tag noch.«

Damit hatte er recht. Man konnte ihn nicht wegen dringenden Tatverdachts in Untersuchungshaft nehmen, wenn die Polizei nichts gegen ihn in der Hand hatte. Keine Spuren, keine Tatwaffe, einfach nichts.

Hölzle kam hungrig nach Hause. Auf der Arbeitsplatte in der Küche fand er zwei Notizzettel. Einer war von Christiane, die ihm mitteilte, dass sie leider keine Zeit mehr gehabt hatte, den Kühlschrank zu füllen. Er brauche auch nicht zu hoffen, bei Marthe etwas Essbares zu bekommen, die wäre heute nach Oldenburg ins Staatstheater gefahren. Unterschrieben war die Nachricht mit *Ich hab dich lieb* und einem Herzchen.

Der andere Zettel stammte von den Zwillingen, die sich entschlossen hatten, ins Kino zu gehen und zum Essen nicht da waren.

Hölzle überlegte kurz, ob er noch mal aus dem Haus sollte, um sich irgendwas zu essen zu besorgen, aber eigentlich hatte er keine Lust mehr, vor die Tür zu gehen. Im Grunde kochte er gern, und meist ließ sich aus den Resten, die der Kühlschrank hergab, etwas Leckeres zubereiten. Heiner öffnete die Kühlschranktür, aber außer ein paar Eiern, Butter, einem Stück Bergkäse und Sahne fand er nichts. Na toll.

Okay, dann eben die Gefrierfächer durchwühlen. Doch auch da war nicht viel zu finden. Er schob ein ganzes Schweinefilet zur Seite und fand eine Packung Grünkohl. Hölzle konnte sich des Gefühls nicht erwehren, der Kohl würde ihn hämisch angrinsen, weil das Gemüse genau wusste, Hölzle würde es nicht freiwillig essen.

Schbinatkässpätzle, kam ihm in den Sinn. Seine Mutter hatte das oft gekocht. Dann hatte er die Eingebung. Wieso sollte das nicht mit Grünkohl funktionieren? Hölzle zog die Grünkohlpackung heraus – glei lachsch du nemme – und bereitete ein Wasserbad, um den Kohl schnell aufzutauen. Während der Kohl seinem Schicksal entgegen sah, machte sich Hölzle daran, einen Spätzleteig zu schlagen und Käse zu reiben. Routiniert, wie er war, ging ihm das fix von der Hand.

In einem Metallkorb, der von der Küchendecke neben dem Fenster herunterbaumelte, fand er noch Schalotten. Oine langt, dachte er und würfelte die Schalotte in kleine Stücke. Heiner Hölzle setzte Wasser auf und brachte es zum Kochen. Mit geübtem Schwung schabte er seine Spätzle hinein und begann, sie abwechselnd mit dem Käse in eine Form zu schichten. Als er fertig war, packte er die Form in den Backofen. Der Kohl war mittlerweile aufgetaut, und Hölzle verfrachtete ihn aus seinem nassen Grab in ein feines Sieb, die Brühe in einem Gefäß auffangend. Die würde er später noch brauchen.

Der Grünkohl verließ seine *Hängematte* und fand sich in einer Rührschüssel wieder, wo Hölzle ihn mittels eines Pürierstabs mit diebischer Freude niedermetzelte.

Die Restwärme der Herdplatte nutzend, stellte er eine Pfanne darauf und ließ ein Stück Butter darin zergehen. Dann schaltete er die Platte wieder hoch. Die Schalotte wanderte mit einer zerdrückten Zehe Knoblauch in die Pfanne, ein Esslöffel Mehl ließ das Ganze unter Rühren cremig werden.

So jetzt mit der Brüh ablöscha, den Kohl nei – des hot er jetzt davon – Natron, Muskat, Pfeffer ond Salz, a Löffele Inschtantgemüsebrüh, Sahne, ond fertig. Hölzle probierte seine Kreation und war hellauf begeistert. Er schenkte es sich, einen Teller aus dem Schrank zu nehmen. Mit Genuss würde er seine Spätzle direkt aus der Form essen. Christiane war ja nicht da, also konnte er mal Fünfe gerade sein lassen. Zufrieden mit seinen Kochkünsten kippte er den Grünkohl über die Käsespätzle, vermengte das Ganze mit einer Gabel und setzte sich an den Esstisch. Hölzle beglückwünschte sich selbst. Es schmeckte genial. Dieses Rezept würde er sich merken[*].

---

[*] Rezept: Maria Rist

KIRA 5

»Wie seh ich aus, wie seh ich aus? Anne, sag doch was. Kann ich mich so bei diesem Nies blicken lassen?«

»Kira, findest du, dass das wirklich so eine gute Idee ist, dich bereits vor dem Casting mit ihm treffen zu wollen? Morgen geht's doch los. Bis dahin üben wir noch ein wenig. Du hast immer noch ein Problem mit den hohen Absätzen. Und was versprichst du dir eigentlich davon? Du hast doch gehört, was deine Mutter gestern Abend erzählt hat. Der Typ ist doch nur auf der Flucht vor den Mädchen. Lass ihn in Ruhe, vielleicht verärgerst du ihn nur, wenn du hinter ihm her steigst, und dann sind unsere Chancen gleich null.«

»Das glaub ich nicht. Der flüchtet doch nur vor der ganzen Meute. Wenn man ihn vielleicht allein erwischen würde, dann hätte man eventuell die Möglichkeit, sich ihm vorher einmal persönlich vorzustellen. Und ich habe den Vorteil, dass ich weiß, wie ich zu seiner Suite komme. Er ist in der obersten Etage untergebracht, und dort gelangt man nur hin, wenn man die passende Karte für den Kartenleser im Aufzug hat. Und diese aufgescheuchten Hühner haben daher keine Chance. Aber ich hab nun mal meine Mama, die im Swissôtel arbeitet, und deshalb ...«, ein diebisches Lächeln lag auf ihrem Gesicht. »So, nun lass uns reingehen. Oder hast du Schiss?«

»Ach was, Schiss. Ich finde es nur nicht Ordnung. Ich warte auf jeden Fall unten, und ich geb dir maximal eine Viertelstunde, sonst bin ich, egal wie, oben und zerr dich da raus.«

Die beiden Mädchen betraten selbstbewusst das Foyer, und Kira marschierte schnurstracks zum Fahrstuhl. Anne blickte ihr mit einer gewissen Bewunderung hinterher. Erstens sah sie in den hautengen Jeans, den braunen Wildlederstiefeln und ihrer nietenbesetzten kurzen Lederjacke klasse aus, und zweitens hatte sie wirklich Mumm. Ihre Freundin setzte alles auf eine Karte.

Vor dem Fahrstuhl drehte sich Kira noch einmal um und hielt triumphierend eine Karte hoch. Anne hatte gleich befürchtet, dass Kira die Generalschlüsselkarte ihrer Mutter gemopst hatte. Bis Annette ihre Schicht am Nachmittag antrat, wäre die Karte allerdings längst wieder in ihrer Handtasche.

Auf gut Glück klopfte Kira an der ersten Tür. Kein Laut drang heraus. Kira ging zur nächsten Tür und versuchte es dort. Hier waren eindeutig Geräusche zu hören, wahrscheinlich ein laufender Fernseher. Laut und vernehmlich rief sie: »Zimmerservice, Herr Nies.«

Gedämpfte Schritte näherten sich, und die Tür wurde geöffnet. Da stand Bruno Nies leibhaftig im Morgenmantel vor Kira.

»Heh, was soll das, Mädchen, du bist nie und nimmer vom Zimmerservice. Verzieh dich, bevor ich jemanden vom Sicherheitsdienst rufe.«

»Äh, Herr Nies, warten Sie doch bitte einen Moment. Ich wollte mich doch nur bei Ihnen vorstellen. Mein Name ist Kira Funke. Ich werde morgen am Casting teilnehmen …«, Kira gingen die Worte aus, ihr Mut war wie weggeblasen. Sie hatte zwar damit gerechnet, dass Nies nicht eben begeistert sein würde, aber so eine schroffe Abfuhr hatte sie nicht erwartet.

Was war sie doch nur für eine dumme Kuh. Hatte sie denn allen Ernstes geglaubt, Nies würde sie vom Fleck weg engagieren? Sie schüttelte ihre Mähne, und Tränen traten ihr in die Augen.

Kira hatte keine Ahnung, wieso und weshalb, aber ab diesem Augenblick war Bruno Nies wie ausgewechselt. Ein Lächeln erstrahlte, er fuhr sich mit einer eleganten Bewegung durch seine Locken und öffnete doch tatsächlich weit seine Zimmertür.

»Na, dann komm mal rein. Ich hab das eben nicht so gemeint. Deine ganzen hysterischen Kolleginnen, die mich auf Schritt und Tritt verfolgen, gehen mir einfach auf die Nerven. Auch ein Bruno Nies braucht mal etwas Entspannung. Aber ich muss sagen, du hast wirklich Klasse. Etwas Besonderes. Sind die Haare gefärbt oder ist das deine Naturhaarfarbe?« Bewundernd strich er Kira durch ihr üppiges silberblondes Haar. In einer ersten Reaktion wollte Kira den Kopf wegdrehen, aber da hatte Nies sie schon an der Hand genommen und führte sie in das Wohnzimmer seiner Suite.

»So, du bist also Kira. Aus Bremen? Welche Frage. Das habe ich schon festgestellt, die apartesten Mädchen kommen aus Bremen. Aber wie ich schon sagte, du bist ganz was Besonderes.«

Nies setzte sich in einen Sessel, bot Kira aber keinen Platz an.

»So, dann geh mal bis zum Fenster und wieder zurück.«

Kira war fassungslos, rührte sich nicht vom Fleck.

»Na los, mach schon. Deswegen bist du doch hier, oder?«

Das war eine einmalige Chance. Los, reiß dich jetzt zusammen, dachte sie und setzte sich in Bewegung.

»Ja, sehr schön, nur am Hüftschwung musst du noch etwas arbeiten. So, und jetzt mal 'ne Drehung.«

Kira drehte sich auf dem Absatz um, stocherte los.

»Nein, nein, so geht das nicht. Schau her, die Beine musst du so setzen, dass du gleich wieder weiter gehen kannst, und da muss mehr Dynamik rein.« Nies zeigte ihr, wie sie die Füße zu setzen hatte, dann versuchte sie die Drehung erneut, ihre blonde Mähne tanzte um ihre Schultern.

»Ja, super. Und jetzt zieh die Jacke aus. Prima, obenrum nicht zu viel und nicht zu wenig.« Nies schnalzte mit der Zunge.

»Und nun wieder zum Fenster, dreh dich mit mehr Schwung, und dann komm ganz lasziv – du weißt doch, was das bedeutet – auf mich zu, als wolltest du mich verführen. So musst du auf dein Publikum wirken. Nicht lächeln, auf gar keinen Fall. Überlegen und unnahbar erscheinen, obercool bleiben. Und nie nach unten sehen oder den Kopf nur neigen. Gut so, sehr schön. So gefällst du mir. Aber, Prinzessin, du bist mir eine Spur zu dick. Solltest du in die Endrunde der letzten Vier in knapp zwei Wochen kommen, musst du bis dahin locker fünf, sechs Kilo abgenommen haben. Sonst seh ich schwarz für dich. Ich schau mir morgen deinen Gang auf dem Laufsteg an. Wenn mir weiterhin gefällt, was ich sehe, geb ich dir gerne noch ein paar Ratschläge für die nächsten Walks.«

Kira hatte kein einziges Wort gesagt, sie wäre auch nicht zu Wort gekommen. Und was hätte sie auch sagen sollen? Ihr Mund war ganz trocken. Doch irgendwas musste sie sagen. Sie holte tief Luft, löste ihre Zunge vom Gaumen und wollte sich bei Nies dafür bedanken, dass er sie überhaupt hereingelassen hatte, da stand dieser schon wieder aus seinem Sessel auf und schob Kira zur Tür.

»Bis morgen, Prinzessin, ich seh dich auf dem Laufsteg. Du musst entschuldigen, ein Bruno Nies hat mehr Termine als die Bundeskanzlerin.«

Und zack, war sie draußen auf dem Flur. Kira war vollkommen perplex. War sie eben wirklich bei Nies im Zimmer gewesen und für ihn gelaufen? Er wollte ihr Tipps geben. Wow. Prinzessin hatte er sie genannt. Etwas Besonderes. Absolut professionell, dieser Nies. Und gut aussehend, nicht die Bohne aufdringlich. Kein übler Typ, obwohl er schon über 40 war. Und wenn sie ein paar Kilos loswerden sollte, kein Problem, damit kannte sie sich aus. Ihre Mutter würde zwar Zeter und Mordio schreien, aber hier ging es ja um ihre künftige Karriere.

Beschwingt schwebte Kira zum Fahrstuhl und fuhr hinunter ins Foyer. Anne saß da, vertieft in eine Hochglanzzeitschrift.

»Na, wie war's? Du warst zehn Minuten weg, also hat er dich reingelassen. Hab ich recht? Los, nun berichte deiner Managerin schon.« Sie legte die Zeitschrift beiseite und sah Kira erwartungsvoll an.

»Anne, Nies ist bei Weitem kein Arsch, so wie du befürchtest hast. Er ist nett, sympathisch, gut aussehend, wirkt viel jünger, als er ist, und er will mich beraten«, geriet Kira ins Schwärmen. Dass sie noch ein paar Pfunde abspecken sollte, verschwieg Kira vorsichtshalber. Anne würde das mit Sicherheit nicht gutheißen.

Der Blick ihrer Freundin blieb weiter skeptisch.

»Ich will hoffen, dass er nett zu dir war und anständig. Sonst kann er was erleben.« Spielerisch drohte sie mit der Faust.

»Anne, komm schon. Ich lade dich auf einen Cappuccino ein. Das muss gefeiert werden. Kira Funke ist auf dem besten Weg, die nächste ›Catwalk Princess‹ zu werden. Und Anne, ehrlich, ich finde Nies eigentlich ganz süß. Ein echter Mann eben, kein Bubi. Und er sieht überhaupt nicht aus wie über 40. Viel jünger, attraktiver.« Ihre Augen blitzten.

»Jetzt hör auf, rumzuspinnen. Du hast dich ja jetzt wohl nicht in den alten Sack verknallt?«

Kira wurde rot und zog es vor, zu schweigen.

Entgeistert schaute Anne sie an. »Oh nein, das ist jetzt nicht dein Ernst! Das ist ja wie bei Goethes Faust! Und du bist natürlich das Gretchen.«

»Du und deine Theatralik. Ich sag ja schon lang, dass du zu viel im Theater rumhängst. Lass stecken, Anne. Los jetzt, lass uns ins Café gehen.«

Anne versuchte, das mulmige Gefühl, das sie bei Kiras Lobgesang auf Bruno Nies beschlichen hatte, abzuschütteln. Sie ahnte nicht, dass sie den Nagel auf den Kopf getroffen hatte, was Bruno Nies anging.

HANNA 5

Nachdem Hanna Nies' Worte auf ihr Diktiergerät gebannt hatte, war sie in Hochstimmung nach Hause gefahren, um sich für das Treffen mit Lehmann im *Port* am Speicher XI in Schale zu werfen. Pizarro musste nun mitkommen, ob er wollte oder nicht. Eigentlich hätte er bei Annabel bleiben sollen, die ganz verrückt nach dem Kleinen war. Als Hanna nach dem Vortrag in der *Glocke* bei ihr in der Goldschmiedewerkstatt aufgetaucht war – Annabel arbeitete wie so viele andere auch am Sonntag, denn in Bremens Schnoorviertel haben die kleinen Läden sonntags geöffnet –, hatte sie sie gefragt, ob der Hund noch länger bei ihr bleiben könne. Annabel hatte nur lächelnd genickt und auf einen kleinen neuen Keramiknapf und ein zitronengelbes Hundebettchen gewiesen, das Hanna noch nicht kannte. Pizarro hatte nur kurz sein Köpfchen von der Decke erhoben, mit dem Schwänzchen gewedelt und sich dann wieder über den winzigen Büffelhautknochen hergemacht.

Eine Eifersucht, von der Hanna nicht geglaubt hätte, dass sie jemals in ihr aufkeimen würde, ergriff jäh von ihr Besitz. Der kleine Köter hatte wohl einen Knall, er war *ihr* Hund. Kurz entschlossen packte sie den Knirps zuerst am Kragen und dann in ihre große Handtasche. Du kommst mit mir, mein Freundchen, hatte sie gedacht, ich lasse mich von keinem Mann, und sei er noch so klein, hintergehen.

Annabel hatte sich fast vor Lachen in die Hose gemacht, als sie Hannas Reaktion auf das Verhalten ihres Hundes sah. Gutmütig warf sie noch den kleinen Knochen in die Tasche, wuschelte dem Kleinen durch das Fell und machte sich wieder an die Arbeit an einer aufwendigen Brosche: Ein stilisierter Fuchs aus Rotgold mit kleinen Rubinaugen, der mit einem Miniaturschwan aus Weißgold, der größer als der Fuchs war, rang.

Hanna hatte sich für ein Kostüm aus dunkelblauem Leinen entschieden, die Haare hatte sie sich hochgesteckt, und trotz der kühlen Temperaturen, die am Abend herrschten, hatte sie beschlossen, dazu ein paar leichte Pumps zu tragen. Für Pizarro hatte sie die Trans*Port*box – ihr Journalistengehirn spielte gern mit Worten – mit einer molligen Decke ins Auto gepackt, in dem der kleine Verräter auf sie warten musste.

Hanna hatte sich mit Professor Lehmann vor dem Eingang zur Hochschule für Künste verabredet. Da dort ein großer Andrang zu erwarten war, die Ausstellung sollte von niemand Geringerem als dem Bremer Bürgermeister eröffnet werden, hatte sie sich entschlossen, gleich am Holzhafen zu parken, wo sie Pizarro dann später wahrscheinlich unbeobachtet noch sein Geschäft erledigen lassen konnte. Von dort war auch die Hochschule selbst auf Pumps bequem zu erreichen.

Pizarro hatte noch ein wenig gewinselt, doch als sie ihm ein Näpfchen mit ein paar Hundebiskuits hingestellt hatte, war er zufrieden gewesen. Die beiden Damen vom horizontalen Gewerbe, die am Holzhafen auf Kundschaft warteten, hatten sie argwöhnisch betrachtet, aber mit schneller Einschätzung festgestellt, dass Hanna keine Konkurrenz war.

Hanna sprach Pizarro noch einmal beruhigend zu und verschloss ihr Coupé. Von winselnden Männern hatte sie heute eindeutig genug. Sie dachte über den Anruf von vorhin nach, während sie in Richtung Hochschule ging. Kurz bevor sie sich auf den Weg gemacht hatte, um zum Speicher XI, in dem die HfK untergebracht war, zu kommen, hatte ihr Handy gebimmelt. Ulfs Nummer stand auf dem Display. Das hatte es ja noch nie gegeben, ein Anruf von Ulf am Sonntag. Bei allen Ehestreitigkeiten im Hause Koch war ihm der Sonntag doch immer heilig gewesen. Er müsse sie treffen, er habe riesige Probleme, hatte Ulf ihr vorgejammert. Hanna hatte sich denken können, dass es die Probleme waren, die bereits Moritz angedeutet hatte.

Moritz, wo steckst du eigentlich?, fragte sie sich, ihre eigenen Gedanken unterbrechend. Egal, der würde sich schon melden.

Dann dachte sie wieder an Ulf. Vielleicht ging es auch um Dennis, der nach Kiras Tod völlig neben der Spur war oder doch um den Streit zwischen den beiden Brüdern. Aber sie wollte sich nun wirklich nicht da hineinziehen lassen, und in Familientragödien schon gar nicht. Kurzerhand hatte sie ihm erklärt, sie habe heute keine Zeit, sei auf einer Ausstellungseröffnung im Speicher XI und anschließend zum Essen im *Port* verabredet. Dabei sei ihr Handy grundsätzlich ausgeschaltet, es habe also keinen Sinn, es wieder zu probieren. Nun bedauerte sie ihre Schroffheit, mit der sie Ulf abgewürgt hatte.

Professor Lehmann wartete bereits am Eingang zur Hochschule. Der Parkplatz war voll, und noch immer strömten Gäste in das Innere des riesigen Speichers, ein Relikt aus der Zeit, als der Hafenumschlag in Bremen noch florierte und Kaffeesäcke hier gelagert worden waren.

»Gnädigste, haben Sie sich für mich alten Zausel so schick gemacht? Das ehrt mich ungemein.«

Hanna errötete leicht, und Lehmann hauchte ihr links und rechts einen Kuss auf die Wangen, bevor er sie unterhakte und in das Gebäude schleuste. Lässig mit seiner Einladungskarte wedelnd, überwand er mit Hanna die Einlasskontrolle. Eine erste Videoinstallation empfing die beiden in einem großen Raum, in dem die Begrüßung stattfinden würde und bereits Sekt und Wasser angeboten wurden. Hanna griff nach einem Glas Sekt und prostete ihrem Begleiter zu, der sich mit einem Glas Wasser begnügte.

»Herzlichen Dank, Professor Lehmann. Ohne Sie wäre ich hier wohl nicht so einfach reingekommen. Allerdings muss ich sagen, bei diesem enormen Andrang hat man wohl kaum die Möglichkeit, die Videokunst in Ruhe zu betrachten.«

»Da haben Sie allerdings recht, Hanna, aber darum geht es nur in zweiter Linie. Heute heißt es *sehen und gesehen werden*. Und in diesem Sinne verlasse ich Sie nun und mache mich auf den Weg durch das Dickicht der Märchen im Zeitalter der Videobotschaften. Wir sehen uns später.« Lehmann hob noch einmal grüßend sein Glas und verschwand in der Menge.

Hanna schaute sich um, einige der Gesichter erkannte sie sofort. Der Kunsthallendirektor steuerte eben auf die Staatsrätin für Kultur zu, der Bürgermeister war umringt von einer Schar Menschen, die ihn in Beschlag genommen hatten. Welferding, ihr Chef, war soeben mit Myrtel in den nächsten Raum entschwunden, nicht ohne Hanna mit einem erstaunten Hochziehen seiner Augenbrauen zu bedenken. Doch bevor er ihr noch die Frage aller Fragen stellen konnte, wie sie denn zu einer Einladungskarte dieser hochkarätigen Preview gekommen war, hatte Myrtel – allein schon dieser Name –, dieser schwarzhaarige Schneewittchenklon, ihn bereits zu Ausstellungsraum Nummer zwei bugsiert.

Neugierig vertiefte sich Hanna in die Videoinstallation, die die gesamte Längsseite im ersten Saal einnahm. Ein dichter grüner Wald, durch den schemenhaft eine kleine Person hüpfte, durch ihre Kopfbedeckung eindeutig als Rotkäppchen zu identifizieren. Ein riesiger Hund, es war eindeutig kein Wolf, verfolgte dieses Wesen, und immer, wenn es hinter einem Baumstamm verschwand und wieder auftauchte, hatte es sich verdoppelt, verdreifacht, vervierfacht und so weiter. Vollkommen aus dem Konzept gebracht, wusste der Wolf, besser gesagt der Hund, irgendwann nicht mehr, wem er folgen sollte und trottete aus dem Bild heraus.

Hanna konnte sich keinen Reim darauf machen. Sollte es bedeuten, wenn Mädchen zusammenhalten, kann nichts passieren? Vielleicht eine Botschaft an Discobesucherinnen, niemals alleine aufs Klo zu gehen? Vielleicht steckte auch überhaupt keine Botschaft in diesem Kunstobjekt. Hanna schüttelte den Kopf und quetschte sich durch die Menge in den zweiten Raum.

Eine beeindruckende Installation erfüllte den gesamten Saal. Wasserrauschen umfing Hanna, alle Wände und die Decke waren in blaue Farbe getaucht. Sie fühlte sich wie in einem Aquarium, Tausende bunter Fische und andere Meerestiere glitten und wuselten über die Wände, schwammen auf sie zu, machten kehrt und verschwanden hinter Felsen.

Plötzlich tauchte aus einer Unterwasserhöhle ein silbrig schimmernder Fischschwanz auf, dessen anderes Ende sich als Seejungfrau entpuppte. Elegant durchpflügte das Fabelwesen die Meerestiefe, die bunten Fische stoben vor ihm auseinander, das lange goldene Haar floss wie ein zusätzlicher Schweif bis zum Ansatz des Fischschwanzes hinter ihm her. Untermalt wurde der ganze märchenhafte Anblick mit einer zauberhaften Musik. Dann plötzliche Dunkelheit und ein Paukenschlag. Hanna und die anderen Gäste zuckten kurz zusammen, der eine oder andere leise Schrei war zu vernehmen. Die blaue Unterwasserwelt war verschwunden, und sich in Todesqualen windend lag Andersens Nixengeschöpf am Ufer inmitten schwarzer Teerklumpen. Vor den Augen der atemlosen Gäste zerfiel sie wie im Zeitraffer, bis am Ende nur noch ein Häufchen silbriger Schuppen am verdreckten Strand lag.

Toll, einzigartig, bravo! Die Begeisterung der Ausstellungsgäste war enorm, einige klatschten lautstark Beifall.

»Eine klare Botschaft, künstlerisch hervorragend umgesetzt, die kleine Meerjungfrau geht nicht an einem Mann zugrunde, sondern an den Umweltsünden«, Hanna konnte die sonore Stimme Professor Lehmanns aus der Menge heraushören. Dann begann das Video wieder von vorne, der Raum war wieder von kaltem blauem Licht erfüllt.

In Raum Nummer drei standen mindestens 100 Monitore, eng an- und übereinander aufgebaut. Über die Bildschirme flimmerten Texte und Bilder. Hanna glaubte auf einem Bildschirm einen Ausschnitt aus der Verfilmung *Die Märchenbraut* zu erkennen, auf einem anderen Schirm *Schneewittchen* von Walt Disney, der nächste Bildschirm zeigte offensichtlich Szenen aus dem *Froschkönig*. Aus den Lautsprechern erschallte eine angenehme Bassstimme, die mit *Es war einmal ...* begann, es folgte die Übersetzung in englischer Sprache *Once upon a time*, dann französisch, spanisch und anderen Sprachen, die Hanna auf die Schnelle nicht identifizieren konnte. Die Stimmen schwollen an, überlappten einander, bis der große Raum mit einer wahren Kakofonie ausgefüllt war. Nee, das war nichts für sie. Hanna zog sich wieder in den ersten Saal zurück, wo der Bürgermeister bereits das Rednerpult erklommen hatte, im Hintergrund tauchte soeben das achte Rotkäppchen auf, verfolgt von einem offensichtlich genervten und lustlosen Hund. Nein, auch das war nichts für sie.

Der Tag war anstrengend genug gewesen, und Hanna fühlte sich müde und abgespannt. Jetzt freute sie sich auf ein Glas Rotwein, ein gutes Essen und ein anregendes Gespräch mit Professor Lehmann.

Bevor der Bürgermeister mit seiner Rede ansetzen konnte, schlüpfte sie durch die Menge hinaus. Es hatte angefangen zu nieseln, und sie hatte keinen Schirm dabei. Hanna hielt sich den aufklappbaren Ausstellungsflyer über den Kopf und lief zum Restaurant. Das *Port* war nur wenige Meter entfernt, aber Hanna kam nicht wirklich schnell voran, da sie darauf achten musste, dass sie mit den Absätzen ihrer Schuhe nicht in die Ritzen zwischen den Pflastersteinen geriet. Pumps waren doch keine so gute Idee, schimpfte sie mit sich.

Im Lokal war es noch ruhig, nur vier Tische waren besetzt. Der Run auf das Restaurant würde frühestens in einer Stunde beginnen, wenn die Ausstellungseröffnung offiziell beendet war. Die roten Kissen auf den dunklen Stühlen strahlten eine warme Behaglichkeit aus, und Hanna fühlte sich in diesem Ambiente direkt wohl. Es war ihr erster Besuch im *Port*, und sie nahm sich vor, hier öfter zum Essen herzukommen. An den Wänden hingen alte Schwarz-Weiß-Fotos, die das Arbeiten und Leben im Hafen dokumentierten.

»Guten Abend, Professor Lehmann hat einen Tisch für zwei Personen reserviert«, antwortete Hanna der jungen Frau, die sie am Eingang freundlich in Empfang nahm und wissen wollte, ob reserviert sei, denn heute ginge ohne Reservierung nichts. Sie führte Hanna zu einem Tisch, hinter dem an der Wand eine grüne Schiefertafel über die Tagesangebote unterrichtete. Sie wusste jetzt schon, dass sie die Scholle »Finkenwerder Art« bestellen würde, vielleicht dazu dann doch eher einen trockenen Weißen und keinen Rotwein, wie sie eigentlich vorgehabt hatte.

»Darf es vorweg ein Aperitif sein?« Die Bedienung fegte dezent einen kaum wahrnehmbaren Krümel vom Tisch.

»Gern, ich nehme einen trockenen Sherry.« Hanna verfrachtete ihre Handtasche auf den Nebenstuhl und breitete den feucht gewordenen Flyer darüber aus.

»Soll ich das nasse Papier vielleicht entsorgen? Nicht, dass ihre Handtasche noch Schaden nimmt.«

Hanna musste lachen. Das Mädchen wusste ja nicht, dass in dieser Tasche kleine Hunde trans*Port*iert wurden, diese Tasche konnte gar keinen Schaden mehr nehmen. Natürlich besaß sie auch bessere und teurere Handtaschen, aber diese war praktisch, alles fand seinen Platz, und weder Sturm noch Regen konnte der pflegeleichten Oberfläche etwas anhaben.

»Danke, das ist nett. Aber lassen Sie nur. Die Tasche ist Kummer gewohnt.« Sie kramte einen Kugelschreiber und einen Spiralblock heraus und legte beides neben sich.

Keine zwei Minuten später wurde ihr Sherry serviert,

dazu eine kleine Schale mit Macadamianüssen. Sie schrieb sich Fragen auf, die sie Lehmann stellen und später in ihrem Artikel verarbeiten wollte. Hanna hatte noch nicht an ihrem goldfarbenen Sherry genippt, als die Tür aufging und die beeindruckende Gestalt Professor Lehmanns erschien. Es überraschte sie, dass er auch schon kam, sie selbst war ja früher im Lokal eingetroffen, als ursprünglich geplant. Er hatte sie bereits erspäht und steuerte auf den Tisch zu. Galant hinderte Lehmann Hanna am Aufstehen, ergriff ihre Hand und hauchte andeutungsweise einen Kuss darauf.

»Sehr schön. Ich hatte schon befürchtet, Sie wären mir entflohen. Als ich sie nirgendwo erblickte, hatte ich mir schon Sorgen gemacht. Aber Sie sind wohlauf, und wie ich sehe, stärken Sie sich bereits mit einem winzigen Schlückchen. Wunderbar, Sie werden mir darin heute ein Vorbild sein.«

Die Kellnerin hatte sich diskret im Hintergrund gehalten und kam nun auf einen Wink des Professors an den Tisch.

»Auch für mich bitte einen, ja, was ist das nun? Ich schätze ...«, er schnupperte an Hannas Glas, »ich schätze, Sie genießen einen trockenen Sherry. Für mich also auch einen Sherry. Und dann bitte einen sehr gut gekühlten, ich betone, sehr gut gekühlten, französischen Chardonnay, mir steht heute der Sinn nach Fisch. Was darf es für Sie sein, meine Liebe?«

»Eine gute Wahl, Herr Professor, auch ich hatte mich bereits für Fisch entschieden. Ich schließe mich an, also bringen Sie bitte gleich eine Flasche Chardonnay und zwei Gläser bitte«, wandte sich Hanna an die Bedienung.

Professor Lehmann war ein Mann von Welt, sein ganzes Gebaren ließ keinen Zweifel daran, und Hanna genoss es, zumindest zu versuchen, ihm auf gleicher Höhe zu begegnen. Ein Hauch von Lehmanns Eau de Toilette lag in der Luft. Ihre feinen Geruchsnerven erkannten den Duft, Narcisse von Frères Morgue. Eigentlich für ihren Geschmack zu blumig für einen Mann.

Angeregt plauderten sie miteinander, der Sherry gehörte der Ausstellungseröffnung, eine Auswahl an Antipasti der Märchentagung und Lehmanns wissenschaftlichen Erfolgen, die Scholle – auch Lehmann hatte sich für dieses Gericht entschieden –, leitete in ein Gespräch über, das bereits privater Natur war.

Hanna machte sich jede Menge Notizen, sie freute sich jetzt schon darauf, den Artikel zu schreiben. Was für ein unglaublich interessanter Mann. Eine zweite Flasche des vorzüglichen Weißweins bereitete eine fast freundschaftliche Basis zwischen Hanna und ihrem Begleiter. Zwischendurch überlegte die Journalistin, dass sie sich vielleicht doch ein Taxi nach Hause nehmen sollte, denn der Wein zeigte allmählich seine Wirkung, obwohl sie nebenbei permanent Mineralwasser dazu tranken. Aber fahren sollte sie eigentlich nicht mehr. Na ja, das konnte sie immer noch entscheiden, nur sollte sie dann aber Pizarro nicht vergessen.

»Hanna, nun habe ich schon so viel über mich erzählt. Von Ihnen weiß ich, dass sie Journalistin sind, dazu keine schlechte, sonst hätten Sie nicht schon Preise eingeheimst. Und ich weiß, dass Sie mit meinem geschätzten Kollegen Moritz Koch befreundet sind, und dass der wichtigste Mann in Ihrem Leben den Namen eines Fußballspielers, oder vielleicht noch besser, den eines spanischen Eroberers trägt. Ich möchte nicht indiskret sein, aber es würde mich schon interessieren, was mit Moritz schief gelaufen ist? Warum ist er nicht mehr der Mann an Ihrer Seite? Sie könnten es schlechter treffen, er ist charmant, intelligent, integer. Sie beide würden gut zusammenpassen, ein schönes Paar.«

Auf ein solches Gespräch wollte Hanna sich eigentlich nicht einlassen. Das ging Lehmann auch nichts an. Sie ärgerte sich, dass sie dank des Chardonnays bereits so viel preisgegeben hatte, vor allem das Geständnis, dass sie früher einmal mit Moritz liiert gewesen war. Hanna antwortete ausweichend.

»Wissen Sie, verehrter Professor Lehmann, wir haben uns ganz einfach aus den Augen verloren. Als wir uns jetzt in Bremen wieder getroffen haben, habe ich mir tatsächlich diese Frage auch gestellt. Aber sie ist einfach zu beantworten: die Distanz. Eine Wochenendbeziehung ist auf Dauer doch unbefriedigend. Wir sind uns noch immer sehr nahe, aber auf eine andere Weise. Ich vertraue Moritz, und er vertraut mir. Wir können uns einfach aufeinander verlassen. Und das ist wichtiger als ...«
Hanna hatte eigentlich *Sex* sagen wollen, aber das ging nun doch zu weit.

»... alles andere«, beendete sie ihren Satz lahm. »Sehen Sie, ich spüre, nein, ich weiß, dass Moritz im Moment etwas plagt. Ich habe eine Antenne für so etwas. Aber lassen wir das. Erzählen Sie mir lieber von der Geschichte, die Sie vorhin erwähnten. Als Sie auf 5000 Meter Höhe fast erfroren sind.«

Lehmann, der eben noch fröhlich seinem Weißwein

zugesprochen hatte, war bei Hannas letzten Worten ganz ernst geworden.

»Ja, mein Kind, es gehört ein unbändiger Überlebenswille dazu, man muss dem vermeintlich Unabwendbaren direkt in die Augen schauen. Man muss sagen *Ich will leben*, es muss zu deinem Mantra werden. Beten nutzt nichts. Du bist allein auf dich gestellt. Als nach dem Schneesturm, er dauerte übrigens vier Tage lang, die Sonne hervorkam, bin ich wieder aus dem Zelt gekrochen und habe mit einem kleinen Handspiegel SOS ins Tal gefunkt. Können Sie sich das vorstellen? Unfassbar, die Signale hat tatsächlich jemand gesehen. 24 Stunden später lag ich entkräftet, aber wie Sie sich überzeugen können, lebend im Krankenhaus. Lediglich zwei Zehen mussten entfernt werden. Manche sagen, es war Glück, aber ich sage Ihnen, nur ein fester Wille und überlegtes Handeln lassen uns in solchen Situationen überleben. Und lassen Sie mich das anfügen: Dies gilt für sämtliche kritischen Situationen, in die man im Laufe seines Lebens gerät.«

Hanna schwieg ergriffen. Professor Lehmann lachte.

»Jetzt schauen Sie doch nicht so ernst. Ich habe überlebt und nun sitze ich hier mit einer charmanten jungen Dame und genieße den Abend.«

Der Bann war gebrochen. Hanna entspannte sich, und das Gespräch wandte sich während des Desserts – mit Honig überbackene Bananen und Vanilleeis – dem merkwürdigen Gebaren Dr. Mazureks zu.

Als Hanna und der Professor zu später Stunde aufbrachen, war das *Port* bis auf den letzten Platz besetzt. Eine enorme Geräuschkulisse füllte das Lokal, und kaum jemand schenkte den beiden Beachtung, als sie es verließen. Lehmann nickte noch ein paar ihm bekannten Gästen zu, die sich allesamt in angeregten Gesprächsrunden befanden.

»Hanna, wo steht Ihr Wagen? In der Nähe?«

»Nein, ich habe am Holzhafen geparkt. Ich hatte befürchtet, hier keinen Parkplatz mehr zu finden, außerdem wollte ich Pizarro noch kurz ein kleines Geschäft erledigen lassen und das nicht gerade, wo alle Welt zuschaut.«

»Dann begleite ich Sie zu Ihrem Wagen, Bremen ist manchmal ein unsicheres Pflaster.«

Obwohl Hanna vehement ablehnte, bestand der Professor auf seiner Begleitung. Wenn sie ehrlich zu sich sein sollte, war es ihr allerdings nur recht, denn auch Hanna hatte ein mulmiges Gefühl beschlichen bei dem Gedanken, alleine zu ihrem Wagen gehen zu müssen. Wenigstens hatte es aufgehört, zu regnen. Dankbar hängte sie sich dann doch bei Lehmann ein, und langsam schlenderten sie zu Hannas Auto. Die Scheiben waren von innen beschlagen, und das fiepende Gekläffe des kleinen Hundes war zu hören.

»Da wartet aber jemand schon ungeduldig auf Ihre Rückkehr.«

»Psst, Pizarro, Frauchen ist ja schon da.« Hanna schloss den Wagen auf, öffnete die hintere rechte Tür und entriegelte die Transportbox. Das kleine Schälchen mit Wasser, das in einer Halterung in der Box klemmte, war unberührt, und auch von den Hundekeksen hatte Pizarro nur einen angeknabbert. Der kleine Terrier schoss aus seiner Box heraus, hüpfte, sich lautstark über die lange Wartezeit beschwerend, auf der Rückbank herum, sodass Hanna Mühe hatte, ihn anzuleinen. Dann hob sie ihn auf die Straße.

»Sie können nun auch zu Ihrem Wagen gehen. Haben Sie nochmals herzlichen Dank für diesen wunderschönen Abend. Mein kleiner Aufpasser wird ab jetzt auf mich achtgeben.«

»Hanna, auch Ihnen danke ich für diesen kurzweiligen und netten Abend. Passen Sie gut auf sich auf.«

Er fasste Hanna an beiden Schultern, küsste sie flüchtig auf beide Wangen, was Pizarro zu einem leisen Knurren veranlasste. Das konnte der kleine Terrier nun gar nicht leiden, wenn jemand seinem Frauchen auf diese Art zu nahe kam. Lehmann quittierte dies mit einem, wie es Hanna vorkam, melancholischen Lächeln. Er drehte sich um und verschwand allmählich in der Dunkelheit.

Hanna blickte ihm nach. Irgendetwas hatte sie Professor Lehmann noch fragen wollen. Natürlich, die Sache mit Moritz. Was hatte er heute Vormittag wohl damit gemeint, dass sie sich im Unguten getrennt hätten? Aber nun war es zu spät. Und sie würde es bestimmt von Moritz erfahren, wenn sie ihn wieder traf. Die Schwärze der Nacht hatte Professor Lehmann bereits verschluckt.

Sie zückte ihr Handy und schaltete es wieder an. Drei Anrufe in Abwesenheit. Zwei von Ulf, der dritte von einer ihr unbekannten Nummer. Der unbekannte Anrufer hatte eine Nachricht auf ihrer Mailbox hinterlassen, doch sie hatte keine Lust, diese jetzt abzuhören. Genervt steckte sie das Handy wieder in ihre Tasche.

»So, mein Kleiner, jetzt mach mal. Frauchen will ins Bett.«

Pizarro zog an der Leine in die Richtung, in der Stunden zuvor die beiden Prostituierten gestanden hatten. Sie waren verschwunden. Der Hund setzte sich hinter einen struppigen Busch und erledigte das gewünschte Geschäft, das Hanna gewissenhaft eintütete. Zu Hause würde sie es in den Müll befördern. Sie knotete die Tüte zu, zerrte Pizarro, der soeben eine für ihn interessante Witterung aufgenommen hatte, zum Wagen und öffnete die rechte hintere Tür. Hanna hob den kleinen Hund hoch, löste die Leine vom Halsband und ließ sie hinter sich versehentlich auf die Straße fallen. Gleichzeitig beugte sie sich in den Fahrgastraum und setzte den sich unwillig windenden Pizarro in seine Box. Als sie den Riegel vorschob, vernahm sie sich nähernde Schritte.

*

Kriminalhauptkommissar Heiner Hölzle schlüpfte unter dem rot-weißen polizeilichen Absperrband hindurch und ging zu dem silberfarbenen Audi A5 Coupé, das am Straßenrand abgestellt war. Kurz vor Feierabend war ein Anruf eingegangen, dass am Holzhafen offenbar ein Hund in einem Auto eingesperrt sei. Die zuständigen Kollegen waren daraufhin losgefahren und hatten dabei die Leiche einer jungen Frau im Wagen entdeckt.

Hölzle musterte die Tote, die im Kofferraum des Wagens lag. Um ihren geschwollenen, blauen Hals war noch die Hundeleine, mit der sie offensichtlich erdrosselt worden war, geschlungen. Im Gesicht waren die für erwürgte oder erdrosselte Opfer typischen punktförmigen Einblutungen zu erkennen. Hölzle wich einige Schritte zurück, denn der Gestank aus dem Auto, der seine empfindliche Nase traf, war ekelhaft.

»Weiß man schon, wer sie ist?«, fragte Hölzle Harry Schipper, der gerade zu ihm trat.

»Du wirst es nicht glauben! Das ist Hanna Wagner, Journalistin beim Weser-Kurier. Ihr Presseausweis war in ihrer Handtasche, die im Fußraum lag.«

Hölzle riss seine Augen von der Leiche los und starrte seinen Kollegen ungläubig an.

»Das gibt's doch nicht! Das ist die Ex von Moritz Koch. Was zum Teufel geht hier vor?« Hölzle schlug den Kragen seiner Jacke hoch, ein empfindlich kalter Wind blies ihm in den Nacken. »War ein Handy in der Handtasche?«

»Ja. Die letzten eingegangenen Anrufe kamen von Ulf Kochs Nummer. Wagner hat aber nicht darauf reagiert. Die übrigen Anrufe, die sie in den letzten Tagen getätigt hat, werden noch überprüft.«

Harry ließ seinen Chef stehen und ging hinüber zu der kleinen Schar Reporter. Hölzle wandte sich zu der Rechtsmedizinerin Dr. Adler-Petersen um, die hinter ihnen die Leiche in diesem Moment aus dem Wagen heben und in einen schwarzen Sack packen ließ. »Wie lange ist sie denn schon in dem Kofferraum?«

Sie schaute auf die Uhr. »Jetzt ist es 17 Uhr 30. Aufgrund der Leichenstarre, die sich bereits wieder gelöst hat und angesichts der kühlen nächtlichen Temperaturen ist sie vermutlich bereits am Sonntagabend getötet worden.«

»Sonntagabend? Heute ist ja schon Dienstag. Ich muss unbedingt noch einmal mit Koch reden. Warum hat er wohl versucht, seine Geliebte und Ex seines Bruders so dringend zu erreichen?«

Was hot jetzt die vom Weser-Kurier hier gsucht?, überlegte Hölzle dann weiter. Das Auto war *Am Holzhafen* geparkt worden. Hier befand sich der einzig legale Straßenstrich Bremens. Keine schöne Gegend. Gleich in der Nähe, in der Parallelstraße *Am Speicher XI* sah es ganz anders aus. Ein schickes Lokal, die Hochschule für Künste, das Hafenmuseum, die Speicherbühne – ein Theater – und viele neue Unternehmen hatten sich hier angesiedelt. Die Überseestadt wurde immer attraktiver.

Hölzle winkte Harry herbei, der am Rande des Absperrbandes stand und sich mit Vertretern der Presse herumschlug. Ganz vorne stand – wer auch sonst? – Thorben Schmink.

Harry ließ die Journalisten stehen und kam zu Hölzle. »Was gibt's?«

»Wo ist Peter? Ich kann ihn hier nirgends entdecken.«

Harry zeigte in Richtung Ende der Straße. »Der unterhält sich mit den wenigen Prostituierten, die dort rumstehen. Vielleicht ist ja 'ne brauchbare Zeugenaussage dabei, sofern überhaupt jemand was gesehen hat.«

»Gut«, lobte Hölzle. »Wir beide fahren morgen als Erstes zu Ulf Koch und unterhalten uns noch einmal mit ihm. Dieses Mal über Sonntagabend und Hanna Wagner.«

Auf dem Weg zum Dienstwagen erkundigte sich Hölzle: »Was hast du der Presse erzählt?«

»Nicht viel. Jedenfalls wissen die noch nicht, dass es sich um eine aus ihrer Zunft handelt.«

»Das reicht, sie erfahren es sowieso früh genug. Bin gespannt, was uns Koch dazu erzählen kann. Wenn er überhaupt etwas sagt, er schweigt ja nach wie vor. Was ist das eigentlich für ein kleiner Kläffer?« Er zeigte auf den kleinen Hund, der in einer Transportbox saß und fast unablässig bellte.

»Scheint der Hund der Toten zu sein. Wegen seines Gejaules hat auch jemand die Kollegen angerufen. Pizarro heißt der Kleine. Steht auf dem Halsband«, gab Harry zurück.

»Was passiert jetzt mit dem? Der Hund kann ja nicht ewig hier bleiben. Wieso hat noch niemand das arme Tier im Tierheim untergebracht?«, ärgerte sich Hölzle.

»Ich kann mich auch nicht um alles kümmern. Aber Kollegin Auermann macht das schon«, besänftigte Harry seinen Chef. »Sie besitzt selbst zwei Hunde und hat wenigstens daran gedacht, der armen kleinen Kröte Wasser zu besorgen. Der Ärmste saß ja ganz schön lange im Wagen.«

»Ja, und deshalb stinkt es auch so bestialisch in diesem Auto«, stellte Hölzle fest. »Sag mal, Britta sollte doch Hanna Wagner aufzusuchen. Was ist daraus geworden?«

»Sie hat sie nicht zu Hause angetroffen, ihr aber Nachrichten auf ihrem Handy und auf dem Anrufbeantworter hinterlassen, sie solle sich mit der Polizei in Verbindung setzen. So wie's aussieht, hat die Wagner die Nachrichten aber nicht mehr abgehört.«

»Oh Mann, das gibt's doch nicht«, war alles, was Hölzle dazu einfiel.

Koch war allein zu Hause. »Was wollen Sie denn schon wieder? Ich habe in 45 Minuten einen Termin, also machen Sie's kurz«, empfing er die Beamten barsch.

»In Ordnung, es dauert nicht lange. Möchten Sie uns nicht bitte kurz hereinlassen?«, bat Hölzle.

Mit einem missmutigen Grunzen ließ Koch die beiden Männer ins Haus.

»Herr Koch«, begann Hölzle ohne Umschweife, als sich alle gesetzt hatten, »sagt Ihnen der Name Hanna Wagner etwas?«

Koch hielt für einen Augenblick die Luft an, senkte dann den Blick zu Boden und schwieg. Hölzle war genervt. Für ihn gab es keinen Grund, dass Koch diese Frage nicht beantworten wollte. Schließlich hatte er ihn nicht des Mordes an der Journalistin bezichtigt. Noch nicht.

»Herrgott, Koch, wir sind ja nicht blöd, wir wissen, dass Hanna mit ihrem Bruder Moritz befreundet war und ...«

»Wieso fragen Sie mich dann überhaupt?«, unterbrach Koch unwirsch. »Natürlich kenne ich sie. War's das? Dafür hätte ich Sie nicht hereinlassen müssen.« Er schob den Stuhl zurück und stand auf.

Schipper schaltete sich ein. Er war ebenfalls aufgestanden und drückte den großen Mann sanft wieder auf seinen Stuhl. »Herr Koch, Sie haben am Sonntag mehrmals versucht, Hanna Wagner auf ihrem Handy zu erreichen. Wieso?« Er und Hölzle hatten vereinbart, dass sie gegenüber Ulf Koch zunächst nicht preisgaben, dass Silvia Peter Dahnken vom Verhältnis ihres Mannes mit Hanna Wagner erzählt hatte.

»Ich wüsste nicht, was Sie das angeht. Ich kann telefonieren, mit wem ich will. Oder ist das auch schon verdächtig?«, fragte Koch in aggressivem Ton zurück.

»Beantworten Sie meine Frage. Was hatten Sie mit Hanna Wagner zu schaffen?«

»Sie war eine Freundin der Familie. Und? Da ruft man

sich schon mal gegenseitig an. Ich wollte ihr sagen, dass Moritz tot ist.« Die Antwort klang plausibel, doch Koch wich Hölzles Blick aus.

»Freundin der Familie oder vielleicht nur *Ihre* Freundin?«, konterte Hölzle.

»Wollen Sie mir unterstellen, dass ich mit Hanna ein Verhältnis hatte?«

»Ist das denn so abwegig?«

»Natürlich ist es das. Ich bin verheiratet, habe einen Sohn, und meine Frau erwartet unser zweites Kind«, betonte Ulf.

»Komisch, dass Sie nichts von Ihrem Verhältnis mit Hanna Wagner wissen. Ihre Frau weiß nämlich davon«, sagte Hölzle sarkastisch.

»Aber …«, hob Ulf Koch hilflos an.

»Meine Güte, Koch, Sie sind nicht der erste Mann auf dieser Welt, der ein Verhältnis hat, und die Frau davon weiß. Jetzt geben Sie es schon zu.« Hölzle blieb seelenruhig.

»Ach, meine Frau redet sich das schon lange ein. Aber da ist nichts«, widersprach Koch. »Fragen Sie doch Hanna am besten selbst.«

»Würden wir gerne«, mischte sich nun Harry ein, »nur leider geht das nicht mehr.«

Ulf sah die beiden Männer mit finsterem Blick an. »Wie meinen Sie das?«

»Hanna Wagner ist tot. Ermordet.«

Schockiert riss Koch die Augen auf, schnappte nach Luft wie ein Fisch auf dem Trockenen. Seine Hände griffen nach der Tischkante, und der kräftige Mann wankte in seinem Stuhl wie ein gefällter Baum. Hölzle befiel für einen Augenblick die Sorge, die Nachricht habe bei Koch einen Herzinfarkt ausgelöst.

»Aber, wie, wieso, wann ...«, stammelte Koch mit kraftloser Stimme, als er sich wieder gefangen hatte. Seine Hände entkrampften sich, und sein Brustkorb hob und senkte sich sichtbar, als er wieder tief durchatmete.

»Vermutlich wurde sie am Sonntag getötet. Herr Koch, wollen Sie uns jetzt nicht erzählen, wo Sie am Freitagabend waren, nachdem Sie sich angeblich von Ihrem Bruder verabschiedet haben?« Harrys tiefe Bärenstimme schien Koch zu beruhigen.

»Bei Hanna. Sie haben recht, wir hatten eine Affäre.« Es war kaum mehr als ein Flüstern.

Hölzle und Schipper wechselten einen bedeutsamen Blick.

»Kann es sein, dass Ihr Bruder Moritz es nicht ertragen konnte, dass Sie mit seiner Ex-Freundin schlafen, hatte er sich vielleicht wieder selbst Hoffnungen auf Hanna Wagner gemacht? Hatten Sie befürchtet, gegen Ihren Bruder, den Herrn Doktor, keine Chance zu haben, und haben Sie ihn deshalb umgebracht? Mal von Ihrem anderen Motiv, nämlich dem Erbe, abgesehen. Oder ist Hanna Wagner dahintergekommen, dass Sie Moritz erschlagen haben, und Sie bekamen Angst um Ihre Existenz und haben dann auch sie beseitigt?«

»Nein, verdammt noch mal«, brach es aus Ulf Koch heraus. »Ich habe niemanden umgebracht.« Zitternd und in sich zusammengesunken saß der große Mann da, ein einziges Häufchen Elend.

»Wo waren Sie am Sonntagabend?« Harry Schipper lehnte sich in seinem Stuhl nach vorne, brachte sein Gesicht näher an das von Koch.

»Zu Hause.«

»Hören Sie, Koch, wenn es stimmt, was Sie uns da erzählen, kann es dann sein, dass Sie jemanden schützen wollen?«, fragte Hölzle intuitiv.

Kochs Lippen bewegten sich, er formulierte Sätze, doch kein Ton kam aus seinem Mund. Hölzle wünschte sich nicht zum ersten Mal, Lippen lesen zu können. Er schaute zu Harry, doch auch der beherrschte diese Kunst nicht und zuckte nur mit den Schultern.

Der Kriminalhauptkommissar legte Ulf Koch, der immer noch um Worte rang, die Hand auf den Arm.

»Herr Koch, wir verstehen Sie nicht. Sagen Sie uns, wen Sie schützen wollen?«

Ulf Koch schloss die Augen. Gerade als Hölzle und Schipper glaubten, Koch würde ihre Vermutung bestätigen, sagte dieser mit tonloser Stimme: »Ich sage überhaupt nichts mehr. Lassen Sie mich in Ruhe.« Ulf Koch presste demonstrativ den Mund zusammen. Die beiden Beamten mussten einsehen, dass sie dem Mann kein einziges weiteres Wort entlocken würden. Schließlich erhoben sie sich und verließen grußlos das Haus.

»Was meinst du, Harry, falls Koch tatsächlich jemanden schützt, wer käme deiner Meinung nach als Erster infrage?« Hölzle stieg ins Auto und legte den Sicherheitsgurt an.

»Dennis. Wäre eine Möglichkeit.« Harry zog die Beifahrertür zu und schnallte sich ebenfalls an.

Hölzle nickte zustimmend und startete den Wagen. »Dann befragen wir mal unsere Datenbank, ob Dennis wohl bereits polizeilich aufgefallen ist.«

*

Hölzle und Schipper befanden sich noch auf der Rückfahrt zum Präsidium, als Hölzles Handy einen aufdringlichen Ton von sich gab.

»Au, Mann, Heiner. Kannst du dir nicht mal andere Klingeltöne runterladen? Es ist ja bald nicht mehr zum Aushalten mit deinem Flippers-Wahn«, nörgelte Harry. »Das ist echt nervig.«

»Mein Handy, meine Klingeltöne. Jetzt heul hier nicht rum«, grinste Hölzle und nahm den Anruf entgegen.

»Markus. Was gibt's Neues?«

»Die Kollegin Auermann hatte doch den kleinen Hund mitgenommen, mitsamt Hundebox, Spielzeug und so weiter. In der Hundedecke der Box hat sie einen bunten Blechhund gefunden«, tönte Markus' Stimme aus der Freisprechanlage.

Hölzle wechselte einen verblüfften Blick mit seinem Kollegen.

»Die Lötnaht des Hundes passt zur Bruchstelle des Blechesels aus dem Bürgerpark.«

»Danke dir«, sagte Hölzle und beendete das Gespräch.

Harry drückte im Beifahrersitz den Rücken durch und presste hervor: »Oh, oh, ehrlich gesagt sieht mir das fast nach einem Irren aus, der hier rumgeistert und wahllos Leute umbringt. Wahrscheinlich hat eine Mutter ihm die Märchenstunde vermiest, als er klein war.«

»Quatsch. Von wegen wahllos. Das ist doch kein Zufall, dass sich die Opfer gekannt haben. Vielleicht hält sich Dennis Koch für besonders schlau und hat die Blechdinger zu den Leichen gelegt, um die Polizei glauben zu machen, sie hätte es mit einem Serienmörder zu tun. Glaubst du, Dennis ist so ein cleveres Kerlchen? Das heißt, wenn er denn der Täter ist, versteht sich. Ich will ja keine voreiligen Schlüsse ziehen.«

»Meinst du wirklich, ein 17-Jähriger bringt zwei Leute auf brutale Weise um, nur weil sein Onkel seine Eltern in finanzielle Schwierigkeiten bringen könnte, und sein Vater ein Verhältnis hat? Also ich weiß nicht«, zweifelte Harry.

»Solange wir uns nicht mit Dennis befasst haben, bilde ich mir keine Meinung.«

Peter Dahnken diskutierte auf dem Flur vor Hölzles Büro mit Hilke Maier über das bevorstehende Ende der Bundesliga. Die Sekretärin nahm es Peter, den sie sonst gut leiden konnte, ein bisschen übel, dass er immer wieder die Trainerfrage stellte und Thomas Schaaf kritisierte. Sie als eingefleischte Werderanerin konnte das nicht nachvollziehen.

»Also Herr Dahnken, das stimmt so nicht. Werder hat zwar in der Bundesliga nicht so gut abgeschnitten – richtig -, dafür haben die Jungs aber zum sechsten Mal den DFB-Pokal gewonnen, und das *mit* Thomas Schaaf!«, echauffierte sich die Sekretärin.

»Das ist aber auch schon wieder ein paar Jahre her, ich finde ...«

»Fußballdiskussion beendet«, schallte Hölzles Stimme den Gang entlang. »Wir haben zwei Morde aufzuklären. Werder wird sowieso nicht mehr Meister, also ran an die Arbeit.«

Hilke Maier zog sich mit grimmiger Miene in ihr grün-weißes Quartier zurück, und Dahnken folgte seinem Chef in dessen Büro.

»Wo steckt Harry?«, wollte Dahnken wissen.

»Den hab ich beim Bäcker raus gelassen, er soll ein paar belegte Brötchen besorgen.«

Ein Poltern begleitet von einem ohrenbetäubenden Kreischen ließ die beiden Männer herumfahren und ans Fenster gehen.

»Au Backe, da ist mal wieder einer mit der Straßenbahn kollidiert«, kommentierte Dahnken das Geschehen, welches sie von ihrem Standort beobachteten.

»Tja, kommt leider immer wieder vor. Erst neulich hat ein Fahranfänger an der Uni nicht aufgepasst und ist mit einer Bahn zusammengestoßen«, erinnerte sich Hölzle.

Die beiden Beamten sahen noch wenige Augenblicke zu, der Verkehr begann sich bereits zu stauen. Als die Kollegen der Verkehrspolizei dazukamen, wandten sie sich ab.

»Was sagen die Mädels vom horizontalen Gewerbe?«, ging Hölzle zum aktuellen Fall über.

Peter Dahnken ließ sich kopfschüttelnd in einen der Stühle fallen. »Nichts. Nichts gehört, nichts gesehen. Sie fragen noch weitere Kolleginnen, die auch Sonntagnacht vor Ort waren, sich aber gestern Abend nicht mehr in der Nähe des Tatorts befanden.«

Hölzle hatte derweil die Kaffeemaschine eingeschaltet, das Display zeigte *entkalken*. Egal, das konnte man erst mal ignorieren. »Markus hat gestern noch angerufen. Auermännchen hat bei den Hundesachen einen Blechhund gefunden. Passend zum Blechesel.«

»Ach du große Sch...«, stöhnte Peter auf. »Da können wir ja nur hoffen, dass wir den Mörder bald haben, bevor er buchstäblich die Katze aus dem Sack lässt.«

»Genau so sieht's aus. Ich kann eigentlich nicht glauben, dass hier im beschaulichen Bremen ein Serienmörder rumläuft. Du etwa? Um den Begriff *Serienmörder* zu benutzen, haben wir – Gott sei Dank – noch nicht genügend Tote.«

Peter Dahnken stand auf und streckte sich, als in seiner Hosentasche das Handy vibrierte. Er zog es mit einigen zerknüllten und benutzten Taschentüchern heraus, die auf dem Boden landeten. Mit sicherem Wurf entsorgte er sie im Papierkorb.

»Dahnken?« Er hörte dem Anrufer zu und zog in stiller Anerkennung die Mundwinkel nach unten. Einen Augenblick später bedankte er sich und beendete den Anruf.

Hölzle sah ihn fragend an.

»Das war tatsächlich eine der käuflichen Damen vom Holzhafen. Sie sagt, sie hätte eine Frau gesehen, die aus dem Audi gestiegen sei, dann aber in Richtung Speicher XI gegangen wäre. So gegen 20 Uhr am Sonntag soll das wohl gewesen sein.« Peter trank seine Tasse aus.

»Was hat sie sonst noch bemerkt?«

Die Tür ging auf, und Harry kam beladen mit einer großen Tüte Brötchen, Wurst und Käse herein, gab der Tür einen Tritt mit dem rechten Fuß, sodass sie scheppernd ins Schloss fiel. »Mahlzeit.«

»Jetzt guck dir mal an, wie die Tür aussieht. Wenn Carola genauso wie ihre Schwester drauf ist, was Sauberkeit anbelangt, dann wundere ich mich nicht, dass ihr beide Schwierigkeiten habt«, brummte Hölzle.

Harry warf einen Blick auf die Stelle, wo sein Schuh mit der Tür in Kontakt gekommen war. Ein schwarzer Strich war zu sehen. »Entschuldigung. Ich mach das gleich weg. Sooo schlimm ist's aber auch nicht.« Er stellte die Tüte auf Hölzles Schreibtisch und schob dabei, um Platz zu schaffen, mehrere Aktenmappen an den Rand. Prompt fielen zwei herunter, eine davon sprang auf, und ihr Inhalt verteilte sich über den Boden.

»Herrgott, jetzt pass halt auf!«, blaffte Hölzle Harry an. Peter Dahnken beobachtete grinsend, wie Harry sich schuldbewusst bückte und die Papiere wieder einsammelte.

»Und sieh zu, dass du das wieder so einordnest, wie es war«, kommentierte Hölzle. Er kramte in der Tüte, betrachtete ein Mohnbrötchen, legte es wieder hinein und entschloss sich für ein knuspriges Brötchen ohne jeglichen Körnerbelag.

»Ja, ja«, maulte Harry. »Und vielen Dank lieber Harry, dass du was zu essen besorgt hast«, schob er ironisch nach.

Hölzle ignorierte den Kommentar, wickelte den Käse aus dem Papier und begann, sein Brötchen zu belegen. »So, Peter, was wusste deine Zeugin noch zu berichten?«

»Sie hat sich noch gewundert, warum eine Frau am Holzhafen parkt. Dann ist ihr eingefallen, dass es wohl eine große Veranstaltung an der HfK gab«, erzählte Peter mit vollem Mund. »Wahrscheinlich waren die Parkmöglichkeiten dort knapp, und Hanna Wagner hat deshalb ihren Audi *Am Holzhafen* abgestellt.«

Harry hatte mittlerweile die Papiere wieder einsortiert und griff nun seinerseits zu Brötchen und Wurst.

»Das passt zu dem Flyer einer Ausstellung, Videokunst oder so, den sie in der Handtasche hatte. Vielleicht hatte sie dort beruflich zu tun. Am besten wir fragen beim Weser-Kurier nach, die wissen vielleicht, ob sie sich dort mit jemandem getroffen hat«, steuerte er bei.

Noch bevor Hölzle etwas einwenden konnte, setzte Harry eifrig nach.

»Die Sache mit dem Flyer hatte ich schon auf dem Zettel. Ich wollte mich heute noch drum kümmern. Aber ich schätze, ihre Kollegen wissen mehr darüber.«

Hölzle griff den Vorschlag gleich auf, wählte die Nummer des Weser-Kuriers und ließ sich verbinden. Nach einem kurzen Gespräch mit Welferding wussten die Kriminalbeamten, dass Hanna Wagner in Begleitung Professor Lehmanns gesehen worden war.

»Na dann werde ich mich mal mit diesem Märchenonkel unterhalten, und ihr beide kümmert euch um Dennis Koch.« Hölzle schob sich den letzten Rest Brötchen in den Mund und stand auf.

»Pause beendet, meine Herren, schaffet äbbes für euer Geld, wie mir drhoim saget.«

Harry und Peter verdrehten nur die Augen und stapften aus dem Büro, während Hölzle ihnen grinsend die Tür aufhielt. Missbilligend blieb sein Blick an dem Fleck an der Tür, den Harrys Schuh hinterlassen hatte, hängen. Er wartete ab, ob sein Kollege nicht vielleicht doch noch einmal zu dem Dreckstreifen Stellung beziehen wollte. Doch Harry war bereits in ein angeregtes Gespräch mit Peter vertieft. Auf dem Flur konnte es sich Hölzle nicht mehr verkneifen.

»Wolltest du nicht meine Tür noch sauber machen?«, fragte er in scheinbar beiläufigem Ton.

»Ach, jetzt komm schon, so dramatisch …«, hob Schipper an.

»Nix da, du besorgst dir jetzt einen Lappen bei Frau Maier und machst den Strich weg. Frau Maier kann dann hinter dir wieder abschließen.« Hölzle ging die wenigen Meter zurück zu seinem Büro und schloss wieder auf.

»Ich pass auf, dass er nicht schludert, Chef«, erbot sich Peter Dahnken feixend.

»Blödmann«, kommentierte Harry und knuffte seinen Kollegen in die Seite.

*

»Professor Lehmann hält gerade seinen Vortrag *Böse Stiefmütter – Was können moderne Patchwork-Familien aus ›Brüderchen und Schwesterchen‹ lernen*. Da müssen Sie sich noch gedulden. Der Vortrag hat gerade erst angefangen und dauert circa eine Stunde«, erklärte ihm eine junge Dame auf seine Frage, wo er denn den Professor antreffen könnte.

Hölzle beschloss, die Zeit zu nutzen, und schlenderte den kurzen Weg hinüber zu Uschi Kramers bayrischem Delikatessenladen, um den Kühlschrank mit Leckerbissen zu bestücken. Uschi stand selbst hinter der Ladentheke und freute sich, ihn zu sehen. Noch mehr freute sie sich wahrscheinlich über die Rechnung, die sie ihm präsentierte, als er seine Bestellung abschloss.

Die Tüte war prall gefüllt mit jeder Menge Nürnberger Würstel, die er einzufrieren gedachte, einer kleinen ganzen Gelbwurst, 300 g rosa gebratenem in Scheiben geschnittenem Schweinefilet mit Rosmarinkruste, einer pikanten ganzen Cacciatore und zweierlei Käsesorten aus dem Allgäu. Hölzle setzte seine Einkaufstour fort und wanderte bis zum Ende der Lloydpassage. Dort befand sich eine hervorragende Bäckerei, und er erstand einen großen Laib Schwarzwälder Bauernbrot. Ein Blick auf die Uhr sagte ihm, dass noch genügend Zeit war, die Einkäufe ins Auto zu bringen und ein zweites Mal bei Uschi am Imbissstand zu stoppen, um ein Leberkäsbrötchen zu vernichten. Für einen Cappuccino würde es dann auch noch reichen.

Gut gestärkt betrat er nach etwa 45 Minuten erneut die *Glocke*. Die junge Dame, die ihm vorhin schon geholfen hatte, erblickte ihn und kam flink auf ihn zu. »Ein wenig müssen Sie sich noch gedulden. Der Vortrag ist noch nicht zu Ende, aber lange kann es nicht mehr dauern. Wenn Sie möchten, können Sie gern dort drüben Platz nehmen und auf ihn warten.« Sie deutete auf einige leere Stühle, die an der Wand standen.

»Mein Problem ist, junge Dame, dass ich leider nicht weiß, wie er aussieht. Könnten Sie vielleicht die Tür im Auge behalten und ihn stoppen, wenn er aus dem Saal kommt?«

Sie lächelte. »Tut mir leid, dafür habe ich leider keine Zeit. Aber Sie können ihn leicht erkennen. Sehr groß, schlank und sportlich, eisengraues volles Haar«, gab sie Hölzle eine Kurzbeschreibung, »und alle Konferenzteilnehmer tragen auch ein Namensschild.«

Der Kriminalhauptkommissar bedankte sich, ließ sich auf einem der Stühle nieder und hing seinen Gedanken nach.

»Herr Hölzle, wissen Sie schon etwas Neues?«, ließ ihn eine Stimme hochblicken.

»Ach, guten Tag, Professor E…wers«, fiel ihm dann der Name des Mannes ein. Er stemmte sich aus dem Besucherstuhl und reichte Ewers die Hand. »Nein, und selbst wenn, laufende Ermittlungen …, Sie verstehen schon.«

»Ja, natürlich. Ich …«, eine dröhnende tiefe Stimme veranlasste beide Männer, die Köpfe zu drehen. Eine große

Gestalt mit eisengrauem Haar scharte seine Zuhörer um sich. Des muss der Lehmann sein. Hölzle betrachtete den Mann, der als Koryphäe auf seinem Gebiet galt, so viel hatte er schon herausgefunden. Die Arroganz, die dieser Mann ausstrahlte, war mit Händen zu greifen.

»Das ist Ihr Kollege Lehmann, nicht wahr?«, fragte Hölzle Ewers.

»Ja, richtig. Sind Sie seinetwegen hier?« Ewers war nicht entgangen, dass Hölzle bereits einen Schritt in Richtung Lehmann getan hatte.

»Ja. Ich muss mit ihm sprechen. Gibt es hier irgendwo eine Möglichkeit, wo wir in Ruhe reden können?«

»Selbstverständlich. Kommen Sie, ich mache Sie miteinander bekannt und zeige Ihnen einen Raum, in dem Sie sich ungestört unterhalten können.«

Ewers und Hölzle gingen hinüber zu der Gruppe Menschen, die wie die Apostel an Lehmanns Lippen hingen, als würde der eine neue Religion verkündigen.

»Ach wissen Sie, junger Freund, man muss nicht jedem Märchen einen sexuellen Hintergedanken unterstellen. *Brüderchen und Schwesterchen* als vom Schicksal gebeuteltes Inzestpärchen, das ist mir zu abgedroschen. Laienpsychologie kombiniert mit sexuellem Defizit des zukünftigen mittelmäßigen Wissenschaftlers nenne ich so etwas«, kanzelte Lehmann gerade einen jungen Mann, der mit betretener Miene dastand, vor versammelter Mannschaft ab. »Lesen Sie mal Ihren *Lehmann, das* Lehrbuch für Studierende!«

Wow, was für an eigebildeter Kotzbrocka, dachte Hölzle.

Ewers trat zu Lehmann und fasste ihn am Arm. »Kollege Lehmann, entschuldigen Sie, ich möchte Ihnen jemanden vorstellen.«

Lehmann wandte sich gereizt zu Ewers um, dann glitt sein Blick geringschätzig über Hölzles Gestalt. »Gedulden Sie sich doch bitte noch einen Augenblick, Sie sehen doch, dass ich mich hier noch mitten im Gespräch befinde.«

»Hölzle, Kriminalpolizei«, sagte Heiner Hölzle lauter als beabsichtigt und verzichtete darauf, dem Professor die Hand darzubieten. »Ihre Jüngerschar muss sich gedulden, ich nicht.«

Die kleine Gruppe, die noch stehen geblieben war, verstummte urplötzlich. Kriminalpolizei! Das war ja hochinteressant. Lehmann sah den Kriminalbeamten wütend an. Er hasste es, wenn ihm jemand die Stirn bot.

»Verehrter Kollege, kommen Sie, dies ist nicht der richtige Ort für diese Art Unterhaltung«, rettete Ewers die Situation. »Wir gehen in den Konferenzraum, dort ist es ruhiger.«

Enttäuschte Gesichter blickten den drei Männern nach, als sie den Gang entlang gingen und hinter einer Tür verschwanden.

Professor Ewers verabschiedete sich, nachdem er Hölzle und Lehmann in den Konferenzraum gebracht hatte.

»Ich nehme an, Sie kommen wegen Dr. Koch«, begann Lehmann, als Ewers die Tür hinter sich geschlossen hatte. »Schreckliche Sache. Wir sind alle zutiefst schockiert, Koch war ein vielversprechender junger Wissenschaftler.«

»Zu Dr. Koch komme ich gleich«, sagte Hölzle und lehnte sich mit dem Rücken an die Fensterbank, sich mit den Händen abstützend. »Sie waren am Sonntagabend in Begleitung von Hanna Wagner. Ist das richtig?«

»Ja. Eine sehr charmante Vertreterin der Presse. Ich hatte ihr ein Exklusivinterview angeboten, und zuvor habe ich sie zur Eröffnungsausstellung der HfK eingeschleust. Sie war nicht geladen, und ich dachte, ich nehme Frau Wagner als Begleitung mit, damit sie in den Genuss der Preview kommt.«

»Ein Interview. Wo fand das statt?«

»Im *Port*. Das Lokal befindet sich direkt neben der Hochschule für Künste. Wieso interessieren Sie sich eigentlich für Hanna Wagner? Hat sie etwas verbrochen?« Lehmann hatte sich auf einem der Stühle niedergelassen, lässig die Beine übereinandergeschlagen, den linken Ellbogen auf den Tisch gestützt.

»Frau Wagner wurde gestern Abend tot aufgefunden. Sie lag erdrosselt im Kofferraum ihres Wagens.«

Lehmann richtete sich auf, schlug die Hand vor den Mund. Die Lässigkeit war verschwunden. »Um Himmels willen, das ist doch nicht möglich!«

»Laut gerichtsmedizinischer Untersuchung wurde sie bereits am Sonntagabend getötet. Wann sagten Sie, haben Sie das Lokal verlassen?«

»Ich hatte noch keine Angaben dazu gemacht, wann wir gegangen sind, Herr Hölzle.« Die Arroganz kehrte zurück. »Wenn ich mich recht erinnere, war es zwischen elf und halb zwölf. Ich habe Frau Wagner noch zu ihrem Wagen gebracht, dann bin ich nach Hause gegangen.«

»Sie haben also nicht gewartet, bis sie ins Auto stieg und sicher war?«

»Nein. Sie wollte noch kurz ihren Hund laufen lassen, da er so lange im Wagen gewartet hatte.«

»Ist Ihnen irgendjemand unterwegs aufgefallen, als

Sie sich von Hanna Wagner getrennt haben?« Hölzle kam an den Tisch und nahm Platz, die Arme vor sich verschränkt.

Lehmann überlegte, dann schüttelte er den Kopf.

»Wo hatten Sie Ihren Wagen geparkt?«, wollte Hölzle wissen.

»Ich bin mit der Straßenbahn gefahren. Wissen Sie, ich trinke gern einen guten Tropfen zum Essen. Außerdem dachte ich mir schon, dass das Parken schwierig werden würde. Und die Straßenbahnverbindung ist gut. Zumindest am frühen Abend. Auf dem Nachhauseweg musste ich dann vom Hauptbahnhof aus ein Taxi nehmen, da ich sonst 20 Minuten auf die nächste Bahn hätte warten müssen. Ich wohne in der Nähe des Bürgerparks«, fügte er erklärend hinzu.

»Haben Sie sich mit Frau Wagner auch über andere Dinge unterhalten, nicht nur über Ihre Forschung, sondern über Privates vielleicht?«

Lehmann zuckte mit den Schultern. »Na ja, wir haben uns über Gott und die Welt unterhalten, eher allgemeine Dinge. Neben meinem interessanten Leben, versteht sich. Ich wollte ja, dass der Artikel nicht nur über meine Verdienste in der Märchenforschung berichtet.«

Au Mann, der geht mir ächt auf d'Nerva. Hölzle lehnte sich zurück. »Wussten Sie, dass Hanna Wagner mit Dr. Koch befreundet war?«

»Ja, sie hat so etwas erwähnt.« Lehmann sah den Kriminalhauptkommissar durchdringend an. »Glauben Sie etwa, da besteht ein Zusammenhang?«

»Das ist wohl kaum von der Hand zu weisen. Schließlich kannten sich die Opfer. Ist Ihnen bewusst, dass sie wahrscheinlich der Letzte waren, der Hanna Wagner lebend gesehen hat?«

»Da sollten Sie schon korrekt bleiben, Herr Hölzle. Der Letzte, der Hanna lebend gesehen hat, war ja wohl ihr Mörder. Sei es, wie es ist, hätte ich doch nur darauf bestanden, bei ihr zu bleiben, bis ihr Hund sein Geschäft erledigt hatte. Aber sie beharrte darauf, dass ich sie nicht weiter begleiten sollte.« Er schien ehrlich betroffen zu sein.

»Wie gut kannten Sie Dr. Koch?«, wechselte Hölzle das Thema.

»Moritz Koch war früher einer meiner Studenten. Herausragend in seinen Leistungen. Was für ein Jammer, dass er tot ist. Er hätte der Wissenschaft noch viel geben können.«

»Nun gut. Das war dann alles.« Die Männer erhoben sich zeitgleich von ihren Stühlen.

Hölzle ließ Lehmann vorgehen und hielt die Tür auf. Der Professor verabschiedete sich, doch nach wenigen Schritten drehte er sich um.

»Haben Sie die Notizen, die sich Frau Wagner von unserem Gespräch gemacht hat, gefunden? Es wäre tragisch, wenn nun der letzte Artikel der geschätzten Journalistin nicht erscheinen würde, auch wenn sie ihn nicht mehr selbst schreiben kann, versteht sich. Sie geben doch das Interview weiter.« Es war keine Frage, sondern klang mehr wie eine Anweisung.

Hölzle zog sich der Magen zusammen. »Das klären Sie bitte mit dem Chefredakteur.« Dann ließ er den arroganten Wissenschaftler stehen.

*

»Frau Koch, können Sie uns bitte sagen, wo sich Ihr Sohn Dennis aufhält?« Harry Schipper kam ohne Umschweife zum Thema.

»Was wollen Sie von meinem Sohn? Haben Sie nicht schon genug Schaden damit angerichtet, dass Sie meinen Mann verdächtigen?«, fauchte Silvia Koch die beiden Kriminalbeamten an, die vor ihrer Tür standen.

»Frau Koch«, begann Peter Dahnken mit ruhiger Stimme, »wir müssen aber dringend mit Dennis sprechen, er könnte uns möglicherweise wichtige Hinweise zum Mord an Ihrem Schwager liefern.«

»Wie? Was für Hinweise sollen das sein? Das kann ich mir nicht vorstellen. Hören Sie, ich bin doch nicht blöde. Wollen Sie jetzt Dennis den Mord anhängen, nachdem Sie meinem Mann nichts nachweisen können? Sie haben doch nicht mehr alle Tassen im Schrank! Von mir aus zeigen Sie mich an wegen Beamtenbeleidigung, das ist mir egal. Aber lassen Sie die Finger von meinem Sohn. Sie brauchen doch nur einen Sündenbock, damit die Aufklärungsstatistik stimmt, und ob es sich dabei um ein unschuldiges Kind handelt, ist Ihnen völlig egal!«

Silvia Kochs Stimme hatte sich mit jedem Wort in schwindelnde Höhen geschraubt und war am Ende so schrill und hysterisch geworden, dass Harry befürchtete, kurz vor einem Hörsturz zu stehen. Dann stieß sie plötzlich die Luft aus und fiel in sich zusammen wie ein angepiekster Luftballon. Ihre rechte Hand legte sich auf ihren Bauch, fühlend, schützend.

»Frau Koch, bitte beruhigen Sie sich doch. Kommen Sie, setzen Sie sich hin.« Widerstandslos ließ sich die Frau von den beiden Beamten ins Haus führen, und

Harry half ihr, sich auf einem Esszimmerstuhl niederzulassen.

Peter Dahnken suchte in den Küchenschränken nach einem Glas, um es mit Leitungswasser zu füllen und stellte es vor die Schwangere. »Trinken Sie einen Schluck.«

Silvia Koch leerte das Glas in einem Zug. Kraftlos ließ sie die Hand mit dem Glas dann in ihren Schoß sinken.

Das Geräusch einer sich öffnenden Tür war zu hören. »Mama?« Wenige Augenblicke später erschien ein großer junger Mann in der Tür zum Wohn-Essbereich. Seine Jeans hingen fast in den Kniekehlen, sein verwaschenes grünes T-Shirt mit einem sich allmählich verabschiedenden Logo des Herstellers schlabberte um den Körper. Dennis war schlank und muskulös, hatte das dunkle Haar seiner Mutter, und in dem jugendlichen Gesicht sah man einen Bartschatten.

Er runzelte die Stirn. »Mama, wer sind diese Männer?« Beunruhigt musterte er die beiden Kriminalbeamten.

»Wir sind von der Kriminalpolizei. Das ist mein Kollege Dahnken, mein Name ist Schipper«, erklärte Harry. »Ich nehme an, Sie sind Dennis Koch.«

»Wow, ich bin beeindruckt von Ihrer Kombinationsgabe«, gab Dennis höhnisch zurück. »Was wollen Sie von meiner Mutter?« Dennis stellte sich hinter seine Mutter und legte ihr schützend beide Hände auf die Schultern. Silvia Koch drehte den Kopf und schaute zu ihrem Sohn auf. »Sei ruhig, Dennis.«

Dennis sah Harry und Peter scharf an, hielt aber den Mund.

»Wir sind Ihretwegen hier und müssen Sie bitten, mit aufs Präsidium zu kommen«, sagte Dahnken.

»Wieso? Ich habe nichts getan!«, fuhr der junge Mann auf.

»Dennis, wo waren Sie am Freitagabend?«, mischte sich Harry ein.

»Keine Ahnung, weiß ich doch nicht mehr. Wochenende ist Partyzeit. Da ist man überall, wo was los ist.« Dennis wich Harrys Blick aus.

»Vielleicht lässt dein Gedächtnis dich wenigstens für den Sonntagabend nicht im Stich. Wir würden nämlich auch gerne wissen, wo du Sonntagnacht warst.« Peter war unwillkürlich zum *Du* übergegangen.

»Das geht Sie einen Scheißdreck an, Mann. Ich hab nichts verbrochen.« Dennis fühlte sich stark. Scheißbullen. Die konnten ihm gar nichts anhängen. Ihm war mittlerweile alles so egal, Kira war tot und er selbst irgendwie auch.

Harry und Peter tauschten Blicke, dann wandte sich Dahnken an Silvia Koch.

»Frau Koch, wir wissen, dass Dennis kein unbeschriebenes Blatt ist, wie aus seinen Akten hervorgeht. Vor zwei Jahren hat er eine Bewährungsstrafe wegen Körperverletzung erhalten. Sie müssen uns die Kleidung aushändigen, die Dennis am Freitag getragen hat. Wir benötigen sie für die kriminaltechnische Untersuchung.«

Die hagere Frau bekam große Augen. Unsicherheit und Misstrauen flackerten darin auf wie eine beinahe erlöschende Flamme, die noch einmal Nahrung gefunden hatte.

»Dennis …«, begann sie und drehte sich zu ihrem Sohn um, den Kopf nach oben gewandt, um ihm ins Gesicht zu sehen.

»Die Hose und die scheiß Jacke sind in der Wäsche.

Brauchen Sie vielleicht noch meine Socken, oder kann ich sonst noch mit etwas dienen, vielleicht mit meiner vollgeschissenen Unterhose? Ihr Typen könnt alles mitnehmen, ist mir so was von scheißegal. Die Bullen hacken doch immer nur auf mir rum, darauf hab ich keinen Bock mehr.«

»Jetzt mal langsam«, Peter Dahnken wurde allmählich sauer, »wir nehmen Sie jetzt mit, vielleicht hilft das ja Ihrem Gedächtnis auf die Sprünge, wo Sie sich am Freitag und Sonntag aufgehalten haben. Und an Ihrer Stelle würde ich mich mal etwas vorsichtiger ausdrücken, wenn das Ihr Wortschatz hergibt. Verstanden?«

Harry und Peter erhoben sich. »Tut uns leid, Frau Koch, aber es geht nun mal nicht anders«, Harry lächelte die Frau entschuldigend an.

»Sagen Sie mir, was Sie von mir wollen«, verlangte Dennis.

»Wir müssen mit Ihnen über den Tod Ihres Onkels sprechen und auch über Hanna Wagner«, klärte Harry den Jungen auf. Bei den letzten Worten wurden Silvias Augen noch größer, und sie zuckte wie vom Blitz getroffen zusammen.

»Wie jetzt? Ich soll meinen Onkel umgebracht haben? So ein Quatsch. Und was soll das mit Hanna?«

»Wie gut kannten Sie Frau Wagner?«

»Ich weiß, dass sie Journalistin ist, und es ihr offenbar egal ist, mit wem sie ins Bett hüpft«, gab Dennis geringschätzig zurück.

»Hanna Wagner ist tot, Dennis.« Peter Dahnken schob den Stuhl wieder an den Esstisch.

»Tot? Aber, das gibt's doch nicht. Und das wollen Sie

mir jetzt auch noch anhängen?« Der Junge wirkte vollkommen fassungslos. »Die Hure hat's verdient.«

Hanna war so nett zu ihm gewesen, als er heulend vor ihrer Tür gestanden hatte. Wieso sagte er nun so etwas über sie? Dennis wusste es nicht. Das Einzige, was er wusste, war, dass er eine Stinkwut auf die ganze Welt hatte.

»Dennis! Was redest du denn da!« Silvia Koch sprang von ihrem Stuhl hoch und packte ihren Sohn am Arm.

»Stimmt doch! Papa hat mit der rumgemacht. Das weiß ich genau. Und du weißt es auch. Du willst es nur nicht zugeben!«, brüllte Dennis und riss sich von seiner Mutter los, bereit, aus dem Zimmer zu stürmen.

Silvia Kochs Stimme drohte erneut, ins Hysterische zu kippen.

Harry vertrat dem Jungen den Weg und hakte ihn unter. »So, das reicht jetzt. Wir beruhigen uns jetzt alle und fahren in die Vahr.« Dennis war mit einem Schlag verunsichert. Die Beamten machten tatsächlich ernst. Seine Großspurigkeit fiel in sich zusammen wie ein Kartenhaus.

»Frau Koch, wenn Ihr Sohn unsere Fragen beantwortet, dann haben Sie ihn bald wieder.« Peter berührte die Frau leicht am Arm. »Wir brauchen noch die Jacke und die Hose.«

»Gut. Dennis, die liegen noch bei dir im Zimmer?« Es war nur ein Flüstern.

»Ich hab doch gesagt, dass das Zeug in der Wäsche ist«, fuhr Dennis sie an. Auf wackligen Beinen verschwand Silvia Koch und kam wenig später mit einer dunkelblauen Jacke und verwaschenen Jeans über dem linken Arm zurück. Harry war zwischenzeitlich zum Auto gegangen, um eine Plastiktüte zu holen, damit keine weiteren

Spuren auf die Kleidungsstücke übertragen wurden. Als er die Sachen in die Tüte schieben wollte, hob er vielsagend die Brauen. Auch Peter entdeckte sofort den verkrusteten Fleck auf der rechten Vorderseite der Jacke, sagte aber nichts dazu.

Ungläubig starrte Silvia Koch ihrem Sohn und den Kriminalbeamten nach, als sie drei Minuten später ins Auto stiegen.

KIRA 6

Der Prinz machte einen stattlichen und ehrbaren Eindruck und er versprach seiner Prinzessin, dass sie ein wunderschönes Leben an seiner Seite führen würde, ginge sie nur mit ihm.

Die Mutter wollte nicht, dass das Mädchen einem Prinzen folgte, hatte sie doch erst vor Kurzem ihren Mann und ihren Sohn verloren, aber ihre Tochter war so in den Bann des Jünglings geschlagen, dass sie seinem Werben nachgab und ihn in seinem Schloss aufsuchte.

Sie betrat das Schloss voller Scheu und doch zugleich neugierig. Da verhüllten sich die Spiegel aus lauter Furcht, zu zerbersten. Der Prinz empfing sie mit liebevollen Worten, den Tisch gedeckt mit Köstlichkeiten und rotem Wein. Doch kaum hatte das Mädchen von dem Wein gekostet, zog der Prinz es an sich, wollte es küssen. Dem Mädchen ward angst und bange und es wehrte sich. Da verwandelte sich der Prinz in eine arglistige Schlange, eine Schlange mit stahlharten Armen, die es festhielten und niederzwangen ...

Kira hatte ihren Kleiderschrank komplett entleert und alle Teile nacheinander auf das Bett geworfen. Nichts erschien ihr passend für den ersten Auftritt. Für diesen sollten die Mädchen sich ein eigenes Outfit zusammenstellen, es war ihrer Fantasie überlassen, sich so zu präsentieren, dass sie die Jury, allen voran Bruno Nies, überzeugen konnten. Anne war ihr auch keine große Hilfe gewesen, sie war einfach zu flippig und alles, was Anne ihr vorgeschlagen hatte, erschien Kira eine Nummer zu gewagt. Und ihre Mutter erst! Die hätte sie am liebsten im Rollkragenpullover und in einer schlabbernden Jogginghose losgeschickt. Dennis hatte sie erst gar nicht gefragt. Der hätte sie vermutlich in einen riesigen Müllsack gesteckt.

Kira hatte die Laufnummer 118, und allmählich sollte sie sich entscheiden, was sie anziehen wollte. Über die Haare waren sich die beiden Mädchen einig. Kira würde die Haare offen tragen. Für das Make-up hatte Anne, sonst durchaus grellen Farben zugeneigt, dunkelgrauen Kajal, schwarze Wimperntusche, einen Hauch Puder und einen blassrosa Lippenstift vorgeschlagen.

»Mensch, jetzt beeil dich mal, mein Bruder war sowieso schon am Rummotzen, dass er uns zum Hotel fahren soll«, trieb Anne ihre Freundin an. »Und wenn wir nicht pünktlich vor der Tür stehen, bringt der es glatt fertig und fährt wieder. Guck mal, wie wäre es denn mit der Hüfthose? Die macht ein schönes enges Bein, und als Gürtel nimmst du das rosa Seidentuch, das passt zum Lippenstift. Dazu die schwarzen Lackpumps von deiner Mutter. Finde ich jedenfalls besser als die grauen Sneakers. Was heißt besser? Die gehen ja gar nicht! In denen flatschst du mir sonst wie eine Sumpfkuh herum. Du wirst mit den Abendschuhen schon nicht umfallen, der Absatz hat doch höchstens drei Zentimeter. Und ob es dir gefällt oder nicht, du kannst ruhig mehr Busen zeigen, viel hast du ja sowieso nicht.«

Kira schnaubte. »Na, du bist aber auch nicht eben prächtig bestückt. Wie wär's denn mit der engen ärmellosen Bluse? Die hier meine ich.« Sie hielt eine dunkelblaue Bluse hoch, die einen tiefen V-Ausschnitt hatte und deren Saum mit einer roten Blütenranke bestickt war. Der dünne Stoff ließ den Betrachter den schwarzen BH darunter erahnen. Sie schlüpfte hinein und schloss die perlmuttfarbenen Druckknöpfe. Anne musterte sie kritisch.

»Gut, genehmigt, aber nur so.« Anne öffnete den obersten Knopf.

»So, und jetzt los. Pack deinen Schminkkram und die Schuhe in meinen Rucksack. Die Klamotten lässt du an. Zack, zack.«

Annes Handy blökte wie ein Schaf.

»Das ist Kim, er ist schon da. Meine Güte, dass bei dir aber auch alles immer auf den letzten Drücker gehen muss. Nur gut, dass deine Managerin alles so fest im Griff hat.«

Die beiden Mädchen stürmten zur Haustür.

»Oh Gott, schau dir mal die Gestalt an. Die bringt doch mindestens 90 Kilo auf die Waage«, lästerte Anne über eine Brünette, deren kaum vorhandene Taille sich rechts und links über den Hosenbund stülpen wollte. Muffintop nannte Anne solche Figuren oft. »Und die Tusse, die vor dir dran ist, hast du die schon gesehen? Da ist doch keine dabei, die dir echte Konkurrenz machen kann. Und dann noch Fiona! Dass die sich überhaupt traut, hierher zu kommen. Allein die Haare gehen doch gar nicht, nur rote Fussel auf dem Kopf. Voll der Burner! Im wahrsten Sinne des Wortes«, kicherte Anne.

Sie lief wie ein werdender Vater auf und ab, plapperte ohne Unterlass, beäugte jede Kandidatin – *alles null Konkurrenz* – und zupfte permanent an Kiras Bluse herum.

Kira hatte ein Mädchen entdeckt, mit dem sie zusammen im Konfirmationsunterricht gewesen war. Milli oder Molli oder so ähnlich, die ihren Zweiminutenauftritt schon hinter sich hatte und gar nicht glücklich aussah. 200 Mädchen, jede hatte zwei Minuten auf der kleinen provisorischen Bühne. Die ganze Show hatte um neun Uhr begonnen, und nun war es fast Mittag. Ein großer Teil der Mädchen hatte heulend das Hotel verlassen, niedergeschmettert durch das harte und harsche Urteil der Jury.

»Der Arsch hat doch tatsächlich zu mir gesagt, ob meine Eltern eine Melone mit einer Erdbeere gepaart hätten, damit so was wie ich raus kommt. Zu dick, zu pickelig.« Molli-Milli war noch ganz außer sich. Ihr Gesicht war dunkelrot angelaufen, und eigentlich tat sie Kira leid. Aber sie war auch eine Konkurrentin weniger. Kira staunte über sich selbst. Sie konnte es kaum glauben, wie sehr sie sich wünschte, dieses Modelcasting in Bremen zu gewinnen. Die fünf besten Mädchen würden sich dann der Konkurrenz aus den übrigen Bundesländern stellen. In vier Wochen fand die Endausscheidung in München statt, und wer dort zur neuen *Catwalk Princess* gekürt würde, bekam einen Vertrag mit einer exklusiven Modezeitschrift.

»... und er hat mir dauernd nur in den Ausschnitt gestarrt, soweit ich das beurteilen konnte. Ich kann nix für meinen Riesenvorbau, die Typen reduzieren mich immer nur darauf. Und diese beschissenen Lichtverhältnisse dort drin, ich sag dir, man hat dauernd Angst, von den Brettern zu fallen.«

Kira hatte der empörten Molli-Milli überhaupt nicht mehr zugehört, hatte nur noch die letzten Worte mitbekommen. Na ja, so benahmen sich Mädchen, wenn sie rausgekickt wurden. Ließen kein gutes Haar mehr an der Jury. Kira ließ den Blick durch die Menge schweifen und entdeckte einige sehr hübsche Mädchen, wie sie neidvoll zugeben musste. Ihr Herz sank. Hatte sie gegen diese Dunkelhaarige dort drüben mit dem bauchfreien Top und den scheinbar endlos langen Beinen überhaupt eine Chance? Vielleicht war es doch keine so gute Idee gewesen, hierher zu kommen. Sie war eben doch nicht so hübsch, wie alle immer meinten. Plötzlich überfiel sie eine riesige Panik. Was machte sie eigentlich hier? Das war doch nicht ihre Welt. Lächerlich hatte sie solche Veranstaltungen immer gefunden, hatte die armen Mädchen bedauert, wie sie fertiggemacht wurden. Und nun stand sie selbst kurz davor, sich der Lächerlichkeit preiszugeben.

Weiter kam Kira nicht mit ihren negativen Gedanken, denn jemand gab ihr einen Schubs.

»Erde an Kiri! Los, ab in die Schuhe, du bist als Übernächste dran.« Anne schwenkte in der Linken die Pumps, in der Rechten hielt sie den Lippenstift wie ein kleines Messer in der Hand, bereit, ihn sofort auf Kiras Lippen zu drücken.

Die Luft in dem Raum, in dem sich die Mädchen vorbereiten konnten, war mittlerweile zum Schneiden geworden. Mechanisch schlüpfte sie in die schwarzen Schuhe, kontrollierte noch einmal das Seidentuch, schüttelte ihre dichte blonde Mähne, öffnete den untersten Knopf der Bluse, und gab damit den Blick auf ihren superflachen Bauch frei. Die funkelnden Augen Annes hatten ihren Kampfgeist wieder geweckt, und sie wollte mit ihren Reizen nicht geizen.

»Sehr gut! Auf geht's. Du siehst einfach toll aus. Ich halte dir die Daumen, Püppchen.« Anne drückte ihr noch einen dicken Schmatz auf die rechte Wange und schob

Kira zur Tür, die direkt zum hinteren Bereich der Bühne führte.

Mit einem kleinen Stolpern erreichte Kira die zwei Stufen, die auf das Podest führten. Ein erstes Johlen war aus dem Publikum zu hören.

»Mein Name ist Kira Funke, ich bin 16 Jahre alt, komme aus Bremen und besuche die elfte Klasse des Gymnasiums«, stotterte sie hervor. Reiß dich zusammen, schimpfte sie im Stillen mit sich und bemühte sich, ruhiger zu werden, sonst würde es den totalen Reinfall geben.

»Na dann leg mal los«, hörte sie Nies sagen. Ihre ersten Schritte waren noch verhalten. Das Licht der beiden kleinen Scheinwerfer war tatsächlich so grell, wie Molli-Milli erzählt hatte, sodass sie den Boden des Podests kaum sehen, geschweige denn die Jurymitglieder identifizieren konnte. Das Publikum, das den Raum füllte, nahm sie nur als gesamtgraue Masse wahr. Bloß nicht am Ende vom Laufsteg fallen!

Sie wusste nur, dass außer Bruno Nies irgendein abgehalfterter Schlagerstar – maximal ein C-Promi – und die Vertreterin einer großen Modekette, die auch in Bremen eine Filiale betrieb, die Jury bildeten. Und einige Vertreter der örtlichen Presse würden auch da sein. Und natürlich jede Menge Publikum. Am schlimmsten würde sich der Schlagerfuzzi benehmen, hatten die Mädchen, die schon drin gewesen waren, einstimmig erklärt. Eine Zote nach der anderen und Beleidigungen ohne Ende.

Kira dachte an Nies' Worte im Hotelzimmer und versuchte, sich katzengleich geschmeidig auf der kleinen Bühne zu präsentieren, die Füße in einer geraden Linie voreinander setzend, wiegte sie sich in den Hüften und warf bei jeder Drehung um die eigene Körperachse die Haare zurück. Kein Lächeln lag auf ihrem Gesicht, das hatte Nies ihr auch mitgegeben. Geheimnisvoll, unnahbar, lasziv.

Noch war ihr kein entscheidender Fehler unterlaufen. Trotz der Wendungen und Drehungen war sie auf den Absätzen geblieben. Selbstbewusster geworden, steckte sie ihre beiden Daumen in die Gürtelschlaufen, stoppte kurz vor Bühnenende und ließ ihre Haare ins Gesicht fallen. Lässig und provozierend stand sie da, wartete, bis sich der Beifall und die Pfiffe aus dem Publikum gelegt hatten. Bis jetzt hatte keiner aus der Jury etwas Abfälliges gesagt. Aber auch nichts Positives. Nur einmal hatte sie gehört, dass sich jemand geräuspert hatte. Ob aus Bewunderung oder einem anderen Grund, konnte sie nicht einschätzen.

Dann grinste Bruno Nies sie an.

»Sehr schön. Wie war noch mal dein Name? Kira? Gut gelaufen, geile Ausstrahlung. Du warst heute bisher die Beste. Von mir kriegst du ein dickes Ja.«

Das Publikum johlte und klatschte anerkennend Beifall.

Die beiden anderen Stimmen, Kira musste die Augen zusammenkneifen, um sie auch zwei Gesichtern zuordnen zu können, spendeten ebenfalls Applaus. »Wie ein Kätzchen, aber du musst noch zur echten Katze werden«, die Frau vom Modehaus.

»Mädchen, du hast einen echten Knackarsch, ein geiles Fahrgestell, nur deine Titten erinnern mich an Stachelbeeren.« Der Typ verglich offenbar Mädchenkörper mit diversem Obst, was ihm Pfiffe aus dem jungen Publikum einbrachte. Das musste der singende C-Promi, von dem

Kira noch nie etwas gehört hatte, sein. »Trotzdem, tolle Performance, meine Stimme hast du auch.«

Kira wurde schwindlig, vom angestrengten Starren auf die Jury, vor Aufregung und vor Freude. Sie hatte es geschafft. Unter dem tosenden Beifall des Publikums stöckelte sie die kleine Treppe von der Bühne wieder herunter. Pass bloß auf, dachte sie. Nicht auszudenken, wenn sie jetzt noch gestürzt wäre. Mit einem Jubelschrei fiel sie Anne in die Arme.

»Ich bin weiter, Anne. München ruft. Ist das nicht geil?« Wann hatte sie sich das letzte Mal so lebendig gefühlt?

»Wahnsinn, wir zwei in ein paar Wochen in München. Ich kann es noch gar nicht fassen. Wir müssen sofort an die Planung gehen. Oder sind die Klamotten dann vorgeschrieben? Musst du da Bikini tragen? Abendkleid? Hochzeitskleid? Oh Gott, oh Gott, mir wird gleich schlecht.« Ausgelassen sprangen die Mädchen herum, verfolgt von neidischen Blicken der Konkurrentinnen. Wie schnell wurden aus normalen Mädchen keifende Zicken.

»Hey, jetzt macht mal halblang. Führt euren Freudentanz draußen auf. Wir müssen uns hier noch konzentrieren.« Eines der Mädchen, Kategorie Bohnenstange, hatte sich drohend vor Kira und Anne aufgebaut.

»Ja, ja, wir sind ja schon weg. Aber ich glaube kaum, dass wir zwei uns wiedersehen«, gab Kira schnippisch zur Antwort. Sie schob sich durch die Mädchenmenge zur Ausgangstür, während Anne noch Schuhe und Schminkbeutel in ihrem Rucksack verstaute.

Im Foyer holte Kira tief Luft. Das war doch alles nur ein Traum. Sie gehörte jetzt schon zu den schönsten Mädchen in Deutschland, und wer wusste schon, wohin sie dieser Weg noch führen würde. Sie musste gleich Mama und Dennis informieren. Die beiden sahen das zwar nicht wirklich gern, aber Kira war nun auf dem Weg in ein anderes Leben.

Wo blieb denn Anne nur?

»Kira? Kira Funke?« Eine Frau mittleren Alters mit mausgrauen Haaren kam auf Kira zu, in der Hand einen Umschlag.

»Hallo, ich bin Verena, die Assistentin von Bruno. Das soll ich dir geben. Übrigens, du hast deine Sache toll gemacht. Ich glaube, du bist ein Naturtalent. So, mal schauen, was die anderen Damen so zu zeigen haben.« Und schon war Verena wieder verschwunden. Kira öffnete den Umschlag. Auf einer weißen Karte stand handschriftlich:

Fast perfekt. Komm heute um 21 Uhr zum Feinschliff in meine Suite. Bruno

*

Hölzle hatte die Liste mit den Namen der am vergangenen Freitag angemeldeten Wissenschaftler bekommen, inklusive der Adressen, wo diese in Bremen abgestiegen waren. Er verließ die *Glocke* und überflog nebenbei die lange Reihe Namen und Hotels, die auf der Liste standen. Na prima, das waren ja, locker geschätzt, knapp 100 Leute.

Sein Mobiltelefon meldete sich mit *We will rock you*. Harry war ihm so ausgiebig auf die Nerven gegangen, endlich mal was *Anständiges* als Klingelton drauf zu laden, dass Hölzle klein beigegeben hatte, und nun Queen zu hören war. Er brauchte nur Geduld zu haben. Irgendwann würde auch das Harry auf die Nerven gehen, und dann kämen die Flippers wieder zu ihrem Recht. Hölzle schob die Liste in seine Jackentasche.

»Ach, Alexander, du bist's. Wo wollt ihr hin? Zum Casting?« Eine Straßenbahn ratterte an Hölzle vorüber, und er verstand für einen Augenblick kein Wort mehr. »Was wollt ihr denn da? Also, Germanys next top identical twins werdet ihr nicht, das kann ich euch gleich sagen.« Er hielt einen Moment lang inne und lauschte den Ausführungen seines Neffen. »Ah so, ihr wollt nur Mädels gucken, kann ich verstehen. Nein, kein Problem, ich weiß sowieso noch nicht, wann ich nach Hause komme. Ja dann, viel Spaß. Grüß deinen Bruder.«

Jetzt fiel es ihm auch wieder ein. Schon seit Tagen waren die Zeitungen voll mit Berichten über das Casting zur *Catwalk Princess*. Offenbar hielten sich sämtliche Mädchen aus ganz Bremen und Niedersachsen, aus Hamburg und Schleswig-Holstein für hübsch genug, um bei diesem Event mitzumachen. Fast täglich sahen sich die Juroren die jungen Damen an und trafen eine Vorauswahl. Die endgültige Entscheidung würde wohl am übernächsten Wochenende fallen. Hölzle schüttelte den Kopf. Diese Shows sprossen wie Pilze aus dem Boden, und er fragte sich manchmal, was das für Eltern waren, die ihre Kinder einem solchen Psychostress aussetzten. Andererseits waren die Jugendlichen alt genug, zu erkennen, auf welchen Schwachsinn sie sich damit einließen. Wenn's mei Mädle wär, tät ich's net dort na lasse. So viel stand für Hölzle fest.

Als er zurück im Präsidium war, ließ ihn Hilke Maier wissen, dass seine beiden Kollegen Dennis Koch mitgebracht und mit der Vernehmung bereits begonnen hatten.

»Danke«, sagte Hölzle. »Wieso machen Sie so ein bedrücktes Gesicht. Ist was nicht in Ordnung?«

»Tim Wiese verlässt Werder und geht zu Hoffenheim.«

Er tätschelte ihren Arm. »Ach wissen Sie, wer weiß, wofür das gut ist. Veränderungen sind wichtig, egal wo.« Dann ließ er Hilke Maier in ihrem grün-weißen Kummer stehen und machte sich auf den Weg zum Vernehmungsraum.

Dennis Koch hatte sich in den Stuhl gefläzt und bemühte sich um Coolness. Seit der Fahrt hatte er kein Wort mehr gesagt. Diese Typen von der Polizei konnten ihn mal kreuzweise. Hatte er nicht sogar Anspruch auf einen Rechtsanwalt? Das hatte er doch schon in Filmen gesehen. *Ohne meinen Anwalt sag' ich nichts*, und deshalb würde er es genauso machen.

»Dennis«, hob Harry an, »wir haben Zeit. Die Kriminaltechnik hat Ihre Klamotten schon im Labor und untersucht sie auf Blutspuren, Haare, Hautschuppen und so weiter. Das kann jedoch dauern, und wir lassen Sie hier nicht weg, bevor Sie uns nicht erzählt haben, wo Sie am Freitagabend und auch am Sonntagabend gewesen sind.«

Dennis Koch wich dem Blick des Kriminalbeamten aus und studierte hinlänglich seine abgekauten Fingernägel.

»So, was haben wir?« Hölzle kam mit Schwung in den Vernehmungsraum.

»Herr Koch junior zieht es vor, zu schweigen«, informierte ihn Dahnken.

»Hm«, machte Hölzle und kramte die Liste aus seiner Jackentasche. »Kannst du dich darum kümmern?« Er ignorierte Dennis Koch, der mit gerunzelter Stirn zu ihm aufblickte.

Dahnken nahm die Papiere entgegen und stand auf. »Ja klar.« Er öffnete die Tür und ließ die drei Männer zurück.

»Bin gleich wieder da, Harry, hab was vergessen.« Hölzle folgte seinem Kollegen, um wenige Augenblicke darauf gut gelaunt wieder zu erscheinen.

»So, Herr Koch, jetzt mal zu Ihnen. Es wäre schon besser für Sie, den Mund aufzumachen. Wenn Sie ein Alibi vorbringen können, dann haben Sie auch nichts zu befürchten und können wieder nach Hause. Sie haben doch bestimmt heute noch was vor. Junge Leute in Ihrem Alter haben doch meist etwas vor. Also, meine Neffen zum Beispiel gehen heute Abend zu dieser Castingshow. Hängen doch überall Plakate, kommt dauernd was darüber im Fernsehen. Mögen Sie solche Sachen auch?«

Was ist das denn für einer?, wunderte sich Dennis. »Die Mädels dort sind schon scharf, zumindest einige«, grinste er dann.

»Apropos scharf. Haben Ihnen meine Kollegen nichts zu trinken angeboten?« Hölzle war die Fürsorge in Person.

»Nein, und ehrlich gesagt, habe ich tierisch Durst. Das grenzt hier ja schon an Folter. Flüssigkeitsentzug oder so«, beschwerte sich Dennis.

»Harry, wo bleiben deine Manieren. Bring unserem Gast ein Wasser. Cola oder dergleichen kann ich Ihnen leider nicht anbieten«, entschuldigte sich Hölzle.

Harry verdrehte die Augen und verschwand. Zurück kam er mit einem Plastikbecher, gefüllt mit Mineralwasser, den er vor Dennis hinstellte. Der junge Mann trank den Becher in einem Zug leer und rülpste anschließend. »Boaah, das tat gut. Danke, Mann.« Er warf Hölzle einen kumpelhaften Blick zu.

»Können wir nun noch mal auf den eigentlichen Grund Ihrer Anwesenheit zu sprechen kommen? Wo waren Sie am vergangenen Wochenende?«

»Hier und da. Ich weiß es nicht mehr genau. Hatte einiges getrunken. War auf der Osterwiese.«

»Von der Osterwiese ist es ja nicht weit bis zum Bürgerpark, nicht wahr? Erinnern Sie sich, ob Sie noch in den Park gegangen sind?«

Dennis Koch war tatsächlich im Park gewesen, und er durchschaute genau, was der Kriminalhauptkommissar bezweckte. Für wie blöd hielt der ihn denn? Natürlich wusste er, dass Moritz im Bürgerpark gefunden worden war.

»Ich sag jetzt nichts mehr.« Dennis verschränkte die Arme vor der Brust und lehnte sich in seinem Stuhl zurück.

Ein kurzes Piepen ertönte, und Hölzle zog sein Handy aus der Tasche. Er warf einen Blick darauf, und ein Lächeln überzog sein Gesicht.

»Das war die Kriminaltechnik, Dennis.«

Der junge Mann wurde blass. Dann sammelte er sich wieder. »Und? Das Blut an meiner Jacke ist von mir. Ich bin hingefallen und habe mich an herumliegenden Glasscherben geschnitten. Sehen Sie?« Er zeigte den Männern seine rechte Hand. An den Fingerknöcheln waren noch Blutkrusten zu erkennen.

»Das mag schon sein, doch das Blut stammt nicht von Ihnen, das wissen wir jetzt.«

Hölzle sah Harry an. »Wir lassen Sie dann mal einen Augenblick alleine, dann können Sie darüber nachdenken, ob Sie uns vielleicht nicht endlich sagen wollen, wo Sie sich aufgehalten haben und wessen Blut das ist.«

Als Harry mit Hölzle draußen auf dem Flur stand, fragte er: »War das Markus, der dir die SMS geschickt hat?«

Hölzle grinste. »Nee, das war Peter. Er sollte mich nur anfunken, damit ich dem Jungen mal ein wenig einheizen kann, indem ich ihn glauben lasse, die Kriminaltechnik hätte mir eine Info geschickt.«

Hölzle und Schipper kehrten zurück in den Vernehmungsraum.

»So, Dennis, haben Sie sich überlegt, ob Sie uns nun erzählen möchten, wo Sie gewesen sind?« Hölzle ließ sich wieder am Tisch nieder, Harry blieb stehen, die Hände auf die Stuhllehne vor sich gestützt.

»Ja, Mann. Okay, das Blut an meiner Jacke ist von einem Bekannten. Wir hatten Streit und haben uns geprügelt. Zufrieden?«

»War das am Freitag oder am Sonntag?«, wollte Harry wissen.

»Freitag.«

»Ihr Bekannter, hat der auch einen Namen? Und was ist mit Sonntag? Wo waren Sie da und was haben Sie gemacht?«, feuerte Hölzle weitere Fragen ab.

»Malte. Weiter weiß ich nicht. Sonntag war ich in der Neustadt unterwegs.«

»Wo? Mit wem?«

Bevor Dennis Koch Hölzle eine Antwort geben konnte, klingelte dessen Handy.

»Ah, Markus. Sag an, was hast du für mich?« Hölzle schwieg und lauschte den Informationen des Kriminaltechnikers. »Danke dir.«

»Das Blut an Ihrer Jacke stammt weder von Ihrem

Onkel noch von Hanna Wagner. Damit sind Sie in dieser Angelegenheit vorerst raus.«

Dennis schob seinen Stuhl zurück. »Sag ich doch. Dann geh ich jetzt.« Sein selbstsicheres, großspuriges Auftreten kehrte zurück.

BREMERHAVEN 1

»Wann geht's looohos, wann geht's looohos?« Mit einem gewaltigen Satz war Tim, einem angriffslustigen Panther gleich, auf Martinas Bett gesprungen. Sie tat, als würde sie schlafen und schnarchte brummend vor sich hin.

»Mama, ich weiß, dass du wach bist, steh auf, ich will los.«

Polizeikommissarin Martina Stedinger hielt die Augen weiter geschlossen, bis ein dünnes Fingerchen ihr linkes Augenlid anhob, und ein anderer Finger versuchte, auf ihren Augapfel zu drücken.

»He, du kleines Ungeheuer, lass das, die Mami braucht ihre Augen noch, um die bösen Männer zu entdecken. Na, wo ist denn mein böser Mini-Mann?«

Tim hatte sich unter dem dicken Steppbett seiner Mutter verkrochen. Er wusste, was jetzt kam. Martinas Hand wanderte unter die Decke, packte Tims Fuß und kitzelte ihn gnadenlos, bis sich Tim vor Lachen krümmte und kaum noch Luft bekam.

»Aufhören, Mama, hör auf, bitte, Schluss«, flehte der Siebenjährige mit vor Lachen atemloser Stimme.

Tim war Martinas Ein und Alles, und nachdem ihr Mann Robert sie wegen einer Krankenschwester verlassen hatte, konzentrierte sich ihre ganze Liebe auf ihren Sohn.

Heute hatte sie sich einen ihrer seltenen freien Tage gegönnt. Tim hatte schulfrei, und Martina hatte ihre Schicht mit dem Kollegen Heinert tauschen können. Auch wenn sich die Frauen bei der Polizei mittlerweile behaupteten und ihren männlichen Kollegen gleichgestellt waren, gab es doch eine besondere Rücksichtnahme gegenüber den weiblichen Polizisten mit Kind, zumal, wenn sie dazu noch alleinerziehend waren.

Für heute hatte Martina Tim versprochen, mit ihm den Vormittag im Zoo am Meer zu verbringen, dann mindestens fünf Hamburger und »bitte Mamaaaa Cola« zum Mittagessen. Am Nachmittag stand das Auswandererhaus auf dem Programm. Nachdem Tim erfahren hatte, dass der Bruder seines Urgroßvaters nach Amerika ausgewandert war, war der Junge nicht mehr zu halten gewesen.

»Mama, so weit, bis nach Amerika! Ist dieser Onkel Ludwig Cowboy geworden? Hat er Gold gefunden?« Tim wusste, dass man sich im Auswandererhaus auf Spurensuche begeben konnte, und er wollte nun selbst mit eigenen Augen sehen, wann und auf welchem Schiff dieser sagenumwobene Ururonkel Ludwig nach Amerika gelangt war.

Martina Stedinger schälte sich aus den Kissen.

»Na dann hopp, mein kleiner Abenteurer. Frühstück ist in ein paar Minuten fertig. Wir nehmen den Bus um halb zehn. Und zieh die dicken Wollsocken von Oma an, hörst du, und das rot karierte Flanellhemd.«

Tim rollte mit den Augen. Einem Siebenjährigen musste man doch nun wirklich nicht mehr erklären, was er anzuziehen hatte.

Martina bereitete das Frühstück für Tim und sich zu. Heute durfte er schlemmen, statt Haferflocken mit frischem Obst und Milch gab es im Ofen aufgebackene Brötchen mit Schokoladenaufstrich. Natürlich trödelte der junge Herr mal wieder, und Martina nahm sich die Zeit, bei einer ersten Tasse Kaffee einen Blick in die Nordesee-Zeitung zu werfen.

Die Morde an diesem jungen Märchenforscher und an der Journalistin beherrschten die Presse, und schon rein aus beruflichen Gründen durchsuchte sie die Zeitung, ob zumindest schon die Reporter neue Erkenntnisse gewonnen hatten. Nein, heute nichts Neues. Sie durchstöberte noch den Kulturbereich, vielleicht bot das Auswandererhaus heute ja sogar einen interessanten Vortrag oder eine Führung speziell für Kinder an, die sie dann mit Tim mitmachen könnte. Nein, auch hier nichts, was Martina interessiert hätte. Ein Chansonabend im Pferdestall wäre noch etwas für sie gewesen. Sie sah einen Hinweis auf den Märchenforscherkongress, die Teilnehmer hatten sich heute nach Bremerhaven verirrt. Ein Vortrag zur Zauberwelt der Nymphen, Nöcks und Wasserungeheuer war doch tatsächlich in Bremerhaven angesiedelt worden. Leider nicht für die Öffentlichkeit gedacht, sondern sozusagen hinter verschlossenen Türen.

Schade, das hätte sie und Tim, der sich zurzeit mit der geheimnisvollen Welt des Harry Potter auseinandersetzte, – Martina las ihm immer abends daraus vor -, sicherlich interessiert.

Martina Stedinger warf einen Blick auf die Küchenuhr, eine riesige Mickey Maus, deren Augen bei jedem Zeigersprung nach links oder rechts wanderten.

»Tim, höchste Eisenbahn.« Es würde sie nicht weiter wundern, wenn sie Tim noch im Schlafanzug inmitten seiner Playmobilburg finden würde. Er verzettelte sich einfach gern. Von mir hat er das nicht, dachte sie und seufzte.

*

Während Martina Stedinger und ihr Sohn sich nach dem Zoobesuch auf den Weg zum Auswandererhaus machten, hing Achim Bringmann seinen Gedanken nach. Eigentlich hätte der Besuch in Bremerhaven so etwas wie ihre Hochzeitsreise werden sollen. Aber schon bei der Ankunft hatte Eddi sein Schmollgesicht aufgesetzt. Achim fand es manchmal schon niedlich, wie Eddi die Lippen anspitzte, seine Augen sich verkleinerten, und er hörbar durch die Nase schnaufte. Ja, er fand es niedlich, wenn Eddi das Gesicht so verzog und gleich darauf wieder strahlte. Aber diese Reise hatte Eddi von Anfang an nicht gepasst.

Nachdem Eddi und Achim sich entschlossen hatten, ein echtes Paar zu werden – die Trauung war für den Sommer geplant – hatte Achim die Idee zu dieser vorgezogenen Hochzeitsreise entwickelt. Es sollte eine Überraschung werden.

Erst vor drei Monaten hatte Achim sich seinen Eltern offenbart, hatte, wie man so sagt, sein Coming-out. Seine Eltern waren zuerst sprachlos gewesen, sein Vater, ein pensionierter Lehrer, hatte das Zimmer verlassen. Seine Mutter hatte herzergreifend geseufzt und ihm dann mitgeteilt, dass sie gar nicht erstaunt sei, sie habe sich schon immer gefragt, warum er mit seinen 39 Jahren immer noch keine Frau habe, so attraktiv und gut verdienend, wie er doch sei. Achims Vater hatte sich erstaunlich schnell beruhigt, gemeint, dass durch Achims Schwester mit ihren vier Kindern ja Gott sei Dank die Familie weiter bestehen würde.

Eine Woche später hatte er an einem Sonntag bei Kaffee und Kuchen Eddi seinen Eltern vorgestellt. Sein Vater hatte erneut das Zimmer verlassen, seine Mutter noch tiefer geseufzt, und seine Schwester, die die Neugierde an die nachmittägliche Kaffeetafel getrieben hatte, hatte ihn gefragt, ob er noch alle Tassen im Schrank habe, das sei doch kein Partner für ihn, der hätte es doch nur auf sein Geld abgesehen.

Gut, Eddi war in der Tat eine Herausforderung für die Familie: 13 Jahre jünger als Achim, ein Künstler – was fabriziert der denn, Scheiße in Dosen? – hatte sein Vater ihm zugeraunt, nachdem er wieder ins Wohnzimmer zurückgekehrt war. So ganz klar, wo die Begabungen von Eddi lagen, war sich Achim dann auch nicht gewesen. Eddi hatte ihm erklärt, dass er noch auf der Suche wäre, und Achim sei für ihn eine Art Muse. Achim hatte sich geschmeichelt gefühlt.

Als er Eddi dann vor Kurzem diesen Heiratsantrag gemacht hatte, hatte sein Freund das Ganze zunächst ins Lächerliche gezogen. Achim war beleidigt gewesen, nein, stinksauer und vor allem verletzt.

»Wenn du unsere Beziehung so wenig festigen möchtest, ich weiß nicht, wo da unsere Zukunft sein soll.«

Eddi hatte eingelenkt.

»Nun sei doch keine solche Mimose, natürlich sind wir ein Paar, ich brauche dich doch, meine Muse, mein Sonnenschein.«

Achim war kein Mensch, der lange nachtragend war. Schnell hatte er Eddi verziehen. Vor gut zwei Wochen, da war es mit Eddi dann doch fast aus gewesen. Sie besaßen das gleiche Handy und Achim hatte daher aus Versehen eine SMS von Eddi an einen Lutz gelesen. Weiter als bis *Meine edle Muse* war er nicht gekommen, als Eddi ins Schlafzimmer stürmte, sah, dass Achim sein Handy in der Hand hatte, und ihn dann aufs Übelste beschimpfte. Eddi war kurz davor gewesen, seinen Koffer zu packen. *Wenn du mir nicht vertraust und mir auch noch nachspionierst, gibt es keine Zukunft für uns.*

Achim hatte Eddi schluchzend um Vergebung gebeten, ihm eine Traumreise versprochen, *Eddi, egal wohin, betrachte es als unsere Hochzeitsreise. Unsere Liebe soll mit dieser Reise neu belebt und gefestigt werden.* Eddi hatte sich mal wieder mit Achim versöhnt und eine Reise nach Dubai als begehrtestes Ziel kundgetan.

Dubai traf nun aber überhaupt nicht Achims Geschmack. Als wettergegerbtem Franken war es ihm dort zu heiß, und er glaubte nicht, dass es als Schwulenpärchen eine gute Idee war, in ein solches Land zu reisen. Auf Homosexualität stand dort zwar nicht die Todesstrafe, aber bis zu zehn Jahre Gefängnis, was bedeutete, sie müssten zwei Einzelzimmer buchen und dann noch hoffen, dass ihnen keiner auf die Schliche kam.

Doch Achim hatte eine zündende Idee: Bremerhaven, das Sail-Hotel in Bremerhaven, sah es nicht dem Burj Al Arab in Dubai ähnlich? Natürlich viel kleiner und sicher nicht so verschwenderisch gebaut. Postwendend hatte Achim im Atlantic Hotel Sail City für ein paar Tage eine Suite gebucht und einen Tag vor der Abfahrt Eddi mit geheimnisvoller Miene einen rosa Umschlag überreicht. Sein Freund hatte reagiert wie ein kleines Kind, war gehüpft vor Freude, hatte ihn umarmt und geküsst. Achim war selig gewesen, bis, ja, bis Eddi den Umschlag aufgerissen hatte.

»Wie, was Bremerhaven. Was soll ich in Bremerhaven? Drei Tage in Bremerhaven? Da kannst du mal schön alleine deinen Honeymoon verbringen.«

Schmollend hatte sich Eddi aufs Bett geworfen, aber Achim war hart geblieben. *Entweder Bremerhaven oder nichts. Schick essen gehen. Zoobesuch, Deutsches Schifffahrtsmuseum, Auswandererhaus, Klimahaus, Shoppen, was willst du denn mehr?*

Eddi hatte murrend eingelenkt, jedoch nicht ohne Achim zu drohen, dass er während dieser drei Tage keine große Freude an ihm haben würde, und genauso war es auch gekommen.

Die ersten beiden Tage in Bremerhaven waren ein einziges Fiasko gewesen. Eddi hatte das Bett nicht verlassen wollen, und wenn Achim sich dazu gekuschelt hatte, hatte Eddi ihm den Rücken zugedreht. An den Austausch von Zärtlichkeiten war nicht zu denken gewesen. Heute Morgen, an ihrem letzten Tag, hatte Eddi es dann auf die Spitze getrieben. Vier SMS von Lutz, sieben SMS an Lutz und diese nicht einmal hinter vorgehaltener Hand, sondern frech vor Achims Augen. Eddi war sogar so dreist, Achim zu fragen, ob man Muse mit oder ohne h schreiben würde, und dann verschickte er kackfrech die SMS an diesen Lutz.

Achim drohte, jammerte, tobte und machte sich dann, fast blind vor Eifersucht und Zorn und bis ins Mark verletzt, auf den Weg zum Auswandererhaus, das nur einen Steinwurf vom Hotel entfernt war, nicht ohne Eddi mitzuteilen, er solle verduftet sein, bis er zurückkäme.

Nun dachte er daran, dass Eddi womöglich tatsächlich verschwunden sein könnte, nicht nur aus dem Hotel, sondern, noch schlimmer, aus seinem Leben, und ihm traten vor Seelenschmerz Tränen in die Augen. Wütend auf sich selbst kramte er ein Taschentuch aus seiner Jacke und tupfte sich die Tränen aus dem Gesicht. Den Kopf gesenkt und mit sich selbst beschäftigt ging er weiter, ohne zu bemerken, dass ein Mann vor ihm abrupt stehen geblieben war und bewundernd den Ausblick Richtung Meer genoss. Achim prallte auf den Mann, doch statt sich zu entschuldigen, wie er es üblicherweise sonst getan hätte, raunzte er nur, was denn das für ein Benehmen wäre, sich einfach anderen Leuten in den Weg zu stellen, sodass man fast zu Fall kommen würde. Der Mann musterte ihn verwundert von oben bis unten.

»Ist Ihnen bewusst, dass Sie in mich hineingerannt sind und nicht umgekehrt? Was haben Sie denn für eine Kinderstube genossen? Das ist ja wohl unterste Schublade. Aus welchem Proletenstall kommen Sie denn?«

Achim holte tief Luft, um mit einer entsprechenden Antwort zu kontern, entschied sich dann aber dagegen. Er brauchte nicht noch einen zweiten Kriegsschauplatz. Wutschnaubend bewegte er sich weiter in Richtung Auswandererhaus.

Kopfschüttelnd schaute der Mann Achim hinterher. Was war das denn für ein unangenehmer Zeitgenosse?

Noch immer fuchsteufelswild erreichte Achim das Auswandererhaus. Auch das noch! Vor dem Eingangsbereich trommelte eine Touristenführerin ihre versprengt stehende Herde zusammen. »Bitte Beeilung, meine Damen und Herren, wir haben die Eintrittskarten für Sie reservieren lassen.«

Noch nicht einmal ein gemütliches Durchschlendern der Schauräume würde ihm gegönnt sein. Mehr als 60 Tagungsteilnehmer, als solche wiesen die Namensschildchen die Truppe offensichtlich aus, begehrten gleichzeitig mit ihm Einlass. Genervt stellte sich Achim an einer der Kassen im Museumsfoyer an. Vor ihm wartete eine junge Mutter mit einem rothaarigen Knirps.

»Entschuldigen Sie, aber mit dem Eis darf der junge Mann nicht ins Museum«, ermahnte die Ticketverkäuferin die Mutter.

»Einen Moment bitte. Tim, leck noch einmal schnell und dann wirf den Rest bitte dahinten in die Tonne, sonst müssen wir uns wieder neu anstellen.«

Der Junge schob sich ein letztes Mal sein Eis so weit er konnte in den Mund, nicht ohne einen Teil seines Gesichts damit zu verschmieren. Dann drehte er sich mit Schwung herum, um der Aufforderung seiner Mutter Folge zu leisten. Doch die Eiswaffel fand ihr Ende nicht wie geplant im Mülleimer, sondern auf Achims Jacke.

»Scheiße, auch das noch, kannst du nicht aufpassen?«, herrschte der Jackenbesitzer den Jungen an, während er seine beschmutzte Jacke beäugte und einen hellen cremigen Fleck – Vanilleeis – entdeckte. Es juckte ihn in der Hand, dem Jungen eine zu scheuern. Doch der warnende Blick der jungen Mutter belehrte ihn eines Besseren. Sie hielt ihm eine Visitenkarte hin, die sie aus ihrem Rucksack gekramt hatte.

»Hier, das ist meine Adresse. Lassen Sie die Jacke reinigen und schicken Sie mir die Rechnung. Im Übrigen ist der Fleck aus dem billigen Stoff sicherlich ganz einfach raus zu waschen.«

Achim war sprachlos. Billiger Stoff? Die Frau hatte keine Ahnung. Schließlich trug er eine Bognerjacke. Der Junge, der den kläglichen Rest, der in der Waffel geblieben war, nun entsorgt hatte, stürmte wieder heran und drängte sich derart ungestüm zwischen seine Mutter und Achim, dass er mit seinem Kopf dem Mann einen leichten Stoß in die Magengegend versetzte. Jetzt reichte es Achim aber.

Seine rechte Hand hatte sich wie von selbst gehoben, und er konnte sich gerade noch erneut beherrschen, um diesem kleinen Balg nicht ein paar ordentliche Backpfeifen zu geben. Er musste sich unbedingt beruhigen. Ein Blick in das Gesicht der jungen Löwenmutter riet ihm, einen gewissen Sicherheitsabstand zu dem Fratzen zu halten. Gut, er hatte schließlich Zeit. Mit einem unwilligen Grunzen riss er ihr die Visitenkarte aus der Hand und drehte sich um.

Vor seinem Gang durch die Ausstellung des Auswandererhauses würde er sich zunächst über die Geschichte des Hauses oder über ein paar Auswandererschicksale informieren. Dazu gab es doch sicherlich Literatur, eine kleine Broschüre oder Ähnliches, das würde ihn auch auf andere Gedanken bringen, die nach wie vor um Eddi kreisten.

Reiseandenken, Bücher und Informationsbroschüren waren im Museums-Shop zu erstehen. Vor dem Buchregal stand der Mann, in den er vorhin hineingerannt war. Was hatte der noch zu ihm gesagt? Prollige Kinderstube? Frechheit. Am liebsten würde er ihm jetzt und hier noch mal die Meinung geigen. Sein *Feind* blätterte in einem dünnen Heft und reichte es dann der Dame an der Kasse.

»Haben Sie davon noch ein anderes Exemplar für fünf Euro? Das hier ist schon ganz schön ramponiert, und die Seiten sind zerknittert.«

»Nein, tut mir leid, das ist das letzte Heft. Ich hoffe, heute Nachmittag werden weitere eintreffen. Wir hatten nachbestellt, aber leider ... Wollen Sie es trotzdem haben? Es liefert wirklich hervorragende Informationen.«

Noch ehe Kunde und Verkäuferin sich versahen, hatte Achim dem Typen das Heft aus der Hand gerissen, einen Fünfeuroschein auf die Theke geworfen und mitgeteilt, dass er keinen Kassenbeleg brauche. Ha, dem Blödmann hatte er es jetzt aber gegeben!

Als er wieder am Ticketschalter stand – die Mutter und der rothaarige Rotzlöffel waren Gott sei Dank verschwunden – konnte er noch den empörten Wortwechsel aus dem Verkaufsbereich hören. Und das war ihm so was von egal.

Nachdem er den Eintrittspreis berappt hatte, erhielt Achim die Eintrittskarte, seinen persönlichen Boardingpass. Die Idee, in die Rolle eines Auswanderers zu schlüpfen, gefiel ihm. Die Plastikkarte, die man an verschiedene Hör- oder Computerstationen halten konnte, ermöglichte den Besuchern, den Weg *ihres* Emigranten zu verfolgen.

Er begab sich in die Wartehalle des Norddeutschen Lloyd, wo seine Reise losgehen sollte. Achim zog die Plastikkarte aus der papiernen Umhüllung und las jetzt erst den Namen, der ihm zugedacht worden war. Na toll, er war ein 17-jähriges Mädchen namens Martha Hüner. Heute war wirklich nicht sein Tag. Er spürte noch immer die Wut und den Schmerz, weil Eddi sich ihm gegenüber wie ein echtes Arschloch verhalten hatte.

Die Tür öffnete sich, es wurden immer nur etwa 20 oder 25 Personen eingelassen, und er vernahm das leise Plätschern von Wasser, so als ob Wellen gegen einen Schiffskörper schlugen. Und tatsächlich, aus dem Wasser ragte die meterhohe Bordwand eines Schnelldampfers. Achim bewunderte die detailgetreu nachgebaute Kaje. An der

Kaianlage warteten Reisende in eigentümlich altmodischer Bekleidung. Erst bei näherem Hinschauen erkannte Achim, dass die Personen in dieser Szenerie überhaupt nicht echt waren. Es handelte sich um lebensgroße Puppen in der Tracht des beginnenden 20. Jahrhunderts. Koffer, Kisten, Körbe, alte Fuhrwerke, Säcke und Taue ergänzten die Szenerie, untermalt von typischen Geräuschen wie Stimmengewirr, dem Klirren von Ketten, Wasserplätschern und dem Stampfen der Maschinen. Es war täuschend echt.

Plötzlich bewegte sich eine der Figuren, und Achim, der in stille Betrachtung versunken war und nebenbei an einer der Hörstationen lauschte, erschrak. Eine Person hatte sich über eine auf einem Getreidesack sitzende Ratte gebeugt und so fest an ihr gerüttelt, dass sie doch tatsächlich abgebrochen war. Unschlüssig stand der Mann da, schaute sich peinlich berührt um und setzte die Ratte dann wieder zurück auf ihren Platz in der Hoffnung, dass ihn keiner beobachtet hatte. Sein Blick fiel auf Achim, der ihn fassungslos anstarrte.

Achim erkannte den Mann, der keine zwei Meter von ihm entfernt stand. Es war kein anderer als derjenige, der ihm heute bereits zweimal über den Weg gelaufen war.

»Sagen Sie mal, haben Sie den Verstand verloren? Sie führen sich auf wie ein Halbstarker und ruinieren hier die Ausstattung!« Achim gebärdete sich, als habe er höchstpersönlich die Ratte dort vor Jahren angebracht, und tat dann kund, dass er dieses unglaubliche Vergehen später melden würde. Das sei ja wohl der Gipfel der Unverschämtheit! Den Schaden nicht melden zu wollen, die Ratte einfach wieder auf den Sack zu setzen.

Noch während Achim weiter zeterte, drehte der Mann sich frech grinsend einfach um und ging zur nächsten Hörstation, als wäre nichts geschehen.

Achim stand mit offenem Mund da und gestand sich in seinem tiefsten Inneren ein, dass er im Moment vielleicht wirklich etwas überreagierte. Er hätte den Mann nicht gleich so anmachen müssen, und im Grunde konnte ihm die Ratte auch egal sein. So weit hatte Eddi ihn also gebracht, dass er pausenlos, und vor allem ohne triftigen Grund, wildfremde Menschen beschimpfte. Er musste sich endlich beruhigen, sonst würde er sich zu guter Letzt noch zu einem Mord an Eddi hinreißen lassen. Achim atmete tief durch und inspizierte den Wegweiser in seiner neu erworbenen Broschüre.

Er ging die Treppe am Schiff nach oben, um sich dann in der *Galerie der 7 Millionen* wiederzufinden. In unzähligen Schubläden fanden sich Angaben zu Passagieren, die auf dem Seeweg Bremerhaven verlassen hatten. Name, Geburtsdatum, Heimatadresse, Beruf, Abreisedatum und in welchem Land der- oder diejenige dann gelandet war. Hauptsächlich reisten die Emigranten nach Nord- oder Südamerika, aber zum Teil auch nach Neuseeland oder Australien.

Achim zog hier und da eine Schublade auf, las die Angaben und fand sogar Levi Strauss und Engelbert Humperdinck. Schließlich wanderte er weiter, betrachtete mit leichtem Schaudern die Unterkünfte im Schiff. Passagier der dritten Klasse zu sein, war offenbar kein Zuckerschlecken gewesen. Die Vorstellung, auf engstem Raum zwei Wochen lang mit so vielen Menschen zusammengesperrt zu sein, war für Achim der reinste Albtraum.

Bei seinem Rundgang sah er auch immer wieder den Mann, mit dem er sich heute schon drei Mal angelegt hatte. Achim hatte sich vorgenommen, ihm ab jetzt aus dem Weg zu gehen. Doch wie man auf eine dicke Warze in einem Gesicht permanent starren muss, so wurde Achims Blick immer wieder von diesem Mann angezogen. Und was war das? Warum war die Jackentasche des Mannes so ausgebeult. Achim starrte so lange darauf, bis der Mann ihm einen bösen Blick zuwarf. Achim würde es dem Typen zutrauen, dass er etwas aus dem Museum mitgehen ließ. Das sollte er vielleicht doch melden.

Am Ende des Rundgangs gelangte Achim zur Familienrecherche. Hier standen einige Computer, an denen man Nachforschungen über Verwandte oder Freunde, die ausgewandert waren, betreiben konnte. Achim stürzte sich geradezu auf den letzten freien PC und schnappte ausgerechnet dem *Rattenmann* den Platz weg. Das daraufhin triumphierende Grinsen konnte sich Achim Bringmann nicht verkneifen. *Rattenmann* grunzte nur ärgerlich und wandte sich ab. Auch er hatte sich wohl entschieden, weiteren Auseinandersetzungen aus dem Weg zu gehen.

Achim tippte den Namen Linemann ein, ein weitläufiger Zweig seiner Familie, doch leider ohne Erfolg. Während er überlegte, welcher Teil der Familie mütterlicherseits vielleicht eher dazu geneigt hatte, sich auf Reisen zu begeben, fiel sein Blick auf den Eisfleck, der unschön auf seiner Jacke prangte. Er musste wenigstens versuchen, ihn mit etwas Wasser herauszureiben, sonst würde er endgültig eintrocknen und vielleicht für immer die Jacke verunzieren. So ein Mist.

Achim folgte den Wegweisern zu den Toiletten im Foyer. Aus dem Handtuchspender zupfte er drei Blatt Papier, die er zusammenknüllte, mit lauwarmem Wasser befeuchtete und anschließend unter den Seifenspender hielt. Mit ordentlichem Druck rubbelte er über den Fleck, doch das Resultat war verheerend. Nun hatte er nicht nur einen Fleck, dieser war nun auch noch gespickt mit grünen Papierfetzchen, es sah aus, als hätte jemand Spinat auf seine Jacke erbrochen.

Achim stieß einen wütenden Fluch aus. Die Jacke hinüber, die Beziehung zu Eddi kaputt. Tränen der Wut und der Enttäuschung traten ihm in die Augen. Zu allem Übel verspürte er auch noch Druck in seinem Darm, wie so oft, wenn er sich aufregte. Dann neigte er zu Durchfall. Und Achim hasste öffentliche Toiletten. Was man sich da alles einfangen konnte! Nicht auszudenken. Wenigstens war sonst niemand hier.

Die Toilette musste er zuerst vorsichtig inspizieren. Er riss weiteres Papier aus dem Spender, legte es auf den Griff der Toilettentür und zog diese auf. Mit angehaltenem Atem reckte er den Hals und schaute in die Kloschüssel. Sah ordentlich aus. Er schloss hinter sich ab. Als er sich auf der dick mit Toilettenpapier belegten Brille niederließ, sah er durch den Türspalt schwarze Schuhspitzen. Hoffentlich rüttelte da keiner an der Klinke. Dann konnte er gar nicht. Seltsam, die Schuhspitzen verharrten vor seiner Tür.

*

Hölzle saß mit seinen Neffen am Esstisch. Zum Abendessen hatte es Chili con Carne gegeben, dazu frisches

Baguette. Den ganzen Tag hatten Harry, Peter und er damit verbracht, die Liste mit den Namen der Wissenschaftler, die am Freitag angereist waren, abzuarbeiten. Bisher ohne Erfolg. Lediglich eine Dänin, Maja Jorgensen, hatte von ihrer Verabredung mit Moritz Koch am späten Freitagabend an der Hotelbar erzählt, doch er war nie aufgetaucht. Wie auch, da lag der arme Mann schon mit eingeschlagenem Schädel bei den Eseln. Auch aus den kriminaltechnischen Labors gab es keine neuen Erkenntnisse. Es war frustrierend. Ihre bisherigen Verdächtigen, Ulf und Dennis Koch, hatten sich als Sackgasse erwiesen, nachdem Dennis gestern Abend noch ein Alibi für den Sonntag von zwei Freunden bekommen hatte.

Zu allem Überfluss war auch noch ein unsäglicher Artikel von Schmink erschienen, der Hölzle fast hatte ausflippen lassen.

Mörderischer Missbrauch der Grimmschen Märchen

Zwei Morde innerhalb weniger Tage erschüttern unsere schöne Stadt. Beide Morde scheinen nach Motiven der Märchen der Gebrüder Grimm verübt worden zu sein, was folgt als Nächstes? Wird uns der Mörder eine verbrannte Leiche in einem Ofen präsentieren oder Opfer mit abgehackten Zehen oder Fersen in Anlehnung an Hänsel und Gretel oder Aschenputtel? Ist der Auslöser für die Morde der zurzeit stattfindende Kongress der Märchenforscher aus Europa? Kein gutes Aushängeschild für Bremen. Hotels spüren bereits jetzt einen Rückgang der Buchungen, angeblich wurden sogar schon bereits gebuchte Zim-

mer storniert. Die Kriminalpolizei hat offenbar noch keine heiße Spur, sieht aber keine Notwendigkeit, einen Profiler hinzuzuziehen.

(Thorben Schmink)

Woher hatte Schmink bloß diese Idee, dass die Märchen der Brüder Grimm eine Rolle spielten? Noch war die Presse über Blechesel und -hund nicht informiert worden. Hölzle glaubte auch nicht, dass gerade ausgerechnet zu Schmink diesbezügliche Informationen durchgesickert waren. Aber eines musste man dem Reporter lassen. Er hatte schon öfter mit seinen wilden Spekulationen am Ende gar nicht so falsch gelegen. Vielleicht hatte er sich das Ganze einfach zusammengereimt. Ein Toter im Eselgehege, eine Tote durch Erwürgen mit Hundeleine. Mit etwas Fantasie, und davon hatte das Pickelgesicht genügend, konnte man schon auf die Idee mit den Grimm-Morden kommen.

»Und wie war's gestern Abend bei eurer Castingshow?« Hölzle musste endlich mal abschalten.

Alexander stippte eine letzte Scheibe Brot in den Rest des köstlichen Chilis. Dass sein Onkel so gut kochen konnte, hätte er ihm gar nicht zugetraut.

»Klasse«, brachte er zwischen zwei Bissen hervor.

»Voll die geilen Mädels«, schob sein Bruder nach.

Hölzle grinste. »Und kann man die auch kennenlernen oder nur begaffen?«

Bedauernd schüttelten die Zwillinge den Kopf. »Nee«, sagte Jerôme, »die sind alle backstage und verschwinden dann gleich, nachdem sie aufgetreten sind.«

»Hmm«, machte Hölzle, »also ich würde mein Kind an so was nicht teilnehmen lassen. Dieser Psychodruck und überhaupt, wieso sollte man sich vor einem Riesenpublikum freiwillig zum Affen machen?«

Alexander zuckte die Schultern. »Weil jede die Hoffnung hegt, berühmt zu werden und niemals so richtig arbeiten zu müssen.«

»Aber das ist doch fern jeder Realität. Das sind höchstens Eintagsfliegen, wenn sie überhaupt über die ersten Runden kommen.«

Jerôme schob seinen Teller beiseite und lehnte sich, die Arme ineinander verschränkt, nach vorn.

»Hast du das gestern von dem einen Mädchen mitgekriegt?«, fragte er seinen Zwillingsbruder.

»Nee, was denn?«

»Eines der Mädels hat sich wohl letzte Woche umgebracht. Hat sich vor den Zug geschmissen. Die Zeitungen haben geschrieben, dass sie es nicht ertragen konnte, nicht gleich einen Modelvertrag bekommen zu haben. Hat mir einer am Getränkestand erzählt.«

Wenn das mal nicht das junge Mädchen war, zu dessen Leiche Harry und Auermännchen gerufen worden waren.

»Das arme Ding. Selbst posthum wird sie zum Gespött gemacht«, in Hölzles Stimme schwang Mitleid mit.

»Das hat garantiert im Weser-Blitz gestanden, hab ich recht?« Hölzle konnte sich denken, wer so einen Müll fabriziert hatte.

»Sag mal, was kochst du morgen für uns? Wir müssen zugeben, dass du das echt gut kannst«, wechselte Alexander das Thema.

»Ja genau, besser als Mama«, gab Jerôme zu.

»Ha«, lachte Hölzle und fühlte sich geschmeichelt, »sei mal froh, dass sie das nicht hört. Morgen müsst ihr bei Marthe essen, ich bin unterwegs.«

»Mit wem?«, kam es unisono aus den Mündern der Brüder.

»Geht euch nix an. Beruflich«, konterte Hölzle kurz angebunden. »So, und jetzt ist Tischabräumen angesagt. Zack zack!«, kommandierte er feixend.

KIRA 7

Der gestrige Besuch der jungen Journalistin hatte Annette Funke nachdenklich werden lassen. Sie musste sich endlich dem Tod ihrer Tochter stellen. Vielleicht gab es doch einen Hinweis in Kiras Zimmer, der das, was die Journalistin vermutet hatte, bestätigen würde.

Seit Kiras Tod hatte sie den Raum nicht mehr betreten, denn sie hatte versucht, jede freie Minute im Hotel zu arbeiten, wie damals nach den Beerdigungen von Ben und Peer. Beim Aufräumen stieß sie den Papierkorb um, und verwundert hob sie die zerrissenen rosafarbenen Seiten, die daraus hervorquollen, auf. Sie kannte dieses Papier, hatte sie doch selbst darauf ihre Geschichten geschrieben. Lange war das her. Es hatte ihr so viel Freude bereitet, sie konnte ihrer Fantasie freien Lauf lassen. Alle Geschichten, die ihr in den Sinn kamen, hatte sie zu Papier gebracht.

Annette klaubte die Fetzen zusammen, setzte sich an den Schreibtisch und ordnete die Schnipsel zueinander. Es handelte sich um ihre Lieblingsgeschichte. Warum lag diese nun zerstört vor ihr? Langsam begann sie zu lesen, obwohl sie jedes Wort kannte, egal wie viele Jahre vergangen waren, seit sie dies niedergeschrieben hatte.

Es war einmal ein junges Mädchen, von graziler Gestalt und artigem Wesen. Und es war so wunderhübsch anzuschauen, dass Vater und Mutter ihr Glück kaum fassen konnten, eine solche Tochter zu haben. Lange hatten sie auf das Kind warten müssen, viele Jahre waren vergangen, in denen die Mutter immer wieder ein Kindlein verloren hatte. Und dann hatte der Himmel ein Einsehen gehabt und ihnen dieses zauberhafte Wesen geschenkt.

Als das Töchterchen erst wenige Tage alt gewesen war, lud die Mutter ihre Freundinnen ein, das Kind zu bestaunen. Alle waren voll der Bewunderung, als sie des winzigen Geschöpfes in seiner Wiege gewahr wurden. Voller Freude umarmten sie die stolze Mutter und benetzten das Kind eine nach der anderen mit ihren Freudentränen, die zu winzigen feuchten Perlen wurden, sobald sie die zarte Haut des Mädchens berührten, und gaben ihm die besten Wünsche mit auf den Weg.

In den Jahren, in denen das Mädchen heranwuchs, verliehen die Perlen ihm silbrig schimmerndes Haar, perlmuttfarbene Haut, Augen, die wie Sterne funkelten, und ein perlendes Lachen. Es wuchs heran, geschützt wie eine Perle in der Schale einer Muschel. Das Mädchen entwickelte sich zu einem anmutigen Wesen voller Charme und von atemberaubender Schönheit. Seine Bewegungen waren so beschwingt und anmutig, dass die Rehe im Wald erstaunt verharrten, wenn es zwischen den Bäumen zum See hüpfte. Denn das Wasser des kleinen Sees war dem Mädchen zum Freund geworden. Hier konnte es sich im klaren Quell betrachten. Es war nicht eitel, aber alle Spiegel weigerten sich, sein Bildnis wiederzugeben, aus Angst, vor seinem strahlenden Antlitz zu zerspringen ... Und so blieb ihm nur diese Möglichkeit, sich ab und an zu betrachten und erstaunt festzustellen, dass sich Gesicht und Statur von Jahr zu Jahr veränderten. Schon einige Prinzen waren auf das hübsche Kind aufmerksam geworden, doch es war scheu und sittsam und wurde behütet und beschützt von seinen Eltern.

Als das Mädchen 16 Jahre alt wurde, begab es sich, dass ein Prinz aus der Ferne anreiste, um die schönste Braut zu finden. In vielen Ländern und Städten hatte er bereits nach seiner Prinzessin gesucht. Immer wieder glaubte er, die Richtige entdeckt zu haben, doch nach einem Jahr machte er sich erneut auf den Weg, eine noch Schönere und Bezauberndere zu finden. So kam er auch in die Stadt, in der das wunderschöne, liebreizende Mädchen lebte.

Hier riss der Text ab. Nachdenklich bückte sie sich und wühlte im Papiermüll nach weiteren Fetzen des rosafarbenen Papiers. Schnell wurde sie fündig.

Die zerknüllte Papierkugel auseinander faltend und glättend, hielt sie mit einem Mal inne. Das war definitiv nicht mehr ihre Handschrift. Die nächsten Worte, die sie las, ließen ihr Herz fast stillstehen.

Der Prinz machte einen stattlichen und ehrbaren Eindruck, und er versprach seiner Prinzessin, dass sie ein wunderschönes Leben an seiner Seite führen würde, ginge sie nur mit ihm.

Die Mutter wollte nicht, dass es einem Prinzen folgte, hatte sie doch erst vor Kurzem ihren Mann und ihren Sohn verloren, aber ihre Tochter war so in den Bann des Jünglings geschlagen, dass sie seinem Werben nachgab und ihn in seinem Schloss aufsuchte.

Sie betrat das Schloss voller Scheu und doch zugleich neugierig. Da verhüllten sich die Spiegel aus lauter Furcht, zu zerbersten. Der Prinz empfing sie mit liebevollen Worten, den Tisch gedeckt mit Köstlichkeiten und rotem Wein. Doch kaum hatte das Mädchen von dem Wein gekostet, zog der Prinz es an sich, wollte es küssen. Dem Mädchen ward angst und bange, und es wehrte sich. Da verwandelte sich der Prinz in eine arglistige Schlange, eine Schlange mit stahlharten Armen, die es festhielten und niederzwangen.

Geschunden an Körper und Seele verließ das Mädchen am Abend das Schloss und erblickte sich zu Hause erstmals in einem Spiegel. Seltsam, denn der Spiegel zersprang nicht. Im Gegenteil. In allen schrecklichen Einzelheiten zeigte er dem Mädchen, wie hässlich es in diesen Stunden auf dem Schloss geworden war. Widerwärtig und schmutzig. Sich vor sich selbst ekelnd, rannte das Mädchen in den Wald, wo die Rehe erschreckt vor ihm flohen. Hinunter zum See, seinem Freund über all die Jahre, lief es und wusch sich mit dem klaren Wasser den Schmutz von seinem Körper. Der See wurde trübe, und das perlende Lachen und die glänzenden Augen waren für immer verloren gegangen.

Jemand hatte das Ende umgeschrieben. Und sie wusste auch, wer dies getan hatte und warum. Zitternd sammelte sie die Papierstücke zusammen und schob sie in ihre Hosentasche. Dafür würde jemand büßen müssen.

*

Der Tag begann für Hölzle schon schlecht, und er würde noch schlechter werden. Nur wusste der Kriminalhauptkommissar das am frühen Morgen noch nicht. Die Zahnpastatube war leer, und Christiane, die sonst immer dafür sorgte, dass Nachschub solcher Dinge im Haus war, hatte wohl bei ihren letzten Einkäufen vergessen, welche mitzubringen. Kurzerhand schnitt Hölzle die Tube auf, um den Rest herauszuquetschen. Wenn er sparsam damit umging, könnte die Zahnpasta sogar noch zwei oder drei Mal zum

Zähneputzen reichen, bis er es schaffte, in irgendeinem Drogeriemarkt einzukaufen.

Als er die elektrische Bürste ihre Arbeit machen ließ, dachte er über den bevorstehenden Abend nach. Wie hatte er sich nur von Adlerblick überreden lassen können? Das durfte doch alles nicht wahr sein. Er konnte nur hoffen, dass diese ganze *ich-bin-der-neue-Lover-von-Sabine-Nummer* sonst niemand mitbekam. Was für eine idiotische Aktion!

Er spülte seinen Mund aus und trocknete sein Gesicht ab. Nachdem er sich angezogen hatte, ging er in die Küche, um den Kaffeeautomaten anzuschalten. Sein Handy lag auf der Arbeitsplatte, und ein Blick auf das Display sagte ihm, dass schon zwei Anrufe eingegangen waren. Jean-Marie Muller, Leiter des Kriminaldauerdienstes. Oh, du lieber Gott, net scho wieder a Leich, war Hölzles erster Gedanke.

Jean-Marie Muller meldete sich sofort, nachdem Hölzle die Rückruftaste gedrückt hatte.

»Moin. Männliche Leiche im Swissôtel«, war Mullers knappe Information.

»Ich bin gleich da. Bis dann.« Hölzle fluchte vor sich hin. Ein dritter Toter, keine Zeit für eine Tasse Kaffee. Wenn das heute noch so weiterging, dann prost Mahlzeit. Er war schon fast aus der Tür, als ihm auffiel, dass es in der Wohnung auffallend ruhig war. Die Zwillinge! Die Jungs hatten offenbar verschlafen, denn ansonsten *prügelte* Mann sich um diese Uhrzeit ums Bad. Hölzle riss die Tür zum Gästezimmer auf und brüllte: »Los, raus aus den Federn! Ihr seid spät dran. Muss los.« Zwei Köpfe hoben sich von den Kissen, um ihn mit müden Augen anzuschauen. Mit einem Rums knallte Hölzle die Tür hinter sich zu. Wenn die Zwillinge nun nicht aufstanden, war es deren Problem, er hatte keine Zeit, sich darum zu kümmern, dass die beiden pünktlich zu ihren Praktikumsstellen kamen.

Hölzle traf zeitgleich mit Staatsanwältin Henriette Deuter ein. Seine Kollegen und die Rechtsmedizinerin befanden sich schon vor Ort, ebenso wie Rotenboom mit seinen Mitarbeitern von der Kriminaltechnik. Als die Aufzugtür sich öffnete, trafen sie den Arzt, der zuerst am Tatort gewesen war und den Tod des Mannes bestätigt hatte.

»Kollegin Adler-Petersen ist schon oben.« Er nickte ihnen zu und verließ das Hotel.

Der Tote lag mitten auf dem Bett.

»Was ist denn mit dem passiert?«, rutschte es Hölzle heraus.

»Man hat ihn erstickt, so wie's aussieht«, ließ Adler-Petersen ihn wissen. »Mit diesen Weserkieseln. Ein süßer Tod sozusagen«, fügte sie sarkastisch dazu.

Hölzle hob die Augenbrauen. »Wie meinst du das?«

Ihm entging, dass Peter, Harry und Markus fragende Blicke wechselten und dann mit den Achseln zuckten. Seit wann waren denn die beiden per Du?

»Weserkiesel sind eine Süßigkeitsspezialität. Die gibt's zum Beispiel in der Confiserie am Domshof. Sehen aus wie echte Kieselsteine.«

»Ja genau, die schmecken lecker. Also dass ausgerechnet unser Schokospezialist Hölzle die nicht kennt, ist bemerkenswert«, mischte sich Harry ein.

»Jetzt mal Spaß beiseite, Leute, der hat sich doch nicht freiwillig den Hals mit diesen Kieseln vollstopfen lassen.« Hölzle konnte den Blick nicht abwenden. Es sah grotesk aus. Die Augenlider gerötet durch die typischen kleinen punktförmigen Einblutungen, die zyanotische Gesichtshaut und die roten und schwarz-weiß gesprenkelten Weserkiesel, die aus dem Mund des Toten quollen, erinnerten an einen schlecht gemachten Horrorfilm.

»Nein, vermutlich wurde er zuvor betäubt.« Adler-Petersen stand über die Leiche gebeugt am Rande des Bettes und schaute sich sorgfältig Hände und Arme des Ermordeten an. »Ausgeprägte Livores, Leichenstarre noch nicht vollständig, Rektaltemperatur 29,1°C, Todeszeitpunkt schätzungsweise letzte Nacht zwischen 22 und 24 Uhr. Keine Abwehrverletzungen.« Dann richtete sie sich auf. »So, bitte einmal einpacken und in meinen großen Kühlschrank bringen«, sagte sie zu niemand Bestimmtem.

Als sie an Hölzle vorbeiging, raunte sie ihm zu: »Du denkst an heute Abend?«

Hölzle verzog das Gesicht und schenkte ihr ein gequältes Lächeln. Dabei fing er Harrys Blick auf, der mit den Wimpern klimperte und ihm ein spöttisches Grinsen zuwarf. Ach du Scheiße, jetzt hot der des au no mitkriagt, dachte Hölzle verzweifelt. Was für ein beschissener Tag!

»Habt ihr eigentlich auch schon irgendwas zu bieten?«, raunzte er Harry und Peter an.

»Na logisch. Bruno Nies, 42 Jahre alt, aus Berlin …«, begann Harry mit seiner Aufzählung.

»… Castingchef von *The Catwalk Princess*, naturgemäß wohl ein unangenehmer Zeitgenosse bei diesem Job, um es gemäßigt auszudrücken. Er hatte schon mal eine Anzeige wegen sexueller Belästigung bekommen. Es kam aber nie zu einer Anklage«, vervollständigte Peter.

»Wer hat ihn gefunden?« Hölzle sah dem schwarzen Leichensack, der gerade hinausgeschoben wurde, hinterher.

»Ein Mann vom Zimmerservice. Nies hatte Frühstück aufs Zimmer bestellt, und als er nicht öffnete, hat der Kellner selbst die Tür aufgemacht. Kam öfters vor, sagt der Mann. Nies frühstückte wohl immer um die gleiche Zeit, meist stand er aber noch unter der Dusche, wenn der Zimmerservice kam. Als der Kellner keine Antwort auf sein Rufen bekam, nachdem er den Tisch gedeckt hatte und auch kein Wasserrauschen hörte, ist er in den Schlafbereich gegangen. Das war's.«

»Sagen Sie, Herr Hölzle«, mischte sich Henriette Deuter ein, »so allmählich sind das ein bisschen viele Leichen für meinen Geschmack. Kommen Sie mit den Ermittlungen voran? Ich habe von Ihnen bisher keinerlei Berichte erhalten.« Die Staatsanwältin schaute Hölzle streng an.

Eigentlich war Henriette Deuter ein sehr umgänglicher Mensch, aber angesichts dreier Mordopfer innerhalb einer Woche, war es ihr nicht zu verdenken, dass sie Ergebnisse haben wollte. Auch Polizeipräsident Wiegand hatte schon verlauten lassen, dass er mit dem bisherigen Ermittlungsstand nicht zufrieden war. Die Öffentlichkeit wollte einen Mörder hinter Schloss und Riegel sehen.

»Wir tun, was wir können, ich liefere Ihnen heute noch den aktuellen Stand der Ermittlungen«, versprach Hölzle. Innerlich seufzte er tief auf und fragte sich, wie er das am selben Tag noch hinbekommen sollte.

»Meinen Sie, diese Morde wurden alle vom selben Täter verübt?«, hakte Deuter nach.

Hölzle wandte sich an Markus, der in der Nähe stand. »Habt ihr 'ne Blechkatze gefunden?«

Rotenboom schüttelte verneinend den Kopf.

»Blechkatze? Herr Hölzle, klären Sie mich mal bitte auf«, verlangte die Staatsanwältin.

Der Kriminalhauptkommissar beschrieb Deuter die Blechtiere, die an den anderen beiden Tatorten gefunden worden waren.

»Nun, vielleicht taucht die Katze noch auf, oder wir haben es mit zwei Mördern zu tun«, schlussfolgerte er.

Staatsanwältin Deuter hatte eine weitere Interpretation zur Hand. »Was rumpelt und pumpelt in meinem Bauch?« Dafür erntete sie verständnislose Blicke der Männer.

»Meine Herren, folgender Sachverhalt wäre auch denkbar. Ein Mann, der nach Motiven der Gebrüder Grimm mordet. Gehen wir mal davon aus, dass es sich um einen Mann handelt. Eselgehege und Hundeleine passen natürlich zu den *Bremer Stadtmusikanten*. Aber die Kiesel im Mord des heutigen Opfers könnten auf das Märchen *Der Wolf und die sieben Geißlein* hindeuten. Gut, Bruno Nies hatte die Kieselsteine im Mund und nicht wie der Wolf im Märchen im Bauch, aber vorstellbar wäre das doch, oder nicht?«

Hölzle war verblüfft. Dieser Gedanke war ihm noch gar nicht gekommen. Er rieb sich mit der rechten Hand über eine Gesichtshälfte. »Nicht schlecht. Trotz allem würde das bedeuten, dass wenigstens noch zwei Leichen, also Katze und Hahn sozusagen, fehlen. Warum sollte der Mörder auf einmal auf ein anderes Märchenmotiv umsteigen?«

»Fragen Sie nicht nach den wirren Gedankengängen eines Soziopathen«, lautete Deuters Kommentar. »Ich erwarte Ihren Bericht«, fügte sie hinzu und zog von dannen.

Wenig später fanden sich Schipper, Dahnken und Hölzle bei Kaffee in Hölzles Büro wieder.

»Okay, nehmen wir an, dass wir es mit *einem* Mörder zu tun haben«, begann Hölzle. »Entweder er mordet nach dem Zufallsprinzip, oder es gibt eine Verbindung zwischen Nies und den anderen beiden Opfern. Was meint ihr?«

Harry blies auf den heißen Kaffee und trank vorsichtig einen kleinen Schluck. »Ich bin eher für eine Verbindung. Es erscheint mir doch ein zu großer Zufall zu sein, dass zwei der Opfer sich gut kannten. Und es wäre doch noch ein weiterer, noch größerer Zufall, wenn wir zwei Mörder hätten, die unabhängig voneinander einen *Märchenmord* begehen.«

»Der Meinung bin ich auch«, stimmte Peter seinem Kollegen zu.

Harry legte seinem Freund die Hand auf die Stirn. »Ist dir nicht gut? Seit wann bist du meiner Meinung«, ulkte er.

Peter wandte den Kopf zur Seite. »Seit wann bist du wieder besser drauf? Keine Getreidebratlinge mehr zum Abendessen, sondern Schnitzel?«, spielte er auf Harrys Beziehung zu Carola an, die noch immer versuchte, ihren Freund von einer anderen Lebensweise zu überzeugen; sehr zu dessen Leidwesen.

»Lass stecken«, brummte Harry. »Ich sag dir, gestern Abend gab's ...«

»Stopp!«, fuhr Hölzle dazwischen, der mit wachsendem Unglauben seinen Kollegen zugehört hatte. »Mich interessiert weder, ob ihr euch ausnahmsweise mal einig seid, oder ob Carola Kichererbsenpüree mit freiwillig gestorbenem Möhrengemüse serviert. Könnt ihr euch mal mehr mit Mord beschäftigen! Ich glaub es nicht!«

Betreten sahen sich Harry und Peter an. »Das Rezept muss ich ihr mal vorschlagen«, gluckste Harry, um dann postwendend ein »Entschuldigung« hinterher zu schieben, als er den wütenden Blick seines Chefs auffing.

»Wie weit seid ihr mit den anderen Konferenzteilnehmern? Alle erreicht und befragt?«, ging Hölzle zum Tagesgeschäft über.

»Zehn haben wir noch nicht angetroffen«, vermeldete Harry, »aber wir fahren heute noch mal zu den Hotels.«

»Herrgott, dann fahrt doch in die *Glocke* und lasst die Leute ausrufen. Ihr könnt doch nicht warten, bis die Damen und Herren wieder in ihren Zimmern sind. Muss ich denn alles selbst machen?«

»Was bist du denn so aggressiv heute?«, traute sich Peter, seinen Chef zu fragen. Normalerweise war Hölzle eher der entspannte Typ, egal wie viel Arbeit auf ihm lastete.

»Pass mal auf, ich sag euch jetzt was«, fuhr Hölzle auf. »Wir haben innerhalb kürzester Zeit drei Leichen, bisher keine vernünftige Spur, Henri macht Druck, Wiegand macht Druck, ihr macht um fünf Feierabend und so weiter und so fort! Menschenskind, und da soll man nicht sauer werden?!«

»Du hast ja recht«, gab Harry kleinlaut zu. »Wenn du willst, schreib ich den Bericht für Henri«, erklärte er sich dann bereit. »Aber wir machen nicht um fünf Feierabend!«, schob er murmelnd hinterher.

Hölzle winkte ab. »Lass mal, kümmert euch um die Märchenforscher und versucht eine Verbindung zwischen allen drei Opfern zu finden. Ich mach den Papierkram. Und jetzt raus.«

Nachdem seine Kollegen das Büro verlassen hatten, begann Hölzle mit den Berichten. Er hasste Schreibarbeiten, aber das musste nun einmal sein. Schließlich benötigte die Staatsanwaltschaft die Akten, um später Anklage erheben zu können, sollte der Mörder je gefasst werden, wovon Hölzle ausging. Auch wenn es im Moment eher nicht danach aussah.

Das Telefon klingelte. »Ja, hier Hölzle«, blaffte er in den Hörer.

»Schmink«, meldete sich der Anrufer. »Es hat wohl einen weiteren Mord gegeben, wie man hört. Wird es dazu heute noch eine Presseerklärung geben?«

Der Schmierfink. Na toll, der hatte ihm gerade noch gefehlt.

»Hören Sie, Schmink, lassen Sie mich meine Arbeit tun ...«

»Jetzt hören Sie mir mal zu. Eine Kollegin wurde umgebracht, eine dritte Leiche taucht auf, jetzt wird es mal Zeit, dass die Öffentlichkeit mehr erfährt als bisher. Wie lange wollen Sie damit noch warten?«, unterbrach Schmink ihn aufgebracht.

»Aus ermittlungstaktischen Gründen wird es keine Pressekonferenz zum Stand der Dinge geben. Und damit ist dieses Gespräch beendet.« Hölzle knallte den Hörer auf. Im nächsten Moment ärgerte er sich über sich selbst. Jetzt würde sich Schmink unter Garantie wieder irgendwas zusammenreimen und die gesamte Presse auf ihn hetzen. Egal, es war schon passiert, rückgängig konnte er es nicht mehr machen. Er schaute auf die Uhr. »Mischt, scho so schpät.«

Seine Finger flogen über die Tastatur, er musste sich sputen, wenn er den Bericht für die Staatsanwältin noch fertig bekommen wollte, um dann rechtzeitig in dem Lokal zu sein, in dem er sich mit Adlerblick, ihrem Ex und dessen neuer Flamme treffen musste.

Das Lokal war gut besucht, wie Hölzle feststellte, als er 20 Minuten zu spät eintraf.

»Ah, da bist du ja endlich«, empfing ihn die Rechtsmedizinerin und hauchte ihm einen Kuss auf die Wange. In ihren Augen konnte er die Erleichterung erkennen.

»Wir dachten schon, du kneifst«, bemerkte Ole Petersen und hieb ihm freundschaftlich auf die Schulter. Hölzle erstarrte. Der Typ ging ihm entschieden auf die Nerven. Aliya lächelte nur. Kann die au was anders?, fragte sich Heiner. Er zog den freien Stuhl zurück und setzte sich neben Sabine.

»Wir haben schon einen Aperitif bestellt«, erklärte Ole Petersen überflüssigerweise, denn die fast leeren Gläser auf dem Tisch erklärten sich von selbst. »Was nimmst du? Sherry, Prosecco Aperol, oder was darf man dem Polizisten kredenzen?«

Vor Hölzles innerem Auge erschien ein Bild von Ole Petersen in Handschellen und einem Stück Klebeband über dem Mund.

»Ein alkoholfreies Bier«, gab er kurz angebunden zurück.

»Oh, ganz der gesetzestreue Bürger. Nur keinen Alkohol am Steuer. Na ja, als Polizist muss man ja mit gutem

Beispiel vorangehen.« Zu Hölzles Traumvorstellung kam ein blaues Auge hinzu.

»Trink doch was, dein Tag war stressig genug. Wir können ja später mit dem Taxi nach Hause fahren«, schlug Sabine vor und knuffte ihn leicht unter dem Tisch mit ihrem Knie.

Hölzle blieb stur. »Ein alkoholfreies Beck's bitte«, bestellte er bei der Bedienung, die gerade bemerkt hatte, dass ein weiterer Gast an dem hübsch gedeckten Tisch in der Ecke saß.

»Wohnt ihr schon zusammen?«, fragte Aliya in dem Bemühen, dem Gespräch eine andere Wendung zu geben.

»Nein, wir werden beide unsere Wohnungen behalten«, antwortete Hölzle. »Macht weniger Stress«, erklärte er und erhielt einen weiteren Stoß von seiner Tischnachbarin.

Ole Petersen hob amüsiert die Augenbrauen. »Kluge Entscheidung. Was glaubst du, warum ich so viel Zeit im Ausland verbracht habe? Haha, Sabine kann schon anstrengend sein, nicht wahr?«

Adlerblicks rechte Hand schloss sich krampfhaft um ihr Wasserglas.

»So war das nicht gemeint. Wir haben beide zu viel zu tun, und ein Umzug passt nun im Augenblick gar nicht. Außerdem ist es nicht so einfach, in Bremen eine große und bezahlbare Wohnung zu finden«, bemühte sich Hölzle, die Situation zu entschärfen.

Die Bedienung kam mit seinem Bier, und dankbar trank Hölzle einen Schluck.

»Also wir sind nach wenigen Tagen zusammengezogen. Unser 400 Quadratmeter großes Haus steht auf 200 Hektar Weinbergen am Breede River. Hinzu kommen natürlich Nebengebäude wie das Gästehaus mit Restaurant, und die Kapazität unseres Weinkellers beträgt über 3000 Tonnen ...«, protzte Petersen.

»Das Weingut meines Vaters«, berichtigte ihn Aliya van Loveren und drückte sanft Oles Arm.

»Ja natürlich, entschuldige bitte, Darling«, sagte Petersen kleinlaut und schenkte der dunklen Schönheit einen geradezu hündischen Blick. Hölzle grinste, das Mädel war ihm sympathisch.

»Wollen wir nun endlich was zu essen bestellen?«, quengelte Sabine. »Ich hab solchen Hunger.«

Als Hölzle einen Blick in die Speisekarte warf, war er kurzfristig einer Ohnmacht nahe. Die Preise entsprachen nicht denen, die er eigentlich gewohnt war, wenn er mit Christiane essen ging. Er entschied sich für das günstigste Gericht auf der Karte, ein Rindersteak mit Ofenkartoffel und Salat, auf eine Vorspeise verzichtete er.

Ole Petersen bestellte großspurig vier Gänge für sich und Aliya, wobei das Hummerschaumsüppchen für 12 Euro noch das günstigste Gericht war. Dazu orderte er immer den passenden Wein und Hölzle fragte sich zum gefühlten 20. Mal, was um alles in der Welt Sabine an diesem Großkotz fand. Das Gespräch während des Essens schleppte sich dahin. Petersen schoss immer wieder Spitzen in Richtung Sabine und Heiner ab, Aliya bemühte sich, hübsch auszusehen und ab und an ihren Freund etwas zu bremsen, Sabine zog beharrlich, wann immer es passte, alte Geschichten aus der gemeinsamen Zeit mit Ole hervor, und Hölzle gab sich seiner Wunschvorstellung, Petersen eine reinzuhauen, hin.

Verstohlen sah er auf die Uhr. Es war bereits recht spät geworden, das Dessert hatten die drei bereits vertilgt, und Hölzle hoffte, dass nach dem Espresso dann die Runde aufgehoben werden würde.

Als die Rechnung kam, erklärte sich Petersen großzügig bereit alles zu bezahlen. Hölzle sah keinen Grund, sich auch nur anstandshalber dagegen zu wehren. Sabine, die dem Wein mehr zugesprochen hatte, als ihr gut tat, schlug vor, noch einen Club aufzusuchen.

»Meinst du nicht, es wäre besser, wir fahren jetzt?« Hölzle sah die Rechtsmedizinerin eindringlich an.

»Ach komm schon, Schatz«, säuselte Sabine Adler-Petersen und legte ihren Kopf auf seine Schulter.

»Ja, genau, stell dich nicht so an«, dröhnte Ole, »morgen ist Samstag, die Nacht ist noch jung, also sei keine Spaßbremse.«

Widerstrebend gab sich Hölzle geschlagen.

Im Club war viel los, Leute drängten sich auf der Tanzfläche zu ohrenbetäubender Musik, an der in schummriges Licht getauchten Bar gab es kaum ein freies Plätzchen. Adler-Petersen nutzte die Gelegenheit, Ole auf die Tanzfläche zu zerren, als Aliya auf die Toilette verschwunden war.

In Hölzles Hosentasche vibrierte das Handy. SMS von Christiane. Sein schlechtes Gewissen meldete sich, und zögernd öffnete er die Mitteilung. *Sind wieder im Lande, früher als geplant. Wir gehen jetzt noch ein bisschen feiern. Wo bist du eigentlich?* Am Ende der Nachricht folgte ein Smiley mit Kussmund.

Aliya van Loveren löste Sabine beim Tanzen ab, und die Rechtsmedizinerin kam zurück an die Bar. »So, jetzt bist du dran«, drohte sie munter und hakte Heiner Hölzle unter. Sanft aber bestimmt machte er sich los.

»Ich glaub nicht, und außerdem reicht's mir. Lass uns gehen.« Adlerblick schüttelte vehement den Kopf. »Eine halbe Stunde noch, bitte.«

Bevor Hölzle sich versah, hatte sie einen weiteren Cocktail bestellt und zerrte ihn in Richtung Tanzfläche. Schließlich gab er seufzend nach. »Die Uhr tickt«, drohte er und legte den Arm um Sabines Taille. Hölzle war ein recht guter Tänzer, nur hatte er selten Gelegenheit dazu. Heute Abend musste er allerdings etwas Rücksicht auf seine beschwipste Tanzpartnerin nehmen und unterließ komplizierte Figuren.

»Wow, ich bin beeindruckt«, gab Adlerblick atemlos zu, »dass du so gut tanzen kannst, hätte ich dir nicht zugetraut.«

»Tja, so kann man sich täuschen.«

Plötzlich wechselte die Musik, und ein langsamer, melancholisch anmutender Song spielte. Adlerblick schlang die Arme hinter Hölzles Nacken und schmiegte sich an ihn. Neben ihnen tanzten Ole und Aliya. Hölzle fühlte sich unwohl und seine angespannten Muskeln ließen ihn versteifen.

»Lass den Quatsch«, flüsterte er Sabine ins Ohr.

»Nein, schau nur, die beiden sehen immer wieder zu uns herüber. Mein Plan funktioniert, ich glaube, Ole ist etwas eifersüchtig.« Kaum ausgesprochen nahm sie sein Gesicht in beide Hände und küsste ihn.

Von hinten tippte ihm jemand an die Schulter, und er fuhr herum.

»Ich fass es nicht, zuerst dachte ich, ich hätte mich getäuscht. Aber du bist es wirklich.« In den dunkelbraunen Augen, die ihn voller Wut und Enttäuschung anstarrten, schimmerten Tränen, die dazugehörige Stimme zitterte und bemühte sich um Beherrschung, was jedoch nicht gelang. Den Bruchteil einer Sekunde später erhielt Hölzle eine schallende Ohrfeige.

Hölzle war fassungslos. Vor ihm stand Christiane, ihre Freundinnen im Gefolge.

Noch ehe er zu einer Reaktion fähig war, hatte sich seine Freundin umgedreht und war mitsamt ihrer Entourage verschwunden. Hölzle konnte nur noch die blonden Locken von Michaela erkennen, die offenbar hinter Christiane her eilte, um sie zu trösten.

»Das hast du ja prima hingekriegt, schönen Dank auch«, fuhr er Sabine an.

»Nicht so laut«, zischte sie zurück. »Das wird schon wieder. Tut mir leid«, fügte sie dann in weniger scharfem Tonfall hinzu.

Doch natürlich hatten Aliya und Ole alles mitbekommen, Aliya mit betretener und Ole mit sichtlich schadenfroher Miene.

BREMERHAVEN 2

Martina Stedinger wurde das Bild des gestrigen Tages, das sich in ihrem Kopf wie eine fette Zecke auf einem Hund festgesetzt hatte, nicht los. Nachdem sie Tims Schrei gehört hatte, war sie mit einem Satz zur Tür der Herrentoilette gesprungen, hatte sie aufgerissen, und ihr Sohn war ihr förmlich an den Hals geflogen.

Tim war nicht zu beruhigen, er zitterte am ganzen Körper und bekam, von einem Weinkrampf geschüttelt, kaum noch Luft. Während er sich fest an seine Mutter klammerte, blickte Martina fassungslos auf das, was Tim zu Tode erschreckt hatte. Kein Wunder, dass das Kind völlig außer sich war, selbst sie als Polizeibeamtin, die schon einiges gesehen hatte, musste schlucken.

Am Boden vor der letzten Toilettentür lag ein Mann. Blut rann aus seinen Kopfverletzungen, und aus seinem Mund ragte der Hinterleib einer Ratte, wie Martina eindeutig an dem nackten Schwanz erkennen konnte. Ihr Gehirn registrierte die Jacke des Mannes. Sie hatte die schon einmal gesehen. Wo? Dann dämmerte es ihr. Tim hatte sein Eis auf dieser Jacke verschmiert. Es war der Mann, den sie an der Eintrittskasse getroffen hatten.

Martina befand sich in einem Zwiespalt. Einerseits musste sie sich unbedingt vergewissern, ob der Mann noch lebte, andererseits wollte sie Tim auf keinen Fall auch nur für eine Sekunde allein lassen. Es nutzte nichts, es war nicht nur ihre Pflicht als Polizeibeamtin, sondern auch ihre Pflicht als Mensch. Dann fiel ihr ein, dass sie in ihrer großen Handtasche immer eines von Tims Kuscheltieren mit sich trug, und auch wenn ihr Sohn es schon oft abgelehnt hatte, hatte der kleine Plüschhund hin und wieder gute Dienste geleistet. Sie zog Momo heraus, kniete sich vor Tim und drückte ihm das weiche Tierchen in die Hand.

»Momo wird auf dich aufpassen, Mami muss sich ganz schnell um den Mann kümmern. Ich bin in zwei Sekunden wieder bei dir.« Tims Finger krallten sich in den Plüsch, als hinge sein Leben davon ab.

Martina atmete tief durch und ging zu dem am Boden liegenden Mann. Zwei Finger an die Halsschlagader gelegt, sagten ihr, dass er tot war. Mit drei großen Schritten war sie bei ihrem Sohn zurück, nahm ihn auf den Arm und verließ die Toilette. Ein Mann kam ihr entgegen, doch sie stoppte ihn.

»Polizei, Sie können da nicht rein, das ist ein Tatort. Verständigen Sie bitte das Museumspersonal.« Sie setzte Tim ab, der noch immer Momo krampfhaft umklammert hielt, und zückte ihren Dienstausweis, den sie immer bei sich trug. Mit großen Augen, in denen die Neugier blitzte, sah der Museumsbesucher sie an, sagte aber nichts und drehte sich wortlos um.

Tim hing zitternd an ihrem rechten Bein, das Gesicht mitsamt dem Kuscheltier an ihrer Hüfte vergraben, aber er gab keinen Laut mehr von sich. Sie fummelte ihr Handy aus ihrer Jackentasche, wählte die Nummer des Kriminaldauerdienstes und klingelte anschließend sofort bei ihrem Kollegen Heinert durch. In knappen Worten schilderte sie die Situation.

»Komm hierher, so schnell du kannst, Tim hat einen Schock, aber ich kann hier nicht weg, solange keiner der

Kollegen da ist und den Tatort sichert.« Heinert versprach, sich zu beeilen.

Mittlerweile waren immer mehr Menschen aufgetaucht, die offenbar mitbekommen hatten, dass etwas Schreckliches passiert war. Martina blockierte die Tür zur Herrentoilette und versuchte gleichzeitig, die Museumsbesucher und Angestellten sowie ihren Sohn zu beruhigen. Die Polizeimeisterin schaffte es, das Personal dazu zu bewegen, niemanden aus dem Gebäude zu lassen, schließlich könnte der Mörder noch im Haus sein, und vielleicht war auch irgendeinem Besucher etwas Merkwürdiges aufgefallen.

Die Zeit verrann so zäh wie Honig, der im Kühlschrank aufbewahrt worden war. Ihr rechtes Bein wurde langsam taub, da Tim sich so fest an sie klammerte. Unaufhörlich redete sie leise und beruhigend auf ihn ein, streichelte sein Haar. Er lutschte am Daumen, das hatte er, seit er drei geworden war, bis jetzt nie wieder getan.

Endlich erschienen die Kollegen samt den Kriminaltechnikern und einem Arzt. Heinert traf wenige Sekunden später ein.

»Richie, ich muss hier weg und mich um Tim kümmern, er muss dringend in eine gewohnte Umgebung, wo er sich sicher fühlt. Wir stehen hier schon viel zu lange.«

Richard – *Richie* - Heinert nickte verständnisvoll. »Hau ab. Ben wird dich zu Dr. Billing fahren. Du darfst Tim auf keinen Fall jetzt alleine lassen.«

Billing war der Polizeipsychologe, erst vor wenigen Monaten hatte sie sein Seminar *Opferschutz*, das er regelmäßig abhielt, besucht. Martina nickte dankbar. Wenn sie jetzt selbst fahren würde, käme dies einer weiteren Traumatisierung gleich, denn Tim würde sich auf dem Rücksitz des Autos allein gelassen fühlen. Es war schon für Erwachsene schlimm, mit Verbrechen konfrontiert zu werden, was musste solch ein Anblick erst in einem Kind auslösen?

Stunden später, als Tim in einen tiefen Schlaf gefallen war und hoffentlich keine Albträume bekam, telefonierte sie mit Heinert, der ihr den ersten Stand der Ermittlungen durchgab.

»Das Opfer heißt Achim Bringmann. Macht hier ein paar Tage mit seinem Lebensgefährten Urlaub. Die Kollegen haben eine Schlüsselkarte des Hotels gefunden, in dem er eingecheckt hatte. Offenbar hatten die beiden Streit, und Bringmann ist allein ins Auswandererhaus gegangen. Sein Partner war noch am Packen, als die Kollegen im Sailhotel eingetroffen sind und ihn erst mal zur Vernehmung mitgenommen haben. Ehrlich gesagt, ich glaub nicht, dass der was damit zu tun hat. Wenn ich meine Frau umbringen würde, weil sie sich trennen will oder so, dann stopfe ich ihr nicht noch eine Ratte in den Mund, nachdem ich ihr den Schädel eingeschlagen habe. Du verstehst, was ich meine.«

»Sicher. Nicht die übliche Vorgehensweise bei einem Streit zwischen Partnern, der eskaliert ist«, antwortete Martina mechanisch. Im hintersten Winkel ihrer Gehirnwindungen schwirrte etwas herum, doch sie bekam es während des Gesprächs nicht zu fassen.

»Wie geht's Tim?«, wollte Richie am Ende noch wissen.

»Er schläft. Wir gehen morgen noch zu einer Kinder- und Jugendpsychologin, die uns Dr. Billing empfohlen hat. Er meinte aber, dass wir gute Chancen haben, dass er nicht dauerhaft traumatisiert sein wird, weil ich sofort für ihn da gewesen bin.«

»Gute Nachricht, ich wünsche es dir und Tim.« Dann verabschiedete sich Heinert, und Martina saß nachdenklich auf dem Sofa. Was war das nur für ein Gedanke gewesen, den sie vorhin am Telefon gehabt hatte?

*

Hölzle hatte die Nacht alleine verbracht und kaum ein Auge zugetan. Christiane hatte offenbar woanders übernachtet. Er wusste nicht, bei wem, denn sie ging nicht an ihr Handy. Was für ein Desaster! Schlimmer hätte es nicht kommen können. Müde schleppte er sich ins Bad und nahm eine Dusche, doch auch dies half nicht wirklich, um ihn fit zu machen.

Seine Gedanken drehten sich um seine Freundin und im nächsten Augenblick wieder um die drei Mordfälle, die er zu klären hatte. Nachdem er sich die Zeitungen aus dem Briefkasten geschnappt hatte, saß er mit einer Tasse starken Kaffees da und studierte die Nachrichten.

Die Zwillinge, die spürten, dass es ihrem Onkel nicht besonders gut ging, waren auffallend ruhig. Ohne ihre sonstigen Scherze löffelten sie ihre Cornflakes aus den Müslischalen und beobachteten ihn.

Alexander warf einen Blick auf den Weser-Blitz, den Heiner Hölzle ausgebreitet auf den Tisch gelegt hatte.

**Casting-Manager ermordet –
In Bremen geht die Angst um**

Gestern wurde die grotesk zugerichtete Leiche des bekannten Managers von ›The Catwalk Princess‹, Bruno Nies, in einem noblen Bremer Hotel aufgefunden, langsam und qualvoll erstickt mit Bremer Süßigkeiten. Der gut aussehende Manager ist das dritte Opfer, das innerhalb einer Woche offenbar von einem geistig gestörten Serienmörder auf grausamste Weise umgebracht wurde. Zum gewaltsamen Tod der ersten beiden Opfer, einem renommierten Wissenschaftler und einer erfolgreichen Journalistin, gibt es keine weiteren Informationen. Die Polizei hält still, verweigert Angaben zum Stand der Ermittlungen, angeblich aus taktischen Gründen. Nach unseren Informationen sind eher Hilf- und Ratlosigkeit die Ursache, warum die Bevölkerung nicht informiert wird. In Bremen geht die Angst um. Wer wird als Nächstes dem namenlosen Grauen zum Opfer fallen?

(Thorben Schmink)

Hölzle knüllte die Zeitung zusammen und warf sie wütend in die Ecke. Die Zwillinge zogen es vor, sich ins Bad zu verkrümeln. Seufzend angelte Hölzle nach seinem Handy, das auf dem Esstisch lag. Nach einem erneuten vergeblichen Versuch, Christiane zu erreichen, wählte er die Nummer ihrer Schwester Carola.

»Ja hallooo?«, klang Carolas Stimme sanft an Hölzles Ohr.

»Carola, hier ist Heiner. Ist Christiane bei dir? Ich mache mir Sorgen.«

Zunächst bekam er keine Antwort, hörte aber im Hintergrund, dass Carola mit jemandem eine leise Diskussion führte. Jetzt war er sicher, dass Christiane zu ihrer Schwester geflohen war.

»Ja, sie ist hier, aber sie will nicht mit dir sprechen.«

»Himmelherrgott, sie hat die ganze Situation gestern missdeutet. Hoffentlich gibt sie mir die Chance, alles zu erklären.«

»Ich weiß nicht, was es da noch zu erklären gibt«, meinte Carola spitz. »Eindeutiger geht's ja wohl kaum. Christiane ist weg, kommt unverhofft früher zurück, und du knutschst in aller Öffentlichkeit mit dieser Blonden rum, auf die du eh schon lange scharf bist.«

»Menschenskind, so war das doch gar nicht. Glaub mir, ich war mindestens genauso verblüfft wie Christiane. Bitte, lass mich mit ihr sprechen«, flehte er.

»Nix zu machen. Lass sie einfach in Ruhe.« Klick. Carola hatte ihn weggedrückt.

Am besten, er fuhr ins Präsidium und stürzte sich in die Arbeit in der Hoffnung, dass sich wenigstens bei der Klärung der Mordfälle etwas Positives entwickelte. Hölzle hinterließ den Zwillingen, die noch im Bad zugange waren, eine Notiz, wo er zu finden war.

Das konzentrierte Lesen der bisherigen Aktenlage half ihm, Christiane erst einmal zu vergessen. Im Hintergrund klimperte die Musikbox. Plötzlich kam ihm eine Idee. Hölzle startete das digitale Archiv des Weser-Kuriers, um bisher erschienene Artikel, die über *The Cat-*

walk Princess berichteten, zu finden. Tatsächlich wurde jeden Tag etwas über das Casting veröffentlicht, allerdings von anderen Journalisten und nicht von Hanna Wagner. Vielleicht hatte sie ja auch Moritz Koch interviewt, schließlich war er ihr Ex. Doch die online-Suche ergab nichts, ebenso wenig wie ein Anruf bei der Redaktion des Weser-Kuriers.

Er griff zum Telefon, und wenige Augenblicke später nahm Britta Auermann ab. Er mochte die junge Kollegin, die erst vor Kurzem eingestellt worden war. Auermann hatte zunächst Psychologie studiert und war dann zum Polizeidienst gewechselt. Nebenbei war sie ein Computerjunkie, was Hölzle sehr zu schätzen wusste.

»Britta, kannst du bitte mit einem Kollegen noch mal zur Wohnung von Hanna Wagner fahren und dich dort umsehen? Nimm dir ein zweites Mal alles gründlich vor. Vielleicht haben wir irgendetwas übersehen. Nimm mit, was dir wichtig erscheint. Aktenordner, Computer, was weiß ich. Es muss eine Verbindung geben zwischen den Opfern.«

Britta Auermann versprach, sich gleich darum zu kümmern und Hölzle sofort Bescheid zu geben, wenn sie etwas Interessantes fand.

Hölzle war ganz in Gedanken versunken, als es kurz an seiner Bürotür klopfte und im gleichen Augenblick die Tür aufging.

»Moin, dachte mir, dass ich dich hier finde.«

»Hallo, Harry, schätze, du weißt Bescheid.«

Harry nickte und ließ sich in einen Stuhl fallen. »Was um alles in der Welt hat dich denn geritten? Du und der Adlerblick? Hammer!«

»Red nicht so einen Scheiß, da ist nix.«

»Das sehen die Mädels aber anders. Die eine plärrt, die andere schimpft, dann plärren beide und schmieden Rachepläne. Nicht zum Aushalten. Als sie dann zu zweit mit ihren Hasstiraden auf mich losgingen, habe ich die Flucht ergriffen. Also erklär mir mal, was da wirklich abgelaufen ist.«

»Ich mach erst mal Kaffee.« Hölzle stand auf und ging zu der neuen Kaffeepadmaschine, die Christiane ihm zu Weihnachten geschenkt hatte. In Kürze waren zwei Tassen fertig, und das Kaffeearoma erfüllte den Raum. Dann erzählte Hölzle, was vorgefallen und wie er überhaupt dazu gekommen war, mit Adlerblick und deren Mann sowie dessen Freundin essen zu gehen.

Harry, der sich das Grinsen kaum verkneifen konnte, brach in Gelächter aus, als Hölzle geendet hatte.

»Ja, superlustig, hör auf zu lachen, sonst vergess ich mich«, warnte Hölzle seinen Freund und Kollegen.

»Entschuldige, aber das ist wirklich zu komisch. Warum, um alles in der Welt, lässt du dich auf so einen Kinderkram ein?«

»Was weiß denn ich? Adlerblick hat mir leidgetan, ich konnte nicht anders. Die saß da mit Tränen in den Augen. Glaub mir, Harry, ich kann mich selbst nicht verstehen. Jedenfalls hab ich jetzt echt die Kacke am Dampfen.«

Harry stand auf und ging erneut zur Kaffeemaschine. »Auch noch einen?« Hölzle nickte und reichte Harry die Tasse.

»Weißt du, was ich denke?« Harry drückte den Knopf, und der Kaffee rann in eine der Tassen. »Adlerblick muss das Christiane erklären und Buße tun. Schließlich hat sie das angezettelt und verbockt. Wow, ich hätte das gern gesehen! Adlerblick angeschickert und drückt dir einen Kuss auf. Köstlich!«

Harry gab die gefüllte Tasse an Hölzle und drückte den Knopf erneut, dann setzte er sich, die dampfende Tasse in der Hand, wieder hin.

»Ich glaub nicht, dass Sabine überhaupt die Gelegenheit bekommt, mit Christiane zu sprechen«, kommentierte Hölzle zerknirscht.

Bevor sie sich weitere Gedanken machen konnten, klingelte Hölzles Handy. »Wenn man vom Teufel spricht«, murmelte Hölzle, als er am Display sah, wer ihn anrief.

»Was gibt's? Ausgenüchtert?«, blaffte er, als er das Gespräch annahm. Er stellte auf Lautsprecher, sodass Harry mithören konnte.

»Ich biege das mit Christiane schon wieder hin. Aber ich rufe aus einem anderen Grund an. Nies wurde mit K.-o.-Tropfen kaltgestellt, und anschließend wurden ihm die Weserkiesel in den Rachen gestopft. Wir haben Reste im Weinglas, das im Schlafzimmer stand, gefunden. Die angebrochene Flasche war sauber. Von den Erdnüssen, die in einer Schale neben der Flasche standen, hat er nichts gegessen, sein Magen enthielt keine Spuren davon. Seltsam ist, dass er ante mortem auch einen Schlag auf den Hinterkopf bekommen hat, das hatte ich ja schon am Tatort festgestellt. Mit welchem Gegenstand, vermag ich nicht zu sagen. Die Kriminaltechnik hat nichts, was dafür infrage kommen könnte, gefunden. Da frage ich mich, wozu den Mann erst mit K.-o.-Tropfen ausknocken und ihm dann noch eins über den Schädel geben? Das müsst ihr herausfinden. Ach ja, Rotenboom hat mich übrigens gerade angerufen, ich soll dir ausrichten, dass er noch weitere Spuren, den ersten Mordfall betreffend, gefunden hat.«

»Danke«, knurrte Hölzle und drückte die Rechtsmedizinerin weg. Er hatte keine Lust, sich weiter mit ihr zu unterhalten.

»Komm, wir fahren zu Markus, ruf du von unterwegs Peter an, ob er mitkommt.«

Peter Dahnken traf wenige Minuten nach Hölzle und Schipper im Büro des kriminaltechnischen Leiters ein.

»Moin, was gibt es denn Spannendes, Markus«, wollte Hölzle wissen.

»Kommt mit ins Labor, dann zeige ich euch was«, versprach Rotenboom geheimnisvoll.

Die drei Kriminalbeamten folgten dem drahtigen kleinen Mann durch die Gänge in einen der Laborräume.

»Zunächst möchte ich euch mit Dr. Sina Leuchtenberg bekannt machen. Sina, das sind die Kollegen der Kriminalpolizei, Heiner Hölzle, Harry Schipper und Peter Dahnken.«

Man begrüßte sich, und Rotenboom berichtete weiter.

»Sina ist Kriminalbiologin und kommt aus Hannover. Ihre Leidenschaft gilt den Pflanzen, und ich habe sie um ihre Hilfe bei der Bestimmung der Bodenspuren gebeten, die wir an der Kopfwunde des ersten Opfers, Moritz Koch, gefunden haben.«

Peter Dahnken war fasziniert von der hochgewachsenen schlanken Wissenschaftlerin. Ihr Gesicht wurde von einem tizianroten Bob eingerahmt, der ihre grünen Augen hinter der modischen Brille zur Geltung brachte.

»Ich nehme an, dass Sie die Pflanzenreste analysiert haben, Markus wollte uns nichts sagen«, er lächelte Sina Leuchtenberg, wie er glaubte, charmant an.

»Genauer gesagt stammen die Pflanzenreste, die ich bestimmen konnte, von einer Art, die zur Gattung der Flechten aus der Familie Ophioparmaceae gehört. Diese kommen in hochalpinen Regionen vor.«

Sie lächelte spöttisch, als sie in die Gesichter der Männer sah, denn diese verstanden offenbar kein Wort von dem, worüber sie gerade referierte. Amüsiert fuhr sie fort: »Genauer gesagt, haben wir es mit der Art Ophioparma ventosa zu tun. Eine Krustenflechte und die einzige Vertreterin der arktisch-borealen Gattung in Deutschland.«

Hölzle zeigte sich unbeeindruckt. »Und wo in Deutschland kommt diese Flechte vor?«

»Im Bayerischen Wald«, lautete die knappe Antwort.

»Dazu gehört doch auch das Fichtelgebirge, oder lieg ich da falsch?«, mischte sich Peter ein, nur um irgendwie die Aufmerksamkeit der Frau zu erregen.

»Fast richtig, Herr …, wie war noch mal Ihr Name?«

»Dahnken. Aber sagen Sie einfach nur Peter.«

Harry, dem nicht entgangen war, dass sein Kollege offenbar nach wenigen Minuten schon völlig verknallt war, wechselte einen vielsagenden Blick mit Hölzle, der nur die Augen verdrehte.

»Das Fichtelgebirge grenzt an den Bayerischen Wald. Genauer gesagt, Herr Dahnken, findet man Ophioparma ventosa Am großen Arber, einem Berg von knapp 1500 Metern Höhe«, dozierte Leuchtenberg weiter, ohne auf das Angebot, den Mann vor ihr Peter zu nennen, einzugehen.

»Und diese Oppioprosa gibt es sonst nirgendwo in Deutschland?«, wollte Harry wissen und kratzte sich verlegen am Kopf. Diese wissenschaftlichen Namen waren echte Zungenbrecher.

»Ophioparma ventosa«, korrigierte ihn Peter von oben herab.

»Oh, der Herr Oberstreber hat gut aufgepasst«, stichelte Harry.

»Nein, Harry, mir ist es einfach gegeben, dass ich über eine hohe Auffassungsgabe verfüge.«

Dr. Sina Leuchtenberg verfolgte grinsend den Schlagabtausch zwischen den beiden Kriminalbeamten. Sie hatte sehr wohl bemerkt, dass Peter offenbar sehr an ihr interessiert war, und nur um diesen etwas zu ärgern, fasste sie Harry an der Schulter.

»Ich kann das verstehen, wenn man mit diesen komplizierten Namen Probleme hat. Sagen Sie einfach Blutaugenflechte, das ist der deutsche Begriff für diese Art.«

Harrys Gesicht überzog ein triumphierendes Grinsen, das er Peter schenkte. »Ah, das ist doch was, was ich mir merken kann. Blutaugenflechte. Wie passend für ein Mordopfer. Und wo kann man die noch finden, außer im Bayerischen Wald?«

»Auf dem Brocken, allerdings gehört die Flechte dort schon zu den gefährdeten Arten. Ehrlich gesagt bin ich nicht zu 100 Prozent sicher, ob sie da tatsächlich noch vorkommt.«

»Schlussendlich heißt das für uns, dass an der Mordwaffe diese Flechtenreste hafteten und auf das Opfer übertragen wurden«, lautete Hölzles Fazit. »Wir müssen also dann nach jemandem suchen, der sich in Bergregionen aufgehalten hat.«

»Haargenau.« Rotenboom nickte zustimmend.

Sie fuhren zurück ins Präsidium, nachdem sie unterwegs noch belegte Brötchen besorgt hatten. Hölzle war heute schon bei seiner vierten Tasse Kaffee angelangt und schob heißhungrig ein mit Salami belegtes Körnerbrötchen in den Mund.

»Oh, dazu gehört doch auch das Fichtelgebirge«, äffte Harry mit gekünstelt hoher Stimme Peter nach. »Meine Güte, glaubst du, du kannst bei der Rothaarigen auf diese Weise punkten?«

»Ach lass mich doch in Ruhe. Wenn man Interesse an der Arbeit anderer zeigt, ist das schon der erste Schritt zu einem Date«, lautete Peters Antwort.

»Vergiss es, die hat kein Interesse an dir«, äußerte sich Hölzle zum Thema. Bedauernd stellte er fest, dass keine Brötchen mehr übrig waren. Egal, dafür gab es ja seine Schokoschublade. Er zog sie auf und entschied sich für eine Packung Gummibärchen und eine Tafel Zartbitterschokolade, die er auf den Tisch legte.

»So, und jetzt weiter im Text. Für die spätere Beweislage ist das natürlich klasse mit dieser Flechte, sollten wir die Mordwaffe überhaupt finden. Aber im Augenblick bringt uns das jetzt auch nicht großartig weiter.«

»Nies hat sich kurz bevor er ermordet wurde noch einen Wein aufs Zimmer bestellt. Annette Funke, das ist der Name der Frau vom Zimmerservice«, er hielt für eine Sekunde inne, »haben wir noch nicht zu fassen bekommen. Zu Hause ist sie jedenfalls nicht anzutreffen gewesen«, berichtete Harry seinem Chef. »Ich habe gestern noch das Hotelpersonal interviewt, und die haben mir dann Name und Adresse der Frau gegeben.«

Hölzle nickte. »Gut, dann muss Peter das eben heute noch mal im Laufe des Tages versuchen.«

»Ich sag's ihm. Laut Dienstplan fängt sie um 14 Uhr wieder an zu arbeiten. Was machst du jetzt mit dem verhagelten Tag?«

»Ich greif mir jetzt Sabine und schlepp sie an den Haaren zu Christiane, damit sie ihr das ganze Dilemma erklärt.«

»Ja, dann viel Erfolg. Ich komme mit und schleuse Carola aus dem Haus, damit ihr in Ruhe reden könnt.«

Hölzle blickte Harry dankbar an.

Christiane war leichenblass, dunkle Schatten unter den Augen und dicke Lider zeugten von einer schlechten, verheulten Nacht.

»Jetzt bin ich aber gespannt«, war ihr verächtlicher Kommentar, als Hölzle und Adler-Petersen ihr auf dem Rattansofa gegenübersaßen. Harry war geschickt gewesen, hatte die Rechtsmedizinerin und Hölzle in die Wohnung gelassen, seine Freundin Carola geschnappt und war dann mit ihr abgezogen. Christiane hatte überhaupt keine Wahl gehabt, Protest wäre zwecklos gewesen.

»Es tut mir leid, Christiane«, begann Sabine zerknirscht.

»Für Sie immer noch Dr. Johannsmann«, unterbrach Christiane sie kalt. Normalerweise schob sie ihren Titel nicht vor, aber im Augenblick verlieh er ihr irgendwie Kraft und Schutz.

»Gut. Dr. Johannsmann, es tut mir wirklich leid. Heiner kann nichts dafür, ich habe ihn dazu überredet, meinen Freund zu spielen, weil ich der irrigen Meinung war, es würde meinen Noch-Ehemann Ole eifersüchtig machen, und er würde es sich noch einmal überlegen. Das mit der Scheidung, meine ich.«

Christiane schloss für eine Sekunde die Augen, um die vor ihr sitzende Frau gleich darauf mit hochgezogenen Brauen anzustarren. »Das ist ja jetzt wohl nicht Ihr Ernst, oder? Was für eine läppische Ausrede. Auf Wiedersehen.« Sie stand auf und zeigte mit dem Finger zur Tür. »Da geht's raus.«

»Christiane, es ist die Wahrheit«, bestätigte Hölzle mit belegter Stimme, »und ich war dumm genug, da mitzuspielen.«

»Und wenn schon? Meinst du, das gibt mir ein besseres Gefühl? Du hast sie geküsst. In aller Öffentlichkeit. Vor den Augen meiner Freundinnen. Weißt du, wie sich das anfühlt? Nein, natürlich nicht, denn ich mache so was ja nicht.«

»Moment mal, stopp. Ich erinnere dich nur an Delano, diesen halbseidenen italienischen Macho.«

»Ach, jetzt zieht man die alten Geschichten aus dem Hut, wie praktisch für dich.« Ihre Augen blitzten vor Zorn.

»Ähm, ich glaube nicht, dass uns das hier weiterbringt«, begann Sabine vorsichtig.

»Halten Sie sich da raus«, fuhr Christiane sie an. »Sie sind doch überhaupt schuld an der ganzen Misere. Wieso sind Sie eigentlich noch hier? Machen Sie, dass Sie rauskommen. Sofort!« Das letzte Wort glich mehr dem Schrei eines waidwunden Tieres und fuhr Hölzle durch Mark und Bein.

Er nickte Sabine zu. »Geh einfach.« Mit gesenktem Kopf verließ Adler-Petersen das kleine Wohnzimmer.

»Du kannst gleich mitgehen«, fauchte Christiane ihn an.

»Nein, ich bleibe so lange, bis wir das geklärt haben. Du willst doch nicht wirklich, dass ich gehe, oder?« Seine Stimme zitterte, und Christiane hatte die Befürchtung, er würde anfangen zu weinen.

»Nein«, sagte sie dann kraftlos, ihre ganze Energie, die sie aus ihrer Wut und Eifersucht gezogen hatte, schien mit einem Schlag wie weggeblasen. Schwach ließ sie sich wieder auf den Sessel fallen. Hölzle nutzte die Gelegenheit und setzte sich auf die Lehne, legte ihr den Arm um die Schultern und barg ihren Kopf an seiner Brust. Widerstandslos ließ Christiane es geschehen, dann begann sie stumm zu weinen.

Hölzle saß regungslos da, gab ihr die Zeit, sich zu beruhigen.

»Es hat so weh getan«, flüsterte sie nach einigen Minuten erstickt und schniefte. Auf dem niedrigen Wohnzimmertisch lag eine Packung Papiertaschentücher, die Hölzle mit langen Fingern angelte und ihr reichte. Christiane schnäuzte sich hörbar, dann blickte sie zu ihm auf.

»Und was jetzt? Ich bekomme dieses Bild einfach nicht aus meinem Kopf.«

»Ich hab ein besseres für dich. Kannst du dir ein Brautkleid vorstellen?« Es war eine spontane Idee Hölzles gewesen, aber es fühlte sich richtig an.

»Soll das etwa ein Antrag sein?« Ihre Lippen verzogen sich zu einem freudlosen Lächeln. »Das hatte ich mir irgendwie anders vorgestellt.«
»Ja. Heirate mich. Ich hab schon viel zu lange damit gewartet. Bitte.«
Keine Antwort.
Nach minutenlangem Schweigen stand er schließlich auf und verließ wortlos die Wohnung. Er hatte alles vergeigt.

Hölzle fuhr zurück ins Präsidium, der Sinn stand ihm nicht nach einer leeren Wohnung. Christiane war dort omnipräsent, und er wollte erst einmal nicht weiter über seine Beziehung – wenn es denn noch eine war – nachdenken.
Er war kaum in seinem Büro angekommen, als sich sein Handy meldete.
»Ja, Hölzle.«
»Wir dachten, wir kommen mal heute bei dir vorbei und schauen uns alles an«, vernahm der Kriminalhauptkommissar die Stimme Alexanders. Oder war es Jerôme? Schwer beziehungsweise gar nicht zu unterscheiden.
»Von mir aus.« Eigentlich passte es ihm gar nicht, aber schließlich hatte er es den Jungs versprochen. Hölzle erklärte den Zwillingen, wie sie zum Polizeipräsidium in der Vahr kamen, und dass sie sich bei ihm melden sollten, wenn sie am Tor wären.
Solange er auf seine Neffen wartete, ging er noch einmal in Gedanken die Fälle durch. Der Mord an Bruno Nies passte einfach nicht ins Bild. Märchen hin oder her. Es machte keinen Sinn, nicht mal für einen Serienmör-

der. Denn die folgten ihrer eigenen Logik und dies, so war Hölzles Ansicht, würde bedeuten, dass bei der dritten Leiche die Blechkatze hinterlassen worden wäre. Grübelnd saß er an seinem Schreibtisch, griff in regelmäßigen Abständen mechanisch zu seiner Kaffeetasse, bis er merkte, dass sie leer war.

Das Telefon riss ihn aus seinen Gedanken. Der Pförtner meldete ihm, dass die Zwillinge da wären, und er sie abholen könnte.

»Wir gehen erst mal in mein Büro, da könnt ihr eure Rucksäcke abstellen. Was habt ihr da überhaupt alles drin?«

Die Jungs trugen jeder lässig über der Schulter einen Rucksack.

»Och, nichts Besonderes, die I-Pads zum Beispiel. Man muss ja heutzutage immer online sein«, sagte Alexander.

»Viel gibt's hier nicht zu sehen«, meinte Hölzle, als er sein Büro aufschloss. »Ein stinknormales Büro eben. Computer, Kaffeemaschine, ihr seht's ja selbst.«

»Hey, ist das Opas Musikbox? Mama erzählt, du hörst immer noch den alten Kram.« Jerôme betrachtete die Musiktitel, die man auswählen konnte. »Da ist ja wirklich nichts anderes drin als die Flippers, wer immer die auch sind.«

»Und da kommt auch nix anderes rein. Nennt mich sentimental, aber irgendwie ist mein Vater, euer Opa, dann noch da, wenn ich das Ding anschalte. Wollt ihr mal was hören?«

»Bin mir da nicht so sicher, glaube, das ist nicht so unser Geschmack ...«

Hölzle überging den Einwand und drückte eine der Tasten und sofort erscholl »Sha la la la, I love you«.

»Ach du große Sch..., was zur Hölle ist das denn?«, entfuhr es Alexander. »Mach das aus, das ist ja unerträglich.«
Leicht beleidigt stoppte Hölzle den Song. »Na, sooo schlimm ist's ja auch wieder nicht. Was hört ihr denn so? Also, ich fange mit diesem ganzen Rap-Kram nichts an.«
»Hören wir ja auch nur ab und an. Am liebsten ist uns Hardrock. Papa hat 'ne geile Sammlung. Letztes Jahr waren wir bei einem Konzert von Alice Cooper, Hammer, sag ich dir. Der ist ja auch schon fast scheintot, zieht aber immer noch eine Megashow ab«, schwärmte Jerôme.

Hölzle besichtigte mit den beiden den Rest des Präsidiums: Vernehmungsräume, die verschiedenen Dienststellen, die im Gebäude ihre Zentrale hatten, wie die Wasserschutzpolizei, die Notrufeinsatzzentrale, die Direktion Verkehr und Schutzpolizei sowie Polizeigewahrsam.

Als sie zurück in Hölzles Büro waren, zeigte er ihnen einige Fotos von längst abgeschlossenen Fällen, nicht ohne sie zu warnen, dass dies harte Kost wäre. Die Zwillinge mussten schlucken, als sie das Bild eines Selbstmörders sahen, der sich erhängt hatte. Hölzle war gerade dabei, ihnen von einem besonders verzwickten Fall zu erzählen, als Muller anrief. Nicht der schon wieder.

»Keine Sorge, ich rufe nicht wegen einer weiteren Leiche an«, war Mullers erster Satz. »Mich hat eine Kollegin aus Bremerhaven angerufen, und sie wollte mit dir sprechen. Den Grund hat sie mir nicht genannt. Ich hab ihr gesagt, du rufst zurück. Hier ist die Nummer, unter der du sie erreichen kannst. Ihr Name ist Martina Stedinger.«

Nachdem er aufgelegt hatte, wählte Hölzle die Nummer, die Jean-Marie ihm gerade genannt hatte.

»Stedinger«, antwortete eine angenehm dunkle Frauenstimme.

»Ja, hier spricht Hölzle, Kriminalpolizei Bremen, Sie haben um meinen Rückruf gebeten.«

»Oh, das ging aber schnell«, Martina Stedinger klang freudig überrascht. »Folgendes: Vorgestern wurde ein Mann im Auswandererhaus umgebracht, und ich werde das Gefühl nicht los, dass dieser Mord mit den beiden in Bremen zusammenhängt.«

»Wie kommen Sie darauf?«, fragte Hölzle skeptisch.

»Dem Mann wurde eine ausgestopfte Ratte in den Mund gepresst, und ich dachte, Katzen sind Rattenfänger, vielleicht ist unser Täter identisch mit Ihrem Bremer Mörder. So in Anlehnung an die Bremer Stadtmusikanten, dachte ich.«

Hölzle rieb sich das Kinn. »Möglich. Ist der Tote bereits identifiziert?«

»Ja, der Mann heißt Achim Bringmann und stammt aus Wendelstein bei Nürnberg. Offenbar hat er hier ein paar Tage Urlaub mit seinem Lebensgefährten Eduard Rossmeisl verbracht. Rossmeisl hat ein Alibi, das wurde bereits überprüft.«

Hölzle überlegte. »Ich weiß nicht recht. Der Mord selbst könnte ein Hinweis sein, dass er vom selben Täter verübt wurde. Aber wir gehen im Augenblick noch davon aus, dass die Bremer Opfer nicht wahllos ausgesucht wurden, wie es bei einem Serienmörder meist der Fall ist. Bringmann passt da nicht ins Bild. Er ist hier nur Tourist, stammt nicht aus der Gegend.«

Martina Stedinger nahm ihren Mut zusammen, schließlich war sie deutlich rangniedriger als der Kriminalhauptkommissar. »Aber wenn Sie mir erlauben, das zu sagen: Das erste Opfer, dieser Märchenforscher, war aus Kassel und ebenso nur für einige Tage in Bremen.«

»Das stimmt schon. Allerdings ist er ursprünglich Bremer, und das zweite Opfer, die Journalistin Hanna Wagner, war mit ihm befreundet.«

»Tja, war nur so eine Idee ...«, sie klang enttäuscht.

»Hören Sie, ich habe nicht gesagt, dass an der Geschichte nichts dran ist. Können Sie mir die Aktenlage zukommen lassen? Vielleicht ergibt sich ja beim Studium der gesamten Unterlagen doch ein möglicher Zusammenhang«, bot Hölzle an.

»Von mir aus gern. Ich bespreche das mit meinem Vorgesetzten und melde mich dann wieder. Danke.«

»Ich hab zu danken, offenbar sind Sie die Einzige, die diese Möglichkeit, dass der Mord mit unseren zusammenhängt, in Betracht zieht.«

»Haargenau. Meine Kollegen fanden das ein bisschen weit hergeholt.«

»Machen Sie sich nichts draus. Folgen Sie Ihrem Bauchgefühl, das ist oft besser als das, was die Fakten hergeben.«

Hölzle verabschiedete sich und wandte sich wieder seinen Neffen zu.

»Wenn ihr wollt, dann fahren wir mal rüber zu Sabine in die Rechtsmedizin, sofern sie da ist, versteht sich. Ihr seid ja doch vernünftiger, als ich noch vor Tagen dachte.«

Alexander und Jerôme sahen sich an und kamen übereinstimmend zu dem Ergebnis, dass sie aber keine echten Leichen sehen wollten, die Fotos reichten ihnen doch schon mehr als genug.

»Keine Angst, wir lassen sie in ihren Kühlfächern«, beruhigte Hölzle die beiden.

Nach einem kurzen Telefonat war klar, dass Adler-Petersen sich in ihrem Büro befand und bereit war, die Jungs herumzuführen. Den Zwillingen entging die frostige Begrüßung zwischen ihrem Onkel und der Rechtsmedizinerin nicht. Verwundert tauschten sie fragende Blicke, hielten aber den Mund.

Dr. Adler-Petersen zeigte ihnen den Sektionssaal, erklärte, wie man bei einer Obduktion vorging, und dass die Toten, die hier landeten, nicht nur Mordopfer waren, wie die Zwillinge gedacht hatten, sondern auch Selbstmörder oder Menschen, bei denen die Todesursache unklar war und die Angehörigen eine Obduktion wünschten. Als sie zurück in Adlerblicks Büro waren und die Zwillinge mit Fotos, die Adler-Petersen für ein Fachbuch zusammengestellt hatte, am Computer beschäftigt waren, nahm Sabine Heiner beiseite.

»Und, alles wieder im Lot?«, flüsterte sie.

»Was denkst du denn?«, zischte Hölzle. »Glaubst du, Christiane ist mir um den Hals gefallen, als du abgezogen bist? Du hast mit deiner verdammten Schnapsidee meine Beziehung zu Schrott gefahren. Herzlichen Dank!«

»Es war so peinlich. Ole hat sich totgelacht ...«, begann sie.

»Wenn er tot ist, kannst du ihn ja stundenlang auf einem deiner Edelstahltische bespaßen, dann hast du ihn ganz für dich allein, das wolltest du doch«, Hölzle begann sich in Rage zu reden, »und weißt du was? Mir ist das so was von egal, was dieser Blödmann macht. Der Teufel soll ihn holen, und dich auch!«

Verwundert drehten sich die Zwillinge zu den beiden um, denn Hölzle war mit jedem Wort lauter geworden.

»Sollen wir vielleicht besser gehen?«, fragte Alexander zaghaft. »Ich glaube, wir stören hier ein wenig.«

»Nein, tut ihr nicht. Aber wir gehen jetzt ohnehin.«

Im Auto herrschte zunächst eisiges Schweigen, dann traute sich Jerôme doch zu fragen: »Ähm, es geht uns ja nix an, aber was war das für ein Streit, und was hat Christiane damit zu tun? Dass etwas nicht stimmt, haben wir schon gemerkt.«

»Stimmt, es geht euch nichts an, aber ich erzähl's euch trotzdem.« Hölzle seufzte und berichtete den Zwillingen, was am gestrigen Abend vorgefallen war. Den Heiratsantrag aber verschwieg er, er stand eh schon da wie der letzte Idiot, und seinen Neffen noch von dem Korb, den Christiane ihm gegeben hatte, zu erzählen, musste nun wirklich nicht sein.

»Im Ernst, Heiner? Das ist ja zu komisch. Hätte nicht gedacht, dass ihr in eurem fortgeschrittenen Alter noch zu solchem Teeniekram fähig seid«, war Alexanders Kommentar, und sein Bruder meinte nur: »Also mal ehrlich, diese Adler-Petersen würde ich auch nicht von der Bettkante schubsen. Die ist zwar locker doppelt so alt wie ich, aber was für eine geile Schnitte!« Was ihm ein drohendes Brummen seitens seines Onkels einbrachte.

Sie fuhren zurück in die Vahr, weil die Zwillinge noch ihre Rucksäcke in Hölzles Büro hatten. Auf dem Weg dorthin bemerkte Hölzle, dass die Tür zu Harrys und Peters Büro offen stand. Er lugte hinein und sah Harry an seinem Schreibtisch sitzen.

»Was machst du denn hier?«

Harry zuckte mit den Achseln. »Carola tröstet ihre Schwester, und ich kam mir überflüssig vor. Und es gibt hier genug zu tun, also ...«, er beendete den Satz nicht.

»Komm, ich stell dir meine Neffen vor«, er winkte die Jungs herein. »Harry, das sind Alexander und Jerôme.«

Schipper schaute vom einen zum anderen. »Und wer ist wer?«

»Keine Ahnung«, lachte Hölzle, »ich kann sie auch nicht auseinanderhalten.«

Die Zwillinge fanden Harry auf Anhieb sympathisch, was Hölzle nicht verwunderte, denn Harry war manchmal genauso albern wie ein 17-Jähriger. Zu viert gingen sie zu Hölzles Büro, da dort die Kaffeemaschine stand und die Jungs noch ein paar Anekdoten aus dem Polizeileben hören wollten.

Harry schilderte gerade einen besonders grotesken Fall, als sich der Pförtner bei Hölzle meldete.

»Hier wurde gerade ein Päckchen für Sie abgegeben.«

Hölzle ließ die Drei allein und ging hinunter zur Pforte. Ein Päckchen? Wer in aller Welt schickte ihm ein Päckchen hierher?

Er nahm den kleinen luftgepolsterten Umschlag entgegen. Kein Absender.

»Wer hat das abgegeben?«, fragte Hölzle den Pförtner.

»Ein Kurierdienst.«

»Welcher?«, fragte Hölzle barsch.

»Ähm«, stotterte der Mann unsicher, »ich hab nicht darauf geachtet, er war so schnell wieder weg, da hab ich ...«

»Ja, ja, schon gut, wird wohl keine Bombe drin sein.«

Der Mann hätte einen ordentlichen Rüffel verdient, aber

Hölzles Energie war heute bereits verbraucht worden. Er hatte keine Lust, sich noch mal aufzuregen.

Auf dem Rückweg zum Gebäude drehte er das Päckchen in den Händen, versuchte zu erfühlen, was sich darin befinden könnte.

Am Treppenaufgang hielt er inne, riss den Umschlag auf und fasste hinein. Seine Hand förderte eine Blechkatze und eine Postkarte zutage. Das Motiv der Karte zeigte das Auswandererhaus, auf der Rückseite standen die Worte:

Schöne Grüße aus Bremerhaven.

Hölzle stürmte die Treppe nach oben, den Flur entlang und in sein Büro. Harry und die Zwillinge fuhren erschrocken herum, als hätte Hölzle sie bei etwas Verbotenem ertappt. Die Drei tauschten ein verstohlenes Grinsen, doch Hölzle kümmerte sich nicht darum.

»Harry, ich habe Post von unserem Mörder bekommen, Markus muss das sofort unter die Lupe nehmen.« Während er seinen Kollegen ins Bild setzte, fischte er aus einer Schublade einen Beweismittelbeutel und ließ den Umschlag hineingleiten.

»Jungs, euer Besuch ist hiermit leider beendet, vielleicht kann euch Harry zu Hause absetzen. Harry, wäre das okay für dich? Ach ja, ihr beiden, könntet ihr bitte Zahnpasta besorgen? Danke.« Er wartete keine Antwort ab, schob die Drei aus seinem Büro, zückte sein Handy und rief Markus Rotenboom an.

»Tut mir leid, Markus, ich weiß, dass es Samstag ist, aber ich hab hier neues Material, das du dir anschauen musst. Komm bitte, so schnell du kannst, ich bin bereits auf dem Weg zum Labor.«

Rotenboom versprach, sich stante pede ins Auto zu setzen und in die Stadt zu fahren. Hölzle schaute auf die Uhr. Markus wohnte in Lilienthal, würde also etwa 20 Minuten brauchen, bis er da war.

Es hätte Hölzle auch gewundert. Die Katze passte tatsächlich zu den anderen beiden Blechtieren, Esel und Hund, die bei den Opfern zurückgelassen worden waren.

»Ich muss diese Stedinger aus Bremerhaven anrufen, die Kollegin hatte völlig recht mit ihrer Annahme, der Mord im Auswandererhaus würde zu unseren Opfern passen.« Hölzle massierte sich mit den Fingerspitzen seine Schläfen, die schlechte Nacht und der ganze private Stress machten sich bemerkbar. Kopfschmerzen konnte er nun gar nicht gebrauchen. Der Mord an Nies passte aber immer noch nicht ins Bild.

Während Rotenboom seine Arbeit machte, wählte Hölzle Martina Stedingers Nummer.

»Ihr Bauchgefühl hat Sie nicht im Stich gelassen. Ich habe gerade Post bekommen, die darauf hinweist, dass Ihr Täter auch unser Mörder ist. Informieren Sie bitte schon mal Ihren Vorgesetzten, oder besser, geben Sie mir seine Nummer, dann rede ich mit ihm.« Er lauschte einen Augenblick den Worten der jungen Frau. »Der ist noch in Urlaub? Wer ist sein Stellvertreter? Heinert? Gut, dann informieren Sie ihn, und er soll sich umgehend mit mir in Verbindung setzen. Danke. Und, ach ja, Glückwunsch zu Ihrer Intuition.«

Während des Telefonats war Hölzle auf und ab gegangen wie ein unter Hospitalismus leidender Tiger.

»Heiner, setz dich hin, so kann ich nicht arbeiten, das ist ja kaum auszuhalten. Hier kannst du sowieso nichts ausrichten, geh nach Hause«, ermahnte Rotenboom seinen Freund.

»Tut mir leid. Heute ist nicht mein Tag, alles läuft schief.« Kraftlos ließ er sich auf einen der Laborhocker fallen.

»Christiane wird es schon verstehen …«, beruhigte ihn Markus.

»Was weißt du denn davon?« Entgeistert sah Hölzle den Kriminaltechniker an.

»Wie jetzt? Wovon soll ich was wissen?« Markus schüttelte ratlos den Kopf.

»Ach nix«, wiegelte Hölzle erleichtert ab. »Schon gut, ich geh dann mal.«

Markus' Blick ließ erkennen, dass er an Hölzles Verneinung zweifelte. »Komm einfach vorbei, wenn du was los werden willst«, bot er an.

Zu Hause saßen die Zwillinge vor dem Fernseher, komplett vertieft in die aktuellen Nachrichten von *buten un binnen*. Als Hölzle ins Wohnzimmer schaute, sagte Alexander gerade: »Mensch, das kann ich immer noch nicht glauben.« Seine Stimme nahm einen anklagenden Ton an: »He, du hast uns gar nicht erzählt, dass dieser Nies tot ist.«

»Nix erzähl ich euch, die Ermittlungen laufen.«

Hölzle warf nur einen Blick auf den Bildschirm. »Offenbar haben die ja schon Ersatz für ihn gefunden. Meine Güte, im Fernsehbusiness wird man schneller vergessen, als ich dachte. Frei nach dem Motto *The show must go on*. Dazu geht es um zu viel Geld. Eigentlich kann es dem Sender doch nur recht sein, wenn so etwas passiert. Was glaubt ihr, wie die Einschaltquoten steigen werden!«, fügte er sarkastisch hinzu.

Er ließ die Zwillinge allein. Er brauchte einen Moment Ruhe und verschwand in seinem Arbeitszimmer. Dort setzte er sich an seinen Schreibtisch, legte die Beine hoch und lehnte sich zurück. Hölzle schloss die Augen, einerseits war er todmüde, andererseits fühlte er eine enorme innere Anspannung und Erregung durch die neue Wendung, die der Fall nun genommen hatte. Alles deutete darauf hin, dass tatsächlich ein Serienmörder am Werk war. Der Mord an Bruno Nies dagegen war offenbar von einem Trittbrettfahrer verübt worden. Doch so richtig daran glauben wollte Hölzle noch nicht. Und er sollte recht behalten, denn, als ob sie seine zweifelnden Gedanken empfangen hätte, meldete sich Britta Auermann.

»Ich habe eine interessante Story auf Wagners Laptop gefunden«, begann sie ohne Umschweife. »Offenbar schrieb sie an einem Artikel über Nies.«

»Ha, wusste ich's doch«, freute sich Hölzle. »Was steht da drin?«

»Hanna Wagner war der festen Überzeugung, dass Nies schon mehrere Mädchen missbraucht hatte. Es kam zu keinem Verfahren, nachdem die Eltern Geld erhalten hatten, so ihre Annahme. Und sie traf sich mit Nies in dessen Suite, und zwar am Tag ihres Todes.«

»Oh, schau mal an.«

»Das ist noch nicht alles. Ich war mit einem Kollegen unterwegs, und er hat ein Diktiergerät in Wagners Wohnung, versteckt unter den Blättern einer riesigen Topfpflanze, gefunden. Und was da drauf ist, solltest du dir unbedingt anhören.« Es raschelte im Hintergrund, dann hörte er eine Frauenstimme sagen: »Ich werde Sie drankriegen, Nies, egal wie lange es dauert. Sie armseliger, kranker Wicht.«

Britta Auermann ließ Hölzle das ganze Gespräch hören. Am Ende folgerte Hölzle: »Das sieht mir nach einem astreinen Motiv aus. Nies erwürgt die Wagner, nachdem sie ihm seinen eigenen Untergang angedroht hat. Gute Arbeit, ihr zwei. Die große Frage ist nur, wer hat dann Nies umgebracht?«
Darauf wusste Britta Auermann leider auch keine Antwort.

Mittlerweile war es kurz nach 20 Uhr, und dieser Heinert aus Bremerhaven hatte sich noch nicht bei ihm gemeldet. Hölzle begann, Abendbrot für sich und die Zwillinge zu machen, zum Kochen war er heute überhaupt nicht aufgelegt. Er arrangierte Käse und die anderen Leckereien aus Uschis Laden, Gurken, Tomaten und Paprika auf einem großen Holzbrett. Nebenbei tauten einige Scheiben von dem Schwarzwälder Bauernbrot, das er schon am Mittwoch gekauft und eingefroren hatte, auf. Auf dem Herd köchelten einige Eier vor sich hin.
Sie hatten sich kaum zum Essen hingesetzt, als das Handy losging. Emmer wenn man am essa isch, dachte Hölzle und legte das zur Hälfte geschälte Ei auf seinen Teller.
»Ja, Hölzle? Ach, Herr Kollege Heinert, endlich. Ja, ja, schon in Ordnung.« Hölzle klemmte sich das Handy zwischen Ohr und Schulter seiner linken Seite und entblätterte den Rest vom Ei. »Frau Dr. Adler-Petersen wird sich umgehend mit der Rechtsmedizin in Hamburg in Verbindung setzen. Und natürlich brauchen wir von Ihnen die Zeugenaussagen, Tatortfotos, Sie wissen schon.« Er belegte eine Scheibe Brot mit Gelbwurst, ordnete Gurkenscheiben

darauf an, viertelte das Ei und bestreute es mit Salz und Pfeffer. »Ja, hervorragend, danke für die unkomplizierte Zusammenarbeit. Das findet man nicht oft heutzutage. Grüßen Sie Frau Stedinger, schönes Wochenende noch.«

Bestens, Heinert würde dafür sorgen, dass alles unbürokratisch und vor allem ohne das leider allzu oft vorkommende *Das-ist-unser-Fall-Gehabe* vonstatten ging. Die erste gute Nachricht des heutigen versauten Tages. Herzhaft biss Hölzle in sein Brot.

*

Bei der Aufklärung von Mordfällen gab es kein Wochenende für die Ermittler. Peter Dahnken hatte endlich Glück und erwischte Annette Funke, die Mitarbeiterin aus dem Swissôtel, die Bruno Nies vermutlich als Letzte lebend gesehen hatte. Gestern war sie laut Aussage einer Hotelmitarbeiterin nicht wie geplant um 14 Uhr zum Dienst erschienen, sondern hatte sich krankgemeldet. Sie hätte Fieber, Erbrechen und Durchfall, wie sie einer Kollegin berichtet hatte, als diese die Krankmeldung telefonisch entgegennahm. Dahnken hatte darauf verzichtet, die Frau gleich am Samstagnachmittag aufzusuchen, es ging ihr ohnehin schlecht genug, deshalb hatte er seinen Besuch auf den Sonntagvormittag gelegt.

Die Frau, die ihm die Tür öffnete, sah wirklich mitleiderregend aus. Dünn, regelrecht ausgemergelt, mit hohlen Wangen, dunklen Ringen unter den Augen und strähnigem Haar, das ihr in die Stirn fiel, stand sie vor Dahnken. Als er sich vorstellte und seinen Dienstausweis zeigte, begann sie zu zittern.

»Sie brauchen keine Angst zu haben, ich möchte Ihnen nur ein paar Fragen zu Ihrem Dienst am vergangenen Donnerstagabend stellen.«

»Natürlich, wer nicht. Kommen Sie herein, die zweite Tür links, da ist das Wohnzimmer.« Annette Funke gab die Tür frei und ließ Peter Dahnken vorangehen. Beim Betreten des Wohnzimmers ließ Kriminaloberkommissar Dahnken den Blick schweifen, der an diversen Fotografien hängen blieb, alle in schwarzen Rahmen und mit Trauerflor umwunden. Ein Mann, ein Junge von vielleicht neun Jahren und ein Mädchen im Teenageralter.

Annette Funke wies auf Sessel und Couch und bedeutete ihm, Platz zu nehmen. Dahnken setzte sich auf das Sofa, die Frau wählte einen der Sessel, zog die Beine hoch, die Arme umschlangen ihre Knie. Sie kauerte sich regelrecht zusammen, als ob sie sich unsichtbar machen wollte.

»Frau Funke, Sie hatten am Donnerstagabend Dienst im Swissôtel und erinnern sich sicher an die Bestellung, die Bruno Nies aufgegeben hatte. Wann war das genau?«

»Das muss so gegen halb elf gewesen sein«, antwortete sie tonlos.

»Und wann haben Sie den Wein in die Suite gebracht?« Die Frau tat Peter leid. Der Verlust ihrer Familie, zumindest glaubte er, dass die Fotos diese zeigten, war bestimmt noch nicht lange her. Vielleicht ein Autounfall?

»Weiß nicht mehr genau, vielleicht eine Viertelstunde später oder so.«

»Ist Ihnen irgendetwas aufgefallen, als Sie die Suite betraten?«

»Nein, was sollte mir aufgefallen sein? Nein, gar nichts«, bekräftigte sie.

»War Nies allein oder hatte er Besuch? Deutete vielleicht irgendetwas darauf hin, dass er noch Besuch erwartete?«

Annette Funke schüttelte den gesenkten Kopf.

»Oder hat er mit jemandem telefoniert, solange Sie den Wein serviert haben? Oder haben Sie jemanden gesehen, nachdem Sie die Suite verließen?«

Wieder schüttelte die Frau den Kopf, doch plötzlich sah sie auf. »Ja, doch, ich erinnere mich. Bevor ich eintrat, hat er tatsächlich mit jemandem telefoniert, und seine Stimme klang sehr verärgert.«

Peter Dahnken rutschte in dem Sessel nach vorne, stützte die Unterarme auf seine Oberschenkel. »Erinnern Sie sich möglicherweise an etwas, was er gesagt hat? War er nur verärgert oder hat er mit jemandem gestritten?«

Angestrengt dachte Annette Funke nach. Mittlerweile hatte sie ihre Position gewechselt und schien etwas entspannter zu sein.

»Ich habe nur Gesprächsfetzen aufgeschnappt. Offenbar ging es um Geld. Mehr weiß ich wirklich nicht.« Sie hob den Kopf, und Peter Dahnken glaubte für einen Moment, eine unendliche Verzweiflung darin zu erkennen. Ihn beschlich das Gefühl, dass die Frau vielleicht nicht die Wahrheit sagte. Wenn dem so war, dann stellte sich die Frage nach dem Warum.

»Wie lange waren Sie in der Suite?«

»Nicht lange, er wollte den Wein in seinem Schlafzimmer serviert haben. Ich habe die Flasche geöffnet, ein Glas eingeschenkt und eine Schale mit Erdnüssen danebengestellt. Ich meine, das dauert vielleicht zwei Minuten oder so.«

Peter Dahnken machte sich Notizen, dann legte er Stift und Block beiseite und sah auf.

»Und es ist Ihnen wirklich niemand auf dem Flur begegnet, als Sie das Zimmer verließen?«

»Nein, da bin ich mir sicher«, antwortete sie mit fester Stimme.

»Wann war Ihr Dienst zu Ende?«, wollte Dahnken dann noch wissen.

»Halb zwölf«, war die knappe Antwort.

Peter Dahnken stand auf. »Das war alles, Frau Funke, vielen Dank.«

Sie nickte nur und brachte ihn zur Tür.

»Es tut mir sehr leid für Sie«, sagte der Polizeibeamte, als er ihr zum Abschied die Hand reichte.

»Was meinen Sie?«

»Ihre Familie.«

»Woher wissen Sie …«, flüsterte die Frau. Ihre dunklen Augen erschienen viel zu groß in dem bleichen Gesicht.

»Die Fotos und der Trauerflor. Ein Unfall?«

Ihr Kehlkopf bewegte sich deutlich, als müsse sie einen dicken Brocken hinunterschlucken, Tränen schimmerten in den Augen. »Auch«, war alles, was sie mühsam hervorbrachte. Dann begann sie zu weinen und schob Peter sanft, aber bestimmt, zur Tür.

Als Dahnken im Auto saß, dachte er über dieses *auch* nach. Was sie damit wohl gemeint hatte?

*

»Was ist bei der Befragung der Hotelangestellten raus gekommen?« Hölzle trank bereits seine dritte Tasse Kaffee, das Wochenende war alles andere als erholsam gewesen, und sein Schlafdefizit war beträchtlich.

»Nies hat angeblich telefoniert, als die Angestellte den Wein aufs Zimmer brachte. Soweit die Frau sich erinnern konnte, sei Nies ärgerlich gewesen, und die Gesprächsfetzen, die sie aufgeschnappt hat, ließen wohl die Vermutung zu, dass er sich mit jemandem um Geld stritt«, berichtete Dahnken seinem Chef von seinem gestrigen Besuch bei Annette Funke.

»Wieso angeblich? Glaubst du …«

Hölzle wurde unterbrochen, als Harry ins Büro polterte.

»Du kannst auch nicht normal in ein Zimmer kommen, oder? Und überhaupt, hast du schon mal auf die Uhr geschaut?«, schimpfte Hölzle.

»Tut mir leid, ich hab verschlafen«, Harry setzte sich neben Peter. »Aber, bevor du mich weiter anpfeifst, alles nur wegen dir. Ich hab die halbe Nacht mit Christiane geredet und versucht, sie zu überzeugen, dass sie dir verzeihen soll.«

Dahnken, der keine Ahnung hatte, um was es ging, sah fragend von einem zum anderen.

»Privatsache«, Hölzle hob abwehrend die Hand, und Dahnken schluckte seine Neugier hinunter.

»Und, hat's was gebracht?«, wandte sich Hölzle wieder Harry zu.

»Bin nicht sicher, aber ich glaub schon.«

»Geht's auch genauer?« Hölzles Herz tat einen kleinen zaghaften Sprung.

»Sie wollte sich bei dir melden, das hat sie mir versprochen und noch mal mit dir reden.« Harry schnappte sich eine Tasse und ließ die Kaffeepadmaschine ihre Arbeit tun.

In Hölzle keimte ein Funken Hoffnung auf. »Danke, Harry. So, aber jetzt wieder back to business. Wo waren wir gerade stehen geblieben, Peter?«

»Du hast mich gefragt, oder besser, wolltest mich fragen, warum ich bei der Aussage der Frau so meine Zweifel habe.«

»Welche Frau? Um wen geht's hier genau?«, unterbrach Harry seinen Kollegen.

»Ich war gestern bei der Servicekraft, die Nies vermutlich als Letzte lebend gesehen hat. Im Grunde ist es nur ein Gefühl. Frau Funke ist erst eingefallen, dass er telefoniert hat, als ich sie praktisch mit der Nase darauf gestoßen habe. Dann konnte sie sich plötzlich erinnern, nachdem sie zuerst angab, es sei ihr nichts aufgefallen. Nies hätte telefoniert, wäre schlecht gelaunt gewesen, das Gespräch hätte sich um Geld gedreht.«

Harry zuckte mit den Schultern. »Wieso, kann doch sein? Du weißt so gut wie ich, dass man sich an Dinge, denen man im Moment keine große Bedeutung beimisst, nicht sofort erinnert.«

»Ja schon, aber wie ich eben schon sagte. Ich habe ihr regelrecht eine Vorlage geliefert. Ich bin zwar kein Psychologe, aber lang genug dabei. Sie hat kaum den Kopf gehoben, und wenn, dann lagen in ihrem Blick Verzweiflung und eine greifbare Unsicherheit. Je länger ich darüber nachdenke, desto mehr glaube ich, dass die Frau sich während unseres Gesprächs ihre eigene Wahrheit zusammengebastelt hat. Na ja, vielleicht habe ich das auch hineininterpretiert, sie hat ja auch ein verdammt schweres Schicksal zu tragen.«

»Wie kommst du darauf?«, hakte Hölzle nach.

Dahnken stand auf, ging zum Fenster und lehnte sich an die Fensterbank. »Sie hat vor Kurzem ihre ganze Familie verloren, ihren Mann und zwei Kinder. Was ich allerdings merkwürdig fand, war ihre Antwort, als ich fragte, was passiert sei. Ich dachte an einen Unfall, und ihre Antwort war lediglich ›auch‹.«

»Sag mal, wie hieß die Frau noch?« Harry sah Peter stirnrunzelnd an.

»Funke. Annette Funke.«

Harry starrte in seine Kaffeetasse und kratzte sich am Kopf. »Irgendwas klingelt da bei mir. Funke, Funke ... Genau! So hieß das Mädchen.«

»Wie, welches Mädchen? Sprich mal nicht immer in Rätseln«, forderte Hölzle Harry auf.

»Das Mädchen, das Selbstmord begangen hat. Vor etwa eineinhalb Wochen hat sie sich vor den Zug geworfen. Ich bin mit Auermännchen hingefahren. Weißt du noch?«

»Ja richtig. Du hast noch erzählt, dass Adlerblick festgestellt hat, dass sie unter Magersucht litt und vor ihrem Freitod möglicherweise missbraucht wurde. Und die Mutter diese Vermutung offenbar komplett ablehnte.«

»Richtig. Und Kiras Mutter heißt Annette mit Vornamen, das weiß ich genau. Ist das nicht ein bisschen auffällig? Ich meine, dass die Mutter des Mädchens ausgerechnet in dem Hotel arbeitet, in dem Nies umgebracht wurde?«

Die drei Kriminalbeamten sahen sich an, jeder dachte dasselbe, doch Hölzle sprach es aus.

»Nies wurde schon einmal wegen sexueller Belästigung angezeigt. Die Aufnahme auf Hanna Wagners Diktiergerät beweist, dass er sich tatsächlich an einigen Mädchen vergriffen hat. Wenn der mal nicht dieses Mädel missbraucht hat, dann fress ich einen Besen. Und wenn sie bei dieser Castingshow tatsächlich mitgemacht hat, passt alles. Die Kleine war magersüchtig, wie wahrscheinlich so einige, die bei diesem Modelgesuche mitmachen. Dann hat sie Nies bei dieser Show kennengelernt, und der Drecksack hat sie angefasst. Das Mädel schmeißt sich vor den Zug, und die Mutter bringt Nies um. Schließlich ist er derjenige, der die Schuld am Tod ihrer Tochter trägt.«

»Haargenau. Und die Mutter hat nichts zu verlieren. Alle, die ihr lieb und teuer waren, sind tot. Ich frage mich nur, woher sie wusste, dass es Nies gewesen ist, der ihre Tochter missbraucht hat. Ob sie sich vorher noch ihrer Mutter anvertraut hat, ich meine, bevor sie sich vor den Zug geworfen hat?« Dahnken stieß sich von der Fensterbank ab und setzte sich wieder hin.

Harry zuckte mit den Achseln. »Keine Ahnung, aber ich schätze, eher nicht. Dann hätte ihre Mutter sie nicht mehr aus den Augen gelassen. Vielleicht hat das Mädchen Tagebuch geführt.«

»Dann werden wir uns wohl noch einmal mit Frau Funke unterhalten.« Hölzle stand auf und zog seine Jacke, die über der Stuhllehne hing, an. »Los geht's, Peter. Und Harry, du fährst zu Adlerblick. Frag sie nach den Spuren, die sie an dem Mädchen gefunden hat.«

*

Hölzle und Dahnken klingelten. Es dauerte nicht lange und Annette Funke öffnete die Tür. Als sie Peter erkannte, wurde sie noch blasser, als sie ohnehin schon war, und schlang ihre Arme um ihren Oberkörper, als würde sie frieren.

»Frau Funke, das ist mein Kollege Kriminalhauptkommissar Hölzle, wir müssen noch einmal mit Ihnen sprechen.«

Annette Funke trat wortlos zur Seite und ließ die Männer vorangehen. Peter steuerte direkt das Wohnzimmer an, und die Frau wies mit einer kraftlosen Geste auf die Sitzgarnitur. Sie blieb unschlüssig stehen, und Peter drückte sie sanft in einen der Sessel. Aufmunternd nickte er ihr zu.

Annette Funke begann, zögernd zu sprechen: »Ich verstehe nicht ganz, was Sie noch von mir wollen, ich habe Ihnen doch schon alles erzählt, was ich weiß.« Ängstlich wechselte ihr Blick zwischen Dahnken und Hölzle hin und her.

»Frau Funke«, ergriff Hölzle das Wort, »Wissen Sie, was K.-o.-Tropfen sind?«

»Ja, davon liest man ja ständig in der Zeitung, aber was ...«

»Haben Sie Bruno Nies mit K.-o.-Tropfen betäubt?«, Hölzles Frage kam klar und bestimmt.

»Nein, wie kommen Sie ...« Annette Funke begann, am ganzen Körper zu zittern, es schien ihr überhaupt nicht bewusst zu sein, dass sich ihre Füße selbstständig gemacht hatten und im Stakkato auf den Boden trommelten.

Hölzle kam ein Gedanke. »Sagen Sie, kannten Sie zufällig eine Journalistin mit Namen Hanna Wagner?«

»Ja. Sie war bei mir, am Tag nach Kiras Beerdigung.«

»Hat Frau Wagner Ihnen erzählt, dass sie an einer Story über Nies arbeitete? Dass er sich an Mädchen verging, die in seine Show kamen?«

Sie nickte. »Ich hab das nicht geglaubt.«

»Frau Funke, wir wissen, dass Bruno Nies Ihre Tochter Kira missbraucht hat, und dass dies der Grund für den Selbstmord Kiras war.«

Das stimmte zwar nicht ganz, aber Hölzle war sich sicher, dass es so gewesen sein musste.

»Sie haben sich an ihm gerächt, nicht wahr?«, fuhr er mit sanfterer Stimme fort. »Er war ein Schwein und hat Ihnen das Liebste noch genommen, nachdem Sie schon Ihren Mann und Ihren Sohn verloren hatten. Sie dachten, Nies hatte es verdient zu sterben, nicht wahr?«

Annette Funke brach weinend in ihrem Sessel zusammen, ihr ganzer Körper wurde von Heulkrämpfen geschüttelt, sie war kaum in der Lage, Luft zu holen. Peter Dahnken stand auf und setzte sich auf die Armlehne des Sessels, in dem die völlig gebrochene Frau kauerte. Er legte ihr beruhigend die Hand auf den Rücken. Allmählich fasste sich Annette Funke wieder und angelte nach einer Packung Papiertaschentücher, die auf dem Couchtisch lag. Sie schnäuzte sich kräftig, nahm ein weiteres Tuch und trocknete ihre Tränen. Dann sah sie aus verquollenen roten Augen zu Peter auf, ihr nächster Blick galt Hölzle.

»Ja, ich habe dieses Dreckschwein umgebracht. Und wissen Sie was? Es tut mir kein bisschen leid.« Ihre Stimme klang wie ein Reibeisen, als hätte sie zu viel geraucht und zu viel getrunken.

Hölzle lehnte sich nach vorne und nahm ihre Hände in seine. »Frau Funke, was Sie getan haben, bringt Ihre Familie nicht zurück, das wissen Sie. Vom emotionalen Standpunkt aus können wir nachvollziehen, warum Sie Nies umgebracht haben. Wir nehmen Sie jetzt mit aufs

Präsidium, dann können Sie dort Ihr Geständnis unterschreiben. Haben Sie einen Anwalt, den Sie anrufen können, bevor wir fahren?«

Sie entzog ihm ihre Hände und nickte, dann stand sie auf und ging zum Telefon, das auf einem Sideboard neben der Tür stand. Nachdem Sie eine Nummer angewählt hatte, krächzte sie in den Hörer: »Bernhard? Hier ist Annette, bitte komm zum Polizeipräsidium in der Vahr, ich habe etwas Schlimmes getan. Was? Nein, ich erklär's dir, wenn wir uns dort treffen.« Kraftlos stellte sie das Telefon zurück auf die Station.

»Mein Schwager«, erklärte sie dann den Polizeibeamten, »er kommt, so schnell er kann.«

»Wenn Sie Hanna Wagner nicht glaubten, was hat Sie dann überzeugt, dass es so gewesen sein muss?«, wollte Dahnken wissen.

»Meine Geschichte. Kira hat meine Geschichte umgeschrieben.«

Mehr war nicht aus ihr herauszubekommen. Hölzle verzichtete darauf, Annette Funke Handschellen anzulegen, das war zwar nicht den Vorschriften entsprechend, aber es war ihm egal. Sie würde schon nicht weglaufen. Er ließ Peter mit ihr zusammen im Fond einsteigen, dann fuhr er los. Eine Mörderin hatten sie nun in Gewahrsam.

*

Harry Schipper lümmelte sich in Adlerblicks Bürostuhl und sah zum Fenster. Die Rechtsmedizinerin hatte ihn gebeten, hier auf ihn zu warten, sie käme in 20 Minuten zu ihm, hätte aber noch etwas Wichtiges zu erledigen.

Bereits auf dem Weg zu ihr hatte Harry Dr. Adler-Petersen erklärt, um was es ging.

Harry dachte an seine Freundin Carola und ihre Beziehung. Zu Anfang war alles so gut gelaufen, und nun? Aber war das nicht immer so in Beziehungen? Nein, es gab Paare, die wirklich ihr Leben lang zusammenblieben und glücklich waren. Mittlerweile glaubte er das von Carola und sich nicht mehr. Harry hatte von Anfang an gewusst, dass Carolas Hang zur Esoterik nicht nur ein vorübergehender Spleen war, aber es hatte ihn nicht gestört. Doch in den letzten Monaten schien sie immer entrückter zu werden. Ihr Aufenthalt in Stonehenge hatte sie irgendwie verändert. Das hatte natürlich nichts mit diesen Menhiren per se zu tun, sondern offenbar mit den Menschen, die sie dort kennengelernt hatte. Harry gab ohne Weiteres zu, dass Stonehenge wirklich beeindruckend ist. Ein Ort, der bis heute Rätsel aufgibt, und niemand kann erklären, wie die Anordnung dieser tonnenschweren Steine zustande gekommen ist. Doch das war kein Grund für ihn, nun endgültig an extraterrestrisches Leben zu glauben. Für Carola schon. Seither kam kaum mehr ein vernünftiges Gespräch zwischen ihnen beiden zustande. Und wenn überhaupt, dann ging es um die Übernahme des Ladens im Viertel.

Vor wenigen Tagen hatte sie ihm eröffnet, dass sie sich und ihn für ein Seminar angemeldet hatte mit dem Thema *Die Gedanken und ihre Macht*. Harry waren buchstäblich die Gesichtszüge eingefroren, und er war froh gewesen, dass es in diesem Moment an der Tür geklingelt hatte und Carolas Schwester Christiane heulend davor stand. Er wünschte sich, dass Christiane und Hölzle zusammenblieben, aber er sah immer weniger einen Sinn darin, seine Beziehung mit Carola fortzuführen. Er brachte es nur nicht über sich, ihr den Laufpass zu geben, und das war feige, wie er sich eingestand.

»Na, bequem in meinem Stuhl?«, riss ihn Adlerblick, die plötzlich in der Tür stand, aus seinen Gedanken. Harry sprang so schnell auf, dass die Lehne des Stuhls gegen das hinter ihm stehende Regal knallte.

»Oh, sorry, tut mir leid«, stotterte er vor sich hin.

»Schon gut, ausnahmsweise. Ich habe gute Neuigkeiten«, ein Lächeln umspielte ihre Lippen, »ich habe einige Proben, die ich von der Leiche Kira Funkes gepflückt hatte. Sie befanden sich noch in einem der Kühlschränke. Darunter mehrere Schamhaare mit Haarwurzeln, die nicht von dem Mädchen stammen. Die Proben sind bereits im Labor bei Rotenboom und werden dort mit der DNA von Nies verglichen«, fuhr Adler-Petersen fort.

»Bestens. Schade, dass er tot ist, wir hätten ihn gerne für die Vergewaltigung drangekriegt, wenn er's tatsächlich getan hat«, kommentierte Harry.

»Wo ist Hölzle?«, fragte die Rechtsmedizinerin und setzte sich hinter ihren Schreibtisch.

»Der ist mit Peter bei der Mutter des Mädchens, und ...«
Harrys Handy klingelte. »Ach Heiner, du bist's. Ihr seid schon im Präsidium? Sie hat gestanden? Ja, bin noch hier, Proben sind bereits bei Markus. Ja, ja, alles im Lot, bis dann.«

Er schob das Handy zurück in seine Hosentasche. »So, ich mach mich dann mal vom Acker. Ist die Leiche aus Bremerhaven eigentlich schon da?«, wollte er im Hinausgehen wissen.

»Nein, weil dafür die Kollegen aus Hamburg zuständig sind, was Sie eigentlich wissen sollten.«

Harry nickte und hatte die Tür schon beinahe hinter sich zugezogen, als Adler-Petersen ihn noch einmal ansprach.

»Herr Schipper, sagen Sie, geht's Ihrem Chef besser? Er war nicht so gut drauf in den letzten Tagen.« Ihr Ton klang bewusst unschuldig.

»Das ist ja wohl allein Ihnen zu verdanken ...«

»Was fällt Ihnen ein?«, unterbrach sie ihn ärgerlich.

Harry hatte die Nase voll. »Ich sag Ihnen jetzt mal was, Frau Doktor, ich weiß darüber Bescheid, was da gelaufen ist. Heiner ist nicht nur mein Chef, sondern auch mein Freund. Also reden wir hier nicht um den heißen Brei herum. Sie allein haben es zu verantworten, wenn Heiners Beziehung in die Brüche geht, nur weil Sie sich aufführen wie ein liebeskranker Teenie. Schönen Tag noch!«

Rums! Harry hatte mit Genugtuung die Tür hinter sich zugeschlagen. Und nun würde er ein ernstes Wort mit Carola reden.

*

Hölzle kam am frühen Abend nach Hause, die Zwillinge aßen unten bei Marthe zu Abend, wie ihn ein Notizzettel der beiden wissen ließ. Adler-Petersen würde morgen nach Hamburg fahren, um sich die Leiche des Mannes aus Bremerhaven anzuschauen, und er hoffte auf neue Erkenntnisse auch aus Rotenbooms Labor.

Hunger verspürte er kaum, aber er sollte trotzdem dringend etwas essen und beschloss, sich den Zwillingen anzuschließen.

»Oh, Heiner, das ist ja schön, dass man dich auch mal wieder zu Gesicht bekommt«, freute sich Marthe, als er an ihrer Wohnungstür klingelte. »Komm rein, es ist noch Kartoffelauflauf übrig.«

Heiner ging ins Esszimmer, wo die Zwillinge saßen und kräftig zulangten.

»He ihr zwei, lasst noch was in der Schüssel«, brummte er und setzte sich hin. Kartoffeln mit Brokkoli und Schinken, überbacken mit Käse, sagte ihm ein Blick in die Auflaufform. Perfekt. Hölzle schöpfte sich seinen Teller voll und begann zu essen. Bereits nach den ersten Bissen stellte er fest, dass er tatsächlich einen Mordshunger hatte. Und wie sagt man doch so schön, der Appetit kommt beim Essen.

»Hast du was von Christiane gehört?«, wollte Alexander wissen. Hölzle schüttelte stumm kauend den Kopf, der aufmerksame Blick Marthes entging ihm nicht. Es war nicht die erste Krise, die Christiane und er durchmachten, doch er war froh, dass Marthe Johannsmann immer neutral blieb. Sie hätte sich jederzeit auf die Seite ihrer Großnichte schlagen können, aber die alte Dame wusste genau, dass zu einem Streit immer zwei gehörten. Darum hielt sie lieber den Mund.

Satt und müde schob Hölzle seinen Teller von sich, als es an der Tür klingelte. »Erwartest du noch Besuch?« Fragend sah er Marthe an.

»Nein. Keine Ahnung, wer das ist.« Marthe war schon im Begriff aufzustehen, doch Hölzle bedeutete ihr, sitzen zu bleiben. Fast wäre er über Theo gestolpert, der neben seinem Stuhl lag.

»Lass mal, ich geh schon.« Er hegte die leise Hoffnung, dass Christiane zwischenzeitlich gekommen war, den Zettel der Zwillinge gefunden hatte und nun annahm, auch ihn hier bei Marthe anzutreffen. Doch als er die Tür öffnete, rutschte sein Herz, das schon freudig schneller geschlagen hatte, bis in die Kniekehlen. Vor ihm stand Manfred, Christianes Vater. Na der hatte ihm gerade noch gefehlt.

»Ach«, war alles, was Hölzle hervorbrachte. Manfred drückte sich mit einem unfreundlichen »guten Abend« an ihm vorbei. Hölzle schloss die Tür und rollte mit den Augen. Er wappnete sich innerlich, erwartete er doch ein unangenehmes Gespräch, und folgte Manfred Johannsmann ins Esszimmer.

Er hatte noch nicht mal Platz genommen, als Manfred loslegte: »Was hast du dir eigentlich dabei gedacht?«

Hölzle spielte den Ahnungslosen. »Ich weiß nicht, was du meinst.«

»Red keinen Quatsch«, fuhr Manfred ihn an. »Zuerst mit einer anderen rummachen und dann Christiane einen Heiratsantrag an den Kopf werfen. Das ist ja wohl das Allerletzte.«

»A, geht's dich nix an und B, du brauchst hier wohl kaum den Moralapostel zu spielen.« Wütend starrte Hölzle ihn an. Ausgerechnet Manfred, der selbst mit Adlerblick vor ein paar Jahren auf Hölzles Geburtstagsfeier auf Teufel komm raus geflirtet hatte und keine Gelegenheit ausließ, seiner Frau das Leben schwer zu machen, hielt ihm jetzt eine Moralpredigt?

»Ich geh dann mal, danke fürs Essen, Marthe.« Er drehte sich um und verließ das Esszimmer, nicht ohne das versteckte Grinsen der Zwillinge mitzubekommen.

Marthe war ruhig am Tisch sitzen geblieben. Allerdings

müsste sie, wenn ihr Neffe Manfred handgreiflich werden sollte, wohl doch dazwischen gehen. Eine Schlägerei hatte es in ihrem gediegenen Altbremer Haus noch nicht gegeben, und, solange sie lebte, würde es auch keine geben.

»So einfach kommst du mir nicht davon«, folgte ihm Manfred brüllend. Christianes Vater hielt Hölzle am Arm fest, um ihn aufzuhalten.

Ein eisiger Blick des Lebensgefährten seiner Tochter reichte aus, um Manfred dazu zu bringen, seinen Griff zu lockern und schließlich loszulassen. Die Melodie von *Who wants to live forever* ertönte, doch Hölzle ignorierte sein Handy. Ein letzter vernichtender Blick und ein raues »es reicht, Manfred«, dann ließ er den Mann stehen und ging.

Hölzle schloss seine Wohnungstür auf. Im Kühlschrank lagerte kaltes Bier und er nahm einen tiefen Schluck. Das war jetzt genau das, was er brauchte. Dann zog er sein Handy hervor. Ein Anruf von Christiane. Keine Nachricht hinterlassen.

Ja subber, Manfred, du Depp, dachte Hölzle, jetzt han i wega dir den Anruf verbasst. Doch noch bevor er zurückrufen konnte, erhielt er eine SMS.

Nur ein einziges Wort hatte Christiane geschrieben. WANN?

Was sollte das bedeuten? Er konnte sich keinen Reim drauf machen. Hölzle wählte ihre Nummer, doch auch er erreichte nur die Mailbox.

»Hi, ich bin's. Ich bin mir nicht sicher, was deine SMS bedeuten soll. Im Übrigen hatte ich gerade einen Zusammenstoß mit deinem Vater. Melde dich doch bitte. Lieb dich.«

Die Wohnungstür wurde geöffnet, und einen Augenblick später erschienen Alexander und Jerôme, beide grinsten breit.

»Wow, das war Christianes Vater? Was für ein Auftritt«, kommentierte Alexander. »Voll peinlich. Als ob Christiane 'ne Fünfjährige wäre, der ein Sandkastenkumpel das Spielzeug geklaut hat«, meinte sein Bruder.

»Jungs, ich sage euch, der hat echt einen Schaden, was seine beiden Töchter anbelangt«, stimmte Hölzle seinen Neffen zu.

»Also, ich würde mir das an deiner Stelle zweimal überlegen, Christiane zu heiraten bei so einem Schwiegervater.« Alexander nahm ein Glas aus dem Küchenschrank und schenkte sich Mineralwasser ein.

»Ich würde ja nicht Manfred heiraten.« Hölzles Gesicht überzog ein trauriges Lächeln. »Wenn ich überhaupt heirate, im Moment sieht's nicht danach aus. Aber die Hoffnung stirbt ja bekanntlich zuletzt.« Er seufzte. »Es ist zwar noch früh, aber ich geh ins Bett. Gute Nacht, ihr zwei.«

*

Hölzle stieg gerade ins Auto, um zum Präsidium zu fahren, als sich Christiane meldete. »Guten Morgen. Endlich.« In seiner Stimme war die Erleichterung deutlich zu hören.

»Tut mir leid, dass mein Vater dir Stress gemacht hat, ich hätte es wissen müssen, dass er bei dir auftaucht«, lautete die Entschuldigung Christianes, doch Hölzle entging der belustigte Ton nicht. Das war schon mal ein Fortschritt, denn sie schien nicht mehr wütend auf ihn zu sein. »Du weißt also nicht, was du mit meiner SMS anfangen sollst. Schade. Eigentlich hatte ich dir bei deinem Beruf mehr Kombinationsgabe zugetraut.«

»Christiane, bitte, was soll das. Ich muss los, bitte mach's kurz«, bettelte er.

»Ich wollte von dir den Termin wissen, sofern du schon einen hast.« Hölzle konnte sie förmlich grinsen sehen. Dann machte es *klick* in seinem Kopf.

»Du meinst den Hochzeitstermin? Soll das bedeuten, du nimmst an?« Er freute sich wie ein Kind über den Osterhasen.

»Genau, ich sage jaaaaaaaaaaaaaa!«, jubelte Christiane lauthals am Telefon.

»Wann immer du willst, mein Schatz! Von mir aus gestern!« Hölzle war außer sich vor Glück. Im Augenblick war ihm völlig egal, wer oder was den Sinneswandel bei Christiane bewirkt hatte, Hauptsache war, sie würde ihn nicht in die Wüste schicken.

»Gut, ich denke darüber nach. Dann fahr mal los, wir sehen uns heute Abend. Und ich hab dich lieb.«

»Ich dich auch, Süße. Ach, eines noch: Kannst du den Termin vielleicht so aussuchen, dass Manfred gerade im Urlaub ist, wenn wir heiraten?«

»Blödmann«, drang es scherzhaft an sein Ohr, dann hatte Christiane aufgelegt.

Hölzle schob eine CD in den Schlitz seines Autoradios, drehte den Laustärkeregler auf und sang lauthals *I was born to love you* mit.

Harry und Peter waren schon in ihrem Büro und maulten sich freundschaftlich wegen irgendetwas an, wie Hölzle hörte, als er daran vorbeiging. Er rief ihnen durch die geöffnete Tür ein fröhliches »Moin« zu, in diesem Moment mit sich und der Welt vollkommen zufrieden. Dann verschwand er in seinem eigenen Büro und startete summend die Kaffeemaschine.

Jetzt erschtmal Musik macha, dachte Hölzle und drückte den ziemlich abgenutzten Knopf Nummer 12 an seiner Musikbox. An einigen Knöpfen konnte man die Nummern kaum mehr erkennen, da Hölzle diese Titel deutlich öfter als die anderen schon gehört hatte. Beim ersten Ton, der erschallte, fuhr er zusammen. Was zur Hölle war das denn? Dröhnend brüllte Judas Priest *Screaming for Vengeance*. Hölzle drückte entsetzt auf eine weitere Taste. Doch auch hier keine Flippers, sondern Alice Cooper, der *Feed my Frankenstein* von sich gab.

Dann presste er die Austaste, und die Musik erstarb. Hinter sich hörte er brüllendes Gelächter. Harry hielt sich am Türrahmen fest, und Peter boxte ihm voll Begeisterung in die Seite, die beiden konnten sich vor Lachen kaum noch einkriegen.

»Das wart ihr! Habt ihr einen Knall?«

»Ich hab damit nichts zu tun«, wehrte Peter Dahnken keuchend ab.

»Ich nur bedingt«, Harry hob die Arme, die Handflächen zeigten nach außen.

»Wer?« Hölzle versuchte, eine strenge Miene aufzusetzen, was ihm aber gründlich misslang. Heute würde ihn nichts und niemand ärgern. »Die Zwillinge!«, rief er dann. Natürlich, wer sonst. Das war genau die Musik, die die beiden bevorzugten, wie sie ihm ja erzählt hatten.

»100 Punkte, Chef.« Harry wischte sich die Lachtränen aus den Augen.

»Aber du hast Ihnen geholfen, nicht wahr?«, kombinierte Hölzle. Er erinnerte sich, dass er die Zwillinge mit Harry allein in seinem Büro gelassen hatte, als er vom Pförtner wegen des Päckchens gerufen worden war.

»Schuldig im Sinne der Anklage«, gab Harry zu.

»Wie viele Singles habt ihr denn ausgetauscht? In der kurzen Zeit waren ja nur wenige möglich. Wie konntet ihr da sicher sein, dass ich gerade diese abspielen wollte?«

»Heiner, als erfahrener Ermittler sollte dir das doch kein Kopfzerbrechen bereiten. Die abgegriffensten Tasten weisen doch darauf hin, dass du die besonders oft drückst. Also war es ja nur eine Frage der Zeit, wann du sie wieder benutzen würdest.« Harry grinste wie ein Honigkuchenpferd.

»Touché. Aber jetzt könnt ihr das auch alles schön wieder rückgängig machen. Genug gealbert. Ich habe mir überlegt, dass wir die Presse mehr involvieren. Wir müssen an die Öffentlichkeit, wenn uns der Mordfall aus Bremerhaven auch keine weiteren Erkenntnisse liefern sollte.«

»Was genau meinst du damit?«, fragte Peter.

»Bisher weiß niemand von den Blechtieren, die an den Tatorten gefunden wurden beziehungsweise per Kurier hier ankamen. Vielleicht erinnert sich irgendjemand daran, so etwas schon mal gesehen zu haben, nicht die Tierchen an sich, sondern an diese Besonderheit. Diese Blechstadtmusikanten sind auf irgendwas festgelötet worden, und zwar nebeneinander, wie die Lötstellen zeigen. Kauft man die Originaltouristenversion, gibt es keine Schweißnaht oder Lötstelle, denn die ganze Figur ist zusammenhängend aus dem Blech gestanzt worden.«

»Du hast recht. Es macht keinen Sinn, diese Information noch länger zurückzuhalten. Der Mörder scheint auch Wert darauf zu legen, uns mitzuteilen, für wie schlau er sich hält. Sonst hätte er dir wohl kaum diese Blechkatze geschickt. Vielleicht locken wir ihn damit ja auch irgendwie aus der Reserve. Ich hoffe allerdings nur, dass wir ihn nicht dazu animieren, noch den Hahn irgendwo ablegen zu wollen«, tat Harry seine Meinung zu Hölzles Ausführungen kund.

»Harry, es bleibt uns nichts anderes übrig. Ich werde mit Wiegand reden, und wenn er grünes Licht gibt, berufen wir eine Pressekonferenz ein.«

Zwei Stunden später stand Hölzle hinter dem Stehpult und rückte das Mikrofon zurecht. Eine stattliche Zahl von Vertretern der örtlichen und überregionalen Presse hatte sich versammelt, alle in gespannter Erwartung, was es Neues zu den Mordfällen geben würde.

»Meine Damen und Herren«, begann Hölzle und räusperte sich, »zuerst einmal die gute Nachricht. Der mutmaßliche Mörder, oder vielmehr die Mörderin des bekannten *The Catwalk Princess*-Jurors Bruno Nies sitzt in Untersuchungshaft und hat bereits ein Geständnis abgelegt. Es handelt sich um eine 48 Jahre alte Frau, die im Swissôtel arbeitete und deren Tochter vermutlich von Nies vergewaltigt wurde. Das Mädchen hat vor Kurzem Selbstmord begangen, das war offenbar der Auslöser für die Mutter, Nies zu töten. DNA-Abgleiche von Spuren am Körper des toten Mädchens und Bruno Nies laufen noch.«

Ein Raunen ging durch die Menge, und die Journalisten machten sich eifrig Notizen, Kameras klickten, und ein Blitzlichtgewitter ließ Hölzle die Augen zusammenkneifen.

»Werten Sie die ungewöhnliche Weise, in der Nies umgebracht wurde, als Trittbrettfahrermord?«, lautete eine Frage, die eine Journalistin an Hölzle stellte.

»Ja, durchaus. Der Mord sollte wohl an das Märchen *Der Wolf und die sieben Geißlein* erinnern, im weitesten Sinne, wohlgemerkt.«

»Was gibt es Neues zu den beiden anderen Morden, vor allem was unsere hochgeschätzte Kollegin Hanna Wagner betrifft?« Hölzle erkannte die schnarrende Stimme Thorben Schminks.

»Es gab einen vierten Mord …«

Die Reporter waren nun nicht mehr zu halten, und lautes Stimmengewirr erfüllte den Raum. Hölzle hielt für einen Moment inne. Dutzende Fragen wurden ihm zugerufen, doch er kam nicht zu Wort. Schließlich hob er die Arme, die Handflächen den Pressevertretern zugekehrt.

»Sachte, ich werde gleich Ihre Fragen beantworten. Lassen Sie mich zuerst zu Ende berichten.«

Langsam kehrte Ruhe ein, und Hölzle konnte weiter sprechen.

»In Bremerhaven wurde ein Mann ermordet, die Kollegen vor Ort fanden ihn im Auswandererhaus mit einer ausgestopften Ratte im Mund.«

»Wie kommen Sie darauf, dass diese Tat vom gleichen Mann – ich gehe davon aus, dass es sich um einen Mann handelt – verübt wurde, wie die beiden Morde hier in Bremen«, rief Schmink dazwischen. »Das könnte doch ebenfalls ein Trittbrettfahrer sein.«

»Wenn Sie mich ausreden lassen, Herr Schmink, dann werden Sie und Ihre Kollegen es gleich erfahren«, wies Hölzle den unangenehmen Vertreter der Medien zurecht. Schmink schien beleidigt, hielt aber den Mund.

»Ich erhielt per Kurier eine Katze aus Blech. Dieses Blechtier gehört in die Reihe der Blechtiere, nämlich Esel und Hund, die an den anderen Tatorten gefunden wurden. Nur der Mörder kann dies wissen, und er ist offenbar hochgradig daran interessiert, dass die Polizei und die Öffentlichkeit davon erfahren. Er möchte, dass wir wissen, dass er der Märchenmörder ist, und sonst niemand.«

Er hielt kurz inne und trank einen Schluck aus dem Wasserglas, das neben dem Mikrofon stand. Im Raum war es stickig, und Hölzle hatte das Gefühl, dass seine Zunge am Gaumen festklebte.

»Gibt es Verbindungen zwischen den Opfern?«, nutzte ein junger Mann die Trinkpause, um seine Frage zu stellen.

»Bisher konnten wir keine Verbindung zwischen dem Opfer in Bremerhaven und den beiden Toten in Bremen feststellen. Anders die Situation bei den Bremer Opfern, denn Hanna Wagner und Dr. Koch kannten sich. Das ist aber möglicherweise ein Zufall, daher müssen wir weiterhin davon ausgehen, dass der Mörder seine Opfer völlig wahllos aussucht.«

Über einen Beamer wurden Fotos der blechernen Stadtmusikanten, die an den Tatorten zurückgelassen worden waren, auf eine große Leinwand projiziert, um den Journalisten zu veranschaulichen, was genau diese Blechfiguren von den herkömmlichen unterschied. Hölzle wies auf die Lötstellen hin und verdeutlichte, wie die Tiere vor ihrer Trennung auf einem Objekt unbekannter Art zusammengehalten hatten. Auch, dass es sich um keine professionelle Arbeit handelte, sondern offensichtlich um einen Hobbyhandwerker, der die Figuren zusammengelötet hatte.

Am Ende der Pressekonferenz meldete sich noch einmal Schmink zu Wort. »Glauben Sie, Sie fassen den Killer noch, bevor der Hahn auftaucht?«

»Wir arbeiten mit Hochdruck und allen uns zur Verfügung stehenden Kräften daran«, war Hölzles Antwort. Was hätte er sonst sagen sollen? Eine Garantie, dass kein weiterer Mord geschehen würde, konnte niemand geben.

*

Nach der Pressekonferenz fuhr Hölzle nach Hüttenbusch, einige Kilometer vor den Toren Bremens gelegen. Eigentlich hatte er dazu keine Zeit, aber nachdem Christiane seinen Antrag angenommen hatte, wollte er sie mit einem ganz besonderen Geschenk überraschen. Kein normales Geschenk, keinen der üblichen Verlobungsringe, nein ein Gemälde sollte seiner Liebe zu Christiane Ausdruck verleihen. Christiane trug so oder so selten Ringe, ihre Begründung dafür war, dass Ringe im Stall und beim Reiten nur lästig wären. Und auch wenn sie beide ausgingen, schmückte nur selten ein Ring Christianes Finger. Daher hatte sich Hölzle entschieden, ihr einen schon lang gehegten Wunsch zu erfüllen: ein Gemälde der bekannten Malerin Hanni Horn.

Die Künstlerin Hanni Horn wohnte und arbeitete in Hüttenbusch, einem kleinen Dorf, das zu Worpswede, dem bekannten Künstlerort bei Bremen, gehörte. Christiane hatte die Künstlerin vor einiger Zeit kennengelernt, und dabei hatten beide festgestellt, dass sie dem gleichen Hobby, der Reiterei, frönten. Christiane hatte von den Farben, die Hanni Horns abstrakte Bilder zum Leuchten brachten, geschwärmt. Den Flyer mit Informationen zur Künstlerin und den Öffnungszeiten ihres Ateliers hatte sie mit nach Hause gebracht. Seither lag sie ihm in unregelmäßigen Abständen in den Ohren, dass sie doch unbedingt ein weiteres Bild im Wohnzimmer haben müssten.

Hölzle parkte in der Einfahrt vor dem großen Haus, Hundegebell ertönte, als er die Klingel betätigte.

Eine blonde Frau öffnete, hielt den Hund am Halsband fest.

»Ja bitte?«

Nachdem Hölzle sich vorgestellt und sein Anliegen vorgebracht hatte, führte die Künstlerin ihn in ihr lichtdurchflutetes Atelier. Hölzle wurde auch schnell fündig, denn er wusste genau, welche Farben Christiane bevorzugte. Hanni Horn hatte ihm angeboten, er könne auch ein Bild passend für die Größe der Wandfläche malen lassen, denn sie fertigte die Rahmen, auf denen die Leinwand gespannt wurde, nach individuellem Wunsch an. Doch Hölzle hatte sich bereits entschieden, und eine halbe Stunde später fuhr er mit einem gut in Luftpolsterfolie verpackten Gemälde im Auto wieder in Richtung Bremen.

Von der Umgehungsstraße, die an Lilienthal, dem ersten Ort hinter Bremen auf niedersächsischem Boden, vorbeiführte, bog er ab in Richtung Ortsmitte. Im *Culinari*, einem wundervollen kleinen Laden mit italienischen Köstlichkeiten, ließ sich Hölzle Parmaschinken, ein Stück Pecorino mit Oliven, Spianata piccante – eine scharfe Salami, die Christiane so gerne mochte –, diverse Antipasti und ein frisches Ciabatta von der hübschen dunkelhaarigen Besitzerin einpacken. Den Zwillingen würde er einen Fünfziger in die Hand drücken, damit sie sich heute Abend vom Acker machten. Dann hätten er und Christiane sturmfreie Bude.

Er verstaute seine Einkäufe im Auto, als sich Markus Rotenboom meldete.

»Die DNA-Analyse ist fertig. Und du hattest zu 100 Prozent recht. Nies hat das Mädchen tatsächlich missbraucht. So ein Arschloch«, fügte er zornig hinzu. »Und ich soll dir ausrichten, dass unsere Computerfreaks herausgefunden haben, dass Annette Funke drei Tage vor Nies' Tod, K.-o.-Tropfen online bestellt hat.«

Hölzle schloss den Kofferraum und setzte sich hinter das Steuer, schaltete auf die Freisprechanlage um und fuhr los, noch während er sich angurtete. »Danke, dann ist der Fall ja schon mal wasserdicht. Ich gehe davon aus, dass Annette Funke nicht die volle Packung bekommt. Nach alldem, was sie durchgemacht hat, gibt es sicher mildernde Umstände. Und ihr Geständnis wird ihr auch angerechnet. Aber ein paar Jahre Knast werden's trotzdem werden.«

»Nicht so eilig, Heiner. Die Menge an K.-o.-Tropfen, die Nies verabreicht wurden, hätte nicht ausgereicht, um ihn umzubringen. Also, rein rechnerisch natürlich, bezogen auf sein Gewicht und so weiter.«

»Mag ja sein, aber er ist ja auch an den Kieseln erstickt und nicht von den Tropfen ins Jenseits geschickt worden.«

»Hör doch einfach mal zu! Sebastian hat einen Fingerabdruck auf einem der Kiesel gefunden, keinen vollständigen, aber der Teilabdruck wird zu einem Vergleich ausreichen.«

»Du willst mir jetzt nicht mitteilen, dass der Teilabdruck nicht von Annette Funke stammt, oder?«

»Doch, genau so sieht's aus. Vergleiche laufen noch.« Hölzle seufzte. »Ja gut, nein, natürlich nicht gut. Egal, da fällt mir gerade ein: Haben die Kollegen auch schon was über den Inhalt von Kochs Computer erzählt?« Eigentlich hätten die sich schon längst bei ihm melden müssen.

»Nein, da musst du wohl mal nachhaken. Bis dann.«

Im Radio kamen die Nachrichten, und der erste Beitrag widmete sich der vor wenigen Stunden abgehaltenen Pressekonferenz. Bestens. Auch heute Abend würde das Fernsehen darüber berichten und Bilder des blechernen Bremer Symbols zeigen, und morgen würden die Zeitungen voll davon sein. Hölzle hoffte, dass dadurch tatsächlich Bewegung in den Fall kommen würde.

Der Mörder, so Hölzles Einschätzung, war offenbar arrogant genug, zu glauben, die Polizei würde ihm nicht auf die Schliche kommen, und ebenso süchtig nach Aufmerksamkeit. Warum hätte er sonst Hölzle die Blechkatze zukommen lassen? Er wollte offenbar allen beweisen, wie geschickt er vorging. Der isch ächt krank em Hirn, dachte Hölzle und fuhr auf die A27, um die Autobahn nach wenigen Kilometern wieder in Richtung Untersuchungsgefängnis zu verlassen, wo sich bereits Annette Funke befand.

Während der Fahrt informierte er die Staatsanwältin über den neuesten Erkenntnisstand und dass wohl kein Grund mehr vorlag, die Frau länger in U-Haft zu behalten. Henriette Deuter wunderte sich nach Jahren in ihrem

Beruf über gar nichts mehr und wollte sich gleich darum kümmern, dass die Frau sofort wieder auf freien Fuß kam.

Natürlich hatte Annette Funke sich schuldig gemacht, indem sie Nies die Tropfen verabreicht hatte – dafür würde sie auch belangt werden – aber verantwortlich für seinen Tod war sie offensichtlich doch nicht. Hölzle wurde bewusst, dass er Annette Funke nie mit den Weserkieseln konfrontiert hatte. So ein Fehler hätte ihm nicht unterlaufen dürfen. Und die Presse oder Nachrichtensendungen hatte Annette Funke offenbar selbst nicht zur Kenntnis genommen, sonst hätte sie sich doch gegen den Vorwurf des Mordes an Bruno Nies zur Wehr gesetzt. Sei es, wie es sei, es spielte nun keine Rolle mehr. Er hatte gnadenlos in diesem Punkt versagt. Er konnte nur hoffen, dass ihn Annette Funke wegen dieser Unachtsamkeit nicht noch zur Verantwortung zog. Schuld daran war der Streit mit Christiane, der ihn sehr mitgenommen hatte. Und trotzdem, das hätte nicht passieren dürfen! Und dann hatte er die arme Frau der Presse quasi zum Fraß vorgeworfen.

Do han i aber ächt was zom gutmache, ging es ihm durch den Kopf, als er den Wagen parkte. Während er auf Annette Funke wartete, informierte er Harry. Er sollte die Medienvertreter einbestellen, damit die Zeitungen und das Fernsehen gleich die Neuigkeit am nächsten Tag verbreiten konnten.

KIRA 8

Geschunden an Körper und Seele verließ das Mädchen am Abend das Schloss und erblickte sich zu Hause erstmals in einem Spiegel. Seltsam, denn der Spiegel zersprang nicht. Im Gegenteil. In allen schrecklichen Einzelheiten zeigte er dem Mädchen, wie hässlich es in diesen Stunden auf dem Schloss geworden war. Widerwärtig und schmutzig. Sich vor sich selbst ekelnd, rannte das Mädchen in den Wald, wo die Rehe erschreckt vor ihm flohen. Hinunter zum See, seinem Freund über all die Jahre, lief es und wusch sich mit dem klaren Wasser den Schmutz von seinem Körper. Der See wurde trübe, und das perlende Lachen und die glänzenden Augen waren für immer verloren gegangen ...

Als sie am späten Nachmittag nach Hause gekommen war, war ihre Mutter nicht da gewesen. Annette half einmal in der Woche einer hochbetagten Frau in der Nachbarschaft beim Einkaufen, Putzen oder Wäsche machen. Seitdem sich die Familie auf so tragische Weise verkleinert hatte, war es Annette ein tiefes Bedürfnis geworden, anderen Menschen zu helfen. Frau Vogt war 92 Jahre alt und versorgte ihren Minihaushalt immer noch alleine. Aber Annettes Hilfe nahm sie gerne an, hatte sie in ihr auch einen Menschen gefunden, dem sie ab und zu ihre Ängste und Nöte mitteilen konnte. In letzter Zeit hatte sich Annette immer häufiger die Frage gestellt, ob sie die Zeit mit Frau Vogt nicht doch besser Kira widmen sollte, und immer versucht, zumindest nur dann die Nachbarin zu besuchen, wenn Kira sowieso nicht da war.

Ihre Mutter hatte sich verhalten gefreut, als Kira ihr gleich nach ihrem Auftritt beim Casting telefonisch ihren Erfolg geschildert hatte, und wie begeistert die Jury gewesen war. Die spürbare Reserviertheit ihrer Mutter hatte Kira enttäuscht. Aber was hätte sie auch anderes erwarten sollen. Und Dennis?

Dreh mal jetzt bloß nicht ab, war nur einer der harmlosen Kommentare gewesen, die der Freund für ihren Triumph übrig gehabt hatte, als sie telefonierten. Die konnten sie doch alle mal kreuzweise. Trotz allem hatte Dennis mit ihr feiern wollen, doch sie hatte ihm erzählt, dass sie mit den anderen Mädels, die ebenfalls vor den Augen der Jury Gnade gefunden hatten, noch um die Häuser ziehen wollte. Was natürlich glatt gelogen war.

Anne hatte versucht, sie zu trösten, nachdem sie Kiras Enttäuschung wegen Annette bemerkt hatte. *He, wir machen heute Abend einen drauf. Der Etappensieg muss gebührend gefeiert werden*, war ihr Vorschlag gewesen.

Wie sollte sie Anne erklären, dass sie sich heute Abend mit Nies treffen würde? Anne würde sie einen Kopf kürzer machen. Von Nies ganz zu schweigen.

So hatte Kira ihrer Freundin weisgemacht, sie hätte furchtbare Kopfschmerzen, sie müsse sich erholen. Morgen würde sie mit Anne so richtig abfeiern. Aber heute, nein, heute wäre sie einfach zu groggy. Auch wäre ihr die ganze Aufregung auf den Magen geschlagen. Ihr wäre schlecht.

Und das war nun tatsächlich die Wahrheit. Sie hatte ihrer Mutter einen Zettel in die Küche gelegt. *Bin mit Anne feiern. Werde wahrscheinlich bei ihr übernachten.* Das war in der Vergangenheit immer wieder so gewesen, und ihre Mutter würde sich freuen, wenn sie ihre alten Gewohnheiten wieder aufnehmen würde. Würde Annette auch nur ahnen, dass sie eine Verabredung mit Bruno in dessen Hotel hätte, wäre sie garantiert ausgeflippt und hätte sie in ihrem Zimmer eingesperrt. Hundert Pro, dachte Kira.

Nachdem Anne enttäuscht abgerauscht war, hatte sich Kira für zwei Stunden aufs Bett gelegt, um anschließend ausgiebig zu duschen. Sie wusste genau, was sie anziehen würde: einen engen Jeansrock und einen leichten Baumwollpulli mit tiefem V-Ausschnitt, dazu passten eine dunkelgraue, gemusterte Strumpfhose und die schwarzen Stiefeletten mit dem kurzen silbrigen Fellrand, die sie vor zwei Jahren zu Weihnachten bekommen hatte. So bin ich bestens gerüstet für mein Karrieredate, wie sie insgeheim ihr Treffen mit Bruno Nies bezeichnete.

Unschlüssig stand Kira vor dem Hoteleingang. Ihr war mittlerweile fast so übel wie vor dem eigentlichen Auftritt vor der Jury. Aber das hatte sie doch auch gepackt. Sie traf sich einfach mit Nies, um sich ganz locker über das weitere Vorgehen zu unterhalten, sich ein paar Tipps geben zu lassen und, warum auch nicht, vielleicht ein wenig zu flirten. Im Gegensatz zu Anne fand sie Bruno nicht unattraktiv, er hatte was. Ein Mann eben, kein Junge mit drei Barthaaren, die sich nicht vermehren wollten.

Entschlossen klemmte sie sich ihre winzige Handtasche, die sie bis jetzt in ihren Händen geknetet hatte, unter den Arm und marschierte selbstbewusst in das Foyer. Außer ihrer Monatskarte für den ÖPNV, einer Packung Papiertaschentücher, einem Lippenstift, einer Geldbörse mit einem 20-Euro-Schein und ihrem Personalausweis bewahrte sie in ihrer Tasche ihr Ticket für die Zukunft auf: Es war eine offensichtlich zweite Chipkarte für den Aufzug, die Nies zu seiner Einladung gesteckt hatte.

Zwei Männer saßen in eine Unterhaltung vertieft in den Clubsesseln im Foyer und beachteten Kira überhaupt nicht. An der Rezeption war eine junge Frau damit beschäftigt, wie gebannt auf einen Bildschirm zu starren und ab und zu eine kleine Notiz auf einem Block zu machen. Sie schenkte dem Mädchen nur einen kurzen Blick und widmete sich wieder ihrer Arbeit.

Kira ging energisch auf den Aufzug zu, drückte den Knopf zu den oberen Etagen. Leise schwebten die beiden Türen auseinander. Nur ein kurzes Zögern, dann betrat Kira den komplett verspiegelten Aufzug. Lässig zog sie die Magnetkarte durch den Schlitz des dafür vorgesehenen Kästchens, das oberhalb der anderen Knöpfe angebracht war. Die Tür schloss sich fast geräuschlos, und die Kabine beförderte sie mit einem sanften Brummen nach oben. Noch einmal betrachtete sich Kira im Spiegel. Die Haare hatte sie zu einem lockeren Pferdeschwanz gebunden, sodass einige Strähnen herausfielen, und das Seidentuch, das sie auf dem Laufsteg als Gürtel benutzt hatte, hatte sie wie ein Stirnband um den Kopf geschlungen.

Ein letztes Mal zögerte sie, überlegte, ob sie auch das Richtige tat. Dann glitten die Türen des Fahrstuhls auseinander, und Kira betrat den mit einem pflaumenfarbenen Teppichboden ausgelegten Flur. Sachte klopfte sie an Nies' Zimmertür.

Als hätte Nies dahinter gewartet, öffnete er innerhalb von Sekunden die Tür zu seiner Suite. Wie schon zwei Tage zuvor trug er einen Morgenmantel aus glänzendem dunkelblauem Satin, war barfuß, in der linken Hand hielt er ein Glas mit einer hellgelben, prickelnden Flüssigkeit und ließ seinen Blick anerkennend über Kiras Erscheinung schweifen. Sekt oder Champagner?, fragte sich Kira unnötigerweise.

»Kira. Schön, dass du pünktlich bist. Du gefällst mir fast besser als heute Mittag. Der kurze Rock lässt deine Beine noch länger erscheinen, nahezu perfekt. Komm rein, Prinzessin, nimm Platz.« Er trat zurück und ließ Kira hindurchgehen. »Am besten, du setzt dich aufs Sofa, da ist wenigstens noch Platz.«

Nies deutete mit einer weit ausladenden Geste auf die Sitzgruppe, deren beide Sessel mit Kleidungsstücken überhäuft waren. Das Sofa entpuppte sich als Zweisitzer, auf dem kleinen Tisch standen ein weiteres Glas und ein mit Eiswürfeln gefüllter Kühler, aus dem ein Flaschenhals hervorragte.

»Du trinkst doch ein Glas Champagner mit mir? Wir müssen erst mal auf deinen Auftritt anstoßen. Schätzchen, alle waren begeistert. Wir sehen selten solche Mädchen wie dich.«

Kira kam sich vor wie eine Landpomeranze, bis jetzt hatte sie noch kein Wort hervorgebracht. Allerdings hatte ihr Nies auch noch nicht wirklich eine Chance dazu gegeben. Stumm saß sie auf dem Sofa, die Beine hatte sie fest zusammengepresst, ihre kleine Handtasche hielt sie verkrampft in den Händen auf ihrem Schoß. Wenn sie nicht in Nies' Augen als ein Dummchen vom Dorf dastehen wollte, musste sie allmählich doch den Mund aufmachen.

»Ähm, danke, Bruno. Ich mache so etwas zum ersten Mal, ich meine, so ein Casting, also, aber auch, dass ich jetzt hier sitze, ich meine …, wir reden doch darüber, wie es jetzt weitergeht …?« Kira wurde heiß, als sie merkte, wie sehr sie herumstotterte.

»Kira, kein Grund, so nervös zu sein. Natürlich werden wir darüber sprechen, wie wir deine Karriere in Gang bringen. Aber zuerst zur Entspannung ein kleiner Schluck Champagner.«

Nies hatte ein zweites Glas gefüllt und hielt es Kira hin, die zaghaft danach griff und vorsichtig nippte. Sie trank nur selten Alkohol, und wenn, dann nur Cocktails, die schmeckten durch den Fruchtsaft nicht so säuerlich wie Sekt oder Champagner. Mit einem erzwungenen Lächeln stellte sie das Glas ab, nestelte am Verschluss ihrer Tasche, wünschte sich weg von diesem Ort. Angst kroch in ihr hoch, verursachte einen Kloß in ihrem Hals. War es ein Fehler gewesen, hierher zu kommen? Wieso trug Bruno nur einen Morgenmantel? Seltsam.

»Mädchen, was bist du denn so unentspannt? Bleib mal locker, wir sind doch ganz entre nous, nur wir zwei Hübschen. Niemand beobachtet dich, du wirst nicht beurteilt. Das hast du ja bereits hinter dir.« Nies stand immer noch und betrachtete sie mit einem Lächeln.

»Na, dann lass uns mal anfangen, vielleicht lässt dann die Anspannung nach.« Er nahm eine Fernbedienung, und eine Sekunde später erklang Musik. »So, dann geh noch einmal von der Tür hinüber in Richtung Schlafzimmer und zurück.« Er prostete ihr zu.

Kira legte ihr Handtäschchen zur Seite und stand auf, merkte, wie sie ruhiger wurde. Nies wollte nur ihr Bestes, nichts weiter. Was hatte sie nur gedacht?

Trotz gegen ihren kleinen Angstteufel, der ihr komische Sachen einflüsterte, stieg ihn ihr auf. Energisch griff sie noch einmal nach dem Glas, nahm einen großen Schluck, zwang das Getränk hinunter, machte sich selbst Mut.

Dann ging sie betont lässig zur Tür, von dort zum Schlafzimmer und zurück zu Nies.

»Noch mal«, wies Nies sie an. Wieder ging sie die wenigen Meter hin und her.

»Du bewegst dich noch ein wenig zu steif. Beine aus der Hüfte heraus nach vorne schwingen auf einer Linie. Stell dir ein Drahtseil vor, und du darfst auf keinen Fall nach unten schauen. Trink noch einen Schluck«, er hielt ihr das Glas hin, welches er wieder gefüllt hatte. Kira nahm das Glas, trank und stellte verwundert fest, dass der Champagner nun gar nicht mehr so übel war. Sie drückte ihm das Glas wieder in die Hand und beschwingt ging sie zu ihrem Ausgangspunkt, der Tür, zurück.

»So, Prinzesschen, jetzt aber mal richtig, wie eine Raubkatze, die auf Beutezug ist, geschmeidig, kraftvoll. Zeig mir, was du kannst, und achte auf die Musik.« Nies stellte das Glas beiseite und forderte sie mit einer Handbewegung auf, noch einmal zu gehen.

Auf dem Weg zurück zu Nies kam sie ins Stolpern, der Champagner schien seine Wirkung zu entfalten. »Hoppla«, er fing sie auf, hielt sie in seinen Armen. Sie blickte zu ihm auf, lächelte ihn an. Der große Mann strich ihr eine Haarsträhne aus dem Gesicht, beugte sich zu ihr und vergrub sein Gesicht für einen kurzen Moment in ihren Haaren.

»Du duftest lecker, Schätzchen«, raunte er ihr zu und zog sie fester an sich. Für einen Augenblick fühlte sie sich beseelt davon, von einem Mann wie diesem in den Armen gehalten zu werden. Doch dann drückte er seinen Unterleib gegen ihren, und ihr vom Champagner benebelter Verstand begann, die Alarmglocken zu läuten. Sie versuchte, sich aus seinen Armen zu winden. Nies gab sie frei.

»Was ist los mit dir?«, wollte er wissen. Er nahm Kira an beiden Händen und steuerte sie zum Sofa. »Setz dich erst mal hin. Du wirst dich schon dran gewöhnen, so einfach ist das Laufen nicht, und schon gar nicht mit deutlich höheren Absätzen.«

Offenbar hatte sie die Situation falsch interpretiert, er wollte einfach nur nett zu ihr sein. Das war zu viel für das junge Mädchen. Die Tränen schossen ihr in die Augen, und sie begann, hemmungslos zu weinen. Bruno Nies nahm sie in seine Arme, zog ihren Kopf an seine Schulter.

»Aber, aber, Süße, was hast du denn? Kein Grund zu weinen, so schlimm ist das nicht. Du hast das sonst sehr gut gemacht. Fast auf den Punkt abgeliefert, beachtlich für jemanden, der keine Erfahrung damit hat.« Immer noch schluchzte sie leise.

»Hattest du so einen beschissenen Tag? Kann doch nicht sein. Du bist unter den besten Fünf, ich werde dich coachen, damit du in München weiter kommst. Dort sind andere Juroren, und ich, nein, wir müssen sie davon überzeugen, dass du es wert bist.«

Er zog ein Tuch aus seiner Morgenmanteltasche, wischte ihr die Tränen aus dem Gesicht. Kira begann schon fast wieder zu lächeln, überließ sich vollkommen dem Gefühl der Geborgenheit, das ihr Bruno vermittelte.

»Siehst du? Schon besser.«

Nies strich ihr mit dem Daumen seiner rechten Hand, das letzte Tränchen aus dem Gesicht, seine andere Hand glitt unter ihren Pullover, ihre weiche Haut am Rücken liebkosend. Sie ließ es geschehen, nahm gar nicht wirklich wahr, was der deutlich ältere Mann im Begriff war zu tun. Seine Rechte streichelte nun ihren Hals, wanderte weiter nach unten, strich wie zufällig über ihre Brust, küsste sie auf die Stirn.

Dann packte er plötzlich ihre Hand, zog sie in seinen Schritt, machte deutlich, dass sie dort liegen bleiben sollte. Kira war wie erstarrt, rührte sich nicht. Nies ließ ihre Hand los, und schob mit einem Ruck ihren Rock nach oben.

Die Alarmglocken läuteten Sturm. Kira erwachte aus ihrem Nebel, stieß den Mann von sich. Eine schallende Ohrfeige kam als prompte Antwort, ihr Kopf flog nach links – Nies wusste, wie man zuschlagen musste, ohne dass man gleich ein blaues Auge davon bekam – dann war er über ihr, drückte sie in die Sofakissen. Fieberhaft riss er die Strumpfhose entzwei, löste den Gürtel seines Morgenmantels, zerrte ihren Tanga herunter. Kiras Kopf dröhnte, ihre Hände versuchten, Nies wegzustoßen, doch das war aussichtslos. Sie mit ihren lächerlichen paar Kilos hatte einem solchen Angreifer nichts entgegenzusetzen.

»Versuch erst gar nicht zu schreien, hier oben hört dich niemand, Prinzessin. Genieß es einfach, das ist deine Chance nach ganz oben«, sagte er mit heiserer Stimme und zwang ihre Schenkel auseinander.

Als Nies mit ihr fertig war, hatte er Kira ihre Kleidung hingeworfen und in aller Ruhe einen Schluck Champagner getrunken. Das Mädchen zog sich wie von Krämpfen geschüttelt wieder an, die zerrissene Strumpfhose ließ sie liegen, Tränen liefen über ihr Gesicht. Nur mit Mühe konnte sie einen Brechreiz unterdrücken.

»Kira, so schlimm war's nun auch nicht, tut mir leid wegen der Ohrfeige. Aber wenn du deine Chance nutzen willst, ganz groß raus zu kommen, vergiss einfach, was passiert ist. War 'ne einmalige Angelegenheit. Und bilde dir nur nicht ein, dass dir jemand glauben wird. Guter Tipp: Halt einfach deine Klappe.«

Sie torkelte zur Tür, die kleine Handtasche wie zum Schutz vor ihren Bauch gepresst. Alles tat weh, immer noch dröhnte Nies' angestrengtes Keuchen in ihren Ohren. Sie hatte nur noch den Wunsch, nach Hause zu kommen, sich den ganzen Dreck vom Körper zu schrubben.

»Du kannst dir nicht vorstellen, wie viele Prinzessinnen von Bruno Nies zur Königin gemacht worden sind. Alle waren dankbar dafür. Manche auch nicht, und die haben nie wieder einen Laufsteg betreten. Wir sehen uns in München, Süße. Und eins noch, manche Mädels wären froh, sie hätten mit mir …«

Die letzten Worte hörte Kira nicht mehr. Gekrümmt wankte sie zum Fahrstuhl.

Kira schlich sich ins Haus und nach oben in ihr Zimmer. Dort stieg sie in Windeseile aus ihren Sachen, huschte ins Bad, duschte so heiß, dass es kaum auszuhalten war. Es half nichts, der Dreck saß so tief in ihr, sie könnte bis an ihr Lebensende versuchen, ihn abzuschrubben, er würde nicht verschwinden. Was war nur aus ihr geworden? Das Gefühl der Lebendigkeit wenige Stunden zuvor war durch eine gähnende Schwärze ersetzt worden, die sie zu verschlingen drohte. Ihr Leben – oder besser, was davon noch übrig war – taumelte ins Nichts, wurde eingesogen von einem gierigen Schlund, aus dem kein Entkommen möglich war.

Zurück in ihrem Zimmer zog sie wie in Trance Jeans, T-Shirt und Pulli an, ihre Augen irrten ziellos umher und erfassten den alten Ordner, in dem sie die Geschichten, die Annette für sie geschrieben hatte, aufbewahrte.

Prinzessin. Wie oft war sie so genannt worden? Von ihrem Vater, auch Ben hatte es manches Mal gesagt, ihre Mutter sowieso. Prinzessin, Prinzesschen. Das Wort hallte in ihr nach, sie hörte Nies' Stimme in ihrem Kopf. Roch erneut seinen Schweiß, fühlte seinen Körper auf ihr und in ihr. Würgend ging sie zurück ins Bad, erbrach sich. Während sie ihren Mund ausspülte, kam ihr ein Gedanke, der sie nicht mehr losließ. Die Geschichte stimmt nicht mehr, das Ende muss umgeschrieben werden.

Kira ging zurück in ihr Zimmer, zog den Ordner aus dem Regal, fand auf Anhieb die rosafarbenen Seiten. Von dem farbigen Papier hatte sie noch einige Blätter in ihrer Schreibtischschublade, die sie nun daraus hervorkramte. Hektisch setzte sie sich hin, schrieb wie besessen Annettes Märchen um, konnte kaum so schnell kritzeln, wie ihre Gedanken sich in ihrem Kopf überschlugen.

Dann war sie fertig, las alles noch einmal. Erneuter Brechreiz. In einem vollkommenen Gefühlschaos aus Wut, Zorn, Ohnmacht, Trauer, Selbsthass und Aussichtslosigkeit zerriss sie die Seiten in kleine Stücke, schmiss sie in den Papierkorb. Ein letzter Blick durch ihr Zimmer, dann nahm sie ihre Jacke und ging nach unten. Ihre Sneakers standen im Flur. Nie wieder hohe Absätze, dachte sie.

Alles in ihr war nun kalt, nichts regte sich mehr. Abgestorben. Tot.

Es war ein ziemliches Stück zu gehen bis zu den Gleisen in Bremen-Lesum, aber egal. Wie ferngesteuert setzte das Mädchen einen Fuß vor den anderen. Plötzlich stand sie an der Bahnlinie, tief sog Kira die kühle Morgenluft ein. Die Nordwestbahn war pünktlich.

*

Christiane war außer sich vor Freude über das Bild gewesen und hatte es am nächsten Tag gleich aufgehängt. Nun prangte es über dem Sofa. Beim Abendbrot hatten sie lange geredet, Hochzeitspläne geschmiedet und waren dann selig aneinander gekuschelt eingeschlafen.

Eigentlich hatte Hölzle erwartet, dass Christiane eine Hochzeit mit allem Brimborium wollte, doch sie hatte ihn überrascht. Keine Ringe, kein Kleid, keine Kirche, kein überkandideltes Lokal, nichts dergleichen. Sie wollte nur zum Standesamt mit der Familie und den Trauzeugen. Klar sollte es ein Fest geben, aber zwanglos, am besten irgendwo im Freien, natürlich mit der Möglichkeit, unter Dach zu sitzen, sollte der Wettergott ihnen Regen schicken. Was ihr vielmehr im Kopf herumschwirrte, waren die Flitterwochen.

Sie hatte ihm abgerungen, dass er versuchen sollte, einmal vier Wochen am Stück Urlaub zu bekommen, damit sie endlich ihren gemeinsamen Traum einer Australienreise verwirklichen könnten. Hölzle hatte ihr hoch und heilig versprochen, den Urlaubswunsch mit Dr. Wiegand zu besprechen.

Was die Trauzeugen anbelangte, war sich Hölzle nicht sicher. Christiane hatte Carola und Harry vorgeschlagen, doch Hölzle hatte Bedenken. Er glaubte nicht, dass die Beziehung zwischen Christianes Schwester und seinem Freund bis zur Hochzeit noch Bestand haben würde, hielt diesen Verdacht allerdings Christiane gegenüber zurück.

Hölzle checkte seine E-Mails, trotz des Spam-Filters kam immer noch jede Menge Schrott auf seinen Account. Die Betreffzeile einer E-Mail ließ ihn gerade noch vor dem Löschen innehalten.

Ein gewisser Jürgen Hauser hatte als Betreff *Märchenmörder und Stadtmusikanten aus Blech* angegeben. Die E-Mail war auch eindeutig von der offiziellen Kontaktseite der Kriminalpolizei an ihn weitergeleitet worden.

Der Kriminalhauptkommissar klickte auf ›öffnen‹. Was er las, ließ ihn abwechselnd die Stirn runzeln und die Augen aufreißen. Nicht zu fassen. Da schrieb doch dieser Jürgen Hauser ...

Another one bites the dust, gab sein Handy von sich, und Hölzle nahm geistesabwesend ab.

»Ja?«

»Herr Hölzle, sind Sie's? Hier spricht Dreher aus der EDV. Es geht um den Laptop von Dr. Moritz Koch.«

Hölzle wandte den Blick vom Bildschirm seines Computers ab, konzentrierte sich voll auf den Anrufer. »Entschuldigung, ja, hier spricht Hölzle. Was haben Sie für mich?«

»Auf dem PC aus Kassel war nix Besonderes. Dann haben wir den ganzen Laptop des Toten, den Kollegin Auermann aus dem Hotel, in dem Koch untergekommen war, durchgecheckt und eigentlich nichts Auffälliges gefunden ...«

»Wieso rufen Sie dann an?«, fiel Hölzle Hauser ungnädig ins Wort. Die E-Mail hatte ihn vollkommen in ihren Bann geschlagen.

»Ich sagte *eigentlich*.« Der Kollege schien weder irritiert noch ungehalten über die Unterbrechung zu sein. »Nun ist es so, dass eine E-Mail heute von eben diesem Laptop verschickt wurde.«

»Wie das denn? Koch ist doch schon lange tot.«

»Koch hatte die E-Mail auf die Warteliste gesetzt, sodass sie erst genau am 27. April gesendet wird. Als wir heute die Kiste hochgefahren haben, um einen letzten Check zu machen, ging die E-Mail raus.«

»Machen Sie's nicht so spannend! Was stand drin, und an wen war die E-Mail gerichtet?« Hölzle schälte nebenbei ein Snickers aus seiner Verpackung, das Handy zwischen linker Schulter und Ohr eingeklemmt.

»Empfänger ist ein Professor Ewers ...«

»Was? Das gibt's doch gar nicht! Schicken Sie mir die E-Mail rüber. Und – herzlichen Dank!« Endlich schien Bewegung in die ganze Sache zu kommen!

Hölzle hatte kaum aufgelegt, als Britta Auermann nach kurzem Anklopfen sein Büro betrat.

»Moin, ich habe mich noch mal intensiv im Haus, in dem Hanna Wagner wohnte, umgehört. Eine Nachbarin erzählte, dass Wagner vor Kurzem Besuch von einem jungen Mann hatte. Sie hat ihn gesehen, als er bei ihr vor der Tür stand. Und er war offenbar ziemlich von der Rolle.«

»Glaubwürdige Zeugin?«, fragte Hölzle skeptisch.

»Ja, durchaus. Sie war zwischenzeitlich einige Tage verreist und hat jetzt erst von Wagners Tod gehört. Sie wohnt direkt neben Hanna Wagner. Der junge Mann hat Sturm geklingelt, und sie hat den Eindruck gehabt, dass er weinte. Als er die Wohnung verließ, war er wohl in ziemlich desolater Verfassung. Er stürmte ihr rücksichtslos auf der Treppe entgegen, als sie von ihren Einkäufen zurückkam. Hat sie beinahe umgerannt.«

»Konnte die Zeugin den Mann beschreiben?«

Britta Auermann lächelte vergnügt. »Ja, konnte sie, der Phantomzeichner hat bereits ein Bild erstellt.«

Sie zog eine Folie mit einer Zeichnung darin aus ihrer großen Umhängetasche.

»Dennis Koch!«, rief Hölzle verblüfft, als er den jungen Mann auf dem Bild erkannte. »Ich werd verrückt!«

Die E-Mail, die er eigentlich hatte gerade zu Ende lesen wollen, war für den Augenblick vergessen. Hölzle sprang auf und verließ zusammen mit seiner Kollegin in Windeseile sein Büro.

*

Otto Mindermann war trotz seiner 78 Jahre noch rüstig und erfreute sich bester Gesundheit. Sein Gesicht war wettergegerbt, seine Hände konnten kräftig zulangen. Dies lag an seinem langen Arbeitsleben an der frischen Luft. Otto Mindermann war jahrzehntelang zu See gefahren, hatte auf einem Fischfangboot Tausende und Abertausende Tonnen an Heringen gefischt.

Als er dann vor mehr als zehn Jahren in Rente gegangen worden war, so hatte es Otto Mindermann selbst ausgedrückt, denn nie hätte er freiwillig seinen Beruf aufgegeben, hatte er seine Leidenschaft für das Lachsangeln entdeckt, ein Hobby, dem er nur ein, zwei Mal im Jahr nachgehen konnte, denn es war ein teurer Spaß gewesen. Zuerst war es den Lachsen vor den Küsten Schottlands an den Kragen gegangen, seine vier Kinder hatten zu seinem Geburtstag und zu Weihnachten dafür immer zusammengelegt. Dann hatte er sich für das Hochseeangeln vor der Küste Rügens entschieden.

Vor vier Jahren hatte sein Rücken nicht mehr mitgemacht, und Mathilde, die Frau an seiner Seite, hatte ihm das Hochseeangeln verboten. Sein letzter Fang war noch ein kapitaler Brocken gewesen, ein Lachs von gut 1,10 Meter Länge. Am liebsten hätte er ihn ausstopfen lassen und über das Sofa gehängt, aber Mathilde hatte es ihm strengstens untersagt und so hing ein Stickbild, ein *Gobeläng*, wie sie es aussprach, den sie vor Jahren einmal gefertigt hatte – ein abscheuliches Blumenbild, wie Otto fand – über ihren Köpfen. Die Ehe mit Mathilde hielt nun schon 55 Jahre, sie hatten beide jung geheiratet. Wenn man Otto Mindermann fragen würde, wie er und Mathilde es geschafft hatten, so lange verheiratet zu sein, hätte er geantwortet, dass seine lange Abwesenheit auf See die Ehe immer wieder neu belebt habe. Aber bis jetzt hatte noch niemand gefragt.

Nachdem Otto das Hochseeangeln aufgeben musste, hatte er sich ein neues Betätigungsfeld gesucht. Weiterhin waren Fische das Objekt seiner Begierde, aber nun im kleinen Umfang. Otto Mindermann hatte sich aufs Angeln in den heimischen Gewässern spezialisiert. Heimische Gewässer, dies bedeutete in seinem Fall die Wasserzüge und kleinen Seen im Bürgerpark, Gewässer, in denen eigentlich nicht geangelt werden durfte.

Lange Zeit war das gut gegangen. Bis auf einen Donnerstagmorgen im Frühsommer, an dem Otto Mindermann seine Angel gegen halb fünf ausgeworfen hatte, und der Bürgerparkdirektor höchstpersönlich in einem dunkelgrünen Jogginganzug – Otto hatte den Eindruck, dass es sich um eine Art Tarnanzug handelte, in dem sich der Mann so gut wie unsichtbar durch den Park bewegen konnte – auf ihn zu trabte und ihm erklärte, dass es hier verboten sei, zu angeln. Otto müsse dies doch wissen, aber er wolle noch einmal ein Auge zudrücken, denn dies käme hoffentlich nicht mehr vor.

Von da an angelte Otto Mindermann nur noch an Stellen, von denen er hoffte, dass nie im Leben irgendjemand vorbeikäme. Auch er trug seitdem nur noch grün, war ebenfalls geradezu unsichtbar. Glaubte er.

Es kam dieser Tag, der so verlockend mit einem strahlenden Sonnenaufgang viel Gutes verhieß. Otto Mindermann hatte wieder einmal verbotenerweise seine Angel ausgeworfen. Ein ordentlicher Brocken schien angebissen zu haben. Er zog aus Leibeskräften und hielt zur Belohnung kurze Zeit später einen verrosteten Fahrradlenker in Händen. Otto wollte ihn eben wieder ins Wasser befördern, als ein Räuspern hinter ihm ihn sich erschrocken umdrehen ließ. Vor ihm stand leibhaftig erneut der Direktor des Bürgerparks. Der Mann musste ihn gewittert haben.

»Moin, wen haben wir denn da? Herr Mindermann, Herr Mindermann, hatten wir uns nicht darauf geeinigt, dass die Gewässer des Bürgerparks nicht die geeigneten

Fanggründe für Sie sind? Noch einmal kann ich Ihnen das nicht durchgehen lassen.«

Trotz der Strenge der Worte glaubte Otto Mindermann, ein leichtes Zwinkern in den Augenwinkeln des Direktors entdeckt zu haben. Und überhaupt, dass sich der Herr Direktor seinen Namen gemerkt hatte, ehrte Otto Mindermann ungemein. Aber sich hier heraus reden, das konnte er wohl vergessen. Eine saftige Strafe stand auf Angeln im Bürgerpark. Dann hatte Otto Mindermann eine zündende Idee.

»Herr Direktor, es ist nicht das, wonach es aussieht. Ich habe mich darauf verlegt, den Park sauber zu halten. Schauen Sie, hier mein erster Fang für heute. Und Sie glauben nicht, was ich schon überall raus gefischt habe. Dosen, Schuhe, sogar eine Mikrowelle.«

Bevor er die Größe seiner Funde noch weiter steigern konnte, registrierte er das skeptische Gesicht des Direktors. Na ja, er hatte übertrieben, und außerdem hatte er das Zeug meist wieder zurückgeworfen. Er kam sich vor wie Käpt'n Blaubär mit seinen Lügengeschichten.

Mit hochrotem Kopf, aber auch ein wenig stolz, präsentierte er den Fahrradlenker. Der Direktor begutachtete ihn, kratzte sich kurz am Kopf und nickte.

»Na dann, Petri Heil, Herr Mindermann.« Und schon war er wieder verschwunden. Otto Mindermann glaubte, geträumt zu haben. Wie ein Spuk war der Mann aufgetaucht, und wie ein Spuk war er schon wieder verschwunden. Als er die Geschichte zu Hause im Kreis der Familie erzählt hatte, gab es zunächst von Mathilde einen gehörigen Rüffel. Jan, sein jüngstes Enkelkind, ernannte ihn dagegen zum *Trash-Angler* des Bürgerparks.

Das war nun gut zwei Jahre her. Seitdem stapfte Otto Mindermann fast täglich in den Park, um die Gewässer von jeder Art vom Müll zu befreien. Die Wege und Wiesen überließ er den Mitarbeitern des Parks.

Heute hatte es ihn gegen zwei Uhr am Nachmittag raus getrieben. Mathilde hielt eines ihrer Damenkränzchen ab, und dabei konnte sie ihn überhaupt nicht gebrauchen. Er würde sich den Wassergraben in der Nähe des Tiergeheges vornehmen. Dort war er eher selten fündig geworden, höchsten schwammen ein paar Plastiktüten herum, in denen die Leute ihre Mitbringsel für die Tiere verstaut hatten.

Doch heute übte die Stelle einen gewissen Reiz auf ihn aus. Otto Mindermann war nicht sensationsgierig, aber ein Leichenfund im Tiergehege war schon etwas Außergewöhnliches. Er bewaffnete sich mit seiner Angel, an der er statt eines normalen Hakens eine Art Kralle, wie man sie zum Auflockern kleiner Beete benutzte, befestigt hatte. Sie war schwer genug, die Angelschnur ins Wasser und tiefer zu befördern und stark genug, seine Funde an Land zu ziehen.

Am Graben stellte er seinen Klappstuhl auf, legte einen großen grauen Müllsack ab, den er mit einem Stein davor bewahrte, weggeweht zu werden und öffnete eine kleine Kühltasche, in der er zwei Flaschen Bier transportiert hatte. Nie trank Otto Mindermann mehr als zwei Flaschen am Tag. Er hatte so manchen Kollegen gehabt, der sich dem Suff ergeben hatte und daran zugrunde gegangen war. Mit Schrecken dachte er ab und zu an Hein. Dessen Frau Ilsebill hatte ihn mit ihren grenzenlosen Wünschen nach immer mehr in die Arme des Alkohols getrieben, aus denen er sich nicht mehr hat befreien können.

Das sollte ihm nicht passieren. Außerdem war Mathilde eine äußerst bescheidene Ehefrau.

Mit Schwung – der ließ in den letzten Wochen eindeutig nach – schleuderte er die Angelschnur in Richtung Wasser. Der Schwung war wohl nicht groß genug, und die Angelkralle blieb irgendwo im Gebüsch hängen. Otto Mindermann rollte sie wieder ein, aber der schwere Haken hatte sich verfangen. Otto zog und zog, sein Rücken machte sich wieder bemerkbar, doch dann gab das, was immer er da gefangen hatte, seinen Widerstand auf.

Was hing denn da an seiner Angel? Otto befreite das Ding vom Haken. Ein merkwürdiges Teil. Otto drehte es hin und her, sah rostbraune Spuren daran, die aussahen wie … Plötzlich dämmerte es ihm, sein Herz schlug schneller. Wahrscheinlich sollte das Ding auf dem Grund des Wassergrabens landen, hatte sich dann aber im Gestrüpp der Böschung verfangen, um von ihm, Otto Mindermann, gefunden zu werden. Nicht nur der Bürgerparkdirektor würde Augen machen.

Damenkränzchen hin, Damenkränzchen her, er musste schleunigst nach Hause, dorthin, wo ein Telefon war.

*

Peter Dahnken suchte nach einem Vorwand, die attraktive Biologin Sina Leuchtenberg wieder zu sehen. Aber er hatte keine zündende Idee, und missmutig widmete er sich der bisherigen Aktenlage. Vielleicht hatten sie ja bisher irgendwas übersehen, was die Morde an Moritz Koch und Hanna Wagner anging. Es fiel ihm schwer, sich darauf zu konzentrieren, immer wieder tauchte Sinas Gesicht vor seinem inneren Auge auf. Dann klingelte gnädigerweise das Telefon.

»Dahnken, Kriminalpolizei Bremen«, meldete er sich.

»Ja, ähm, hier spricht Mindermann, man hat mich ein paar Mal schon verbunden, jetzt hoffe ich, dass ich bei Ihnen richtig bin.«

»Um was geht's denn?« Am anderen Ende schien der Stimme nach ein alter Mann zu sein, schätzte Dahnken.

»Ja, wo fang ich an. Heute Nachmittag war ich im Bürgerpark angeln, also, tja, also ich darf dort angeln, das mache ich fast jeden Tag, wissen Sie. Das hält mich fit, ich bin schließlich schon 78 ...«

Dahnken verdrehte die Augen und begann, auf einem Blatt Papier, das neben ihm lag, Kringel zu malen.

»Ja, und dann, na ich war also an diesem Graben beim Tiergehege. Und dann zieh ich mit meiner Angel etwas Schweres aus dem Wasser. Ich denke noch, Mensch, Otto, was hast du denn da Schweres an der Angel, also ich angel ja eigentlich Müll. Und ich zieh und zieh, und das Ding verhakt sich in der Böschung. Als ich es endlich raus habe, fast bin ich noch die Böschung runter gefallen und im Graben gelandet, seh ich, dass das Ding einen Stil hat, es ist so eine Art seltsame Spitzhacke oder Eispickel oder so etwas. Dann habe ich mir das komische Ding genauer angeschaut und dachte bei mir, was ist das für ein merkwürdiger Rost da dran, aber ich sage Ihnen, an der Spitze ist altes Blut. Ganz bestimmt ist das Blut, das müssen Sie mir glauben. Und weil doch einer im Park erschlagen wurde und an dem Ding doch Blut dran ist, ganz sicher ist das Blut, dachte ich mir, ich ruf mal besser die Polizei an ...«

Dahnken spitzte die Ohren und unterbrach den Anrufer. Das war ja sensationell. »Herr Mindermann, wo sind Sie jetzt, und wo ist dieser Eispickel?«

»Heißt das, Sie glauben mir? Ihre Kollegen waren nicht so überzeugt ..., egal, ich bin zu Hause, das Ding habe ich mitgenommen. War das falsch?«

»Nein, nein. Bitte geben Sie mir Ihre Adresse, ich komme so schnell wie möglich zu Ihnen.«

»Birkenweg 67, das ist hinter dem Hotel Munte.«

Dahnken bedankte sich, legte hastig auf und verließ im Laufschritt sein Büro. Eine Stunde später hatte er den Eispickel, wohl verpackt in einer Plastiktüte, sowie Fingerabdrücke von Herrn Mindermann zum Abgleich. Der alte Herr hatte komplett recht, was an der Spitze des Pickels zu sehen war, sah eindeutig nach getrocknetem Blut aus.

Dahnkens Adrenalinspiegel stieg, er war überzeugt, dass Mindermann die Mordwaffe, mit der Koch erschlagen worden war, gefunden hatte, und sie verschaffte ihm gleichzeitig auch einen Besuch im Labor von Markus Rotenboom. Dort würde er auf jeden Fall Sina sehen. Sein Herz begann, bei dieser Vorstellung noch schneller zu schlagen.

*

Es besteht ein Abkommen zwischen Bremerhaven und Hamburg, um Leichen rechtsmedizinisch zu untersuchen, wenn Opfer in Bremerhaven gefunden werden. Dr. Sabine Adler-Petersen war zum Universitätsklinikum Eppendorf – dort befindet sich das Institut für Rechtsmedizin – gefahren und sah sich die Aufnahmen der Computertomografie an, die der Kollege in Eppendorf vor Öffnung der Leiche gemacht hatte. In Hamburg gehörte dieses Verfahren seit Jahren zur Standarduntersuchung, ein Vorteil, wenn man in einer Stadt mit einer medizinischen Fakultät arbeitete. Die CT ist, ebenso wie die Magnetresonanztomografie, ein hervorragendes bildgebendes Verfahren, um die Leiche vor der Öffnung buchstäblich von der Haut bis zu den Knochen zu durchleuchten. Winzigste Splitter oder Tabletten beispielsweise, die in den Körper eingedrungen beziehungsweise geschluckt worden und vom menschlichen Auge bei der Obduktion nicht zu entdecken sind, kommen durch die CT ans Licht. Auch um den Tathergang zu rekonstruieren, eignet sich die CT hervorragend. Trotz der beiden Verfahren bleibt aber eine Obduktion unerlässlich, da Gifte, wie Cyanid, sich bei der Leichenöffnung durch ihren Geruch verraten und eben nur durch den Obduzierenden wahrgenommen werden können.

Dr. Adler-Petersen konnte nur bestätigen, was Professor Neubauer schon herausgefunden hatte, als sie die Bilder der Schädelfraktur und die daraus resultierenden Hirnverletzungen betrachtete. Achim Bringmann, das Opfer aus dem Auswandererhaus, war letztendlich an seinen schweren Kopfverletzungen gestorben. Wenigstens hatte er nicht mehr mitbekommen, dass ihm sein Mörder diese Ratte in den Mund gepresst hatte.

»Wir haben noch ein kleines Stück eines abgerissenen Fingernagels gefunden, der in der Mundhöhle des Opfers steckte.« Neubauer wies auf einen winzigen weißen Fleck der Schichtaufnahme. »Vom Opfer stammt er jedenfalls nicht, dessen Nägel sind alle intakt.«

»Das sind gute Neuigkeiten, denn dann stammt das Nagelstück mit hoher Wahrscheinlichkeit vom Mörder. Wer immer das getan hat, muss Achim Bringmann die Ratte mit rasender Wut in den Rachen gestopft haben.« Sie hatte die deutlich eingerissenen Mundwinkel des Opfers gesehen. »Würden Sie mir das Nagelstück überlassen, damit unser kriminaltechnisches Labor später Vergleichsuntersuchungen durchführen kann?«

»Selbstverständlich. Ich schicke Ihnen dann auch den ganzen Obduktionsbericht samt CT-Aufnahmen per E-Mail. Hat mich gefreut, Sie mal wieder zu sehen, Frau Kollegin, die letzte Konferenz ist ja schon eine Zeit lang her«, erinnerte sich der Rechtsmediziner an das letzte Zusammentreffen in Edinburgh. Plaudernd verließen sie Neubauers Büro, gingen zügigen Schrittes die Gänge entlang und betraten die Labors der forensischen Molekularbiologie. Neubauer ließ sich von einer technischen Assistentin das Röhrchen mit dem Fingernagelstück heraussuchen und überreichte es seiner Kollegin.

»Vielen Dank. Vielleicht sehen wir uns ja auf der Jahrestagung in München«, verabschiedete sich Adler-Petersen.

Nach einer guten Stunde war sie zurück in Bremen und machte sich auf den Weg zu den kriminaltechnischen Labors, um die Probe untersuchen zu lassen.

*

Hölzle und Auermann waren zu den Kochs gefahren und hatten Dennis abgeholt, um ihn im Präsidium erneut zu befragen. Seinen Eltern wurde die Möglichkeit eingeräumt, bei der Vernehmung dabei zu sein, doch sie hatten abgelehnt, da es Silvia nicht gut ging und Ulf sie zum Gynäkologen bringen wollte.

Nun saßen sie im Vernehmungsraum, und nachdem Dennis Koch den Personalbogen mit der Rechtsbelehrung durchgelesen hatte, begann Hölzle mit seiner ersten Frage.

»Dennis, wir wissen, dass Sie wenige Tage vor Hanna Wagners Ermordung in ihrer Wohnung waren. Was hatten Sie dort zu suchen?«

Der junge Mann zuckte mit den Schultern. »Wieso? Was hat das mit dem Mord zu tun? Ich war bei ihr, na und?«

»Jetzt lassen Sie mal diesen Quatsch, so cool, wie Sie sich geben, sind Sie doch gar nicht«, fuhr Hölzle ihn an.

Die Antwort war lediglich ein abfälliges Schnauben.

»Herr Koch«, begann Britta Auermann sanft, »eine Zeugin hat ausgesagt, dass Sie geweint hatten, als Sie bei Hanna Wagner vor der Tür standen. Was hatten Sie auf dem Herzen, das Sie nicht Ihrer Mutter erzählen konnten?«

»Woher wissen Sie ...«, Dennis war perplex.

»Dass Sie es nicht Ihrer Mutter erzählen konnten? Ganz einfach, Dennis, das kann nur der einzige Grund gewesen sein, mit Ihrem Problem – welcher Art auch immer es war – zur Geliebten Ihres Vaters zu gehen. Also, wobei konnte Ihnen Hanna Wagner mehr helfen als Ihre Mutter?«

Tränen stiegen in Dennis auf, und er senkte den Kopf im Bemühen, sie die beiden Polizeibeamten sie nicht sehen zu lassen.

»Es ging um Kira Funke.« Hölzle riss die Augen auf.

Kira Funke, fuhr es ihm durch den Kopf. Das Mädchen, das sich umgebracht hatte.

»Wer ist Kira, Dennis? Ihre Freundin?«, wollte Britta wissen, obwohl ihr natürlich, ebenso wie Hölzle, klar war, um wen es sich handelte.

Hölzle beschloss, sich rauszuhalten, denn seine Kollegin hatte einen Draht zu dem jungen Mann gefunden.

»Ja«, krächzte er und zog geräuschvoll die Nase hoch.

»Es ist nicht schlimm, wenn Sie weinen, Dennis. Jeder muss manchmal weinen. Sie brauchen sich nicht zu schämen.« Sie hielt ihm eine Packung Papiertaschentücher hin.

Dennis griff danach, den Kopf hielt er aber weiterhin gesenkt. Nachdem er sich die Nase geputzt hatte, begann er zu reden.

»Kira war meine beste Freundin, ich hab sie geliebt. Wir waren aber nur gute Freunde, kein Paar, Sie wissen schon. Kira hat bei diesem Casting mitgemacht, sie war wieder besser drauf. Es tat gut zu sehen, dass sie wieder lachte«, sprudelte es aus Dennis hervor. »Sie hat so viel Scheiße erlebt, ihr Bruder, ihr Vater. Beide tot. Dann war sie voll magersüchtig, hat nix mehr gegessen, nur noch gekotzt. Hat sich kaum mehr aus dem Haus getraut, die Schule hat sie auch schleifen lassen.«

Bis jetzt brengt uns des au nix, dachte Hölzle, hielt aber weiterhin den Mund. Sein Handy vibrierte in seiner Hosentasche, ein kurzer Blick auf das Display informierte ihn darüber, dass Dahnken versuchte, ihn anzurufen. Hölzle ignorierte den Anruf.

»Und dann, grade als es ihr wieder besser geht, springt sie vor den Zug«, Dennis' Stimme brach, und er weinte bitterlich in das zerknüllte Taschentuch.

»Das muss schrecklich für Sie gewesen sein«, sagte Auermann mitfühlend. »Aber es erklärt nicht, warum Sie bei Hanna Wagner waren.«

Mit geröteten Augen sah Dennis Koch auf. »Sie wollte ein Interview mit Kira machen, und ich …, ich wusste nicht, wo ich sonst hin sollte, als ich erfuhr, dass Kira nicht mehr lebt.«

»Wissen Sie, warum sich Kira umgebracht hat?«, mischte sich Hölzle nun doch ein.

Keine Antwort, nicht einmal ein Kopfschütteln. Dennis' Kiefer mahlten, Hölzle konnte die angespannte Kaumuskulatur arbeiten sehen. Guat, also der woiß sicher wieso, aber will nix saga.

Britta schien dasselbe zu denken.

»Dennis, Sie wissen, warum sich Ihre Freundin vor den Zug geworfen hat, nicht wahr? Sagen Sie uns, weshalb hat Kira das getan?«

»Dieser Drecksack ist schuld«, stieß Dennis hervor.

»Meinen Sie mit *Drecksack* zufällig Bruno Nies?«, Hölzle war sich sicher, dass es so war.

»Ganz genau!«

»Und wieso sollte der Mann daran schuld sein?«

»Weil er seine beschissenen Wichsgriffel nicht von den Mädels lassen kann!«, brüllte der junge Mann aufgebracht.

In Hölzle breitete sich ein warmes Gefühl aus. Er war sicher, dass vor ihm der Mörder des Castingmanagers saß, nur hatte er noch kein Geständnis.

»Wie kommen Sie darauf, dass Herr Nies sich an den Mädchen vergriff?«, mischte sich Britta Auermann wieder ein. »Wussten Sie, woran Hanna Wagner arbeitete?«, schob sie gleich eine zweite Frage hinterher.

»Ja, ich hab was auf Hannas Computer gesehen, sie schrieb doch diese Story, deshalb wollte sie auch Kira befragen, aber ich wusste gar nicht, dass es um so was ging. Missbrauch, meine ich. Ich dachte, dass Hanna Kira nur so befragen wollte, was sie sich vorstellte für ihr zukünftiges Leben, was weiß ich.« Es tat gut, zu reden. Dennis beruhigte sich wieder.

»Und dann haben Sie eins und eins zusammengezählt«, Hölzle lehnte sich in seinem Stuhl nach vorne, verschränkte die Arme auf dem Tisch, der zwischen ihnen stand. »Sie hatten gerade erfahren, dass sich Kira umgebracht hat, ihre beste Freundin, das Mädchen, das sie liebten. Und dann finden Sie kurz darauf heraus, dass Nies im Verdacht stand, sich an Mädchen zu vergreifen. Deshalb sind Sie wütend weggerannt, wie unsere Zeugin, die Sie auf der Treppe fast umgerannt haben, als sie Wagners Wohnung verließen, uns erzählte.«

Dennis nickte nur.

»Es muss Sie unglaublich zornig gemacht haben, nicht wahr? Ein in Ihren Augen alter Mann grapscht junge Mädels an, vergewaltigt sie, und bisher hat ihn niemand hinter Schloss und Riegel gebracht.«

»Hören Sie auf!«, schrie Dennis und sprang von seinem Stuhl auf, riss sich aber in der nächsten Sekunde zusammen und setzte sich wieder hin. »Ja, hat es. Ich wollte ihn zur Rede stellen und bin zum Hotel gegangen«, gab Dennis ungerührt zu.

»Sie haben sich vorgestellt, wie eklig und schmerzhaft es für Kira gewesen sein muss. Sie haben sich ausgemalt, wie Kira sich gefühlt haben muss, als der Typ auf ihr rumkeuchte. Nach alldem, was sie sowieso schon durchmachen musste«, fuhr Hölzle unbeirrt fort, »dabei ging es ihr doch wieder besser. Und dann kommt Nies und macht alles kaputt, weil er ihre Freundin rammelt. Sie haben doch immer darauf gehofft, es einmal selbst zu tun«, provozierte Hölzle den jungen Mann weiter.

»Hören Sie auf! Dieses miese Schwein! Kira war fast wieder wie früher ...«, Dennis sprang erneut auf, sah auf Hölzle und Auermann herunter, »und dann hat er sich auch noch lustig darüber gemacht, als ich ihn zur Rede gestellt habe.«

»Was hat er gesagt?«, fragte Hölzle lauernd, wohl wissend, dass er Dennis fast genau da hatte, wo er ihn haben wollte.

Dennis wurde puterrot im Gesicht.

»Er ..., er hat gesagt, dass Kira einen Mann gebraucht hätte und keinen kleinen Wichser, der noch nie einen weggesteckt hat. Dann hat er mich stehen lassen und ist zum Schlafzimmer gegangen, er meinte noch *Beweg deinen kleinen schwulen Arsch nach draußen und mach die Tür zu*.« Dennis sah die beiden Polizeibeamten gequält an.

»Und da haben Sie sich gedacht, Sie werden Ihre Freundin Kira rächen. Ihm heimzahlen, was er getan hatte. Er sollte sterben, langsam und qualvoll. Er hatte es verdient, die Drecksau, nie wieder sollte der sich an einem Mädchen vergreifen, das Arschloch ...«

»JA! Ich hab ihm mit einem Kerzenständer eins übergebraten, der ist umgefallen wie ein Sack. Dabei habe ich gar nicht richtig zugeschlagen, ich glaube, er war vorher schon betrunken. Egal, als er da auf dem Bett lag, habe ich ihm die Kiesel in den Rachen gestopft, damit er endlich sein dreckiges Maul hält.«

Da hatte Hölzle nun sein Geständnis. Zufrieden lehnte er sich zurück.

»Dennis Koch, ich nehme Sie fest wegen des Mordes an Bruno Nies.«

Dennis Koch sah ihn ungläubig an, ihm schien gar nicht bewusst zu sein, dass er gerade den Mord an Nies gestanden hatte.

»Setzen Sie sich, bitte«, Auermann legte Dennis eine Hand auf den Arm. Dann schob sie ihm den Personalbogen noch einmal hin. »Durchgelesen haben Sie das ja bereits, jetzt unterschreiben Sie bitte noch hier.« Sie deutete auf die Linie am Ende des Personalbogens.

Kraftlos ließ Dennis sich auf den Stuhl fallen.

»Ein paar Fragen hätte ich aber schon noch«, wandte sich Hölzle an den jungen Mann, nachdem dieser seine Unterschrift auf die letzte Seite gekrakelt hatte.

»Wie sind Sie denn in die oberste Etage gelangt? Soweit ich weiß funktioniert der Aufzug nur mit einer speziellen Karte.«

Dennis lächelte schief. »Mein Vater. Er führt dort regelmäßig Wartungsarbeiten durch, und ich hab mir seine Karte geklaut.«

»Nies hat Ihnen wohl kaum die Tür geöffnet. Wie sind Sie reingekommen?«

»Ehrlich gesagt, das war Zufall. Die Tür war nur angelehnt.«

»Hm. Ich vermute, den Kerzenständer haben Sie mitgenommen.«

»Ja, ich hab ihn dann in die Weser geschmissen.«

»Und diese Weserkiesel? Woher kamen die?«, lautete Hölzles letzte Frage.

Dennis schluckte. »Ich hatte sie für Kira gekauft, sie mochte sie so gerne, wollte sie ihr an dem Tag, als sie sich umgebracht hat, schenken. Seither hatte ich die Kiesel in meinem Rucksack.« Seine Stimme brach, und er begann, hemmungslos zu schluchzen.

*

Während Hölzle und Auermann Dennis Koch vernahmen, zappelte Peter Dahnken unruhig im Büro von Markus Rotenboom herum und wartete auf die Untersuchungsergebnisse der vermeintlichen Mordwaffe. Zwischenzeitlich hatte er Harry angerufen und ihm von seinem Fund berichtet, Hölzle ging nicht an sein Handy.

Zeitgleich mit Harry kamen Sina Leuchtenberg und Markus Rotenboom ins Zimmer.

»Wie schön, dann brauchen wir nicht alles drei Mal erzählen«, bemerkte Markus und bedeutete der Biologin, dass sie die Ehre hatte, die Ergebnisse kundzutun.

Sie schenkte Peter ein kleines Lächeln, dem augenblicklich heiß wurde, und teilte den Kriminalbeamten die Ergebnisse mit.

»Das Blut an dem Pickel stammt eindeutig von unserem ersten Opfer, Dr. Moritz Koch. Zudem sind an der Waffe Reste von Ophioparma ventosa zu finden.«

»Na bestens«, freute sich Dahnken und strahlte seine Traumfrau an.

»Ich gehe davon aus, dass ihr noch mehr habt«, mischte sich Harry ein und blickte Rotenboom auffordernd an.

»In der Tat. Der Schuhabdruck von der durchgetretenen Latte gehört definitiv zu einem Schuh der Größe 44, dem Profil nach einem Wanderschuh der Marke Lowa. Am Schaft des Pickels finden sich Fingerabdrücke zweier Personen, die teils übereinander gelagert sind. Noch haben wir die unteren nicht identifiziert. Adlerblick wird die Schädelwunde noch mit der Pickelspitze abgleichen aber, das ist nur reine Formsache.«

»Nun spuck's schon aus, zu wem die zweiten Fingerabdrücke gehören, also diejenigen, die darüber liegen«, verlangte Harry ungeduldig, »ich seh dir an, dass du das bereits weißt.«

Rotenboom nickte geheimnisvoll. Doch bevor er sein Wissen preisgeben konnte, platzte die Rechtsmedizinerin herein.

»Ach hier sind Sie, ich habe Sie schon überall gesucht, Herr Rotenboom. Und praktischerweise sind die Kollegen von der Kripo auch da. Sehen Sie mal her«, sie hielt ein Probenröhrchen empor, »ich komme direkt aus Hamburg. Der Kollege hat in der Mundhöhle des Opfers dieses Nagelstückchen gefunden«, sie hielt das Probenröhrchen in die Höhe, »und es stammt definitiv nicht von Bringmann, denn seine Fingernägel sind alle intakt.«

Rotenboom nahm Adlerblick das Röhrchen ab. »Na dann hoffen wir mal, dass wir auch einen passenden Besitzer zu dem Nagel finden. Ich geh gleich ins Labor und starte eine DNA-Analyse.«

»Stopp!«, rief Harry. »Von wem stammen denn nun die einen Abdrücke?«

Rotenboom grinste. »Dreimal dürft ihr raten.«

*

Hölzle las wiederholt die E-Mail von Jürgen Hauser. Oder besser, Dr. Jürgen Hauser. Der Mann war mittlerweile an der Karlsuniversität in Prag beschäftigt und teilte der Kriminalpolizei mit, dass er erst jetzt von den Morden in Bremen Kenntnis bekommen habe.

Sehr geehrte Damen und Herren, erst jetzt habe ich von den schrecklichen Vorfällen in meiner ehemaligen Heimatstadt Bremen erfahren und wusste, dass ich mich sofort bei Ihnen melden musste. Vor einigen Jahren habe ich gemeinsam mit einigen Kommilitonen einem unserer verehrten Professoren ein Abschiedsgeschenk zukommen lassen. Oder besser, wir – beziehungsweise ich – haben es selbst gestaltet. Es handelte sich um einen Eispickel mit Stahlschaft. Der Mann war ein leidenschaftlicher Bergsteiger, daher kamen wir überhaupt auf die Idee. Ich habe auf den Stahlschaft die Bremer Stadtmusikanten gelötet, diese bunten Blechteile, die für die Touristen gemacht werden. Dazu musste ich die vier Tiere voneinander trennen und dann nebeneinander auf den Stahlschaft löten. Ich weiß nicht, ob diese Information überhaupt für Sie von Bedeutung ist, aber als ich von den Morden und den hinterlassenen Blechteilen hörte, kam mir sofort dieser modifizierte Eispickel in den Sinn. Ich hoffe einerseits, dass diese Information den Mörder überführt, andererseits natürlich, dass unser damaliger hochgeschätzter Mentor nichts mit den Morden zu tun hat.

*Mit freundlichen Grüßen
Jürgen Hauser.*

Schließlich klickte er die E-Mail von Moritz Koch an, die der Kollege aus der EDV an ihn weitergeleitet hatte. Nachdem er sie gelesen hatte, wurde ihm einiges klar.

Oh du liaber Gott, jetzt pressiert's aber a bissle.

Hölzle stürzte aus dem Büro, zog seine Jacke im Laufschritt an und fuhr zur *Glocke*, als wäre der Teufel hinter ihm her. Während der Fahrt informierte er Adlerblick.

»Sabine, könnte ein Eispickel die Tatwaffe sein, mit der Koch erschlagen wurde? Was? Wieso weiß ich davon nichts?« Er lauschte den Ausführungen der Rechtsmedizinerin, die ihn darüber unterrichtete, dass der Eispickel bereits gefunden worden war und es sich tatsächlich um die Mordwaffe handelte.

»Danke, ich ruf gleich mal bei Peter an.« Hölzle drückte Sabine weg und wählte Peters Nummer.

»Peter, wieso habt ihr mich nicht über den Fund dieses Eispickels und so weiter informiert? Geht's noch?« Hölzle war sauer.

»Hey, Moment mal«, wehrte sich Dahnken, »du bist nicht an dein Handy gegangen, und auf einmal haben sich die Ereignisse überschlagen. Ich bin noch gar nicht dazu gekommen, dich wieder anzurufen.«

»Hm«, brummte Hölzle etwas besänftigt. »Wem gehört das Ding?«

»Keine Ahnung. Aber sicher ist, dass zwei Leute den Pickel in der Hand hatten. Es gibt Fingerabdrücke, die übereinander liegen. Ach, und bevor ich's vergesse, Adlerblick hat einen abgebrochenen Fingernagel, der im Mund des Bremerhavener Opfers steckte, aus Hamburg mitgebracht. Muss dem Mörder abgerissen sein, als er Bringmann die Ratte in den Rachen gestopft hat.«

Hölzle wartete an einer Linksabbiegerspur, um den Gegenverkehr durchzulassen. »Zu wem gehören die Fingerabdrücke?«

»Du wirst es nicht glauben. Ein Satz gehört zu Ulf Koch, den anderen haben wir noch nicht identifiziert.«

Nach dieser Info brauchte er jetzt doch nicht mehr unbedingt zur *Glocke* zu fahren. War wohl doch nicht so, wie er nach der E-Mail von Hauser gedacht hatte.

*

Zum zweiten Mal saß Ulf Koch nun im Vernehmungsraum. Der große Mann hielt den Kopf gesenkt und schaute auch nicht auf, als Hölzle und Harry Schipper hereinkamen, und der Polizeibeamte, der bisher mit im Raum gesessen hatte, aufstand und den Kollegen das Feld überließ.

»Herr Koch, Sie wissen, warum Sie hier sind?« Es war eine rein rhetorische Frage. Denn Peter Dahnken und Britta Auermann hatten Koch, als sie ihn zu Hause abgeholt hatten, über den Verdacht, den die neuesten Erkenntnisse geschürt hatten, informiert.

Koch nickte unmerklich.

»Herr Koch, Sie müssen schon klar und deutlich reden, denn das Gespräch wird per Video aufgezeichnet. Am besten, wir machen's kurz, Herr Koch«, begann Hölzle, »wir haben zweifelsfrei nachgewiesen, dass Sie Ihren Bruder mit einem Eispickel erschlagen haben. Ihre Fingerabdrücke sind auf der Waffe. Gibt's dem noch irgendwas hinzuzufügen?«

»Ich hab einfach durchgedreht. Und dann hing da dieses Ding an der Wand, und plötzlich lag Moritz zu meinen Füßen.« Er schluckte hörbar, dann sah er auf, in seinen Augen schimmerten Tränen.

»Sie müssen mir glauben, ich hab das nicht gewollt …, wenn ich könnte, ich würde alles dafür geben, um das rückgängig zu machen. Moritz war doch mein Bruder!« Mitleid heischend blickte er von einem zum anderen.

»An welcher Wand, wie Sie gerade sagten, hing der Eispickel?«, fragte Hölzle ungerührt.

»Moritz hat noch jemanden besucht, nachdem wir uns im Café getrennt hatten. Ich weiß nicht, in wessen Haus er war. Nur, dass dort im Eingangsbereich dieses Ding an der Wand hing.«

»Und dann haben Sie die Leiche Ihres Bruders im Bürgerpark entsorgt. Wie kamen Sie denn darauf, ihn im Eselgehege abzulegen?«, forschte Harry nach.

Koch sah ihn mit leeren Augen an. »Aber das war ich nicht. Ich bin abgehauen, als Moritz auf einmal vor mir lag. Ich wusste nicht mal sicher, ob er wirklich tot war. Das habe ich erst von Ihnen erfahren.«

Hölzle und Harry tauschten einen Blick.

»Das würde ja bedeuten, dass jemand anderes sich der Leiche entledigt hat. Mal ehrlich, halten Sie das selbst für glaubwürdig? Also, ich für meinen Teil tu mich da echt schwer.« Hölzle runzelte die Stirn.

»Aber genau so muss es gewesen sein!«, rief Koch aus. »Ich schwöre, ich bin panisch abgehauen.«

»Welche Schuhgröße haben Sie, Herr Koch?«, wollte Harry wissen.

Irritiert sah Ulf Koch den Kriminaloberkommissar an. »46. Wieso?«

»Weil Ihre Schuhgröße beweist, dass Sie tatsächlich nicht die Leiche Ihres Bruders im Eselgehege abgelegt haben. Derjenige, der das getan hat, hat eine Latte durchgetreten und hatte Schuhgröße 44.«

»Herr Koch, erinnern Sie sich genau an das Haus, wo Sie und Ihr Bruder gewesen sind?« Hölzle blickte den Mann eindringlich an.

»Ich denke schon. Auf jeden Fall war es in der Emmastraße, die Nummer weiß ich nicht. Aber ich glaube, wenn ich davor stehe, erkenne ich es wieder.«

»Gut. Dann fahren wir jetzt gemeinsam dorthin, nachdem Sie das hier gelesen und unterschrieben haben.«

Eine halbe Stunde später standen sie vor dem Haus, das Koch als das Haus identifizierte, in dem er Moritz erschlagen hatte.

»Das ist es, ganz sicher. An diesen Eingang kann ich mich 100-prozentig erinnern«, stellte Koch fest. Er begann zu zittern, als Bilder seines toten Bruders in seinem Kopf auftauchten.

Hölzle stieg aus und ging zur Haustür. Zwei Klingeln, der eine Name reichte ihm. Lehmann.

Nachdem sie Henriette Deuter informiert hatten, dass Koch noch heute einem Haftrichter vorgeführt werden sollte, und den Brudermörder in der Arrestzelle untergebracht hatten, teilten sich die Beamten auf. Auermann und Dahnken sollten mit einem Durchsuchungsbeschluss, den Henri schnellstens ausgestellt hatte, zu Lehmanns Haus fahren. Hölzle und Harry fuhren zur *Glocke*, denn sie vermuteten, dass der Professor – sollte er nicht zu Hause sein – dort anzutreffen war.

Hölzle blickte auf die Uhr. Es war schon spät geworden, 19.12 Uhr zeigte sie an. War nicht heute diese Preisverleihung? Im Auto informierte er Harry über den Inhalt der E-Mail von Koch an Ewers:

Sehr geehrter Herr Kollege Ewers,

ich beschuldige den Kollegen Lehmann des Plagiats. Während meiner Forschungsarbeiten in Paris bin ich auf ein Manuskript von Perrault gestoßen, das eindeutig von Lehmann vor vielen Jahren nur übersetzt und modernisiert wurde. Somit war seine Doktorarbeit keine eigenständige Arbeit, sondern ein Plagiat. Es stimmt mich sehr traurig, dass ein so brillanter Wissenschaftler wie Lehmann ein solches Fehlverhalten an den Tag legt. Ich habe versucht, ihn dazu zu bewegen, sich selbst dazu zu bekennen, doch er hat lediglich versucht, mich zu bestechen. Von Einsicht keine Spur. Ein Verfahren gegen Lehmann muss dringend eingeleitet werden.

Beste Grüße
Moritz Koch

»Nicht zu fassen!« Harry schüttelte den Kopf. »Da bringt dieser Koch seinen Bruder um, und Lehmann entsorgt die Leiche. Beide haben für sich ihr Problem mit Moritz Koch als gelöst angesehen. Unfassbar.«

»Aber wer hat Hanna Wagner und diesen Bringmann umgebracht?«, überlegte Hölzle laut. »Nies ist zwar schuldig, was die Vergewaltigung des Mädchens angeht, aber es gab keinerlei Spuren von Nies an Hannas Leiche. Grund genug, sie umzubringen, hätte er gehabt, aber er hat's nicht getan.«

»Aber Lehmann!«, schoss es aus Harry heraus. »Lehmann wusste, dass Koch und Hanna sich gut kannten. Wahrscheinlich hat er geglaubt, dass Moritz seine Freundin ins Vertrauen gezogen hat. Und dann ist sie auch noch Journalistin. Bei Lehmann müssen die Lampen angegangen sein.«

»Harry, du wirst es noch weit bringen«, lobte Hölzle. »Trotzdem fehlt uns noch die Verbindung zu dem Fall in Bremerhaven. Das muss auch Lehmann gewesen sein, allein dieser Blechkatze wegen. Aber wieso?«

»Keine Ahnung. Aber ich würde fast meinen Kopf verwetten, dass das Stückchen Fingernagel, das Adlerblick mitgebracht hat, zu Lehmann gehört.«

*

Der Kriminalhauptkommissar fuhr direkt vor den Haupteingang der *Glocke*, Harry und er sprangen aus dem Fahrzeug und eilten in das Konzerthaus. Nach einer kurzen Lagebesprechung rannten die Kriminalbeamten die Treppe hinauf in den Hauptsaal, der schon bis auf den letzten Platz besetzt war. Auf dem Podium stand bereits die Frau, die Hölzle die Listen der Wissenschaftler gegeben hatte, und hielt eine Rede. Heute war der Abschlusstag der Konferenz, und die Verleihung des *Silbernen Ehrenkäppchens* stand auf der Tagesordnung. Einige aus dem Auditorium wandten sich um, als die zwei Männer hereinkamen, und warfen ihnen missbilligende Blicke zu.

Suchend schweifte Hölzles Blick durch den Saal. Ewers, der die Konferenz leitete, musste ganz vorne zu finden sein. Doch er konnte ihn nicht entdecken. Der Kriminalhauptkommissar gab seinem Kollegen Handzeichen, damit er Bescheid wusste. Harry würde seine Position beibehalten, und Hölzle schlich sich wieder aus dem Saal. Er musste unbedingt diesen Ewers finden.

*

Professor Ewers konnte es immer noch nicht fassen. Vor wenigen Stunden hatte er eine E-Mail von einem Toten erhalten. Gruselig, Ewers war es eiskalt den Rücken hinunter gelaufen. Noch gruseliger als die Tatsache, dass er die E-Mail erhalten hatte, war allerdings der Inhalt der Nachricht. Eigentlich konnte das alles gar nicht wahr sein, aber Koch hatte den Beweis für den Plagiatsvorwurf gleich mitgeliefert. Ewers hatte seine Kollegin gebeten, für ihn einzuspringen und die Abschlussrede zu halten, er würde so schnell wie möglich in den Großen Saal nachkommen.

Der Wissenschaftler saß nun allein in dem Raum, der dem Gremium als Büro diente, und starrte auf die Statue, die vor ihm auf dem Tisch stand. Gut 25 cm hoch und etwa zwei Kilogramm schwer war der versilberte Ehrenpreis, der ein zierliches Mädchen mit einem Korb in der Hand darstellte. Allein der Begriff *Ehrenpreis* sagte schon alles. Man bekam ihn der Ehre wegen und natürlich der dazugehörigen Verdienste im Namen der Märchenforschung. Doch der diesjährige Preisträger hatte ihn offenbar, wie sich nun herausgestellt hatte, gar nicht verdient. Mit Ehre war der Vorwurf des Plagiats nun wirklich nicht vereinbar.

»Lieber Kollege, Sie hatten mich hergebeten? Ach, da steht ja schon das gute Stück«, schritt Lehmann, ganz der Grandseigneur der Märchenforschung, herein und zeigte auf die Statue. Ewers fuhr aus seinem Stuhl hoch.

»Kollege Lehmann, gut, dass Sie da sind. Bitte nehmen Sie Platz.« Ewers deutete einladend auf einen der freien Stühle.

»Es geht um die Preisverleihung«, begann er zögernd, wusste nicht richtig, wie er fortfahren sollte.

»Hab ich mir schon gedacht. Darauf habe ich so viele Jahre hingearbeitet, und es ist mir gelungen, wie wir alle wissen«, unterbrach ihn Lehmann.

»Tja, genau darüber wollte ich mit Ihnen reden. Es ist nämlich so, dass ...«

»Ich meine, ich weiß ja, dass ich das *Käppchen* schon lange verdient habe, aber es nun hier zu sehen, ist doch etwas Besonderes.«

»Es ist nämlich so«, begann Ewers erneut, allmählich wurde er sauer ob der ständigen Unterbrechungen. Es war ohnehin schon schwer genug, das in Worte zu fassen, was er Lehmann mitteilen wollte.

»Es bekommt einen Ehrenplatz zwischen all den anderen Preisen. Ein Ehrenplatz für das *Ehrenkäppchen*, wie es sich gehört«, Lehmann lachte selbstgefällig über seine letzten Worte.

Arschloch, dachte Ewers, dem es nun reichte.

»Jetzt hören Sie mir mal zu, Lehmann. Es wird keinen Ehrenpreis geben!«, fuhr er den Kollegen an.

»Wie meinen Sie das?« Lehmann runzelte die Stirn.

»Genauso wie ich es sagte. Sie bekommen das *Silberne Ehrenkäppchen* nicht verliehen. Im Gegenteil, ich werde dafür sorgen, dass Ihnen alles aberkannt wird, was Sie in all den Jahren an Titeln und Ehrungen erhalten haben.«

Lehmann bemühte sich, ruhig zu bleiben. »Ich verstehe nicht ganz. Warum sagen Sie so etwas?« Panik stieg in ihm auf. Was wusste Ewers?

Ewers zog ein gefaltetes Blatt Papier aus seiner Jackettasche und warf es ihm verächtlich hin. »Hier, lesen Sie selbst.«

Lehmann faltete das Blatt auseinander, strich es glatt, las. Koch hatte sich Rückendeckung verschafft.

»Ich werde ein Verfahren gegen Sie anstrengen«, vernahm Lehmann wie durch einen Nebel die Stimme seines Kollegen.

»Ewers, jetzt hören Sie doch mal zu. Ich war jung, ehrgeizig, hatte leider das Pech, dass ich einen Doktorvater hatte, der sich nie gekümmert hat. Die Zeit drängte, noch längere Jahre des Studiums hätte ich mir nicht leisten können. Da hab ich einfach die Chance ergriffen, die sich mir geboten hat. Ich wollte einfach nur endlich die Dissertation zu Ende bringen. Natürlich war das nicht ganz in Ordnung, aber das hätte jeder, auch Sie, genauso gemacht. Herrgott, das ist ewig her, und all meine Forschungen, die ich seither betrieben habe, haben der Wissenschaft große Verdienste gebracht. Sehen Sie's als Jugendsünde.«

Ewers traute seinen Ohren nicht.

»Sagen Sie mal, merken Sie eigentlich noch irgendwas in Ihrer grenzenlosen Arroganz und Selbstbeweihräucherung? Jugendsünde? Sie haben schlicht und einfach betrogen, und das muss öffentlich gemacht werden. Und ich werde es tun, Lehmann, darauf können Sie sich verlassen.«

Ewers stand auf, ging um den Tisch herum in Richtung Tür. Dort blieb er stehen, drehte sich Lehmann zu.

»Ich gebe Ihnen die Gelegenheit, die Bombe selbst platzen zu lassen. So viel Anstand sollten Sie verdammt noch einmal haben. Wenn nicht ...«

Auch Lehmann hatte sich erhoben, stand nun Ewers gegenüber und packte diesen am Arm. »Das werden Sie nicht wagen«, zischte er. Die beiden Männer waren beinahe gleich groß, starrten sich direkt in die Augen.

»Lassen Sie mich los. Sofort«, verlangte Ewers. Doch Lehmann dachte gar nicht daran. Blitzartig packte er Ewers nun auch am anderen Arm, drückte ihn gegen die Tür.

Ewers sah das fanatische Funkeln in Lehmanns Augen. Die Erkenntnis, dass Lehmann Koch umgebracht haben musste, traf ihn wie ein Schlag. Das war ihm bis jetzt überhaupt nicht in den Sinn gekommen. Lehmann war vollkommen irrsinnig geworden. Ewers bekam ein flaues Gefühl in der Magengegend, versuchte aber, ruhig zu bleiben.

»Sie haben verspielt, das wissen Sie. Wenn Sie nur einen Funken Ehre im Leib haben, gehen Sie nun da raus und beichten. Und jetzt lassen Sie mich los.«

Er stieß Lehmann mit aller Kraft von sich, doch dieser hatte offenbar damit gerechnet und schlug ihm mit der Faust ins Gesicht, sodass Ewers ins Straucheln geriet. Er fasste sich an die linke Wange, betastete auch seine Nase, die, wie er richtig vermutete, gebrochen war, denn sofort schoss ihm das Blut heraus. Sein Schädel dröhnte, in seinem Mund breitete sich ein metallischer Geschmack aus.

»Lehmann, sind Sie völlig verrückt geworden?«, keuchte er.

Ein weiterer Schlag traf ihn, und Lehmann packte ihn erneut, wirbelte ihn herum, warf ihn zu Boden. Ewers bekam Todesangst. Dieser Mann war in seinem rasenden

Zorn vollkommen unberechenbar geworden, er würde ihn, ohne mit der Wimper zu zucken, umbringen. Mühsam stemmte er sich hoch, doch ein Fußtritt in den Magen beförderte ihn wieder auf den Fußboden.

»Wer weiß noch davon?« Lehmanns Stimme hatte sich völlig verändert, sein Gesicht war zu einer von Hass verzerrten Fratze geworden. Drohend stand der Kollege über ihm, Ewers' Augen folgten dessen irrem Blick, der gerade zu der silbernen Statue glitt. Lehmann machte einen Schritt zur Seite, griff nach dem Preis.

Der schlägt mir damit den Schädel ein!, schoss es Ewers durch den Kopf.

»Lehmann, verdammt, ich habe die E-Mail bereits an die Uni weitergeleitet. Jeder weiß dann Bescheid«, log er verzweifelt, einer Eingebung folgend.

*

Britta Auermann und Peter Dahnken hatten sich mit mehreren Kollegen Zutritt zu Lehmanns Wohnung verschafft. Harry hatte Peter noch vom Auto aus über den brisanten E-Mail-Inhalt informiert. Woraufhin Dahnken sofort Rotenboom mit seinen Mitarbeitern herbeordert hatte. Der Vorraum leuchtete bereits durch das Luminol, das Blutspuren sichtbar macht. Und die Umrisse des fehlenden Eispickels an der Wand zeichneten sich deutlich ab. Lehmann hatte wohl seit Jahren nicht mehr gestrichen.

Britta befand sich im Bad des Professors und sammelte Haare aus dem Siphon der Dusche, die sie in ein Beweismitteltütchen überführte. Harry hatte Peter auch von seinem Verdacht, dass der Fingernagel, den der Hamburger

Rechtsmediziner entdeckt hatte, von Lehmann stammen könnte, erzählt.

»Britta, komm mal in die Bibliothek«, hörte sie Peter rufen. Sie verschloss das Beutelchen und ging zu ihrem Kollegen, der mit einem triumphierenden Grinsen eine Ledermappe in seiner behandschuhten Rechten hielt.

»Wirf mal einen Blick hinein«, forderte er sie auf.

»Wow, er hat wohl gedacht, er könnte Koch tatsächlich bestechen. Hat schon dessen Namen im Vertrag eingesetzt«, stellte Britta fest.

»Tja, und Kochs Geradlinigkeit hat ihn das Leben gekostet.«

»Stimmt nicht ganz, mein Lieber. Lehmann hat ihn ja nicht umgebracht, nur entsorgt. Aber wer weiß, vielleicht hätte er Koch auch selbst erschlagen. Wie praktisch für ihn, dass der schon tot in seinem Foyer lag«, fügte sie sarkastisch an.

Wenig später fanden sie auch noch eine Ledertasche, die wahrscheinlich Moritz Koch gehört hatte, wie eine Visitenkarte, die in einem Klarsichtfach steckte, vermuten ließ.

*

»Sie bluffen! Ich glaube Ihnen kein Wort! Dann wäre längst die Presse hier! Niemand wird mir meinen verdienten Preis nehmen!«, schrie Lehmann außer sich. Seine Hand mit der schweren Statue sauste in atemberaubender Geschwindigkeit auf Ewers zu, der sich gerade noch rechtzeitig zur Seite warf und versuchte, auf die Beine zu kommen. Kaum hatte er sich aufgerappelt, stellte Lehmann ihm ein Bein und brachte Ewers erneut zu Fall. »Jetzt sind Sie dran, Ewers. Sie sind der Hahn!«, kreischte er. Ewers hatte keine Ahnung, was das bedeuten sollte, er fürchtete nur, dass er keine Chance mehr hatte.

*

Hölzle, der durch die *Glocke* eilte und jede Tür aufriss, um Ewers zu finden, hörte plötzlich eine völlig verzerrte Stimme schreien: »Sie sind der Hahn!«

Sein Dienstrevolver glitt wie von selbst in seine Hand, und mit einem Fußtritt gegen die Tür verschaffte er sich Zugang zu dem Raum, aus dem zweifelsfrei der Schrei zu hören gewesen war.

»Lehmann! Lassen Sie das Ding fallen! Sofort!«, brüllte er, die Waffe im Anschlag.

Der Professor fuhr herum, Verblüffung zeigte sich nun in seinem hochroten Gesicht. Ewers nutzte die Gelegenheit und trat seinem durchgedrehten Kollegen mit aller Kraft, die er noch aufbringen konnte, zwischen die Beine. Mit einem Schmerzensschrei ging Lehmann zu Boden, seine Hände griffen in den Schritt, das *Silberne Ehrenkäppchen* knallte auf den Fußboden.

Schwer atmend stand Ewers auf, wischte sich mit dem Ärmel das Blut aus dem Gesicht und lehnte sich zitternd gegen den Schreibtisch.

»Ist alles in Ordnung mit Ihnen?«, fragte Hölzle und steckte die Waffe weg.

Ewers nickte erschöpft.

Hölzle zwinkerte ihm zu. »Am Ende siegt dann doch das Gute. Wie im Märchen, nicht wahr, Herr Professor.«

»Sie haben vielleicht Humor, das hätte auch anders ausgehen können.« Ewers lächelte gequält.

»Ist es aber nicht«, grinste Hölzle und zückte sein Handy, um Harry anzurufen. Dabei ließ er den noch immer stöhnenden Lehmann nicht aus den Augen.

*

Der Fingernagel gehörte tatsächlich zu Lehmann, wie die Laboruntersuchungen zeigten. Auch kleinste Hautzellen, die an der Hundeleine, mit welcher Hanna Wagner erdrosselt worden war, ließen sich zweifelsfrei Lehmann zuordnen. Warum er diesen Mann in Bremerhaven umgebracht hatte, darauf gab Lehmann lediglich *der Typ ging mir so auf die Nerven*, zur Antwort. Hölzle vermutete, dass Bringmann, der arme Kerl, einfach zur falschen Zeit am falschen Ort gewesen war und offenbar den irren Professor gegen sich aufgebracht hatte, um schließlich dessen Wahn zum Opfer zu fallen. Für Hölzle war der Grund auch nicht von großer Bedeutung, schließlich war die Beweislage eindeutig.

Zur Pressekonferenz hatte Hölzle auch die Bremerhavener Kollegen geladen und ihnen für die Zusammenarbeit gedankt, insbesondere Martina Stedinger hatte er zu ihrer Kombinationsgabe beglückwünscht.

»Wollen wir noch was trinken gehen? Wir haben noch gar nicht auf die Lösung dieser Fälle angestoßen«, fragte Harry in die Runde, als sie in Hölzles Büro saßen.

»Kann nicht, hab ein Date«, ließ Peter seine Kollegen wissen.

»Ach nee, doch nicht etwa mit dieser Biologin?«, grinste Hölzle.

»Nie im Leben. Was will denn so 'ne Frau mit dem da?«, blaffte Harry.

»Was soll das denn bedeuten? Ist mir auch völlig egal, denn genauso ist es. Ich treffe mich mit Sina«, freute sich Peter und bekam einen träumerischen Blick.

»Okay, der ist raus. Was ist mit dir?«, wandte sich Harry an seinen Chef.

»Nee du, lass mal. Ich will was mit Christiane unternehmen. Schön essen gehen oder so. Kommt eben mit, du und Carola, wenn ihr wollt«, fügte er hinzu, obwohl das nur höflichkeitshalber gemeint war.

Harry senkte den Kopf. »Danke fürs Angebot, aber es ist aus zwischen uns.«

»Upps. Hast du endlich reinen Tisch gemacht? Und wie hat sie es aufgenommen?«

»Schätze, nicht so gut. Sie hat gleich einen Flug nach Stuttgart gebucht, will sich dort mit ihren neuen Freunden treffen. *Lichtbringer* nennen die sich. Frag lieber nicht.«

»Aber spielst du dann trotzdem den Trauzeugen?«, fragte Hölzle.

»WAS? Ihr heiratet? Was habe ich denn alles verpasst?«, fuhr Peter aus seinem Tagtraum hoch.

»Klar, mach ich gern. Wenn Christiane nichts dagegen hat«, versprach Harry. »Ich kann ja zur Feier statt Carola den Adlerblick mitbringen, damit ich jemanden zum Tanzen habe«, fügte er schelmisch hinzu.

»Denk nicht mal dran, sonst …«, drohte Hölzle im Spaß.

ENDE

DANKSAGUNG

Wir danken Kriminalhauptkommissar Jean-Pierre Kryger, dass er uns bei ermittlungstechnischen Fragestellungen zur Verfügung stand. Arlena, Georg und Ralf danken wir für ihre kritischen Anmerkungen. Unser weiterer Dank gilt den Mitarbeitern des Gmeiner Verlags, insbesondere unserer Lektorin Claudia Senghaas. Und natürlich danken wir unserer Leserschaft, denn die Hölzlefans spornen uns zu neuen Taten an. Ein letzter Dank gilt den Brüdern Grimm, die der Welt so wunderbare Märchen geschenkt haben.

*Weitere Titel finden Sie auf den
folgenden Seiten und im Internet:*

WWW.GMEINER-SPANNUNG.DE

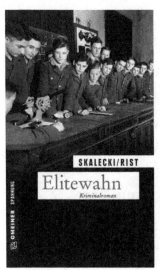

SKALECKI / RIST
Elitewahn
....
978-3-8392-2309-3 (Paperback)
978-3-8392-5789-0 (pdf)
978-3-8392-5788-3 (epub)

AUSERWÄHLT Im Eliteinternat Schloss Waldesruh stirbt ein junger Lehrer angeblich eines natürlichen Todes. Malie, die ihn kannte, hegt Zweifel, da er ihr kurz zuvor von seltsamen Vorgängen im Internat berichtete. Tage später findet ihre Freundin Lioba die Leiche eines Professors, der sich für die Geschichte des Schlosses interessierte. Gemeinsam versuchen die Frauen das Geheimnis, welches sich hinter den Schlossmauern verbirgt, aufzuspüren. Malie kommt ihrem Gegner gefährlich nahe und gerät in Lebensgefahr …

WWW.GMEINER-VERLAG.DE
Wir machen's spannend

SKALECKI / RIST
Frostkalt
....
978-3-8392-2156-3 (Paperback)
978-3-8392-5551-3 (pdf)
978-3-8392-5550-6 (epub)

AUSGEBACKEN Empörung herrscht in Bremen, als am ersten Advent ein ausgesetztes Baby in der Krippe am Dom gefunden und zwei Tage später ein stadtbekannter Bäcker ermordet wird. Verdächtige ohne Alibi gibt es zuhauf: der Bruder des Bäckers, der ehemalige Azubi, ein Rosinenlieferant und der Vater des kleinen Jungen, der an einem allergischen Schock aufgrund einer Mandelallergie gestorben ist. Als dann auch noch die Tochter des Bäckers schwer verletzt ins Krankenhaus eingeliefert wird, ist das Chaos perfekt. Kriminalhauptkommissar Hölzle und seine Kollegen bekommen alle Hände voll zu tun …

SKALECKI / RIST
Ausgerottet

978-3-8392-2052-8 (Paperback)
978-3-8392-5347-2 (pdf)
978-3-8392-5346-5 (epub)

ARTGESCHÜTZT Auf der Insel Mainau findet Malie Abendroth ein exotisches Tier. Als sie der Frage nachgeht, wie dieses Schuppentier ins Land gelangt ist, wird die Leiche ihres chinesischen Arztes gefunden. Erst mit der Hilfe der Tierschützerin Lioba Hanfstängl erhärtet sich Malies Verdacht: ein Mann aus Vietnam, der Malie sehr nahe steht, scheint vom Aussterben bedrohte Tiere zu schmuggeln. Ein gefährliches Spiel beginnt.

WWW.GMEINER-VERLAG.DE
Wir machen's spannend

LIEBLINGSPLÄTZE AUS DER REGION

CHARLOTTE UECKERT
Oldenburger Land –
neu erlebt

978-3-8392-1557-9 (Buch)
978-3-8392-4409-8 (pdf)
978-3-8392-4408-1 (epub)

VON AAL BIS ZWISCHENAHN Zwischen Braut und Bräutigam liegen zwei Kilometer – so verhält es sich mit den beiden jungsteinzeitlichen Grabmälern im Oldenburger Land. Lassen Sie sich diese Geschichte von Charlotte Ueckert erzählen oder erfahren Sie spannende Details über das Oldenburger Augusteum, die Lambertikirche oder die Graftanlagen Delmenhorst: Lieblingsplätze allesamt. Genießen Sie Erbsensuppe in der Mottenstraße oder Snitjebraten am Zwischenahner Meer. Und wenn Sie dann noch in die Sagenwelt des Oldenburger Landes eintauchen, sind Sie der Gegend zwischen Hunte und Weser ein gutes Stück nähergekommen.

GMEINER KULTUR

WWW.GMEINER-VERLAG.DE
Mensch, Kultur, Region